詩的言語のアスペクツ

ロマン派を超えて

中国四国イギリス・ロマン派学会[編]

松柏社

目　次　　詩的言語のアスペクツ
　　　　　　ロマン派を超えて

第1章　歴史主義的批評
　　　　　閉ざされた時間の中で白熱する詩人の魂

イェイツとムアの対立の深層　　山崎 弘行　　　7
　　変化の小説家と葛藤の詩人の相克

詩と詩論の相互作用とその変容　　江口 誠　　　29
　　「秋に寄せて」におけるキーツの新たな試み

バイロン　散華への道のり　　上杉 文世　　　49
　　抒情と諷刺を超えて

ミソロンギへの道　　上杉 恵子　　　71
　　バイロンのギリシア神話

自国意識をめぐるバイロンの葛藤　　田原 光広　　　127
　　物語詩『島』を中心に

トマス・キンセラ「肉屋の1ダース」と血の日曜日事件　　143
　　　　　　　　　　　　　河野 賢司

《特別寄稿》
勇者たちの熱狂　　マルコム・ケルソル　　　171
　　バイロンとユナイテッド・アイリッシュメン

第2章　アナロジーの解剖学
　　　　　共鳴する時代精神を刻印する

シェーマス・ヒーニーの詩における時空の超越　　藤本 黎時　　191

キーツの詩における「英国らしさ」の確立　　児玉 富美恵　　201
　　ミルトンからチャタトンへの関心の推移から読み解く

ブレイク作品にみる「四」のペルソナ　　中山 文　　　　　　223

ロレンスの書簡における「未来派」観　　安尾 正秋　　　　235

シェイクスピア悲劇におけるロマン性　　加島 康彦　　　　245
　　トラジック・アイロニーを『ハムレット』の奥に読む

ストレイチーのキリスト教批判にみるロマン主義精神　　　257
　　ナイティンゲールとマニング枢機卿の小伝を通して　　山中 英理子

第3章　言語学的アプローチ
　　詩作品を再構築するメタ言語の自立性

ワーズワスの「黄水仙」を読む　　中谷 喜一郎・中川 憲　　281
　　フィロロジーの立場とリングウィスティックスの立場から

『序曲』における'love'について　　末岡 ツネ子　　　　　299
　　動詞'love'から詩人ワーズワスの愛の対象を考察する

ブレイクの「幼い黒人の少年」の重層的言語構造を解明する　325
　　音素を手掛りとして　　　　　　　　　　　　　池下 幹彦

『てんとう虫』の唄　　志鷹 道明　　　　　　　　　　　　343
　　「燃えているお家(うち)」が象徴するもの

ルイス・キャロルのノンセンス詩とマザーグース的なもの　　365
　　　　　　　　　　　　　　　　　　　　　　　吉本 和弘

あとがきにかえて　　　　　　　　　　　　　　　　　　　393

索引　　　　　　　　　　　　　　　　　　　　　　　　　397

第 1 章　歴史主義的批評
閉ざされた時間の中で白熱する詩人の魂

イェイツとムアの対立の深層
変化の小説家と葛藤の詩人の相克

山崎 弘行

1．はじめに

　1897年頃のこと，ムア（George Moore, 1852-1933）はイェイツ（W. B. Yeats, 1865-1939）やマーティン（Edward Martyn, 1859-1923）などの要請で，アイルランド文芸復興運動に参加することを最終的に決断し，様々な協力活動を開始する。ところが，運動の一環として散文劇『ディアミッドとグラニア』（*Diarmuid and Grania*, 1901）を共同制作していた過程で意見が対立し，紆余曲折を経て運動から離脱するのである。[1] 従来，二人の対立の原因をめぐっては，アイルランド文芸復興運動のための劇であるから，アイルランドの伝統性を打ち出すべきだとするイェイツと，フランス自然主義に代表される海外の新思潮を取り入れるべきだとするムアの文学観や俳優観をめぐる違いが指摘されてきた。[2] 最近では，共作における役割分担やグラニアの台詞のあり方などをめぐる感情的な行き違いが原因だとする見解も提出されている。[3] 本稿ではこれらの諸説を踏まえた上で，二人の対立の深層に横たわる原因はヘラクレイトス哲学の受容のあり方の違いに反映した近代をめぐる価値観の相違にあるという作業仮説を設定し，様々な関連資料に基づき論証したい。

2．グラニアの台詞の所有権を主張するムア

　『ディアミッドとグラニア』の共作過程で意見が対立したイェイツとムアは，書簡を交換し合って互いの気持ちを表明している。イェイツが繰り返し強調しているのは，この劇の構造やモチーフや登場人物の台詞についてはムアに一任するが，最終段階で劇全体の文体を統一する作業だけは，自分の責任で行いたいということである。イェイツはムアに多くの点で妥

協しながらも，この点だけは最後まで妥協することを拒否している。[4] こ
れに対して，ムアはイェイツが行った修正のほとんどすべてを承認しなが
らも，グラニアの台詞の修正だけはどうしても納得ができないと主張する。
下に引用したのは，交換書簡の中で，本稿のテーマと関連してもっとも興
味深い箇所である。一通目の手紙では，グラニアの役柄を創案し，元のグ
ラニア伝説にはなかった「心理的な説明」を施したのは自分であるから，
その台詞を書くことができるのは自分だけだと主張する。おまけに，どれ
ほど才能があっても，グラニアの役柄に相応しくないイェイツには今後と
も決してグラニアの「生き生きした台詞」は書けない，書けたとしてもグ
ラニアの台詞は「すべて無頓着で，お座なりになるだろう」と述べている。

> One of the characters I invented from the beginning and through her I gave
> a sychological explanation to the legend. If you had twice as much talent as
> you have you could not give living speech to Grania. All you could write
> would be detached and perfunctory.
> (*The Collected Letters of W. B. Yeats*, vol. II, 589)

二通目の手紙では，グラニアの役柄は「親密にぼくのもの」なので，自分
こそが台詞を書かねばならないと主張している。また，イェイツが修正し
たグラニアの台詞はこの上もなく「生気がなく」，奇跡でも起こらない限
りイェイツがいくら修正しても無駄である，なぜなら，イェイツはもとも
と彼女の役柄に「相応しくない」ので「無頓着な」書き方しかできないか
らだとまで言い募っている。

> The passage is not at all good; it seems to me to be as flat as anything could
> well be. It would be a miracle if it were otherwise for the character is foreign
> to you and you write from the out side (sic).... Surely if anything in the
> world is clear it is that I must write the dialogue of a character so intimately
> mine as Grania's. (*The Collected Letters of W. B. Yeats*, vol. II, 590)

傍若無人なこれらの手紙の一節が本稿のテーマと関連して興味深いのは,二人の対立のより深い原因をさぐるための糸口を提供していると思われるからである。そこには,どのような理由でイェイツはグラニアに「相応しくない」と考えたのか,どのような理由でグラニアの役柄を「親密にぼくのもの」だと考えたのか,換言すれば,ムアはなぜこれほどまでに激しくグラニアの所有権を主張するのかという問題が提起されている。従ってこの問題を検討すれば,二人が対立したより深い原因が理解できるであろう。従来,この問題に対しては,ムアが描いたグラニア像のモデルはムアの愛人 Maud Gunard 夫人であることに起因するという解答が提出されている。[5] なるほど,'intimately mine'という親密な男女関係を示唆する思わせぶりな用語には,この種の下世話な解答が相応しいのかもしれない。しかし,それは問題自体を矮小化してしまい,ムアの真意を理解したことにはならないと思われる。次節ではムアの真意を理解するために彼が書いたこの劇の第二幕第一場におけるグラニアの台詞を検討したい。

3. ムアの書いた第二幕第一場について

　ムアが書いた第二幕第一場は,イェイツがムアと意見交換しながら英語で書いた原稿をムアがフランス語に翻訳したものだと推定されている。[6] ムアは自伝 *Hail and Farewell* の中でこれを全文紹介している (250-254)。ムアはイェイツ宛ての書簡で '...all those parts where Grania speaks of her intimate self must be written by me.' (*The Collected Letters of W. B. Yeats*, vol. II, 589) と書いているが,ここにはムアが創案して書いたとしか思えない「グラニアが内なる本性を語る」台詞が含まれている。この場に描かれているのは,結婚の披露宴から脱出して逃げ込んだ人里離れた森の中で対話するグラニアとディアミッドであり,彼らを殺害しようとして追いかけてきたフィンが差し向けた二人の刺客である。ディアミッドは,格闘のすえ傷ついた刺客を,武器をもたない人間を殺すわけにはいかないと言ってフィンのもとに帰そうとする。しかし,グラニアは,生かして帰すと自分たちの隠れ家がフィンに分かってしまうから殺すようにと厳命する。彼女は,もう一人の負傷した刺客を自分の手で冷酷にも刺し殺してしまっているので

ある。ディアミッドは「自分はフィンに忠誠を誓っている」と言って，森を去りフィンのもとに帰ろうとする。しかし，グラニアは「そうね，でもフィンとの誓いもこの森の中までは追いかけてはこないのよ。ここでは貴方がすがってきた神々の支配も及ばないわ，ここでは神々も別人よ」と冒涜的なことを言って，自分のもとにとどまるように説得する。

> Diarmuid: Grania, j'ai prêté serment à Finn.
> Grania: Oui, mais le serment que tu as prêté à Finn ne te poursuit pas dans la forêt: les dieux à qui tu as fait appel ne règnent pas ici. Ici les divinités sont autres. 　　　　　　　　　　　　　　　(*Hail and Farewell*, 253)

この一節は，ムアが自分が書かねばならないと言い張った「グラニアが内なる本性を語る」台詞の典型的な事例であると思われる。自分の欲望に忠実であろうとして神々も忠誠心も顧みようとしない，いわば近代的なグラニア像がより強く打ち出されている。また，それと見合った形で，どんなことがあっても名誉と忠誠心を重んじようとする前近代的なディアミッド像がより強く打ち出されている。刺客に対するグラニアの残忍な態度や神々を冒涜する発言は英語訳版と共作版にはまったく見られない「生き生きした台詞」であるだけに，第二幕第一場を書いたムアの狙いが，移り気で不実なグラニアの「内なる本性」を描くことにあったことは間違いないだろう。グラニアの台詞の所有権を主張するムアの真意はここにあったと思われるのである。

4．主人公の性格描写をめぐるグレゴリー版と共作版の比較

本節ではこれまでの論証を補強するために，グレゴリー版[7]とこれに依拠してイェイツとムアが共作した共作版（最終版）を比較してみたい。両テクストにおけるグラニアとディアミッドの描き方は，基本的には同じである。グラニアは，生前は美青年ディアミッドを熱烈に愛したにもかかわらず，亡くなると老いたフィンとよりを戻し結婚する心変わりの激しい女性として描かれている。ディアミッドも，グラニアに心を奪われながら

も，フィンとの忠誠の誓いを最後まで守り死んでいく高潔な英雄として描かれている。しかし，細部を精査すると，グレゴリー版のディアミッドより，共作版のそれの方が一段と高潔に描かれていることが分かる。その典型的な事例は，ディアミッドがイノシシの牙にかかって死ぬ場面に見られる。グレゴリー版では，ディアミッドはフィンに水を飲ませてくれと言って命乞いする。フィンは復讐心から拒否し，ディアミッドは死んでしまう。ところが，共作版では，せっかくフィンが水を与えてくれたにもかかわらず，ディアミッドは，フィンに対する謝罪の気持ちからあえて水を捨て，飲まずに死んでしまうのである。同じことが心変わりするグラニアの不実な性格の描写についても言える。全部で8章からなるグレゴリー版では，グラニアの心変わりへの言及はわずかに2回のみ，第5章と最終章の第8章でなされているにすぎない。しかも，最終章の結末ではグラニアの心変わりの原因について，'the water of a running stream'のように変化する'the mind of a woman'に起因するという世評と並べて，フィンがかけた魔法に起因するという世評が紹介されており（Gregory, 308)，グラニアをかばう姿勢が見られるのである。ところが，全三幕からなる共作版では，彼女をかばう姿勢は皆無であり，しかもすべての幕で 'the water in the brook' (Alspach, *Diarmuid and Grania*, 1195) のように流れ去るグラニアの愛の移ろいやすさが話題になっており，結果として彼女の移り気な性格が一段と鮮明になっているのである。両作品の結末の違いはこのことを何よりもはっきりと示している。グレゴリー版の結末は 'And as to Finn and Grania, they stopped with one another to the end.' (309) となっており，グラニアとフィンが死ぬまで夫婦として一緒に暮らしたことを示唆している。ところが，共作版の結末では，フィンの部下の一人である老騎士コナンが 'Grania makes great mourning for Diarmuid, but her welcome to Finn shall be greater.' (1222) という皮肉な発言をしている。グラニアは今でこそ，ディアミッドの死を悼む気持ちが強いが，いずれはフィンとの生活を歓迎する気持ちの方が強くなるだろうと予言しているのである。老獪なコナンの言葉にはグラニアの移り気な性格を暗示して余すところがない。劇はグラニアの性格をめぐり深い余韻を残して終わっている。これは不実なグラニアの本性

を描くことを目指すムアの好みがより強く打ち出された結果だと推測できる。グラニアの移ろいやすい気持ちを川の流水に喩えていることはそのことの有力な傍証の一つである。後述するが，ムアは変化の法則をテーマとする後年の作品で，川の流水の比喩を用いて万物流転説を説いたヘラクレイトスに繰り返し言及しているからである。

5. イェイツのヘラクレイトス観

　晩年のイェイツは，次のような二つの思想をヘラクレイトスの哲学断片から読み取り，自分が構想する世界観の基盤として取り入れた。一つは，人間の性格についてのヘラクレイトスの思想である。彼は評論文 'Per Amica Silentia Lunae' (1918) で次のように述べている。

> .... and I think it was Heraclitus who said: the Daemon is our destiny. When I think of life as a struggle with the Daemon who would ever set us to the hardest work among those not impossible, I understand why there is a deep enmity between a man and his destiny, and why a man loves nothing but his destiny.　　　　　　　　　　　　　　('Per Amica Silentia Lunae', 11)

ヘラクレイトスの哲学断片の Burnet 訳では，イェイツがヘラクレイトスの言葉だとして引用している '...the Daemon is our destiny.' は，'Man's character is his fate.' となっている (*Later Essays*, 297)。従来，'Daemon' という言葉は運命，性格，神と人間の中間に位する宇宙の霊といった重層的な意味合いを帯びていると解されている。[8] 従って，上掲の引用文は人間の性格は宇宙からやってきた運命としての霊であり，変えることは不可能だということを示唆している。イェイツは，このようなヘラクレイトスの人間観を前提にして，運命としての性格を愛しながら同時にそれと戦うことこそが人間の本質なのだと考えているのである。

　イェイツがヘラクレイトスから受容したもう一つの思想は循環史観である。処女作『モサダ』(*Mosada*, 1866) から最晩年の作品に至るまで，イェイツは一貫して葛藤の詩学に基づき詩作を続けた。これは相互依存関係に

ある現実的な自我と理想的な反自我との対立葛藤こそが詩作の源泉だという詩学である。イェイツはこの詩学を基盤にして，1920年代から1930年代にかけて世界史観と個人史観を兼ねた独特の循環史観を構想し，これを『幻想録』(*A Vision* (1925, 1937)) と題する哲学書で展開した。これは満月から月食に至る月の満ち欠けの変化を固有の属性をもつ28個の相に分類し，それぞれの相に相応しい歴史上の出来事や人物を配した上で，各相の特質や相と相の間に想定した相互関係のあり方を詳説した奇書である。この循環史観の中核的な原理は，主観性と客観性，東洋と西洋，ギリシャ文明とキリスト教文明，愛と争い，調和と不調和，死と生，神と人間，反自我と自我といった様々な相対立する要素が永遠に変わることなく周期的に交代を繰り返すという世界観である。イェイツは，月だけでなく，紡錘，渦巻き，あるいは螺旋階段の図形を用いて交代の仕組みを説明している。次の3つの引用文は，ヘラクレイトスに言及した典型的な文章である。逆説的な表現を駆使したこれらの文章は，イェイツが循環史観の基本的な考え方を「万事は争いと必然に従って生じる」と考えたヘラクレイトスの弁証法的な世界観に負っていることをはっきりと裏付けている。運命としての性格を愛しながらもそれと戦うことこそが人間の本質だというイェイツの人間観もこのような世界観に基づいているのである。

(1) ...for Heraclitus was in the right. Opposites are everywhere face to face, dying each other's life, living each other's death.
    ('On the Boiler' (1938), 233)

(2) ...I see that the gyre of "Concord" diminishes as that of "Discord" increases, and can imagine after that the gyre of "Concord" increasing while that of "Discord" diminishes, and so on, one gyre within the other always. Here the thought of Heraclitus dominates all: "Dying each other's life, living each other's death." (*A Vision* (1937), 68)

(3) Empedocles and Heraclitus thought that the universe had first one form

and then its opposite in perpetual alternation,... Love and Discord, Fire and Water, dominate in turn, Love making all things One, Discord separating all, but Love no more than Discord the changeless eternity.

(*A Vision* (1937), 246)

6．ムアの「変化の法則」とヘラクレイトスの「万物流転説」

　上掲の引用文（3）が示唆するように，イェイツは反対物の対立葛藤は変わることなく永遠に続くという弁証法的な世界観をヘラクレイトスから受容した。処女詩集 *Crossways* (1889) の最初の詩 'The Song of the Happy Shepherd' で 'Of all the many changing things ... / Words alone are certain good.' と歌って以来，彼の多くの作品には堕落をもたらす変化を嫌い，古き良きものが変化せず持続する状態を愛する傾向が顕著である。ところが，ムアは万物流転という変化の法則を受容した。彼の大部分の作品には，停滞をもたらす無変化の状態を嫌い，向上をもたらす変化を愛する傾向が顕著である。以下では，変化の法則をテーマとする典型的な作品を概観しながら，生涯にわたり変化の法則にこだわったムアが実はヘラクレイトスの万物流転説に共鳴していた事実を明らかにしたい。

　ムアの処女作は，1878年に出版された詩集『情熱の花』（*Flowers of Passion*）である。第二詩集『異教徒の詩』（*Pagan Poems*, 1881）と並んで，放蕩と芸術修業に明け暮れたパリ生活の経験を反映している詩集だが，興味深いことに，ここには早くもヘラクレイトスの万物流転説の反映と思われる思想が垣間見えている。例えば，『情熱の花』に収録されている「バルコニー」（'The Balcony'）という詩の最終連には，「何事もすべて変化する定めにある」（'...All things must pass...'）(89) 現実の世界と，何事も変化しない夢の世界が対比されている。無常な現実の世界とは異なり夢の世界では，恋人も時間の作用を受けずにもとの美しい姿のままで安らかに眠ることができる。しかし，夢は必ず醒め，二度と同じものを見ることはできない定めにあるという驚くほど成熟した認識が語られている。『異教徒の詩』に収録された「時間の勝利」（'The Triumph of Time'）にも，「何事もすべて変化し変質するように思える」（'All things seem changed and altered:') (99) 人間界の実相が諦観めいた調子で歌われている。

　1883年に刊行されたムアの最初の小説『現代の恋人』(*A Modern Lover*) は, ゾラやバルザックの影響の色濃い自然主義小説である。一文無しで不実な青年芸術家ルイスと彼に奉仕する三人の女性たちの生態があからさまに描かれている。ルイスは, '...the arts are the issue of the manners and customs of the day, and change with those manners according to a general law.' (*A Modern Lover*, 60) という変化の法則に基づく芸術観を信奉する現代芸術家たちに感化され, 芸術修業に励む貧乏画家である。自伝的告白小説『ある青年の告白』(*Confessions of a Young Man*, 1888) では, 青年時代のロンドンとパリにおける遍歴時代を突き放して批判的に振り返りながら, 当時は認識していなかった芸術家と芸術作品との違いに言及している。'I did not know then, as I do now, that art is eternal, that it is only the artist that changes,....' (103) という両者の違いである。後述するように, ムアにとって, 芸術とは人間が不変不動の神と共有する 'intelligence' の産物であるからだ。心身ともに変化せずにはいられない芸術家とは異なるのである。処女詩集『情熱の花』以来, 変化の法則に心を奪われてきたムアは, 今や, 言語芸術にこの法則を免れる方途を見出そうとしている。ムアは, この作品の冒頭で自分の移り気な性格について 'I came into the world apparently with a nature like a smooth sheet of wax, bearing no impress, but capable of receiving any; of being moulded into all shapes....' (*Confessions*, 1) と述懐している。生まれつき可塑性に富んでいたので, 興味を刺激する人物の言葉や読んだ書物に感化され, 古い自分を忘れて新しい自分に変化することを習い性としていたのである。後述するように, イェイツはカメレオンのようなムアの移り気な性格は作品の統一性を損なう何よりの原因であると考えていた。『役者の妻』(*A Mummer's Wife*, 1885) はゾラの影響で書かれたムアの自然主義小説の最高傑作だと評されている。主人公は, 布地商人の夫との愛のない, 姑が権限を振るう家庭生活に倦み, 脱出を夢想するケイト・イードである。人類がより高度に完全な状態に進化するには 'radical change in hereditary environment.' (461) がなければならないと確信する一種の社会進化論者である。

『イーヴリン・イネス』（*Evelyn Innes*, 1898）は，ムアがイェイツに『ディアミッドとグラニア』の共作を提案する契機となった小説である。主人公イーヴリンは脱俗的人生と世俗的人生という対照的な生き方を前にして決断ができず，あれこれと心境が変化して思い悩むカトリックの女性である。脱俗的人生とは，16世紀のミサ曲の復活を目指すカトリックの父の後を継いでカトリック教会の音楽家となり，祈りと貞節の生活を送る人生である。世俗的人生とは，キリスト教徒として神に自己を捧げたりすることは人生最大の罪だという信条を有する快楽主義者の貴族オーエンの求婚を受け入れて優雅な貴族生活を送ったり，オペラ歌手になりロシクルシアニズム（Rosicrucianism）を信奉するオペラ台本作家の青年ユーリックの求めに応じて，舞台でグラニア役を演じたりする人生である。前者の生き方とは異なり，後者の生き方は，愛する二人の男性と共に世俗的な快楽を求める罪深いロンドンでの生活である。この二つの選択肢の間で悩んだ挙げ句，イーヴリンは修道院に赴き神に祈ることでつかの間の魂の安らぎを得るが，結局，そこに永住することなく，愛する二人の男性の待つロンドンに帰還するのである。自分らしさを維持するためにあえて世俗的な快楽を追求する人生を選択したのである。

　ユーリックはグラニアを主人公とする執筆中のオペラについて，'Yes, I think I can assure you that there is plenty of modulation, some unresolved dissonances.'（190）と述べている。また，主人公グラニアについては次のように説明している。

> "The story of Grania is no more than our story, your story, my story, and the story of Sir Owen Asher...." Then, as a comment on this fact, he added, "We should be careful what we write, for what we write will happen. Grania is the beautiful fortune which we will strive for, which chooses one man to-day and another tomorrow...."（337）

　これらの発言は，彼がイーヴリンにグラニア役を演じることを要請した動機を示唆して余りあるだろう。彼は次から次に恋人を取り替える移り気な

グラニアの物語をすべての人間にあてはまる普遍的な物語だと考えている。その意味で「多くの転調」と「いくつかの未解決な不協和音」を経験しているイーヴリンはグラニア役にぴったりなのである。イーヴリンは、ロシクルシアニズムの 'The Adept, by conquering passion and ignorance, attains a mastery over change, and so prolongs his life beyond any human limit.' (243) という変化を支配するための奥義をユーリックから伝授され、彼女なりに「無知」と「情熱」を克服しようとしたが、結局、愛欲と音楽への情熱だけは克服できなかった。「変化への支配権」をあえて放棄して、変化の法則に身をゆだねたのである。後述するように、ユーリックのモデルがイェイツであることを考慮すると、ここには変化に対するイェイツとムアの根本的な態度の違いが示唆されており興味深い。ムアはイェイツが自分とは異なり、変化の法則に甘んじることができず、永遠の生命を希求しないではおれないユーリックのような神秘主義的な文学者であることを見抜いていたのである。

ところで、ユーリックはオペラで表現すべき唯一の重要なテーマは「人生の本質」や「物事の究極的な意味」だと信じる青年である。

> He was only attracted by essential ideas, and the mysterious expectancy of the virgin awaiting the approach of the man she loves was surely the essential spirit of life — the ultimate meaning of things. ...it was the essential that he sought and wished to put upon the stage — the striving and yearning, and then the inevitable acceptation of the burden of life; in other words, the entrance into the life of resignation. (190)

前述したように、これはグレゴリー版や共作版で語られたグラニアの生き方を彷彿とさせるテーマである。ユーリックは、熱望した愛に挫折して「人生の重荷」を受け入れ、「断念の人生」を送ったグラニアを主人公とするオペラを執筆しようとしている。彼がグラニア役としてイーヴリンに期待をかけるのも、彼女の生き方がグラニアのそれと似ているからである。結局、この小説でムアが目指したのは変化の法則に従って生きる人間の典型

を描き出すことにあったと言えるだろう。『ディアミッドとグラニア』の共作をイェイツに提案したムアにとって，変化の法則に忠実に生きるグラニアの物語こそが何よりの関心事であった。伝記作者によれば，[9] ムアはイェイツからイーヴリンのような女性が内向的で女々しい性格のユーリックを好きになるはずがないと指摘されて修正したとされる。イェイツは性格を異にするユーリックのモデルが自分であることをムアから聞いて驚き，当惑したのである。しかし，ユーリックは男らしくて外向的な中年男のオーエンと対照をなす人物として描かれており，イーヴリンの移り気な性格を強調する黒子役にすぎないので，モデルに似る必要はないはずである。にもかかわらず修正に応じたのも，この段階でのムアはそれほどまでにイェイツに心酔していたからである。

『湖』（The Lake, 1905）は，音楽教師ノラへの思慕の念と，聖職者としての信仰の間で揺れ動くカトリックの青年神父ゴガティの気持ちの変化をテーマとする長編小説である。彼はアイルランドの農村にとどまって，生涯，聖職者として単調な人生を送る道と，プロテスタントの聖書学者の秘書としてロンドンで暮らしているノラの所に赴く道との間で迷った挙げ句，「変化の法則」（'the law of change'）こそが「人生の法則」（'the law of life'）だという認識に到達するに至り，[10] ロンドン行きを選ぶのである。

『出会いと別れ』（Hail and Farewell, 1914）は，伝記的な事実と虚構が綯い交ぜになった自伝である。弟のモーリス（Maurice Moore, 1854-1939）を始めとする自分の一族の人々や，文芸復興運動で一緒に仕事をしたイェイツやグレゴリー夫人などについての感想が礼儀も分別も弁えずに露骨なまでに率直に語られている。本稿のテーマとの関連では，一族の祖先が改宗した理由をめぐって弟のモーリスと口論したことを回想した箇所が注目に値する。例えば，ムアは弟に次のように述べたことを回想している。

> But, my dear Maurice, nobody except Cardinal Newman ever changed his religion for theological reasons. All changes of religion are brought about by pecuniary or sexual reasons. (628)

ムアはたまたま弟の前で、一族の曾祖父であるワイン商人ムアがスペインとの貿易を開始するにあたりカトリック教徒に改宗したのはスペイン貿易を円滑に進めるための便宜上の措置であったと述べたことがあった。すると数日後に、モーリスから曾祖父の改宗はカトリックの母親の影響だと信じているという返事が来たのである。上掲の言葉はそれに対する反論である。歴代の改宗者は、1845年に英国国教会からカトリックに改宗して後に枢機卿になったニューマン (John Henry Newman, 1801–1890) を除き、すべて金銭的な理由か性的な理由で改宗したのだというのである。神学的な理由での改宗は許容していたムアも、営利目的での改宗には我慢ならなかったのである。

『ケリス河』(*The Brook Kerith*, 1916) はムア独特の聖書物語である。主要登場人物は、アレクサンドリア派の哲学者マシアス、復活したイエス・キリスト、キリストの遺体を引き取って埋葬したとされるアリマテアのヨセフ、およびローマでの迫害から逃れ、ケリス河の畔にあるエッセネ派の修道院でキリストと再会するパウロである。物語はこれらの人物がお互いにキリスト教の中心的な教義について対話する形式で展開するのだが、本稿のテーマとの関連で見逃せないのはマシアスとヨセフとの対話である。マシアスはキリスト教の不変不動説とヘラクレイトスの万物流転説を比較しながら両者の特質を説明し、神の教えと神の被造物についての知識のない「悪人」は、'a follower of Heraclitus' (84) 同然であると説く。キリスト教徒であるヨセフは、マシアスに教示された 'We cannot bathe twice in the same river....' (201) というヘラクレイトスの異端的な万物流転説に興味を抱き始める。それを知ったマシアスは、異端者と見なされることを恐れて慌ててその説を否定して見せる。しかし、その後、ヨセフはヘラクレイトスの万物流転説への興味を強め、ついにはそれが他の如何なる説よりも納得できるものだと思うに至るのである。

>...like all else we ourselves are changing as Heraclitus said many years ago. And while thinking of this philosopher, whose wisdom he felt to be more satisfying than any other,.... (282)

マシアスは聖書の記述を比喩的に解釈することを良しとする立場から，神は人間の 'intelligence' (398) に等しいと解している。人間は神の本質である 'intelligence' を分有しており，その産物である芸術と科学により，宇宙の真理を認識し，究極的には知性の世界の偉大な王としての神に近づくことができると説いている。マシアスとヨセフは作者ムアの立場に比較的に近い人物で，ムアの年来の世界観と芸術観を代弁していると思われる。

『物語作家の休日』（*A Story-teller's Holliday*, 1918）は内的独白の文体で書かれた回顧録である。この作品でもキリスト教の不変不動説とヘラクレイトスの万物流転説が比較検討されている。ムアはここで小説家のスティーヴンソン（Robert Louis Stevenson, 1850－1894）の改宗観を批判している。スティーヴンソンは改宗が悪であると確信していた。宗教は「経験の詩」であり，「人間生活の歴史哲学」なので，過去の記憶をすべて消し去り，厳密な意味で精神を変えない限り改宗することはできないというのである。彼は，1878年に南仏のセベンヌ地方を取材して旅行記を書く。スティーヴンソンが訪れた当時，この地方では，一人の若者がプロテスタントの少女と結婚したことを契機に，'...it is a bad thing for a man to change.' (49) という当地の習律を無視してカトリックからプロテスタントに改宗した事件が話題になっていた。プロテスタントの彼は，この習律に賛成する立場から旅行記でこの事件を紹介したのである。ムアは，『ケリス河』でも言及された 'We cannot bathe twice in the same river...' (50) というヘラクレイトスの言葉を引用しながら，結論として，厳密な意味では改宗などというものは存在しないと述べてスティーヴンソンの見解を全否定している。

> ...Protestantism and Catholicism are states of soul, the possessions of mankind rather than of any particular race or family, rising up in the same country and in the same family spontaneously and without apparent cause.... So in the strict sense there is no conversion; we merely discover in our hearts what we brought into the world with us, a disposition leading us to pious practices or an inly sense of divinity. (50)

カトリック信仰もプロテスタント信仰も等しく「魂の状態」である。いずれの宗派の信者も「魂の状態」としての「神性」を心の中に発見することを目指している。「神聖」とは特定の民族や一族の所有物ではなく，人類の所有物である。従って，厳密な意味では改宗などというものは存在せず，どの宗派に属そうが構わない。改宗することで心の中に神聖を発見できるのなら，改宗は良いことなのである。今や，ムアは「神聖」の普遍性という観点から，改宗自体の存在を否定しているのである。

7．イェイツのムア観

イェイツは，ムアの存命中は『ディアミッドとグラニア』の共作の仕事を通して知ることになった彼の傍若無人な性格や言動について公に語ることはなかったが，死後に出版した自伝 'Dramatis Personae' (1935) の中で，いくつかの率直な感想を書き残している。その中にあって 'Hodos Chameliontos had no terrors for Moore; he was more simple, more naïve, more one-idea's than a Bank-holiday schoolboy.' (*Autobiographies*, 323) という発言は本稿のテーマと関連して極めて注目に値する。'Hodos Chameliontos'（「カメレオンの道」）とは，多様な価値観を取り入れすぎた結果，自分独自の価値観で文学作品を統一することができなくなる状態である。イェイツは青年時代に詩や小説を執筆中にこの状態に陥る体験をしている。[11] 晩年には当時を振り返り，それが高度に発達した文明に生きる現代人一般の精神的疲労に起因する危機的な状態だと警告している。[12] そのようなイェイツの目には，変化の法則に従って生きるグラニアの魅力に取り憑かれて「カメレオンの道」に踏み迷って恐れを知らないムアが，祭日で授業がなくなり喜ぶ生徒よりも「素朴で無邪気で偏狭に」見えたのであろう。また，プロテスタントに改宗した当時のムアを批判して '...as convert he was embarrassing, unsubduable, preposterous.' (*Autobiographies*, 317) と述べている。ムアは 1903 年 9 月 24 日付けの *The Irish Times* 紙上で，ローマカトリック教会の年来の権威主義と反アイルランド的な政策への不満を理由にプロテスタントに改宗することを宣言し物議を醸した。[13] 自身もプロテスタン

トでカトリック教会には批判的であったイェイツも，ムアなりに信念に基づき行った改宗を「やっかいで，御しがたくて，非常識な」振る舞いと見なしたのである。この発言に先だってイェイツはムアの曾祖父がプロテスタントからカトリックに改宗し，爾来，一族の者がカトリック教徒と結婚した結果，一族の伝統を失わせ，一族の血が下品になったとまで書いている（300）。改宗に代表されるムアの移り気な性格に対するイェイツの嫌悪感には根深いものがあったようで，自分と比較しながらムアの好色漢振りさえも槍玉に挙げている。女癖の悪かった現実主義的なムアとは違って，「生涯一人の女性で十分だと思った」最後のロマン派であったイェイツはグラニアのような心変わりの激しい不実な女性を好むはずがなかったのである。

> I disliked Moore's now sentimental, now promiscuous amours, the main matter of his talk. A romantic, when romanticism was in its final extravagance, I thought one woman, whether wife, mistress, or incitement to platonic love, enough for a lifetime: (*Autobiographies*, 319)

　喜劇『猫と月』（*The Cat and the Moon*, 1926）でもムアらしき人物を登場させ，その移り気な性格を揶揄している。ここには足の悪い乞食を背負った盲目の乞食が登場する。二人は相互依存関係にある。ところが，二人の抱く夢はまったく対照的である。足の悪い乞食は神による祝福を夢見る魂を象徴する人物であるのに対して，盲目の乞食は魂の祝福などは眼中になく，ひたすら五体満足でありたいと願う肉体を象徴する人物である。この二人の乞食は明らかにムアを思わせる好色漢のことを話題にしてからかうのである。足の悪い乞食はその淫乱な好色漢が今や自分の過去の罪を悔いて改心していると言う。すると目の悪い乞食は，改心するはずがないと断言する。改心してしまえば，世間の人々の話題になりたくてもなれないだろう。アイルランドの古代のカトリックの伝道師コルマン様が生きていればムアの改心を望まないだろうとまで言っている。伝道師は伝道のし甲斐があるので，改宗しないことの方を喜ぶはずだからである。

> Lame Beggar. Maybe it is converting him he is.
> Blind Beggar. If you were a blind man you wouldn't
>   say such a foolish thing the like of that. He wouldn't have him different,
>   no, not if he was to get all Ireland. If he was different, what would they
>   find to talk about, will you answer me that now?（Alspach, 797）

この喜劇にはコーラスが登場して、二人の会話の合間に、猫の目が月の満ち欠けの変化に対応して変化するという趣旨の歌を繰り返し歌う。ここにはイェイツが哲学書『幻想録』で展開することになる弁証法的な循環史観が反映している。イェイツは、この循環史観の枠組みの中にムアをはめ込んで、日頃から女癖が悪く、プロテスタントに改宗したりする移り気なムアを揶揄しているのである。例えば、コーラスは劇の結末で次のように歌う。

> ...Does Minnaloushe know that his pupils
> Will pass from change to change,
> And that from round to crescent,
> From crescent to round they range?
> Minnaloushe creeps through the grass
> Alone, important and wise,
> And lifts to the changing moon
> His changing eyes.（Alspach, 804）

月は魂の象徴で、猫は肉体の象徴と解することができる。イェイツはムアのことを月の形の変化に合わせて変わる猫の目のようにめまぐるしく気が変わる人物だとしてからかいながら、同時に、自分の構想した循環史観を披瀝しているのである。

詩集『責任』(Responsibilities, 1914) の結末に置かれた結びの詩でもムアのことを放尿して電信柱を汚す 'the passing dogs'（Albright, 179）だと言ってからかっている。この場合、電信柱とは、グレゴリー夫人の著作と名声を

指している。ムアは，カトリックの小作人たちをプロテスタントに改宗する仕事をしているとしてグレゴリー夫人をからかい，傷つけたことがあった。[14] イェイツはこの 'passing' という形容詞に三つの意味をこめているようである。「通りがかりの」，「放尿する」，および「変化する」である。最後の「変化する」にはイェイツのムアに対する万感の思いがこめられていると思われる。『責任』に収録されている 'The Gray Rock' という詩には永遠の世界に生きる妖精の女神イーファが登場し，'Why must the lasting love what passes,...?' (Albright, 152) と言って自分の愛する人間の恋人の儚さを嘆く場面がある。ここでは「変化する者」を意味する 'what passes' が「永続する者」を意味する 'the lasting' と対照的に用いられている。先ほど論じた『猫と月』にも '...his pupils / Will pass from change to change...' という 'pass' を含む詩行が用いられている。前述したようにムアは処女詩集で '...All things must pass...' という詩行を書き残した。イェイツはムアのこの詩行に集約される思想に挑戦することを念頭に置いてこれらの作品を書いたと推測されるのである。ちなみにグレゴリー版の『ディアミッドとグラニア』でも，ディアミッドがグラニアの移ろいやすい恋心のことを，'...your love passes away as quickly as the cold cloud at break of day.' (294) と嘆いている。これと関連して，有名な 'Sailing to Byzantium' の結末には 'What is past or passing or to come.' (Albright, 240) という詩行が用いられていることが想起される。無常な 'natural thing' を嫌悪するこの詩の語り手は肉体と魂に象徴される変わるものと変わらないものとの葛藤に苦しみながらも，あくまでも 'monuments of unageing intellect' や 'artifice of eternity' を希求して永遠不滅の黄金の鳥に変身することを夢想しているのである。

8. おわりに

　イェイツは晩年の 1938 年に発表した *On the Boiler* と題する社会評論の中でアイルランド文芸復興運動を念頭に置きながら，14 〜 16 世紀のヨーロッパのルネッサンスについて 'I detest the Renaissance because it made the human mind inorganic; I adore the Renaissance because it clarified form and created freedom.' (*On the Boiler*, 239) という興味深い見解を表明している。

ルネッサンスには人類史上，精神の自由を求めてやまない個人の誕生を初めてもたらしたという長所がある反面，個人の精神を超えたものとの有機的な絆を弱めてしまったという欠点があるというのである。晩年のイェイツが抱いたこのような愛憎共存的なルネッサンス観は，フィンへの忠誠心を重んじるディアミッドを好むイェイツと，移り気なグラニアを好むムアとの対立を世界史の中に位置づけるのに役立つだろう。ムアはヘラクレイトスに倣い，世界の法則を変化だと見定め，個人の精神の自由をもたらしたルネッサンスの長所を偏愛した。イェイツは，ヘラクレイトスに倣い，世界の法則を葛藤だと見定め，人間の性格を運命的で不変だと考えた。ムアの目にはイェイツは，ルネッサンスの長所と短所との間で葛藤するあまり，個人の精神の自由を無条件に愛する近代文学者のモデルから逸脱した伝統志向のロマン主義的な詩人に見えた。他方，イェイツの目には，ムアは個人の精神を超えたものとの有機的な絆を衰弱させたルネッサンスの短所を見ようとしない近代志向の自由主義的な小説家に見えたのである。二人の対立の深層に横たわる原因はこのような近代をめぐる価値観の相違にあったことが分かる。その意味で，イェイツとムアの対立をどう見るかという問題は近代の限界が明らかになりつつある今日，依然として重要な主題であり続けていると思われる。

註

1) Moore, *Hail and Farewell*, 243-255.
2) 安達『ジョージ・ムア評伝』，156-157.
3) Foster, *Yeats: A Life*, vol. I, 236-237 と Frazier, *George Moore*, 295-296. なお，Maysは，二人の手になる共作版では，性格的にムアが Grania に等しいのに対して，イェイツは Diarmuid に等しいことを指摘している（Mays, ed., *Diarmuid and Grania*, xxxi）。
4) *The Collected Letters of W. B. Yeats*, vol. II, 585-586.
5) 'Note 6'in *The Collected Letters of W. B. Yeats*, vol. II, 589.
6) *The Collected Letters of W. B. Yeats*, vol. III, 167.

7) Alspach によれば，ムアとイェイツの共作版はグレゴリー夫人が英語で書いたディアミッドとグラニアの伝説の概要に依拠したとされる（*The Variorum Edition of the Plays of W. B. Yeats*, 1169）。本稿では，夫人がイェイツの序文を付して 1904 年に出版した *Gods and Fighting Men* に収録されている 'Diarmuid and Grania' を使用した。
8) 内山, 343; Kahn, 261.
9) Frazier, *George Moore*, 266-267.
10) *The Lake*, 488.
11) Yeats, *Autobiographies*, 282-283.
12) Yeats, *A Vision*（1925）, 209-210; *A Vision*（1937）, 299-300.
13) Moore, *Hail and Farewell*, 453-458, 669-670.
14) Foster, *Yeats: A Life*, vol. I, 507-509.

引用参考文献

Foster, R.F. *W. B. Yeats*: *A Life*, vol. I: *The Apprentice Mage 1865-1914*. New York: Oxford University Press,1997.

Frazier, Adrian. *George Moore 1852-1933*. New Haven and London: Yale University Press, 2000.

Gregory, Lady. *Gods and Fighting Men*. 1904; rpt. Britain: Colin Smythe, 1970.

Huguet, Christine and Dabrigeon-Garcier, Fabienne（eds.）. *George Moore: Across Borders*. Amsterdam and New York: Rodopi, 2013.

Kahn, Charles H. *The Art and Thought of Heraclitus: An Edition of the Fragments* with Translation and Commentary. New York: Cambridge University Press, 1979.

Mays, J. C. C.(ed.). *Diarmuid and Grania: Manuscript Materials by W. B. Yeats and George Moore*. Ithaca and London: Cornell University Press, 2005.

Moore, George. *The Brook Kerith: A Syrian Story*. New York: MacMillan, 1916.

―――――――. *Confessions of a Young man*. 1886; rpt. London: T. Werner Laurie Clifford's Inn, 1904.

―――――――. *Evelyn Innes*. London: T. Fisher Unwin, 1898.

―――――――. *Flowers of Passion*. 1878; rpt. New York and London: Garland

―――. *Hail and Farewell: Ave, Salve, Vale*. Ed. Richard Allen Cave.1976; rpt. Washington: Colin Smythe, 1985.

―――. *The Lake*. Carra Edition, vol. 8. 1923; rpt. Kyoto: Rinsen Book Co., 1983.

―――. *A Modern Lovers*. 1883; second edition. London: Vizetelly and Co., 1885.

―――. *A Mummer's Wife*. 1885; rev. New York: Brentano's, 1917.

―――. *Pagan Poems*. 1878; rpt. New York and London: Garland Publishing, Inc., 1978.

―――. *A Story-Teller's Holiday*. London: Privately printed for subscribers only by Cumann Seaneolais nah-Eireann, 1918.

Yeats, W. B. *The Collected Letters of W. B. Yeats*, vol. II 1896-1900. Ed. Warwick Gould, John Kelly, and Deirdre Toomey. New York: Oxford University Press, 1997.

―――. *The Collected Letters of W. B. Yeats*, vol. III 1901-1904. Ed. John Kelly and Ronald Schuchard. New York: Oxford University Press, 1994.

―――. 'Dramatis Personae' in *The Collected Works of W. B. Yeats: Autobiographies*, vol. 3. Ed. William H. O'Donnell and Douglas N. Archibald. New York: Scribner, 1999.

―――. 'Introduction' to *The Oxford Book of Modern Verse* (1936) in *The Collected Works of W.B. Yeats: Later Essays*, vol. 5. Ed. William H. O'Donnell. New York and London: Charles Scribner's Sons, 1994.

―――. 'On the Boiler' (1938) in *The Collected Works of W. B. Yeats: Later Essays*, vol. 5. Ed. William H. O'Donnell. New York and London: Charles Scribner's Sons, 1994.

―――. *The Variorum Edition of the Plays of W. B. Yeats*. Ed. Russell K. Alspach. London: Macmillan, 1966.

―――. *A Critical Edition of Yeats's A Vision* (1925). Ed. George Mills Harper and Walter Kelly Hood. London: Macmillan, 1978.

―――. *A Vision* (1937).1937; rpt. London: Macmillan, 1969.

―――――――――. *W. B. Yeats: The Poems*. Ed. Daniel Albright. London: J. M. Dent Ltd, 1990.

安達正『ジョージ・ムア評伝─芸術に捧げた生涯─』(鳳書房, 2001 年)。

内山勝利編訳『ソクラテス以前哲学断片集第一分冊』(岩波書店, 1996 年)。

詩と詩論の相互作用とその変容
「秋に寄せて」におけるキーツの新たな試み

江口 誠

1. キーツの詩における歴史と政治

　文芸批評家 Paul de Man は 1966 年に編纂したキーツの詩集の中で，以下のような脱構築的な読み方を提示した。

> In reading Keats, we are therefore reading the work of a man whose experience is mainly literary. The growing insight that underlies the remarkably swift development of his talent was gained primarily from the act of writing. In this case, <u>we are on very safe ground when we derive our understanding primarily from the work itself.</u>[1] (下線部筆者)

新批評に批判的であった de Man 自身も，「主として作品それ自体からキーツの詩を理解する」という手法が確固たるものであるとしている。しかしながら，結局のところは彼も「内在的研究手法」('intrinsic approaches')[2] に固執していたことはある意味皮肉的である。その後，政治的或いは新たな歴史主義的な視点が再び注目される契機となったのは，Jerome J. McGann が 1979 年に発表した論文であった。McGann はその序章において，上述の de Man の主張に対して真っ向から異を唱え，以下のように主張した。

> <u>For poetry is itself one form of social activity, and no proper understanding of the nature of poetry can be made if the poem is abstracted from the experience of the poem,</u> either at its point of origin or any any subsequent period. The special character of poetry and art—its universal or eternal aspect so-called—is that it permits its audience to encounter the human experience

of the poem as finished, not only in respect to the poem's immediate, specified circumstances, but in terms of all human history (past and future). The poem, like all human utterances, is a social act which locates a complex of related human ideas and attitudes.[3] (下線部筆者)

「詩人が詩を創作し,そして読者が読むこと全てが社会的な行為であり,その点を無視して詩の性質を理解することは不可能だ」とMcGannは断言しているのである。さらに彼は 'No poem can exist outside of a textual state any more than a human being can exist outside of a human biological organism.'[4] とも主張し,de Manらが言うところの「テキスト」と「詩」とを峻別している。つまり「テキスト」は,「詩」の存在における言語的な状態に過ぎないということである。

またMcGannは,これまでロマン派詩人を含めその後の批評家までもが,いかに「ロマン主義イデオロギー」('Romantic Ideology')に多大な影響を受けてきたのか,つまりはロマン主義イデオロギーに取り込まれてきたのかという点を強調している: '... the scholarship and criticism of Romanticism and its works are dominated by a Romantic Ideology, by an uncritical absorption in Romanticism's own self-representations.'[5] 具体的には,彼はロマン派と非ロマン派の詩としてキーツとジョン・ダンとの詩を比較対照の材料として取り上げ,キーツの「つれなき美女」('La Belle Dame Sans Merci')は,歴史のある一時点に書かれ,古いバラッドを模倣した「バラッド詩」('literary ballad')であるため,これがある特定の人生の一時点にジョン・キーツによって書かれた詩であることを知っておかなければならない,と主張する。[6] さらにMcGannは,キーツの詩,さらにはロマン派の詩及び想像力を以下のように定義している。

The important theoretical point to keep in mind here is that this entire situation only comes about because Keats's poetic materials are self-consciously recognized to be socially and historically defined. Romantic imagination emerges with the birth of an historical sense, which places the

poet, and then the reader, at a critical distance from the poem's materials.[7]
（下線部筆者）

歴史意識無くして詩が生まれることはなく，「ロマン主義イデオロギー」がしばしば消し去ろうとするのは，まさにこの繋がりであるという指摘である。

　Susan Wolfson は 1986 年夏に発行された Studies in Romanticism の特集 'Keats and Politics: A Forum' に寄せた序章において，当時の批評の傾向として「キーツ」と「政治」との繋がりが「ちょっとした形而上的奇想のようなもの」（'something of a metaphysical conceit'）[8] として捉えられていると語った。しかしながら，この特集が契機となり，Nicholas Roe の Keats and History（1995）や John Keats and the Culture of Dissent（1997）などによって「キーツと政治」或いは「キーツと歴史」は批評テーマの一つとして確固たる地位を占めるようになり，もはやそれらの繋がりを形而上学的奇想として無視することはできなくなった。

　以上のような近年のキーツ批評の変遷の中で，最も解釈が分かれる作品が「秋に寄せて」（'To Autumn'）であると思われる。例えば McGann は以下のように解釈している。

>　The explanation necessarily asks us to see, very clearly, that the poem's autumn is an historically specified fiction dialectically called into being by John Keats as an active response to, and alteration of, the events which marked the late summer and early fall of a particular year in a particular place. Keats's poem is an attempt to "escape" the period which provides the poem with its context, and to offer its readers the same opportunity of refreshment. By this I do not mean to derogate from Keats's poem, but to suggest what is involved in so illusive a work as "To Autumn" and in all the so-called escapist poetry which so many readers have found so characteristic of Romanticism.[9]（下線部筆者）

McGann が殊更に強調しているのは，例えばピータールー虐殺事件（'Peterloo Massacre'）に代表される様々な事件が勃発した 1819 年秋というイギリス社会の現実から「逃避」（'escape'）しているという点である。その一方で，同じく文芸批評家の Paul H. Fry は以下のように反論している。

> None of which is to say that "To Autumn" is not a social poem. It is; but what it is not is a politically encoded escape from history, a coerced betrayal—as McGann interprets it—of its author's radicalism.[10]

つまり「秋に寄せて」が歴史からの逃避でも詩人の急進主義の裏切りでもないとして McGann の主張を退ける一方で，社会的な詩であることは否定していない。では，「秋に寄せて」を 19 世紀初頭イギリスで創作された詩として見た場合に，どのような解釈が可能となるのか。

　そこで本論では，「秋に寄せて」の幾つかの語句に焦点を当て，19 世紀初頭のイギリスにおいてこの詩が喚起させたであろうイメージを探る。それらは，一見何気ない風景描写に埋め込まれた符号あり，同時代のイギリス社会が抱えていた諸問題を浮き彫りにするイメージを想起させる働きがあると考える。そしてその表現方法の確立に到るまでに，キーツの詩と詩論が相互にどのように影響し合い，結果としてどのような変化を遂げるのか，という点も同時に明らかにしたい。

2．ピクチャレスクからの脱却

　「秋に寄せて」が収録されているのは 1820 年 7 月に出版された『レイミア，イザベラ，聖アグネス祭の前夜，その他の詩集』（*Lamia, Isabella, the Eve of St. Agnes, and Other Poems*）であるが，実際に執筆されたのは 1819 年の 9 月 19 日頃だと考えられている。[11] 詩の成立について論じられる際にほぼ例外なく引用されるのが，キーツが親友レノルズ（J. H. Reynolds, 1794–1852）に宛てた，以下の 1819 年 9 月 21 日付の書簡である。

> How beautiful the season is now—How fine the air. A temperate sharpness

about it. Really, without joking, chaste weather—Dian skies—I never lik'd stubble fields so much as now—Aye better than the chilly green of the spring. <u>Somehow a stubble plain looks warm—in the same way that some pictures look warm—this struck me so much in my sunday's walk that I composed upon it.</u> I hope you are better employed than in gaping after weather. I have been at different times so happy as not to know what weather it was—No I will not copy a parcel of verses. <u>I always somehow associate Chatterton with autumn.</u> He is the purest writer in the English Language. He has no French idiom, or particles like Chaucer<s>—'tis genuine English Idiom in English words.[12] (下線部筆者)

　これはキーツが『レイミア』や『ハイペリオンの没落』(*The Fall of Hyperion*) を書き上げたとされる滞在先のイギリス南部の街ウィンチェスターから送られたものである。この書簡でひときわ強調されているのは「切り株」('stubbles') であり，「暖かみが感じられる絵画があるように，なぜかしら切り株畑に暖かみを感じる——日曜日の散歩の時にそれに僕は痛く感動した」とさえ言っている。因みにこの「日曜日の散歩」とは，9月21日が火曜日であることから，その前々日の9月19日を指していると考えるのが自然である。従って，その日曜日に書簡で言及されている詩，つまりは「秋に寄せて」が書かれたと推測される。

　さらにこの書簡の後半では，わずか17歳の若さで自らの命を絶った詩人トマス・チャタトン (Thomas Chatterton, 1752–1770) への言及があり，キーツは「どういうわけか彼と秋をいつも結び付けてしまう」とも語っている。その直後には，キーツが『ハイペリオンの没落』を断念し，「ミルトン的な詩 ('Miltonic verse') はそれ以上書けない」という言葉が続くことから，ここにキーツの詩論の変化の兆しが読み取れる。[13] 彼が比較しているのは，「フランス的な語法」('French idiom') という言葉で形容されているラテン語の語法に由来する表現方法とチャタトンの英語であり，キーツは前者を「ミルトン的倒置」('Miltonic inversion') とも呼んでいる。[14] このことから，彼が思い描く理想の詩的言語がこの時期に大きく変容しつつある

ことが窺える。キーツにとっては，チャタトンの英語こそが「純粋な英語」（'The purest English'）であり，彼こそが「英語における最も純粋な書き手」（'the purest writer in the English Language'）なのである。15)

キーツはまた別の機会にもこの点に触れている。アメリカに住む弟ジョージ（George Keats, 1797–1841）に宛てた 1819 年 9 月 24 日付の書簡には，彼が詩的言語について深刻に思い悩む様が見て取れる。

> I shall never become attach'd to a foreign idiom so as to put it into my writings. The Paradise lost though so fine in itself is a corruption of our Language—it should be kept as it is unique—a Curiosity. a beautiful and grand Curiosity. The most remarkable Production of the world—A northern dialect accommodating itself to greek and latin inversions and intonations. The purest english I think—or what ought to be the purest—is Chatterton's—The Language had existed long enough to be entirely uncorrupted of <u>Chaucer's gallicisms</u> and still the old words are used—Chatterton's language is entirely northern—<u>I prefer the native music of it to Milton's cut by feet</u> I have but lately stood on my guard against Milton.16) （下線部筆者）

キーツは再びチャタトンの英語を例に出し，殊更にミルトン的な表現方法，もしくは「チョーサーのフランス語の語法」（'Chaucer's gallicisms'）を否定している。注目すべきは，彼がそれよりも「この土地の音の響き（'native music'）を好む」と言っている点にある。このジョージに宛てた書簡及び前出のレノルズに宛てた書簡では，英語とフランス語（ラテン語）の響きや語法について語っているが，これと 9 月 19 日の散歩の後にキーツが「僕は今ほど切り株畑を好きになったことはない」（'I never lik'd stubble fields so much as now'）と語った彼の心境の変化とは深く関係しているのではないかと考える。即ち，キーツの中では詩的言語に対する考え方と同時に，イギリスの風景の捉え方についても何かしらの変化が起こっており，語法やテーマの全てを含むキーツの詩論そのものがこの時期に大きく変容しつつあったのではないだろうか。

風景描写における変化に関しては、18世紀後半から19世紀初頭にかけて流行した「ピクチャレスク」('picturesque') と呼ばれる美的概念に深く関係していると考えられる。ワイト島のシャンクリンからウィンチェスターに移動した直後に婚約者ファニー・ブローン（Frances (Fanny) Brawne Lindon, 1800–1865）に宛てた1819年8月16日付の書簡で、キーツはこれらの二つの滞在先を以下のように比較している。

> This Winchester is a fine place; a beautiful Cathedral and many other ancient buildings in the Environs. The little coffin of a room at Shanklin, is changed for a large room—where I can promenade at my pleasure—looks out onto a beautiful—blank side of a house—<u>It is strange I should like it better than the view of the sea from our window at Shanklin</u> ... <u>I am getting a great dislike of the picturesque</u>; and can only relish it over again by seeing you enjoy it ....[17]
> （下線部筆者）

注目すべきは彼自身が「シャンクリンの窓から眺める海の景色よりもそれ［ウィンチェスターの景色］がより好きになるとは奇妙だ」と、明白な心境の変化を語っている点である。さらには、「僕はピクチャレスクに多大な嫌悪感を抱くようになってきている」と打ち明けている点も見逃せない。[18] 確かに、例えば1819年1月から2月頃に書かれたとされる「聖アグネス祭の前夜」に描かれるゴシック小説的な雰囲気、礼拝堂や多彩なコントラスト、或いは『ハイペリオン』で描かれるそびえ立つ岩や滝によってキーツが目指したものは、いわゆるピクチャレスク的なイメージの描出だと言っても過言ではないだろう。その証左として、キーツは自分自身を「ピクチャレスクの老練家」('an old Stager in the picturesque') とさえ呼んでいるからである。[19] そしてそのピクチャレスク的なイメージは、キーツが「暖かみ」を感じたウィンチェスターの切り株畑の風景とは対極に位置するものであると考える。

ではキーツが言うところのピクチャレスクとは、彼が生きた時代にどのような意味を持っており、なぜ彼はこの手法を捨て去る決意を固めた

のだろうか。これはウィリアム・ギルピン（William Gilpin, 1724–1804）によって導入され美的概念であり、エドマンド・バーク（Edmund Burke, 1729–1797）が定義した「崇高」（'the sublime'）と「美」（'the beautiful'）とを繋ぐ役割を担っているとも言える。例えばギルピンは、美とピクチャレスクとの相違点について自著で以下のように述べている。

> Disputes about beauty might perhaps be involved in less confusion, if a distinction were established, which certainly exists, between such objects as are *beautiful*, and such as are *picturesque*—between those, which please the eye in their *natural state*; and those, which please from some quality, capable of being *illustrated in painting*.[20]

つまり、その語源から容易に想像できるように、「絵として描かれうるかどうか」という観点が肝要であることは論を俟たない。もしくは、単純明快に「絵画に合うような特殊な美を表す用語」（'a term expressive of that peculiar kind of beauty, which is agreeable in a picture'）とギルピンは定義している。[21]

また中島俊郎氏は、ピクチャレスクの鑑賞に関して以下の点を指摘している。

> ただここで注意しておかなければならないのは、<u>ピクチャレスクは風景を直感的で鑑賞するような見方では鑑賞できない</u>ということだ。ホラティウスやウェルギリウスの詩文、プッサン、クロードの絵画にもりこまれた寓意や暗示を即座に理解できる<u>古典的造形を前提としていた</u>のである。つまりピクチャレスクという感性には深い文学的教養と知的霊感が求められていたのである。[22]（下線部筆者）

しかしながら、実際は18世紀末のイギリスではピクチャレスクが大衆化され、クロード・グラス（'Claude Glass'）と呼ばれる小さな鏡を手にした旅行者によるピクチャレスク・ツアーが大流行することになる。キーツは、

その大衆化されたピクチャレスクの手法を拠り所にして詩作を重ねることになるが，彼にはそれを深く理解するための「古典的造形」も「深い文学的教養」もなかったのである。

そしてまさに同じ視点でキーツの詩に対して辛辣な批評を寄稿したのがJohn Gibson Lockhart（1794–1854）であった。雑誌『ブラックウッズ・エディンバラ・マガジン』（*Blackwood's Edinburgh Magazine*）の誌上で，計5回にもわたって 'Z' というペンネームで「コックニー詩派について」と題した一連の論評を掲載し，ヘンリー・リー・ハント（Henry Leigh Hunt, 1784–1859）と彼の詩派に属すると見なされていた新興詩人らの作品を手厳しく批判したのである。例えば Lockhart はキーツの『詩集』（*Poems*, 1817）に収録された「チャップマンのホメロスを初めて読んで」（'On First Looking into Chapman's Homer'）を槍玉に挙げ，「チャップマンの翻訳からしかホメロスを知らない」（'... and the other[Keats] knows Homer only from Chapman'）と揶揄してキーツの詩をこき下ろしたのみならず，彼の学識の無さをも嘲笑したのである。[23] 古典の知識も深い文学的教養も持ち合わせていなかったキーツにとって，ミルトンもピクチャレスクも，結局はその表現技法を模倣したに過ぎなかったのではないだろうか。そしてその事に気付いたキーツは，新たな詩論に基づいて詩の創作に挑もうとしたのではないか。それによって生まれたのが「秋に寄せて」であると考える。

では，実際に「秋に寄せて」において，イギリスの秋はどのように描写されているのか。以下にその第二連と第三連を引用する。

II

Who hath not seen thee oft amid thy store?
   Sometimes whoever seeks abroad may find
Thee sitting careless on a granary floor,
   Thy hair soft-lifted by the winnowing wind;
Or on a half-reaped furrow sound asleep,
   Drowsed with the fume of poppies, while thy hook
     Spares the next swath and all its twinèd flowers;

And sometimes like a gleaner thou dost keep
　　Steady thy laden head across a brook;
　　Or by a cyder-press, with patient look,
　　　　Thou watchest the last oozings hours by hours.

　　　　　　　　III

Where are the songs of spring? Aye, where are they?
　　Think not of them, thou hast thy music too—
While barrèd clouds bloom the soft-dying day,
　　And touch the stubble-plains with rosy hue.
Then in a wailful choir the small gnats mourn
　　Among the river sallows, borne aloft
　　　　Or sinking as the light wind lives or dies;
And full-grown lambs loud bleat from hilly bourn;
　　Hedge-crickets sing; and now with treble soft
　　The red-breast whistles from a garden-croft;
　　　　And gathering swallows twitter in the skies. 24)

　　　　　　　　II
お前の穀倉でしばしばお前を見なかったものがいるだろうか。
　　時折戸外でお前を探す者は見つけ出すのだ
お前が穀倉の床の上でのんびりと座っているところを。
　　お前の髪が籾殻を吹き分ける風で軽やかに乗せられ，
もしくは半ば刈り取られた畝の上でぐっすりと眠っているところを。
　　芥子の香りでまどろみ，その間はお前の鎌が
　　　次の畝とそこに絡まった花々を刈らずにいる。
そして時にはまるで落ち葉拾いのように
　　お前はお前の荷を乗せた頭をしっかりと保って小川を渡り，
　　もしくは林檎搾りのそばで，辛抱強い眼差しで
　　　　お前はその最後の滴を何時間も何時間も待つのだ。

III

春の歌はどこか。ああ，どこにあるのか。
　春の歌は考えるな。お前にはお前の音楽があるのだから—
棚引く雲が柔らかに暮れかかる日を彩り，
　そして切り株畑を薔薇色に染める。
その時，もの悲しい声を重ねて小さなブヨの群れが嘆き悲しむ
　川柳のあいだで軽やかな風が吹いたり止んだりする度に
　　高々と揚げられたり沈んだり。
そして丸々と肥えた子羊たちが地平線の草地の丘から声高に鳴く。
　キリギリスが歌い，今や柔らかな甲高い声で
　駒鳥が庭の畑から歌うように鳴く。
　　そして寄せ集まる燕の群れが空でさえずる。

　ピクチャレスク的概念に「多大な嫌悪感」を持つようになってきていたというキーツが描きたかったものは，イギリスの理想的な風景であったのかもしれない。その証左に，'a granary floor' や 'a half-reaped furrow' といった，一見ピクチャレスクの概念とは相反し，イギリスの長閑な秋の田園風景を想起させるような，キーツが言うところの「暖かみ」を感じさせるような語句が散りばめられている。例えばギルピンは 'The near grounds, when cultivated are always formal and disgusting.'[25] と語り，耕作された土地に嫌悪感を抱いている。また別の機会には，鋤や鍬の痕などにはうんざりさせられると断言している。[26] しかしながら，本論で強調したいのは，「秋に寄せて」がピクチャレスク的なのか反ピクチャレスク的なのかという点ではない。

3．エンクロージャーと農業労働者

　次に新たな詩論に基づいて描いたイギリスの秋はどのようなものであったのかという点について，さらに詳細に見ていきたい。「秋に寄せて」の第二連には，秋が「まるで落ち葉拾いのように」（'like a gleaner'）と形容

されている箇所がある。「落ち葉拾い」とは，いわゆる農業労働者の範疇に入ると考えるのが自然であろう。では，19世紀初頭イギリスにおける「落ち葉拾い」によって表象されていたものは何か。そこには，エンクロージャーと呼ばれる土地囲い込み運動の影響が関係していると思われる。

まず，エンクロージャーが農業労働者に与えた影響について概観したい。一概に断定することは不可能であるが，例えば歴史家の Edward. P. Thompson はこの点について以下のように詳説している。

> The difficulties of assessing 'standards' may be seen if we examine the history, between 1790 and 1830, of the largest group of workers in any industry—the agricultural labourers .... And first we should remember that the spirit of agricultural improvement in the eighteenth century was impelled less by altruistic desires to banish ugly wastes or—as the tedious phrase goes—to 'feed a growing population' than by <u>the desire for fatter rent-rolls and larger profits.</u>[27)]（下線部筆者）

Thompson が主張するように，18世紀末から19世紀初頭にかけての農業労働者の平均的な生活水準を評価することは困難であろうが，エンクロージャー自体がそもそも多額の地代収入や利潤を得たいという土地所有者の強い欲求に突き動かされたものであり，農業労働者はエンクロージャーへと向かう時代の流れに抗うことはできなかったことは想像に難くない。

また Ann Bermingham は，ピクチャレスクという観点から土地所有者と農業従事者との関係を次のように説明する。

> During the period of the picturesque, as agriculture boomed, the relationship between landowners and their dependents shifted from a paternalistic, quasi-feudal system of reciprocal rights and duties to an industrial employer-employee relationship, bonded only by a cash nexus.[28)]

つまりエンクロージャーの影響によって，両者の関係は疑似封建的な繋が

りから,単なる金銭によるそれに変容してしまっていた,という指摘である。
さらに, Thompson は以下のように続ける。

> But what was 'perfectly proper' in terms of capitalist property-relations involved, none the less, a rupture of the traditional integument of village custom and of right: and the social violence of enclosure consisted precisely in the drastic, total imposition upon the village of capitalist property-definitions.... Copyhold and even vaguer customary family tenancies (which carried common rights) might prove to be invalid at law although they were endorsed by the collected memory of the community. <u>Those petty rights of the villagers, such as gleaning, access to fuel, and the tethering of stock in the lanes or on the stubble, which are irrelevant to the historian of economic growth, might be of crucial importance to the subsistence of the poor.</u>[29]
> （下線部筆者）

Thompson は, 18 世紀末から 19 世紀の初頭にかけて, 落ち葉拾いや枝拾いといった村人達の「ささやかな権利」が, 実は貧困層の生活維持には極めて重要であった可能性を指摘している。

さらに歴史家の Roy Porter は, 囲い込みによって酷く苦しめられた人々を三種類に分類している。その一つが以下のグループである。

> まず, 開放耕作地内持分がごく僅かなために（鶉鳥をとるため, 牛または豚を放牧するため, 野生の食料を摘むため, 薪用の小枝や低木を集めるため）共有地や荒地に入ることが生活の不足を補うのに不可欠であった独立耕作者たち。彼らの暮らしは, 囲い込まれた僅かな小作地に頼り, 耕せる土地はそれしかないため, 先細りの不安定なものになった。[30]

Thompson や Bermingham 同様, Porter もエンクロージャーによって多大な影響を受けた農業労働者の困窮した生活ぶりに注目している。

以上から推察できることは,「落ち葉拾い」('gleaner') の人々は, 19世紀初頭イギリスにおいては, 貧困に喘ぐ農業労働者を想起させる符号であった可能性があるということである。つまり, 実際には既にイギリスには存在しない秋の風景であり, 偽りのイメージなのである。それが意図的なのかそうでないかは分からないが, 結果としてエンクロージャー政策を強力に推し進めたイギリス政府を間接的に批判する描写になっている。

エンクロージャーに関しては, 例えば同時代のパンフレット出版者でありジャーナリストであるウィリアム・コベット (William Cobbett, 1763–1835) も, 自身が出版する政治雑誌『ポリティカル・レジスター』(*Political Register*) にて厳しく政府を批判している。少々長くなるが, 以下に引用する。

> You, indeed, hear of *no more new enclosures*, and, I hope, most anxiously, that we shall hear of many of the late new enclosures being thrown again to common. They were, for the most part, useless in point of quantity of *production*; and, to the labourers, they were malignantly mischievous. They drove them from the skirts of commons, downs and forests. They took away their cows, pigs, geese, fowls, bees, and gardens .... <u>They took from them their best inheritance: sweet air, health, and the little liberty they had left.</u> Downs, most beautiful and valuable too, have been broken up by the paper-system;[31] and, after three or four crops to beggar them, have been left to be planted with *docks* and *thistles*, and never again to present that perpetual verdure, which formerly covered their surface, and which, while it fed innumerable flocks, enriched the neighbouring fields.[32] (下線部筆者)

言論統制がますます厳しくなっていた19世紀初頭のイギリスにおいてジャーナリストとして政府批判で名を成していたコベットであるが, エンクロージャーに関してもその辛辣な筆はとどまるところを知らなかった。彼によれば, 生産性という点では全く無益でありながら労働者にとっては有害であったようで, それに加えて彼が「最も素晴らしい遺産」('the best inheritance') と称する労働者たちの豊かな自然環境や健康を奪い去ってし

まったと断じている。つまり，エンクロージャーによって美しいイギリスの風景が破壊されて農業労働者が追い詰められていた問題は，世間一般に広く共有されていたテーマでもあったことが推測できる。

4．正義と公平

　次にキーツが「秋に寄せて」を執筆する直前に出版された雑誌『イグザミナー』（*The Examiner*）との関係から考察したい。[33] これはキーツとの親交が深かった上述のリー・ハントが編集した新聞で，1819年8月22日号の一面で，「マンチェスターでの動乱」（'Disturbances at Manchester'）と題して「ピータールー虐殺事件」についても詳細に報告している。1819年9月5日号には，「自然暦」（'Calendar of Nature'）と題された連載記事があり，その冒頭には「九月」と題された詩が掲載されている。

    SEPTEMBER.

 Next him September marched eke on foot;
 Yet was he heavy laden with the spoyle
 Of harvest's riches, which he made his boot,
 And him enriched with bounty of the soyle:
 In his one hand, as fit for harvest's toyle,
 <u>He held a knife-hook</u>; and in th' other hand,
 A paire of weighs, with which he did assoyle
 Both more and lesse, where it in doubt did stand
And <u>equal gave to each as justice duly scanned</u>.（下線部筆者）

次に『九月』が，これまた徒歩で歩み出たが，
自分がもうけた収穫の富をどっさり背負い，
土壌の恵みで豊かな身になっていた。
片手には，取り入れ仕事にふさわしいように，
刈取り鎌を持ち，もう一方の手には，天秤を持っていて
これで，疑わしい時は，多いか少ないかを計り，

そして『正義』が正当な判断を下す通りに，
おのおのに公平に与えるのであった。34)

これはエドマンド・スペンサー（Edmund Spenser, c1552–1599）作『妖精の女王』（*The Faerie Queene*, 1590, 1596）の『無常の二編』（*The Mutability Cantos*）からの抜粋であり，注目すべきは，「『九月』が片手には・・・<u>刈取り鎌</u>を持ち，もう一方の手には，天秤を持っていて・・・<u>『正義』が正当な判断を下す通りに，おのおのに公平に与えるのであった</u>」という点である（下線部筆者）。つまり，収穫即ち富は国民に公平に分配されなければならないという『イグザミナー』の強いメッセージが読み取れる。

　ここで思い出されるのは，「秋に寄せて」の第二連に見られる「鎌」（'hook'）の存在である。豊饒なる大地を刈り取る役割を担った秋は，『無常の二編』では公平さを与える役割をも担っている。つまり，キーツの「秋に寄せて」とリー・ハントの「自然暦」即ち『イグザミナー』は，「鎌」という共通の符号によって同じイメージを共有しているのである。「秋に寄せて」と「自然暦」との共通点に言及する研究者は多く，例えばNicholas Roe は, 'the migrating birds, cider-making, swallows and insects, warm days, and even chill and fog'の全てがキーツの「秋に寄せて」に再登場することを指摘している。35)

　いずれにせよ，「秋に寄せて」の秋も『無常の二編』の九月と同じく擬人化され，その豊かな実りを蓄える「穀倉」（'store'）を持っていることが分かる。しかしながら，両者が決定的に異なるのは，スペンサーの九月が刈取り鎌と天秤を両手に持って公平を与える一方で，キーツの秋は「穀倉の床の上でのんびりと座って」おり，本来なされるべき収穫の作業を放棄して「ぐっすりと眠っている」という点である。さらには，その「穀倉」には実際に富が蓄えられているかどうかも定かではない。秋の怠惰もしくは遅延によって富の徴収も分配も行われないということは，翻って考えれば，それによって不公平さが蔓延しているイギリス社会そのものの表象と考えることが可能である。

5．最後に

『エンディミオン』（*Endymion*, 1817）第三巻の冒頭のように，キーツの初期の作品に見られるような，あからさまな政治批判は後年徐々に影を潜めていく。しかしながら，上述のように「秋に寄せて」においては，幾つかの符号によって同時代のイギリス社会の諸問題が浮かび上がるのである。この描出方法の変化とも言うべきものは，キーツがミルトン的な表現方法やピクチャレスク的な技法から脱却しようとしていた時期と一致する。詩と詩論が相互に影響し合うことで最終的に得られた結果なのである。決してキーツは象牙の塔に「逃避」したのではない。秋が「辛抱強い眼差し」で林檎の最後の滴を待つように，キーツは同じような辛抱強い眼差しでイギリス社会をじっと観察し続けていたのである。

註

1) Paul de Man. "The Negative Road." *Modern Critical Views: John Keats*, ed. Harold Bloom (New York: Chelsea House Publishers, 1985), p. 31.
2) René Wellek and Austin Warren. *Theory of Literature* (London: Jonathan Cape, 1949) を参照のこと。
3) Jerome McGann, "Keats and the Historical Method in Literary Criticism," *MLN* 94 (1979), p. 991.
4) *Ibid.*, p. 991-92.
5) Jerome J. McGann, *The Romantic Ideology: A Critical Investigation* (Chicago: U of Chicago P, 1983), p.1.
6) *Ibid.*, p. 77-78.
7) *Ibid.*, p. 79.
8) Susan Wolfson, "Keats and Politics: Introduction," *Studies in Romanticism* 25 (1986), p.171.
9) McGann, "Keats and the Historical Method," p. 1023-24.
10) Paul H. Fry, "History, Existence, and 'To Autumn,'" *Studies in Romanticism* 25 (1986), p. 212.

11) Miriam Allott, ed., John Keats, *The Poems of John Keats*（London: Longman, 1970）p. 650.
12) 以降のキーツの書簡の引用は全て以下に拠る：John Keats, *The Letters of John Keats: 1814-1821*, ed. Hyder Edward Rollins, 2 vols., ii,（Cambridge, Massachusetts: Harvard UP, 1958）, p.167.
13) *Ibid.*, p. 167.
14) *Ibid.*, p. 167. 批評家 Walter Jackson Bate は 1817 年 11 月に執筆された『エンディミオン』と 1819 年 9 月に創作された『秋に寄せて』で使用されているラテン語起源の語を調べ、前者の割合が 15% であるのに対して後者のそれは 8.3% にまで低下していることを指摘している：*The Stylistic Development of John Keats*（New York: The Humanities Press, 1958）, p. 31.
15) *Letters*, p. 212, p.167.
16) *Ibid.*, p. 212.
17) *Ibid.*, p. 141-42.
18) キーツはまた別の機会に 'But I may call myself an old Stager in the Picturesque, and unless it be something very large and overpowering I cannot receive any extraordinary relish.' と語っている：Keats, *Letters*, p.135.
19) *Letters*, p. 135.
20) William Gilpin, *Three Essays: On Picturesque Beauty; On Picturesque Travel; and On Sketching Landscape*（London, 1792）, p.3.
21) William Gilpin, *An Essay on Prints*, 5th ed.（London, 1802）, p. xii.
22) 中島俊郎『イギリス的風景：教養の旅から感性の旅へ』（NTT 出版，2007 年）, p. 73.
23) John Gibson Lockhart, "On the Cockney School of Poetry. No. IV," *Blackwood's Edinburgh Magazine* 17（1818）, p. 522.
24) 以降キーツの詩の引用は全て以下に拠る：John Keats, *The Poems of John Keats*, ed. Miriam Allott（London: Longman, 1970）, p.650-55.
25) William Gilpin, *Observations, Relative Chiefly to Picturesque Beauty, Made in the Year 1776, On Several Parts of Great Britain; Particularly The High-Lands of Scotland*, Vol. 1（London: 1789）, p. 11,

26) その一方で，ギルピンは 'when all these regular forms are softened by distance' という条件もつけており，実際には一概に判断することは難しい：William Gilpin, *Observations, Relative Chiefly to Picturesque Beauty, Made in the Year 1772, On Several Parts of England; Particularly The Mountains, and Lakes of Cumberland, and Westmoreland*, Vol. 1, 2nd Ed.（London: 1788），p. 7.

27) E. P. Thompson, *The Making of the English Working Class*（London: Penguin Books, 1980），p. 233-37.

28) Ann Bermingham, *Landscape and Ideology: The English Rustic Tradition, 1740-1860*（Berkley, Los Angeles: U of California P, 1986），p. 74.

29) Thompson, p. 239.

30) ロイ・ポーター, 『イングランド 18 世紀の社会』, 目羅公和訳（法政大学出版局, 1996 年），p. 305.

31) 金本位制度に代わってイギリスに導入された紙幣制度について，William Cobbett は 1817 年に *Paper Against Gold* と題したパンフレットを発行して厳しく政府を批判し，その信用度と兌換性が大きな問題であると主張している。

32) William Cobbett, "To Mr. Attwood," *Cobbett's Weekly Political Register* 39.5（1821），p. 329-30.

33) キーツは，'tuesday is the day for the Examiner to arrive' と語っていることから，『イグザミナー』を定期的に読んでいたことが窺える：*Letters*, p.153.

34) 原文は *The Examiner*, 5 Sept.（1819），p. 574 から引用。邦訳はスペンサー, 『妖精の女王』, 和田勇一監修・校訂（文理, 1969 年），p. 937.

35) Nicholas Roe, *John Keats and the Culture of Dissent*（Oxford: Oxford UP, 1997），p. 260.

バイロン　散華への道のり
抒情と諷刺を超えて

上杉 文世

1．はじめに

　周知のように，George Gordon Byron, 6th Baron（1788-1824）は，ギリシア独立戦争のさなかにギリシア西海岸の寒村ミソロンギで病死したが，詩人としてもっとも脂の乗りきった壮年期に，100巻までもと意気込んで書き進めていた代表作の *Don Juan* を第17巻で未完のまま，死を覚悟して独立軍の陣営に身を投じたのは何故か？単なる英雄主義や人道主義，あるいは，当時流行の philhelenism（ギリシア贔屓）に帰するには，あまりにも謎の多い死であった。没後200年近く経った今日，なおこの疑問は充分に解明されたとは言いがたい。

　詩人は，征服王ウィリアムに従ってノルマンディから来たバイロン家を父方に，スコットランド王家の血をひくゴードン家を母方にもつ，由緒ある貴族の出であったが，詩人としての道程もまた，ホメーロス，アイスキュロスより，ダンテ，タッソへと流れるヨーロッパ文学の正統を踏む，従って，チョーサー，スペンサーに始まりシェイクスピア，ミルトン，ポープへと連なるイギリス文学の伝統に則ったものであった。早くより詩人は，先輩詩人による様々な詩型を試みる一方で，神話や聖書，古典からの汎ヨーロッパ的イメージを自在に用いて独自の世界を築き，次第に内なる自我と伝統の枠を超えて，革新と動乱の時代の先駆者として「人間の自由」を謳い上げ，言行一致の英雄的生涯を全うした。本論では，抒情と諷刺のはざまを大きく揺れ動いた彼の詩行を辿りながら，バイロンを「早すぎる死」に向かわせた内的要因について考えてみたい。

2. 初期の詩に見られる男女像

　主題の性質上，晩年の作品に重点が置かれることになるので，初期の詩に登場する男女主人公の原型と理想像，イメージの推移・展開などについて簡単に触れておく。

　「近代的自我の先駆者」としてのバイロンの姿をもっとも鮮明に映し出した作品は劇詩 Manfred であるが，その出版に際して詩人は，「主人公のマンフレッドには，他の作品の主人公同様,少年時代に愛読したアイスキュロスのプロメーテウスの影響が大きいが，メーデイアへの熱愛も同様である」と述べて，[1] バイロン詩の男女両性の原型が，天上から火を盗み人間に与えたため鎖で繋がれ禿鷹に肝臓を啄まれた「犠牲の英雄」プロメーテウスと，「有翼の竜車」に乗りエーリュシオンの野を治め英雄の再生を司った「犠牲を要求する女神」メーデイアの両者であることを明らかにしている。[2] また，愛読したオシアン詩の主人公によるオシアン自身とその恋人の描写の卓越を称えて，心寛く勇壮な,「悲愁に満ちた運命の受難者」（'subjected to the most melancholy vicissitude of fortune'）と，慎ましやかに「優しく頬を染める美女」（'the mildly blushing Everallin'）との結びつきに，バイロン美学の真髄を見せている。[3]

　バイロンの文壇登龍門となった English Bards and Scotch Reviewers は，チョーサー以来，ドライデン，ポープによって完成されたイギリス詩の古典的詩型 heroic couplet を用いた文壇諷刺詩で，終生古典遵守を貫いたバイロンの姿勢がすでに明確にされている。またそれは，詩歌の革新を謳う湖畔詩人らを「詩神アポローンの玉座の簒奪者」と見做し，「時代の悪弊」からイギリス詩を救い，彼の処女詩集を酷評したスコットランドの批評家に反撃を加えるという文壇への挑戦状でもあった。怪物ヒュドラーに譬えた批評家退治にヘーラクレースの怪力を望んでこの諷刺詩の序文を結んでいるが，このギリシア世界第一の英雄は，後にバイロンの死に深く関わることになる。

　詩人を一朝にして有名にした Childe Harold's Pilgrimage は，The Faerie Queene の詩型 Spenserian stanza で書かれ，「シェイクスピア以後もっとも奔放な詩的エネルギー」との称讃を得た抒情美に溢れており，[4] Don Juan

の諷刺と双璧をなすバイロン詩の精髄である。パラス・アテーナーへの呼びかけで始まる第2巻は，「失われた理想美」への挽歌と見做されるが，英雄たちを繁栄に導いたこの女神の神殿の荒廃に詩人の嘆きは深く，トルコ帝国の支配に甘んじてきた隷属の民に決起を呼びかける——

美わしのギリシアよ！　消え失せし精華(はな)の悲しい面影！
もはや存在しないが不朽なるもの！　滅び去ったが偉大なるもの！
いま　四散したなんじの子らを率いて
長く慣らされてきた束縛を　断ち切るものは誰か？
(『チャイルド・ハロルドの巡礼』 II. 73. 1-4)

奴隷の鎖を絶ち，アテーナーの失われた微笑みを取り戻すべく「愛と自由の聖地」奪回に殉じる「その英雄は誰か？」，バイロンの死がこれに解答を与えるのは，15年後のことになる。レオニダスの率いるギリシア勢が死守した古戦場テルモピュライの「自由の聖地」，「愛と犠牲」のイメージは，ミソロンギへ詩人を導く要因となるのである。

Childe Harold's Pilgrimage I, II 巻は，社交界のうら若いおとめに捧げられたが，その献辞では，儚い虹に「理想美」が象徴され，「この胸が空しく焦がれるあの微笑み」('To Ianthe', 32) と憧憬をこめて歌われており，少年の日の恋人の「虹」の美しさが詩作の機縁になったと述懐するバイロンの，[5] 長篇詩の巻頭を飾るに相応しい抒情の精髄である。最終巻ではこの「虹」は，「愛の憧憬」と「自由への悲願」をこめて「滝」(*Harold* IV, 72) や「血と涙の洪水」(*Harold* IV, 92) の上に懸けられて，抒情詩人バイロンの面目を発揮するにいたる。[6]

新進のホィッグ党議員として，機械破壊者とアイルランドのカトリック教徒救済を訴えた上院での演説で注目を浴び，[7] 反逆の物語詩 *The Corsair* の成功によりヨーロッパの自由の象徴的詩人となっていたバイロンは，1814年，ナポレオンがエルバ島へ流されたとき，失望と侮蔑をこめて諷刺詩 *Ode to Napoleon Buonaparte* を書いたが，そこでは，「失墜の覇者」ナポレオンは，同じ失墜の運命を甘受したヘレニズム・ヘブライズム両世界

の「光の英雄」,「明けの明星」ルシファーとも,「火の盗人」プロメーテウスとも呼ばれ,「悪の元凶」と見做されている (*Napoleon*, 8, 136)。

　結婚の破綻を機に自らに流謫の運命を課し,レマン湖畔やアルプス山中をさすらうにいたったバイロンは,夫を社会的に葬った妻アナベラを,トロイから凱旋した夫アガメムノーンを謀殺したミュケーナイの王妃クリュタイムネーストラーに譬えて, 'The Moral Clytemnestra' ('Lines on Hearing that Lady Byron Was Ill', 37) と呼び,抒情から諷刺の対象におとしめている。劇詩 *Manfred* では,アナベラを「蛇の微笑み」と諷刺する一方で,姉オーガスタの化身と見做されるヒロインのアスタルテーには「頬を紅に染めて」登場させて,諷刺と抒情の両極を垣間見せている (*Manfred* I. i. 242, II. iv. 99)。僧院長の救いの手を拒み地獄へ墜ちてゆくマンフレッドに,タルタロスへ墜ちてゆくプロメーテウスの姿を重ねていたのは言うまでもない。

　シェリーと過ごしたレマン湖畔の夏は,バイロンを,専制者の暴虐に対する抵抗精神の賛美へと駆り立てた。その一つ,愛国の士 Bonnivard の不屈の魂を称えた物語詩 *The Prisoner of Chillon* の巻頭では,自由のための「犠牲の祭壇」('Sonnet on Chillon', 10) が謳われ,いま一つの抒情詩 'Prometheus' では,シェリーとともに読んだアイスキュロスの原文 *Prometheus Desmotes* により火を点じられた詩人の反逆精神が,レマン湖畔の嵐,稲妻,滝,氷河,自らの失墜感覚,専制という時代の嵐,人類愛と共鳴して作用し合い,かつての罪人プロメーテウスは,「人類の救済者」となって甦る——[8]

　　　なんじの犯した「神のような」罪とは　心優しきことであり
　　　なんじの導きによって
　　　人間の悲惨を減らし
　　　知性を与えて　「人間」を強くすることであった
　　　・・・
　　　なんじの運命と力とは　「死すべきもの」にとって
　　　象徴となり　合言葉となった

　　　　　　　　　　　　　　　　　　　(「プロメーテウス」35-38, 45-46)

「予知する者」プロメーテウスの不撓の抵抗精神は，やがて新しい時代の象徴，革命の旗標となり，バイロンを「詩人の使命」の考察へと導いてゆくことになる。

　月に照らされたローマの廃墟をさすらうバイロンは，多くの人々の血を吸ったコロセウムを「復讐の女神」の神殿と見做し，その祭壇に「数奇な己が生の記録」である *Childe Harold's Pilgrimage* 第4巻を「供物」として捧げ，復讐の成就を告げている。この大作の成功により詩人としての不滅の名声を得ることで，アナベラや母国の俗物どもに復讐を遂げ，「古典の殿堂」を侵す時代の悪弊を正し，蛇を退治して神性を得たとされる「詩神」アポローンを玉座に復帰させたと確信する。[9] この達成感が，バイロンを抒情から諷刺へ向かわせる機縁になったと言えよう。

3．放縦の詩 *Don Juan*──文壇・社会風刺

　ロマンティシズムの粋を尽くした *Childe Harold's Pilgrimage* の脱稿2週間後には，バイロンは，自分を含む同時代の詩人とポープとの間には言葉に表せないほどの隔たりがあるとの古典主義的理念を表明し，やがて「ポープ擁護」をめぐってボウルズと熾烈な論争を繰り広げ，[10] three unities（三一致の法則）を遵守した一連の劇詩や，イタリア古典文学に倣った詩作に没頭するなど，もっとも古典的色彩の濃い時代に入っていく。ボッカチオ，タソー，アリオストらルネサンスの叙事詩人によって確立され，プルチ，カスティらがバーレスクに用いたイタリア文学伝統の詩型 ottava rima (iambic pentameter で abababcc と押韻する8行連) を，バイロンはバーレスクの諷刺精神とともに受け継ぎ，*Don Juan* stanza と呼ばれるまでにイギリス詩の伝統に定着させた。主人公のジュアンは，セヴィリアの伝説的好色漢ドン・ファンのパロディで，最終巻で地獄へ落ちるべく運命づけられたプロメーテウスの像と重なり合うのは言うまでもない。

　時の桂冠詩人サウジーに宛てられた *Don Juan* の dedication は，「虹への憧憬」を歌った *Childe Harold's Pilgrimage* の献辞とは対極的に，シェリーをも驚かせたほど激しいもので，そこでは，イギリスの文壇と政界を代表

する二人の Robert——桂冠詩人サウジーと外相カスルレー——に的を絞り，痛烈な諷刺の矢を射かけている。責任の重い立場にありながら，施す術もなく母国イギリスを荒廃と腐敗の中に放置した彼らの無能と，それが非難されるどころか敬意をもって遇される虚偽と専制に満ちたイギリス社会は，バイロンの義憤を呼ばずにはおれなかったのである——

　　ボブ・サウジー！　きみは詩人　それも桂冠詩人だ
　　　つまり　われら民族全体の　代表というわけだ
　　きみがついに　トーリーになりさがったのは事実だが
　　　　　　　　　　　　　　（『ドン・ジュアン』献辞　1. 1-4）

熱烈な自由主義者，革命の賛美者からトーリーの桂冠詩人となり，専制への阿諛をこととする卑劣な変節者サウジーへの軽侮をこめた呼びかけで始まるこの献辞では，やがて同様に変節をとげた湖畔詩人 (Lakers) に諷刺の矢が向けられてゆく。コールリッジの *Biographia Literaria* の難解には解説が要るほどだと皮肉り，ワーズワスの *The Excursion* については，「ちょいと長すぎる『逍遥』」とその冗長を揶揄し，

　　それに　あれを理解できる者は　「バベルの塔」のその上に
　　　もう一階建て増すことさえ　出来ようというもの
　　　　　　　　　　　　　　（『ドン・ジュアン』献辞　4. 7-8）

と，周知の「昏迷」のイメージを用いてその晦渋を諷刺している。摂政皇太子に諂うかつての自由主義者の変節と物欲を「黄金の改鋳」に譬える一方で，バイロンは，クロムウェルに協力したミルトンを，

　　たとえ　不運に見舞われ　中傷にまみれて零落した
　　　ミルトンが　「時」なる復讐者に訴えたにせよ
　　　・・・
　　「彼」は父王を憎みながら　その愚息を称えたりはしなかったし

暴君憎悪者として始めた生涯を　貫きとおして閉じたのだ
　　・・・
「彼」はサルタンなど　称えようとしただろうか？　また「彼」は
あの知性の宦官カスルレーなどに　従おうとしただろうか？
　　　　　　　（『ドン・ジュアン』献辞　10. 1-2, 7-8; 11. 7-8）

と、王政復古の逆境にあっても暴君憎悪の清教徒として貫いた生き方を賛美し、「知的無能者」たるカスルレーに屈従する湖畔詩人の無節操を非難する。

冷血漢で猫かぶりの　落ちつきはらった悪党め！
　滑らかで未熟な手を　エリンの血糊にばちゃつかせ
　　・・・

　全人類を拘束する　手枷を継ぎはぎして
古びた鎖を繕う　鋳掛け屋の奴隷製造人
　　・・・
　　　　　　　・・・イタリアよ！
最近息を吹き返したばかりのなんじのローマ魂は　この政治野郎が
　なんじに吹きかける虚偽の下で　息絶えんとしている
重く引きずるなんじの鎖や　いまだ生々しいエリンの傷は
　権利を主張し——弁舌さわやかに　声高にわたしに訴える
ヨーロッパはなお　奴隷を　同盟国を　国王を　軍隊をもっている
しかるにサウジーは永らえていて　いとも邪(よこしま)にそれらを称えている
　　　　　　　（『ドン・ジュアン』献辞　12. 1-2, 14. 6-7, 16. 2-8）

もっとも鋭い諷刺の矢は、内政・外交上の反動的圧制者たるカスルレー本人に向けられ、彼がもたらしたアイルランドとイタリアの窮状があばかれている。

> ところで　桂冠詩人どの　わたしはきみにこの歌を
> 　　率直で気取らぬ韻文にして　献呈する運びなのだが
> お世辞たらたらおもねる調べで　褒めちぎることをしないのは
> 　　わたしが今なお　わが党の色「淡黄と青」に忠実であるからだ
> 今のところわたしの政略は　ひとえに啓蒙することにある
> 　　変節が大はやりのこの時世に　「一つの」信条守り通すことは
> まさにヘーラクレース的とも言える　偉業になってしまったのだ
> 　　そうではないか　背教者ユリアヌス顔負けの　トーリー党員サウジー君？
>
> 　　　　　　　　　　　　　　（『ドン・ジュアン』献辞　17）

「解放されないヨーロッパ」を座視する無能な桂冠詩人への呼びかけでこの献辞は結ばれるが，変節者が輩出する時世にホィッグ党員としての信条を保持することは，「ヘーラクレース的難業」であると言いながら，「自由解放の詩人」としての自らの旗標を鮮明にしている。若き日の諷刺詩の序文で遠慮がちにその登場を望んだ英雄ヘーラクレースの名は，*Don Juan* では使命感を帯びた自負として，自信に満ちて述べられている。ottava rima という詩人にもっとも相応しい詩型を得て，ユーモア溢れる口調で彼自身の人生と時代を批評し，ポープ，ドライデンが理想とした「社会に巣くう悪弊の諷刺」に力を揮い，ミソロンギに斃れるまで，詩人の「思想の敵との言行一致した戦い」は続けられる。21世紀の幕が開かれた今日なお，アイルランドをはじめ世界の各地に民族紛争が続き，「血と涙」の雨が絶えない現実を思うとき，上院でアイルランドのカトリック教徒の解放を訴え，また「社会の公器」たる諷刺詩で，いち早く当局の無為無能を弾劾してその禍根を衝いたバイロンの炯眼には，プロメーテウス的人類愛と予見性が窺われるが，heroic couplet と ottava rima の違いこそあれ，諷刺詩の序文の結びに，決まって世直しの救済者としての「ヘーラクレースの力」が翹望されていることに注目しておきたい。

　初期の諷刺詩でみせた古典遵守と批評不信の姿勢は，晩年の諷刺詩でも変わることなく貫かれ，モーセの十戒のパロディ poetical commandments

に集約されている。

  なんじ　ミルトン　ドライデン　ポープを信奉すべし
   なんじ　ワーズワース　コールリッジ　サウジーを祭り上げるなかれ
  なんとなれば第一の者は　回復の望みなき狂人にして
   第二は飲んだくれ　第三はきてれつ極まりなき多弁家なれば
  クラッブと腕張り合うは　至難なるやもしれず
   また　キャンベルの詩の霊泉は　いささか枯渇の兆しあり
  なんじ　サミュエル・ロジャーズの詩句を剽窃するなかれ
  また　ムアのミューズと姦──否──いちゃつくなかれ
  ・・・
  なんじ　書くなかれ　つまり　われの望むもののほかは
   これぞ　真の批評なり・・・
        （『ドン・ジュアン』I. 205, 206, 5-6）

ワーズワースの詩の「晦渋」や主題の「卑近」は，古典のパロディを重ねて揶揄される。

  ホメーロスも時に居眠りをするとは　ホラティウスの言うところだが
   彼から学ばなくてもわかっている　ワーズワースが時には目覚めて書くことは

  もし彼が天空なる平原を　一気に天翔（あまかけ）りたいと切に望みながらも
   ペガソスが彼の「荷馬車」曳くのを渋り　後ずさりするようなら
  シャルルマーニュ帝の「四輪車」を拝借願ってもよかったのではないか
   あるいはまたメーデイアに懇望すれば　女神の竜（ドラゴン）一匹ぐらい借りられたろうに
  ・・・

「行商人」に「小舟」 そのうえ「荷馬車」とは ああ 恥ずかしい！
　ポープ ドライデンの霊よ ここまでわれら墜ちていたとは！
こういった体(てい)のがらくたは 軽蔑をはぐらかすばかりか
　急転落下の深淵から 浮き泡よろしく表面に
浮き上がってくる・・・
　　　　　　　　　（『ドン・ジュアン』III. 98. 1-2, 99. 1-4, 100. 1-5）

　ホラティウスが『詩学』で述べた「ホメーロスも時々居眠りをする」をもじって，ワーズワースの詩の冗長・晦渋をからかい，湖畔詩人の物語詩『荷馬車曳き』 The Waggoner のペガソスには，シャルルマーニュ帝の豪華四輪車や女神メーデイアのチャリオットの「有翼の竜」を借りれば自在に天翔ることもできたのにと，その主題の卑俗を茶化す一方で，「崇高は深みである」とするロンギノスの『崇高論』のパロディにより，同時代の詩の誇大と滑稽を罵倒したポープに倣い，ワーズワースの 'pedlar'（行商人），'boat'（小舟），'waggon'（荷車）という卑近な題材への嫌悪感をあらわにし，「泡のように表面に湧きあがる」と，[11) その詩風を罵倒している。Don Juan でバイロンが見せる笑いの境地は，覚めた眼で冷静に現実を受け止めることによって得られたもので，「私の机の傍らから離れぬ悲しい真実は，かつてロマンティックであったものをおどけに変える」（Juan IV. 3. 7-8）と言うように，夢から諦観への悲しい歩みの跡でもあった。若き日の抒情のイメージの粋であった「虹」は，晩年のバーレスクでは——

「おまえの空には まだ多くの虹が懸かっていようが
　おれのはもう消え失せてしまった 人生のはじめには
誰だって 熱い情熱と高い理想を抱くものだが
　「時」がおれたちの虹から その彩を削いでゆき
なにか大きな思い違いをしては 一つまた一つと順ぐりに
蛇のように 年ごとに きらびやかな皮を脱ぎ捨てていくのだ」
　　　　　　　　　　　　　（『ドン・ジュアン』V. 21. 3-8）

と,「蛇の脱皮」の比喩を用いて, その幻想性を嘆いている。
　主人公ジュアンがサルタンのハーレムで女装する滑稽な場面では——

　　　それから彼は悪態をつき　さらにため息をつきながら
　　　　肌色シルクのパンタレットを　するりと身につけた
　　　次いで身を固めたのは　処女帯であったが　これを
　　　　ミルクのように真っ白い　薄いシュミーズの上から締めつけた
　　　だが　ペティコートを引きあげるとき　ふらついた
　　　　それは　英語ではwhichと言い　スコットランドではwhilkとなる
　　　(韻のつごうで　こう言わざるを得ないのだ　時に
　　　　韻というものは　王侯以上の権威をふるうものだから)
　　　　　　　　　　　　　　　　　　　　　　　　(『ドン・ジュアン』V. 77)

　'silk', 'milk'に'whilk'と押韻させ, さりげなく「韻の規制力」を「圧制の桎梏」諷刺の具として笑いを誘うが, これは, 第7・8行のカプレットを巧みに生かした奔放な例である。「押韻の足枷」を五重に重ねて重く引きずらせ, 専制への諷刺をさらに家庭の圧制'petticoat-government'(かかあ天下)にまで敷衍した次のカプレットは〔下線は筆者〕,「押韻の名手」としてのバイロンの面目を窺わせている。[12]

　　　But—Oh! ye lords of ladies <u>intellectual</u>,
　　　Inform us truly, have they not <u>hen-peck'd you all</u>?

　　　ああしかし　知的な奥方をもつ殿方諸君よ！　正直に教えてくれ
　　　奥方は君たちすべてを　尻に敷いてきたのではなかったか？
　　　　　　　　　　　　　　　　　　　　　　　(『ドン・ジュアン』I. 22. 7-8)

同時に, 別の諷刺詩 *The Blues* でも青鞜ぶりを皮肉られた別居中の妻アナベラや, *Don Juan* 執筆の中断や再開にも嘴をいれた愛人テレーザらの面影も垣間見えて, 人生批評の書としての *Don Juan* の普遍性が発揮されて

いる。

4．犠牲の決意——ギリシアの大義

　青春の旅以来，詩人が抱き続けたギリシアへの「愛と自由」への情熱は，Don Juan 第 3 巻の婚宴に招かれた弾誦詩人の口を借りて甦り，抒情的に歌われている。

　　　　　われは夢みぬ　ギリシアなお自由たりうると
　　　　・・・
　　　　母なる大地よ！　なが胸よりわれらに返せ
　　　　　わがスパルタの猛（たけ）き死者を　僅かにても！
　　　　三百のうち　せめて三人（みたり）を許し与えよ
　　　　新しきテルモピュライ　再来のために！
　　　　・・・
　　　　　スーリの巌（いわお）と　パルガの岸に
　　　　ドーリスの母らの　生みしごとき
　　　　　勇猛の血のなごり　いまも流れて
　　　　そこに　おそらく　種子（たね）の蒔かれてあらん
　　　　ヘーラクレイダイの　血筋ひく勇者の！
　　　　・・・
　　　　われを置け　スーニオン岬の大理石（なめいし）の断崖に
　　　　　かたみに奏でる囁きに　耳傾けるもの
　　　　波とこの身のほか　何も無きところに
　　　　　そこにてわれを　白鳥のごと　歌いて死なしめよ
　　　　わがものとはすまじ　奴隷の国は——
　　　　投げうち砕け　サモスの赤き葡萄の酒杯を！
　　　　　　　　　　（『ドン・ジュアン』III. 86. 704, 727-30, 762-66, 779-84）

　マラトーンの古戦場に立ち「ギリシアの自由」を夢見た若き日を想い，「新しきテルモピュライ」再現のためスパルタの勇士の蘇生をねがい，いまな

お命脈を伝える「ヘーラクレースの末裔」の奮起を促す詩人の熱情は,「スーニオン岬の大理石の断崖にこの身を置け」との第16節をもって断ち切られており, 沸々と湧き上がる感情の高まりを窺わせている。バイロンの時代には, スーニオン岬のポセイドーン神殿はアッティカの大地母神アテーナーのものと見なされていたので, [13]「崖の上の大理石の祭壇」と「犠牲の血」を結び付けることは極めて至当であり, 当時すでに詩人の心中に「犠牲の祭壇」への自覚が育まれていたと見て差し支えあるまい。

　ラヴェンナ時代, この地に果てたダンテの墓に詣で詩聖への想いを重ねていたバイロンは, *Divina Commedia* の詩型 terza rima を用いて物語詩 *The Prophecy of Dante* を書き, 予言的な眼をもってイタリアの歴史・文学を顧み, イタリアの, さらには, 人類の未来を展望する。自由を圧迫する反動の嵐が吹き荒れる中で緊迫した悲壮感を漂わせ, 流謫の詩聖ダンテと自らの運命を重ね合わせつつ, カウカソスの岩山に想いを馳せ, 「詩人の使命」を追求し, 自らに問いかける——

　　　名もない「詩人」は多い　詩作とは
　　　　溢れる感情から　善や悪を創造し
　　　　われら人間の運命を超えた
　　　絶対の生命を志向し
　　　　新しき人類の　第二のプロメーテウスたらんとすることか？
　　　　げに彼は　天上より火を授けながら　その喜びが
　　　苦痛で報いられると悟るのが　遅すぎた
　　　　空しくもその高貴なる贈り物を
　　　惜しみなく与えながら
　　　　禿鷹に　その胸を啄まれ
　　　海辺の寂しき岩に　繋がれて横たわるとは
　　　　　　　　　　　　　　　　　(『ダンテの予言』IV. 10 − 19)

常に弱者, 虐げられた人々の側に立ってきたバイロンは, 人間のために火を盗み永劫の罰を受けた巨神の運命を自らのものとし,「第二のプロメー

テウスとして生きる」のが「詩人の使命」ではないかとの思いにいたったのである。

The Prophecy of Dante が書かれた 1820 年は，前年に母国のピータールーの虐殺，スペインの革命，ナポリの反乱，カルボナリの挫折が続き，さらに翌年のギリシアの決起へと導く，ヨーロッパの専制の鎖がもっとも重く民衆を抑えた年であった。少年時代より常に念頭を離れなかったと詩人が自認するプロメーテウスの抵抗精神は，時代の嵐に鍛えられ，シェリーが鼓舞した革命思想とも相まって，新しい時代を導く烽火とも，また，民族解放の旗標ともなっていく。

現実の詩人は，イタリア統一の悲願をこめた秘密結社カルボナリの運動に同調し，寄寓する愛人の館を兵器庫と化してこの民族独立運動を支援している。従来，ラヴェンナ時代のバイロンについては，「ただれた遊蕩貴族の愚かな生活」と印象づけられがちであったが，[14] それは皮相的な見解であることを指摘しておきたい。Ravenna Journal に記された詩人の心境は，時代，民族，国籍を問わぬ自由への献身の表明として，崇高な響きをもって読む者の胸を打つ。当局が反乱を鎮圧しようとしているとの情報を得た詩人は次のように記して，時代に先んじた，巨神さながらの炯眼を披瀝している。

　　民衆はいずれ打ち砕かれるであろうが，王権の時代は急速に終わろうとしている。血は海のように，涙は霧と流されようが，最後には民衆が勝利を収めるであろう。私は生き永らえてそれを見ることはできまいが，それを予見することはできる。

　　　　　　　　　　　　　　（「ラヴェンナ日記」1821 年 1 月 13 日）

さらにその翌月には，

　　今日はカルボナリの同志からの連絡はなかった。だが，それはともかく，私の階下の部屋は，彼らの銃剣や旧式銃，弾薬筒等々で溢れている。彼らは私のところを兵站部(へいたんぶ)だと頼りにしているようだ。一旦事

> ある時は，自分が犠牲になればよいのだ。イタリアの解放を思えば，誰が，何が犠牲になろうと問題ではない。それは壮大な目的，政治の「詩」そのものだ。ひたすら思え──解放されたイタリアを！！
>
> （「ラヴェンナ日記」1821年2月18日）

と，カルボナリの指導者としての心の昂ぶりを見せている。民衆の勝利を予見する者の，崇高なまでの自己犠牲。この一連の緊迫した手記は，散文の名手としてのバイロンの声価を高めるものであるばかりか，遊蕩貴族の慰みや気まぐれでは決して成し得ない高貴な精神──「第二のプロメテウス」による自由の予見と犠牲の覚悟──の表れに他ならない。

　ハロウの少年時代よりもっとも深くバイロンの脳裏に刻印されていた英雄プロメーテウスの像は，詩人としての模索と研鑽，時代の嵐に喚起された圧制への反逆精神，人生経験の深化による自我の超克等を経て，さらに，これらの相乗作用によって，ようやくこのラヴェンナ時代にいたり，古来，詩人たちがもっていた予見性と巨神の自己犠牲の精神を統合させ，バイロンの前に「詩人の理想像」として甦るのである。ミソロンギへの「行動」を起こす前の3年足らずの間，イタリアの熱風にも煽られて，詩人バイロンの「ペン」は，止まるところを知らぬ戦いの趣を見せてくる。

　執筆が再開された *Don Juan* の後半では，偽善と圧制，戦争という時代の悪は仮借なくあばかれ，白熱したペンは諷刺の嵐を巻き起こす。

> 　　ああ　栄光に満ちた月桂樹よ！　なんじという
> 　空想上の不滅の樹の　ただ一枚の葉のために
> 　退くことなき　血と涙の海が流されねばならぬとは！
>
> 　　　　　　　　　　　　　　（『ドン・ジュアン』VII. 68. 6-8）

　『ハロルド』で見せた「虹」の抒情美も消え去り，栄光の不滅という幻想に惑わされて，その一枚の葉の陰で退くことなく流される民衆の「血と涙の海」が，悲しみをこめてあばかれる。とりわけ，戦争の冷酷・不条理・罪悪を弾劾するバイロンのこの真摯な叫びは，戦争諷刺の白眉として，時

代に先駆けた崇高な響きをもって現代のわれわれに訴えてくる。15) それは、イギリス文学では、第一次大戦下に R. Graves, W. Gibson, S. Sassoon, W. Owen, H. Read らの戦争詩が輩出するまで、バイロンの独壇場の観がある。また、広く世界的視野に立っても、トルストイの『戦争と平和』(1864-69)に半世紀近くも先んじており、僅かに、絵画世界の巨人ゴヤの一連の戦争諷刺画——ナポレオン軍に対するスペイン人の抵抗を描いた凄惨な連作——のみが、バイロンの戦争諷刺に競い得るものと言えよう。

  しかし　つまるところ　「自由」のための戦士をのぞいては
  すべて「殺人」というおもちゃ弄ぶ　小童に過ぎないのだ

  彼らは今もそうであり――今後もそれは変わらぬだろう
   しかし　レオニダスとワシントンの場合は違う
  彼らの戦場は　いずれも聖なる地で　そこは
  救われた民衆の香りかぐわしく　朽ちた世界の臭いはしない
   ・・・
     ・・・この二人の名こそ
  未来に自由がおとずれるまで　合言葉になるであろう
      （『ドン・ジュアン』VIII. 4. 7-9, 5. 1-3, 7-8）

自由のための戦いのみを「聖戦」として正当化し、アメリカ独立戦争の英雄ワシントンとテルモピュライを死守したレオニダスを賛美するのは、バイロンの一貫した戦争批判の姿勢であったが、この詩行には、この両英雄の名を「合言葉」として、人類が真の自由を獲得する日を信じ、やがてその信念に殉じていくことになる、詩人の情熱がたぎっている。
 戦争に対する諷刺は、必然的に暴君とその追従者へと赴き、ロシアの専制君主エカテリーナ二世、母国のジョージ四世、外相カスルレー、将軍ウェリントンを槍玉に挙げ、露骨に、茶化しながら、専制への憎悪をたぎらせていく。人生を達観することによって得られる悲しい真実、笑いの底に漂う詩人の孤独な知性、「孤高の魂」を読み取りたい——

少なくとも言葉によって　私は戦うつもりだ（そして──もし
　　　機会がくれば──行為によっても）戦おう
　　「思想」に敵対する者すべてを相手に──そして「思想」の敵のなか
　　でも
　　とびきり横暴なのは暴君とその追従者だ　それは昔も今も変わりない
　　・・・
　　　　　　　　　・・・それは　このわたしの
　　あらゆる民族のあらゆる圧制への　あからさまで断固とした
　　率直きわまる憎悪への　なんの障害にもなりはしないのだ
　　・・・
　　　　　　・・・わたしの願いはただ一つ　人々が自由になること
　　王侯からと同様　暴徒からも──私からと同様　君からもだ
　　　　　　　　　　　　　　　　（『ドン・ジュアン』IX. 24. 1-4, 6-8; 25. 7-8）

思想の敵への言行一致した戦いと自由解放への願いが高らかに宣言されているが，これが単なる空論でないことは，間近に迫った詩人の死が証明することになる。

5．ヘラクレス登場──理想美への献身

　カルボナリの反乱が鎮圧されて一月後の1821年の3月，アルカディアの奥深い山峡の僧院にギリシア独立の反旗がひるがえり，反逆ののろしは燎原の火のようにギリシア全土へと拡がっていく。ピサに移ったバイロンは，かつて青春の旅で自ら鼓舞したギリシアの蜂起が実を結ぶのを，その反逆の行方を，注意深く見守っている。ロンドン時代からしばしば，'I must return to the East to die'と口にしていたと伝えられるバイロンは，[16] その翌年の1822年8月には，「愛するギリシアのためギリシア人と共に戦いたい」との願望を表明している。[17] レオニダスの戦場テルモピュライがふたたび聖地として甦るが，「熱い水路」を意味するこの地峡の名は，夫の愛を取り戻そうとした妻のデーイアネイラが塗った肌着の毒に身を灼

かれたヘラクレスが，痛みに耐えかねて流れに跳び込んで以来，その川水は煮えたぎっているとの伝説に由来する。

　　　人々がならず者の君主らに　法破らせて意に介さぬのを見ると
　　　わたしの血は　ヘクラ火山の熱泉のように　煮えたぎるのだ
　　　　　　　　　　　　　　　　　　　（『ドン・ジュアン』XV. 92. 7-8）

と，圧制と阿諛への憎悪に「熱血」の比喩を用いて，エウリュステウスの暴虐に反逆の血をたぎらせつつ12の功業をなし遂げた英雄ヘラクレスと，自由の聖地テルモピュライとの距離を縮めている。

　カルボナリの挫折を経験し，今また，ギリシアの理想美に殉じようとするバイロンにとって，世人のあざ笑うドン・キ・ホーテの冒険は，虚構の主題から「もっとも崇高な情景」の相を帯びてくる。

　　　不当な危害を修復し　悪事に報復する
　　　　深窓の姫君(おとめ)を救い　卑劣漢を打ちのめす
　　　結束した強敵に　一人で立ち向かい
　　　　虐げられた国民を　異国の軛から解き放つ——
　　　ああ！　この崇高きわまりない光景が　古(いにしえ)の歌のように
　　　　ただ「空想」の戯れの　創作の主題とならねばならぬのか
　　　冗談の　そしてまた謎の？
　　　　　　　　　　　　　　　　　　　（『ドン・ジュアン』XIII. 10. 1-7）

　バイロンが，「最初にして最後の念願，愛するギリシアの自由と独立」('his first and last aspirations were for Greece, her liberty and independence') を，[18] 文学の主題から人生のそれとする決意を固め，母国のギリシア委員会に申し出たのは，この第13巻を書き上げた1823年の2月であった。その希望が容れられて準備を整え，ジェノヴァを発ったのは5ヶ月後の7月で，ホメーロス風のヘルメットを造らせ，乗船した船の名は奇しくも「ヘラクレス号」であった。「ヘーラーの栄光」を意味するこのギリシア第一の英雄

と詩人との符号はまだ続く。バイロン終焉の地となったミソロンギ一帯の古名はカリュドーンであるが，そこはまた，ヘーラクレースに死をもたらした妻デーイアネイラの故郷でもあった。

　詩人の死後，ミソロンギの陣営で発見された第17巻の未完の草稿には，抒情と諷刺の間を大きく揺れ動いた詩人の墓碑銘とも言うべき自画像が描かれていた——

  快活ながら——ときには泣きたい気にもなり
   柔和ながら——ときには「狂乱のヘーラクレース」とも化す
  だから　わたしはつい思ってしまうのだ　同じ皮膚が
  外側では一人を——内側では二・三人を包んでいるのかと
        （『ドン・ジュアン』XVII. 11. 5-8）

この英雄の怒りと同化させながら，複雑な自己の姿をおどけのうちに諷刺したこの詩行には，やがて愛するギリシアに殉じようとする自身の，ヘーラクレース——ヘーラーに代表されるギリシアの大地母神（デーイアネイラをも含む）の栄光に殉じた英雄——への親近感が滲んでいる。

6．白鳥の歌

　ミソロンギがトルコの艦隊に包囲され，絶望的苦境に陥ったとき，バイロンは少年の日に予言されていた生涯二度目の危機である36才に達し，絶唱 'On this day I complete my thirty sixth year' を書いて，抒情美溢れるその白鳥の歌に多難な生涯を歌い上げ，散華の決意を明らかにした——

  なんじ　青春を悔いるなら　なにゆえ生き永らう？
   この地こそ　栄光の「死」とぐべきところ
  「戦場」なる　死地に馳せゆき
   捧げよ　ながいのち生命を！

  めぐりに求めよ——求めずとも見出されよう

兵の塚こそ　なんじの望むもの
　はるかに見わたし――なんじの地を選び
　　　永久の憩いにつけ
（「1824年1月22日　ミソロンギ　この日われ36才を全うす」9, 10）

　この 'Soldier's Grave' は，詩人が少年時代に愛読したオシアン詩の中で，英雄の死の後で繰り返し歌われた「勇士の塚」――あざみの綿が風に乗って流れるヒースの野の，流れのほとりの苔むした石積み――の情景を彷彿させる。英雄たちの凱旋門や記念碑，豪華な霊廟などの虚飾を蔑んできたバイロンの真情がこの句に溢れて，高潔な「白鳥の歌」の結びにふさわしいものとなっている。かくて，詩人がひたすら念じ続けた 'first and last aspirations' は全うされたのである。
　ギリシアの大義を擁護したバイロンの死は，イギリスの世論を動かし，ヨーロッパの自由主義者を結集させて，ギリシアの独立の機運を決定的にした。ギリシアの理想美に殉じたバイロンに，ギリシアの人々は最高の敬意をもって報いている。独立戦争の勇士が安らうミソロンギの「英雄の園」には，ひときわ高くバイロンの像が立っている。ギリシア神話の英雄は，女神への愛に殉じて犠牲の祭壇に登ることにより，至福の島エーリュシオンに永遠の生命を享受したとされているが，「最初にして最後の愛」に殉じたバイロンもまた，愛するギリシアの地に永遠の生命を得て顕彰されたのである。また，アテナイのザッピオン公園に立つ白大理石の群像『ヘラスとバイロン』では，内なる蛇を折伏し愛を捧げる詩人に，ヘラスは優しく微笑んで栄光を授けている。ギリシアが生んだ最高のバイロン批評と言えよう。[19]

［本稿は，1998年10月25日の第51回日本英文学会九州支部大会（於：九州産業大学）における特別講演に基づいて，「九州産業大学国際文化学部紀要」（第14号，1999年）に掲載された論文を，上杉文世の亡き後，妻である上杉恵子が訂正・改稿したものである。］

註

1) Letter to John Murray, October 12, 1817, *Byron's Letter and Journals*, ed. Leslie A. Marchand (London: John Murray, 1976), vol. 5, p. 268.

2) 両者については，それぞれ，ハロウ時代の断片的習作 'Fragments of School Exercises: From The Prometheus Vinctus of Aeschylus' と 'Translation from the Medea of Euripides'が処女詩集 *Hours of Idleness* に収められている。

3) Notes from Byron's own manuscript in a copy of the 1806 edition of Ossian, William Lyon Phelps, *The Beginnings of the English Romantic Movement* (London: The Atheneum Press, 1893), p. 154. 拙編著『光のイメジャリー　伝統の中のイギリス詩』(桐原書店, 1985 年), pp. 626-64 参照。

4) Herbert Read, *Byron* (London: The British Council, 1951), p. 27.

5) Detached Thoughts: October 15,1821 - May 18,1822,79, Marchand, vol. 9, p. 40.

6) 『光のイメジャリー』pp. 626-29 参照。

7) Parliamentary Speeches; Debate on the Frame-work Bill, in The House of Lords, February 27, 1812 and Debate on the Earl of Donoughmore's Motion for a Committee on the Roman Catholic Claims, April 21, 1812, *The Works of Lord Byron: Letters and Journals*, ed. Rowland E.Prothelo (London: John Murray, 1898), vol. 2, pp. 424-45.

8) 拙論「バイロンとシェリー――プロメーテウスの火をめぐって」，『英詩評論特集――バイロン生誕200 年』第5 号（中国四国イギリス・ロマン派学会, 1988 年), pp. 110-28 参照。

9) Keiko Uesugi, 'The Altar to the Moon Goddess—On the Greek Myths in *Childe Harold's Pilgrimage IV*', 『英詩評論　特集　上杉文世教授中国文化賞受賞記念』(中国四国イギリス・ロマン派学会, 1992 年), pp. 283-323.

10) 拙著『バイロン研究』(研究社, 1978 年), pp. 13-15 参照。

11) 湖畔詩人サウジーも同様に，「コルクのように浮き上がった」(*The Vision of Judgment*, 105) と諷刺されている。『バイロン研究』pp.403-4 参照。

12) Claude M. Fuess, *Lord Byron as a Satirist in Verse* (New York, 1964), p. 182.

13) Elizabenth Longford, *Byron's Greece* (London: Weidenfeld and Nicolson, 1975), p. 82.

14) たとえば，阿部知二『バイロン』（研究社, 1937年）参照。

15) Andrew Rutherford, 'Byron of Greece and Lawrence of Arabia', *Lord Byron: Byronism—Liberalism—Philhellenism*, ed. M. Byron Raizis（The University of Athens, 1988）, pp. 11-28.

16) *Medwin's Conversations of Lord Byron*, ed. Ernest J. Lovell（Princeton University Press, 1966）, pp. 91-92.

17) *Medwin*, pp. 231-33.

18) *Medwin*, pp. 269-70.

19) 拙論「バイロンのギリシア――愛と自由の聖地」，前掲『英詩評論特集』pp. 68-81 参照。

ミソロンギへの道
バイロンのギリシア神話

上杉 恵子

1. はじめに

　イギリス・ロマン派詩人の雄バイロン George Gordon Byron, 6th Baron（1788–1824）の詩と生涯に親しむ者にとって，立ちはだかる一つの大きな謎がある。詩人は，ギリシア独立戦争のさなか，36歳の誕生日の2カ月後，トルコ艦隊に封鎖されたギリシア西海岸の寒村ミソロンギ Missolonghi の陣営で病死した。100巻までもとの熱に燃えて執筆中の畢生の大作『ドン・ジュアン』 *Don Juan* （1818–23）を未完のまま残し，「最初にして最後の熱望——愛するギリシアのため犠牲となる」[1] との決意を表明してより1年後の早すぎる死であった。霊感の枯渇を見せていた同時代の他の詩人たちとは異なり，ottava rima の詩型を駆使して諷刺の熱風を巻き起こし止まるところを知らなかった，いわば詩人としての花の盛りに，バイロンほどの近代的自我の先駆者が，明白な「死への道」を急いだのは何故か。単なる phillhelene の熱情に帰するには，あまりに謎の多い死であった。

　バイロンの詩に親しみ，書簡や日誌を繙くとき，われわれは，詩人が終始一貫してギリシア神話を霊泉としていたことに驚かされる。詩人の死後，古代世界の遺跡発掘が進むにつれて急速に発達した考古学的神話学や比較民俗学，人間心理の内奥を究めた精神分析学などを援用して，詩人の心中に光を当てるとき，「月の女神」あるいは「豊穣の女神」の生贄として死の運命を甘受した「聖王」の名残をとどめるギリシア神話の英雄さながら，[2] 詩人が「理想美への愛」に殉じる道を急いだ必然の糸が明確に見えてくる。小論では，詩人の生涯を俯瞰しつつ，詩や書簡，あるいは対談などから詩人自身の言葉を選び，ギリシア神話を鍵として，宿命の祭壇ミソロンギの浜へ至る一筋の道を辿って行きたい。[3]

2．宿命の刻印——処女詩集と文壇諷刺詩

　バイロンは，CambridgeのTrinity Collegeに進んだ翌々年の春，処女詩集 *Hours of Idleness*『懶惰の時』(1807) を出版したが，そこには既に，本論の主題と深く係わることになる「理想美の微笑み」，「流謫の運命」，「聖地遠征」，「犠牲の祭壇」を予感させる詩が多く含まれている。

　少年時代に愛読した「北方のホメーロス」オシアンの詩 Ossian poems をモットーに，4) 悲愁の色を添えてバイロン家歴代の館の荒廃の美を歌った巻頭の詩 'On Leaving Newstead Abbey (1803) には，祖先の十字軍遠征が誇らかに回想され，noblesse oblige の義務感と「救済者としての犠牲」の観念が結びつき「祈願成就の聖地巡礼」への憧憬の念が掻き立てられている。

　詩人の死後数十年を経て徐々に明かされた考古学的神話観に従えば，ギリシア神話は，家父長制，すなわちゼウス Zeus の覇権が確立される以前のプレ・ヘレーネスの女家長制の名残を多く留めており，Robert Graves (1895-1985) は，デルポイ Delphoi の「白い塚」オンパロス omphalos のように偶像の形をとらない「女神の白い像」を神の原型と見做し，神々と英雄の物語を「大地母神」と同一視される「月の女神」の三面の相を表す女神——天空の乙女セレーネー Selene，地上や海のニンフのアプロディーテー Aphrodite，および冥府の老女ヘカテー Hecate——の配偶者で「生贄」とされる「聖王」や「英雄」の物語に帰している (Graves, Introduction)。

　バイロンは，終生にわたる彼のギリシア神話への関心のうち，プロメーテウス Prometheus とメーデイア Medea へのそれが最大であったことを，自己投影の劇詩 *Manfred*『マンフレッド』(1816) の出版に際して述べているが，5) この両者が古典の翻訳の習作として，'Translations of School Exercise: From Prometheus Vinctus of Aeschylus' (1804)，および 'Translation from the Medea of Euripides' (1807) と，処女詩集に名を連ねていることは興味深い。「予めの考慮」を意味するプロメーテウスは，人間を創造し女神の霊感を受け文明の技術を発明伝達したとされる神であるが (Graves, 39.8)，天上から火を盗んで人間に与えたためゼウスの怒りをかい，カウ

カソス Kaukasos の岩に鎖で繋がれ，禿鷹に肝臓を啄まれた受難者でもある。時代に炬火を掲げた反逆者として，またヘーラクレース Heracles に解放された英雄として Byronic heroes の原型とも，ロマン派の旗標とも見做される巨神である。一方，太陽神ヘーリオス Helios の孫娘メーデイアは，不死となってエーリュシオン Elysium の野を治め英雄の再生を司ったとされスパルタ Sparta の「月の女神」ヘレネー Helene やアッティカ Attica の大地母神デーメーテール Demeter と同一視される「犠牲を要求する女神」であり（Graves, 157. 1），月光と有翼の龍が示唆するように，詩人の理想美の源泉として，天と地を絢爛と彩ることになる女神である。古典の翻案に過ぎぬ上記両断片詩には，既に，「英雄の失墜」，「楽園喪失」，「流謫の悲愁」，「頬を紅に染める美女」というバイロン詩に固有のイメージの胚胎が見られるが，juvenilia に登場したこの男女両性の原像は，オシアン詩やキリスト教の世界と触れ合い多彩な変容を見せながら，一路，運命の祭壇ミソロンギへと進むことになる。

　晩年の詩人が「青春の幻想が描き得た理想美」と愛惜した Mary Chaworth への愛（Medwin, p. 61）の挫折によって書かれた断章には，流竄の巨神による蜜月の回想と楽園喪失の嘆きが，キリスト教世界最高の星「聖母の微笑」への憧憬と重ねられている。Newstead Abbey は，ヘンリー二世が大司教ベネット殺害の贖罪として寄進した僧院で，処女マリアに奉献され，'Newstead'「新しい場所」（'Sancta Maria Novi Loci'「新地の聖マリア」）と呼ばれていた。若き日の詩人は，西壁ファサードの壁龕に鎮座する聖母子像を仰ぎつつ理想美への憧憬を深めていたと思われる。同時に，鏡と櫛を持つ人魚をクレストに戴き，'Crede Byron'「バイロンを信じよ」をモットーとするバイロン家の紋章も，詩人の愛の理想化に寄与したに違いない。人魚はマリア Maria 崇拝や詩神ムーサ Musa に関連深く，ギリシアのセレーネ Selene，シリアの月の女神など「豊穣女神」の象徴であり，鏡は月の，櫛は音楽の表象であるから，[6] まさに James Frazer の説く「ディアーナの鏡」（I.1）といった趣がある。また，両翼に馬を従え山上の盾に座す人魚の構図は，Erich Neumann がクレータ Crete の印章として示す，両翼にライオンを従えたプリュギア Phrygia の「神々の母キュベレー」'The Great Mother of the Gods, Kybele'――「山上に立つ女神」――の変形にほかなるまい。

　少年時代の詩人は，母キャスリーン（Catherine Gordon Byron, 1765–1811）の暴虐の嵐に耐えながら，キリスト教と異教（オシアン詩を含む）両世界の「美女の微笑」に詩情を養い，愛する者に「理想化の虹」を懸けていくのである。その最初の例は，晩年の詩人が 'My first dash into poetry' として回想する少年時代の恋人 Margaret Parker であったが（*UBSB*, p. 19），虹の儚さに究極の「美と安らぎ」を見，オシアンの美女の描写 'mildly blushing'「優しく頬を染める」を，オシアンの英雄像 'subjected to the most melancholy vicissitude of fortune'「栄枯盛衰という最も暗鬱な運命の受難者」と対をなす最高の形容辞と称えるバイロンの美学は（*ILOP*, pp. 262-64），古典文学発祥の地で磨きをかけられ自身の運命をも巻き込んで，ミソロンギの浜で全うされるまで終生続くことになる。

　バイロンはニューステッドの廃墟にあって，幼年時代に親しんだハイランドの自然を回想して，霧の中に見え隠れするロクナガールの峰，雪の降り積む岩山，岩を咬んで迸る清流を懐かしみ，'sacred to freedom and love'「自由と愛の聖地」の原点をカレドニアの雪の舞う岩山に置いたが（'Lachin Y Gair'「ロクナガール」, 1），詩人の人生の暁におけるこの聖地のイメージは，神話世界の至福の地，デルポイの白い塚オムパロスや，雪を戴くオリュムポス Olympos の山，聖婚に縁のヘスペリデス Hespelides の園，楽園アルカディア Arkadia と重なり合う。また，*Aeneis*『アイネーイス』の挿話のオシアン風翻案を，花の盛りに散った英雄の死を称える頌歌で結び，'Spread them [thy fair locks] on the arch of the rainbow; / and smile through the tears of the storm.' と理想美への殉死に「虹の光」を添えているが（'The Death of Calmar and Orla, An Imitation of Macpherson's Ossian', 129-30），スコットランドの「驟雨と虹」を原点に持つこの水と光の結びつきは，バイロン詩のイメージの粋「瀧に懸る虹」となって，アルプスやアペニンの山中で，壮麗な理想化の光を纏うことになる。

　このように，バイロンの処女詩集には，詩人の運命を示唆する多くの要素が胚胎しているのが見受けられるが，それ以前に，自身の運命への予感が少年の心に深く刻まれていたことを見逃すことはできない。伝記によれば，1801

年ハロウ入学の年，母キャスリーンが有名な占い師に息子の運命について尋ねたところ，「息子は跛で，二回結婚するが，二度目の相手は外国人で，生涯二度の危機があり，それは，27歳と36歳の時である」と言われ，これを聞いた少年はたいへん心を打たれたという (Maurois, p. 47)。

　Hours of Idleness に対する *The Edinburgh Review* の酷評に激怒した詩人は，執筆中の古典的文壇諷刺詩にスコットランド批評家への反撃を加え，*English Bards and Scotch Reviewers*『イギリス詩人とスコットランド批評家』(1809) を文壇に叩きつけた。血気に逸るその序文には，文壇諷刺詩の伝統を遥かに超えた慨嘆と憤怒が吐露されている。ポープ Alexander Pope (1688-1744) によって確立された古典の殿堂がロマン派詩人の行き過ぎによって冒されている風潮を「疫病の蔓延」にたとえ，嘱望するギフォード William Gifford (1756-1826) の無力を医者の不在になぞらえて嘆くが，この緊急事態には新参の医者の応急処置も許されようと，救済者たらんとの自負を窺わせている。「大地にはびこる悪」ピュートーン Python を退治した治癒者アポローン Apollon と医神アスクレーピオス Asklepios の救済者としての面を強調して Parnassos パルナッソスへの憧憬と志向を募らせる一方で，『エディンバラ・レヴュー』の暴虐を九頭の蛇ヒュドラー Hydra に喩え，これを退治するにはヘーラクレース Herakles の大力が要ると，ギリシア世界第一の英雄が第二の功業に挑む気概をみせて序文を結んでいる。

　湖畔詩人の唱導するロマン派の新しい流れを，詩神アポローンの祭壇の簒奪と見做す立場から詩の凋落を嘆くバイロンは，旋律美しい古典の遵法者ロジャーズ Samuel Rogers (1763-1855) には，'Restore Apollo to his vacant throne'「アポローンを主なき玉座に復帰させよ」(807) と鼓舞する一方で，酷評者には「北風」や「カレドニアの烈風」の，また，竪琴を手に谷間をさすらう突風の犠牲者には，開花を待たず蕾のまま萎れる「枯死」のイメージが用いられるが，これはアプロディーテーに配するアドーニス Adonis，キュベレー Kybele のアッティス Attis といった普遍的な聖王の死，Frazer の言う「聖王の弑殺」に他なるまい (24)。他方，残忍な酷評者は生贄を八つ裂きにする「狼の群れ」に，また強欲な「怪鳥」ハルピュイア Harpuia に譬えられる。ギリシア神話には，聖王の祭式上の死の名残をと

どめる神々や英雄らの無残な死が多く伝えられているが，その典型は，ディオニューソス Dionysos やザグレウス Zagreus，オルペウス Orpheus のように，狂暴な婦人たち——ニンフの相を示す三面相の「月の女神」セメレー Semele，「血腥いもの」を意味する女神ダポイネー Daphoene，月桂樹の葉や葡萄酒に酔い痴れ狂喜乱舞するマイナスたち Mainades——によって八つ裂きにされ生身のまま貪られる祭式である（Graves, 21. 6; 27. 1, 5; 28. d）。また，ホメーロス Homeros（c. 10 b.c.）が「烈風」の擬人化と考えていた3人のハルピュイアたちは古いアテーナー Athena のことで，一挙に破壊をもたらす三面相の女神と見做されるが（Graves, 33. 5, 150. 2），酷評という祭壇で貪られる生贄の比喩は近代的神話観を示唆するもので，バイロンの鋭い洞察力を示すものと言える。後のキーツ John Keats（1795–1821）のように「酷評に殺される」こともなく，ヘーラクレースのように酷評者の「頭を合法的に殴りつけるという名誉ある方法で」文壇登竜門を登りきったバイロンは（*LJ* VIII. pp. 102-3），意気揚々とパルナッソス Parnassos 目指して帆を揚げた。

3．神々の凋落——*Childe Harold's Pilgrimage* I, II と *The Curse of Minerva*

1809 年 7 月から 2 年間におよぶ東方旅行の成果 *Childe Harold's Pilgrimage*『チャイルド・ハロルドの巡礼』I, II（1812）の劈頭を飾るのは，'Oh, thou! in Hellas deem'd of heav'nly birth, / Muse!' とのムーサ Musa への祈願である。「ギリシアの空気を吸って初めて詩人になった」と自負するバイロンにとって（*EPBG, p.* 69），たとえ詩神の祠は廃墟となって頽れ，神託は廃れ昔日の威光は失せていようとも，この時のヘラス滞在が宿願の「祈願成就の聖地巡礼」に他ならなかったことを表している。長編詩の執筆に際して霊感を求めムーサに呼びかけるのは，ホメーロスの *Ilias*『イーリアス』，*Odysseia*『オデュッセイア』以来，ヘシオドス Hesiodos，ヴェルギリウス Vergilius，ダンテ Dante，タッソ Tasso を経て，シェイクスピア Shakespeare，ミルトン Milton へと継承されてきた伝統であるが，バイロンもまたこれを踏襲し，「霊感の枯渇したロマン派詩人らに辱められたムー

サ」に，拙いながら自作の Harold を捧げ，古の英雄のごとく女神との交わりを求めんとする。

　ここで見過ごせないのは，この祈願に窺われる「ヘラスの生贄」たるべき運命の欣求である。ヘラス巡礼へと詩人を駆り立てたものは，並みの古典文明への憧憬や未知の世界への探求を遥かに超えた救済への切望である。Harold I の冒頭に連ねられた苦渋に満ちた青春の憂悶には，'Sin's long labyrinth'「罪の長い迷路」(5.1) よりの救済「光の糸」への翹望が窺われる。バイロンの放浪への希求は，宿痾と化した「魂の不眠」からの遁走に他ならないが，その根底にあるのは，時代を覆う世界苦と相まって詩人の人生の暁を曇らせた「逆境」の意識であったが，産褥時の母の不注意に帰される詩人の「踝の腱の麻痺」が誇り高い詩人の「アキレス腱」であったことは言うまでもない。運命の符合に心動かされることの多かった詩人であるが，ホメーロスが女神に祈願して書き上げた両叙事詩の主人公が，いずれも足に欠陥を持つ英雄であったことは興味深い。アキレウス Achilleus のそれが母神テティス Thetis の不注意によるものであったことのみならず，オデュッセウス Odysseus の脛の傷と乳母との係わりは，バイロンの運命への呪詛を倍加した乳母による「致命的経験」を連想させるなど，神話との類似は顕著である。このほか後継者に毒矢で踵を射られて死んだ聖王の「祭式の死」の名残をとどめる「足弱の」英雄たちは，ヘーパイストス Hephaistos，パリス Paris，タロース Taros，アンキーセース Anchises，オイディプース Oidipus と数多く，さらに不慮の死の陰に「生贄」の痕跡をとどめる者は枚挙に暇がない（Graves, 92; passim）。この後，詩人は多様な英雄たちと運命を重ね合わせることになるが，わけても，首尾よく迷路を脱出して王となり女神の導きでアテーナイ Athenai に繁栄をもたらしながら末は転落死したテーセウス Theseus と，「栄華と失墜」の運命を分かつことになるのを予知していたかのように，バイロンは，このムーサへの祈願の節に付した自註で，猟の最中に崖から転落して頸を折ったある王の宿命に言及している。

　詩神アポローンへの帰依を胸に，デルポイへと急ぐ詩人がイベリア半島で目にしたのはナポレオン Napoleon Bonaparte（1769–1821）の脅威で

あったが，ヨーロッパを覆う暗雲を描写するに際し，詩人は神話の言葉で 'Gaul's Vulture' (52. 8) とゼウスの暴虐を象徴する猛鳥のイメージを用い，フランス軍を迎えてタラベラ Talavera の野を血で染めた激戦の描写では，戦争の殺戮を巨人 'Red Battle' (38. 9) と擬人化し，神話のギガントマキアー Gigantomakhia やトロイア Troia の戦いを彷彿させ，ナポレオンの野望という正義なき戦いの祭壇に流される生贄の血に若い義憤をたぎらせている。この戦場は，テルモピュライ Thermopylai, ワーテルロー Waterloo を経てミソロンギへいたるバイロン詩の主旋律「血の祭壇」の嚆矢となるが，英雄を貪る山上の豊饒女神のイメージをこれに重ねることもできよう (39-41)。

　無差別な殺戮と敗走を事とする軍神アレース Ares (Mars) と異なり，アテーナー Athena (Minerva) の戦いには正義と勝利が標榜されるが，斃れた恋人に代わって追撃の先頭に立ち勝利に導いたサラゴーザ Zsaragoza の乙女の描写には 'Stalks with Minerva's step where Mars might quake to tread' (54. 9) と両者が対比され，プレ・ヘレーネス時代の聖王に対する女神の優位が謳われる。さらに乙女の雄姿を叙するのに，'her smile in Danger's Gorgon face' (55. 8) と「蛇」の表象で結び，アテーナーもメドゥーサ Medusa (Gorgon) も同じ月の女神の異なる相であることを窺わせている (Graves, 33. 3)。この女神の 'smile' と 'curse' は女神の守護地アテーナイ Athenai を歌った第二巻以降でさらに明白になってくるが，ここでは，ゼウスの覇権確立以前の古いアテーナーの女性優位の名残をとどめる，メーデイアの「魔術」やアリアドネー Ariadne の「光の糸」に顕著な，ヨーロッパ文化圏の伝統「永遠に女性的なるものの導き」が，ダンテ Dante Alighieri (1265–1321) の *Divina Commedia*『神曲』のベアトリーチェ Beatrice の「天上の至福への導き」を経て，バイロンのこの救国の美女に受け継がれ，やがてドラクロワ Ferdinand Victor Eugene Delacroix (1798–1863) の *La Liberté gaidant le peuple*『民衆を導く自由の女神』(1830) や，ゲーテ Johann Wolfgang von Goethe (1749–1832) の『ファウスト』*Faust* 終幕 (1830) へ，アメリカ合衆国の象徴『自由の女神像』へと伝えられていく過程を指摘しておきたい。

　Harold I に唐突に挿入された「パルナッソス賛歌」(60-64) は，雪を戴

く霊山を海を隔てて臨んだ心の高揚を如実に表して、詩人のアポローンへの帰依の深さを窺わせるが、翌日、廃墟となった神殿の柱に自身の名を刻み、パルナッソスの上空に舞う鷲の群れを、前夜書き上げた「供物をアポローンが嘉した瑞兆」と受けとめ (LJ IX. 41)、カスタリア Kastalia の霊水を汲んで「詩人になった」と自負するが、土に埋まった祠の辺りを逍遥するにつけ世界の中心「臍」Omphalos であった往時の栄光を愛惜し、詩の凋落の嘆きを深めるのみであった。

　「光、詩、弓、医術、予言」など多くの役を司る、ゼウスとレートー Leto の子アポローンは、出自、性格、行為など複雑であるが、月の女神アルテミス Arthemis の双生の兄であり、「詩神」であることで、とりわけバイロンに、またこの主題に深く係わる神であるが、ここでは、デルポイとの関係のみ見ておきたい。アポローンは生後3日目にデーロス島を離れ、母レートーの仇である大蛇ピュートーン Python が隠れているパルナッソス山へ行き、矢を放ちデルポイの大地母神の神託所に追いつめてこれを退治し、身を清めた後、そこに月桂樹の枝で神殿を建て神託の神となった。このピュートーン退治の話は、アカイア人たちがクレータ島から伝えられた大地母神の神殿を占拠したことを表すが、後に栄光と凋落を身をもって経験し、詩人としても人間としても円熟したバイロンは、ピュートーンを退治して復讐を成就したアポローンを刻んだ古代彫像 Apollo Belvedere に類稀な自我像を打ち建てることになるが、その時もまた、ローマの祭壇に「自身の数奇な運命の供物」すなわち Harold の最終巻を捧げている（拙論 EPBH, p. 40 および AMG, pp. 200-10）。それまでには、神話の神々や英雄たちのさまざまな生と死を一身に集めたかのような、傷つき血にまみれた詩人の波乱に満ちた10年の歳月が介在する。

　バイロンはこの旅で、ギリシアを訪れる前にアルバニアの山奥深く分け入り、雄大な自然に触れ、激しい雷雨に遭遇している。ギリシア最古の神託所ドドーナ Dodona はヨーロッパで最も激しく雷が荒れ狂う所と言われ、雷の轟き、樫の葉擦れの音のうちに声を聞かせた主神ゼウスの棲処で、山の女神ディオーネー Dione に所縁の神託の樫の木の信仰を受け継いだと伝えられる聖婚の地である（Frazer, 15; Graves, 13）。この「愛に浄められた

聖地」で空しく「予言の泉」や「神託の木」を求めた詩人は，16年後この地に近いミソロンギでゼウスの稲妻に迎えられる運命とは知る由もなく，己が終焉の地を通過している。

　'Come, blue-eyed maid of heaven!... Goddess of Wisdom!' (II. 1. 3) とのパラス・アテーナー Pallas Athena への呼びかけで始まる *Childe Harold's Pilgrimage* II は，失われた理想美への挽歌である。英雄たちを導いてアテーナイの繁栄をもたらした女神の形容辞「煌めく瞳の」はホメーロスによるものであるが，「梟の貌した」の意にも用いられて梟をトーテムとするアッティカ地方の地母神の名残をとどめている。ゼウスの額から武装して跳び出したとのアテーナー誕生の物語は，この女神から女家長制の名残を取り除こうとするヘレーネスの方便と見做されるが，この女神は父権が認められていなかった時代のリビア Libya の「戦の女神」ネイト Neith と同一視されるから（Graves, 8. 1），この「天空の乙女」なる表現は，月の女神の第一相を直感的に把握した詩人の慧眼と言うほかない。

　三叉の鉾で海水を噴き出させたポセイドーン Poseidon と競い，オリーヴの木を贈ってアッティカの守護神となったアテーナーの神殿パルテノン Parthenon は，ギリシア精神の象徴として称えられてきたが，バイロンがこの聖域を訪れたときは，古の大地母神の証したるエレクテイオン Erekhtheion や戦勝の女神に縁のニーケー Nike の神殿ともども，歳月と人間の蛮行に崩れ落ち，昔日の栄光は見る影もなかった。詩人の嘆きは，エルギン卿 Thomas Bruce, 7th Earl of Elgin（1766–1841）のパルテノン・フリーズの略奪に極まり，再び「カレドニアの烈風」ハルピュイアの比喩が重ねられ，'Cold is the heart, fair Greece! that looks on thee, / Nor feels as lovers o'er the dust they lov'd;' (15. 1-2) と，凌辱された愛人の亡骸に取りすがる恋人さながらの嘆きを見せる。ギリシアの理想美に対するバイロンのこの愛が隷属の民に鎖を絶つべく決起をと叫ばせるのである（73）；

　　　　Fair Greece! sad relic of departed worth!
　　　　Immortal, though no more! Though fallen, great!
　　　　Who now shall lead thy scatter'd children forth,

>　　And long accustom'd bondage uncreate?
>　　Not such thy sons who whilome did await,
>　　The hopeless warriors of a willing doom,
>　　In bleak Thermopylae's sepulchral strait—
>　　Oh! who that gallant spirit shall resume,
>　Leap from Eurotas' banks, and call thee from the tomb?

　先の文壇諷刺詩で用いられた覚醒を求める呼びかけが理想美救済の決起を促す檄となり、アルカディアの山深くスパルタの谷遠く飛んでゆき、「自然」なる「慈母」の懐で育まれ、ついに、ミソロンギの祭壇が英雄の血で浄められるのを、われわれは見守ることになるが、それまでスパルタの母が、テルモピュライの地峡が、「自由の合言葉」となる。

　トルコの軛に繋がれた奴隷の民の悲惨は、悠久の自然との対比によって強調される。「ミネルヴァが微笑んだ」往時のままにオリーヴは熟し、アポローンは長い夏を金色に染めメンデーリの大理石を白く輝かせているが、詩歌の輝きも民族の繁栄もない。「奴隷の鎌は揮っても自由の剣は揮わない」（83. 6-7）代々の奴隷と堕したギリシア人が、外国の援助を求め植民地政策の餌食になろうとしているのを憂い、「自由を願うものは自ら立って戦わねばならない」（76. 1-2）と、ひたすら自由の民の決起を促す。

　Childe Harold's Pilgrimage II を脱稿したバイロンは、廃墟となってなお美しいパルテノーン神殿を望む僧院にとどまり、二篇の諷刺詩を書き上げている。その間も折に触れては、エペソスやトロイア、イスタンブールまで赴き、マラトーンの古戦場、スーニオン岬のポセイドーン神殿やアテーナー神殿の跡に佇み、デルポイの山腹を歩み、アルカディアの懐深く分け入って、「気心の合う」ギリシアの真髄に触れ、凋落の運命を大地母神の悲愁に重ね合わせている。素通りの旅人の体験を遥かに超えたこのヘラスとの深い交わりがギリシアへの愛を深めさせ、ミソロンギへの道を辿らせることになるわけである。

　諷刺詩 *The Curse of Minerva*『ミネルヴァの呪い』（1811）の中で、エルギン卿の所業を詰りアルビオンに呪いをかけようと、聖鳥の梟を従えて詩

人の前に現れる女神アテーナーの姿には，ゼウスの娘となる以前のプレ・ヘレーネスの昔よりこの地を守ってきた大地母神の，度重なる侵略と凌辱に耐えてきた悲しみが深く漂っている。この詩は，アテーナーの呪詛をこめた予言——蛇のおどろ髪を乱した「復讐の三女神」エリーニュスたち Erinyes の振りかざす松明に燃え上がる地獄絵——をもって結ばれる。アテーナーとエリーニュスを同じ月の女神の異なった相「乙女と老女」とみる現代の神話観を知る由もなかったバイロンであるが，詩人の長期にわたる神々の地への滞在は，彼の鋭い洞察力と相まって，「梟」と「蛇」をトーテムにもつ両女神を結びつけたものと思われる。女神の「天上の涙を湛えた大きな碧眼」'Celestial tears bedimm'd her large blue eye' (*Minerva*. 86) にいたく心を動かされたバイロンは，失われた「女神の微笑み」を取り戻すべく自ら祭壇に身を置くことになるが，この諷刺詩で女神に「ヨーロッパに延々と連なる戦火」を予言させたとき，バイロンはあたかも古の詩人のごとく予言者の相を帯びて見える。

4. 想像力の熔岩と救済の調べ——オリエント物語詩と *Hebrew Melodies*

　グランドツアーの成果 *Childe Harold's Pilgrimage* I, II（1812）の成功により，一朝にして文壇の頂点に登りつめたバイロンが，摂政時代のイギリス貴族社会の寵児として爛熟と頽廃の中に生きながら，想像力の噴出によって詩人としての名声を確立していく時期の作品——*The Bride of Abydos*『アビュドスの花嫁』（1813）や *The Corsair*『海賊』（1814）をはじめとする一連のオリエント物語詩，また，旧約聖書の主人公に自らの苦悩を反映させた抒情詩集 *Hebrew Melodies*『ヘブライの調べ』（1815），さらに，同時代の覇者の失墜に複雑な感懐を寄せた *Ode to Napoleon Buonaparte*『ナポレオン・ボナパルトへの賦』（1815）の中に，バイロンをミソロンギの祭壇へと駆り立てた神話の主題を探っていく。

　詩人が帰朝の翌年おこなった上院での演説（*UBSB,* p. 371）——ノッティンガム Nottingham の機械破壊者に対し死刑を科そうとする政府案への反対演説や，カトリック教徒解放のための請願演説など——は，詩人の終生

変わることのなかった進歩的ホィッグの立場を鮮明にしており，常に弱者の側に立ったこの生き方がミソロンギへ導く要因となったことを銘記すべきであろう。

自ら訪れた地の光溢れる美しい自然を背景に，異教徒の新奇な風物や生活を織り込み，好奇心そそる中世趣味の物語に仕上げられたオリエンタル・ロマンスは，上記二篇の他，The Giour『邪宗徒』（1813），Lara『ラーラ』（1814），The Siege of Corinth『コリントの包囲』（1815），Parisina『パリジーナ』（1815）と矢継ぎ早に書き上げられている。1214行を4日間で書き上げたThe Bride of Abydos執筆の動機については，「＊＊への私の夢想を紛らすため」であったと告白し，「そうでもなければ，それは生まれることはなかったであろう。当時何かをしていなかったら，われとわが胸を喰いちぎって気が狂ったに違いない」と記し，また，散文と異なり「韻文でなら事実から少し離れておられる。しかし，あの思いがいつも心に突き刺さる」とも記して，[7] Lady Frances Websterへの思いや，異母姉 Augusta Mary Leigh（1784–1851）との禁断の愛を仄めかして，「己自身から，忌まわしい自己を取り去るため」と，カタルシスとしての詩作を告白している（Nov. 27, LJ V, p. 225）。

バイロンは，後に妻 Lady Byron となるアナベラ Annabella（Anne Isabella）Milbanke（1798–1879）に宛てた書簡で，この「狂気を防ぐカタルシス」としての詩を，噴出によって地震を防ぐ「想像力の熔岩」'the lava of imagination' に譬えている（Nov. 29, p. 179）。熔岩の流出は，ギリシア神話の闇に蠢く幾多の怪物，とりわけ英雄物語に欠かせぬ「大蛇」や「火を噴く竜」を想起させるが，バイロンに私淑し彼の詩に霊感を得ることの多かったフランス・ロマン派の画家ドラクロワの想像力もまた，「熔岩」と「蛇」の結合を窺わせることを想起しておきたい。恋の苦悩の捌け口として制作に没頭する「美しい花束に隠された噴火口」（ボードレール評）であり，「蛇女神ピュトニッサ Phithonesse が手にする蛇のように，蠢き，のた打ち回り，その情熱の至福から作品は生まれる」と述べ，「永遠に御身を燃え立たせるため，バイロンの詩句を思い起こせ...例えばアビュドスの花嫁の最期とセリムの死，波に呑み込まれる彼女の肉体，岸打つ波に

持ち上げられたあの手，崇高だ。バイロンならではのものだ」と記して，バイロン詩による彼の傑作の数々が，光に躍動し闇に蠢いている秘密を明かしている（拙論「バイロンとドラクロワ」*EPBD,* pp. 148-59）。

　ドラクロワとは対照的な手法でバイロンのポエジーを視覚化した今一人の画家ターナー Joseph Mallord William Turner（1775–1851）は，*Childe Harold's Pilgrimage* をはじめとするバイロン詩集の挿絵を多く手掛けたが，その最初の詩集が *The Giour* であったことは，この画家もまた「闇に蠢く情念」を描き続けたロマンティストの雄であることを語って興味深い。

　亡き愛人 Leila への情念を掻き消すことのできない *The Giour* の主人公は，Leila の面影を「天上よりの導きの光」（1131, 1145）として哀惜する一方で，抑えがたい激情と苦悩の描写には，「胸にとぐろ巻く蛇」（1194-95）という太古以来，情念の比喩として闇の世界で蠢いてきたイメージを起用する。「天上の光」と「地の蛇」との相対するイメージは，とぐろ巻く蛇とゴルゴーンの首を身に帯びたパラス・アテーナーの天上性と地上性，「月の女神」の諸相を想起させる。さらに，詩人の心に巣食う罪の意識と悲痛の思いは，「火に囲まれた蠍」'the Scorpion girt by fire'（423）のイメージを生む。近代の神話観が明らかにする英雄の「祭儀の死」の典型が，蛇の毒による死，あるいは火炙りであったことを考慮すれば，詩人の祭壇への距離が縮まった感がある。

　異母姉 Augusta との禁じられた愛の落とし子にヒロインと同名の Medora と名付けて，反俗・反逆を謳歌した *The Corsair* は，ヨーロッパの解放を求める人々の象徴として詩人に絶大な人気を博させた。自由の剣を揮い暴君の軛を絶つ「ハーレムの奔放な美女」Gulnair と，愛を貫いた「死せる美女」Medora という対照的なヒロインを登場させるが，詩人のペンは閨の太守 Seyd を刺殺した前者には 'that purple stain. / That spot of blood, that light but guilty streak, / Had banished all her beauty from her cheek!'（III. 10. 425-27）と冷たいが，日陰の愛に殉じた後者には，ヘーラーの罠にはまり雷に打たれたディオニューソスの母セメレー Semele を彷彿させるイメージを添えて物語を結んでいる。まだ不明確ながら，後にアルプス山中で熾烈な対照を見せて登場する「愛の二重女神」Augusta vs. Annabella の序曲

と見做したい。

　The Siege of Corinth『コリントの包囲』(1815) のヒロイン Francesca は，この高名な古代の城塞都市にまつわる悲劇を想起させる。バイロン自ら，ギリシア神話の神々のうち，プロメーテウスとともにもっとも鮮烈な影響をうけていたと告白するメーデイアは，この町に支配権をもっていたとされる魔術に長けた女神である。その戦車を引く「有翼の蛇」は，メーデイアが「月の女神」であるとともに「地（冥界）の女神」であることの証しであり (Graves, 156. 3)，激怒に駆られ，わが子を刃にかける女神を描いたドラクロワの *Médée furieuse*『激怒のメーデイア』(1862) には，侵し難い気品と高貴な悲劇性が漂っている。バイロンのこの物語詩では，女神の要求する「犠牲」は，腐肉を貪る禽獣や，戦闘の仮借ない残忍性に描出された感があるし，恋人たちの戦闘前夜の逢瀬には，すでに冥界に住む者の冷ややかさがある。'Minotti-Francesca-Alp' という「父―娘―恋人」の三角構造に，「アイエーテース Aietes―メーデイア Medeia―イアーソン Iason」という神話の「聖王―女神―後継者」の構造を重ねることも出来よう。

　1814年4月，詩人が少年時代より久しく，期待と失望，羨望と憎悪を交えた複雑な眼でその飛翔を見守ってきた「ゴールの鷲」ナポレオンは，栄光の絶巓より転落しエルバ島へ流された。*The Corsair* の成功によってヨーロッパの自由に絶望し始めた人々の象徴的詩人となっていたバイロンは，失望と侮蔑をこめて風刺詩 *Ode to Napoleon Buonapart*『ナポレオン・ボナパルトに寄せるオード』(1814) を書いた。そこでは文学史上初めて，ヘレニズム・ヘブライズム両世界の「光の英雄」――反逆の巨神プロメーテウス 'Prometheus the fire–bringer' とルシファー 'Lucifer the bringer of light' ――が，昔日の覇者の失墜を介して結ばれているが，罪人として登場したこの巨神が「人類の恩恵者，犠牲者」と呼ばれるには，今しばらく待たねばならない。

　19世紀のフランス画壇を二分して，ロマン派のドラクロワと拮抗した古典派の巨匠アングル Jean Auguste Dominique Ingres (1780–1967) の大作 *Le Songe D'Ossian*『オシアンの夢』(1813) は，滅びゆくケルトの民の悲愁と凋落の覇者の夢を重ねて，深い感慨を喚び起こす。この絵の発注者はほかな

らぬナポレオン自身であったが，ローマの宮殿の寝室の天井画となるはずであったこの絵の下に安らうことは遂になく，運命の星に見放された昔日の英雄は，愛読した『オシアン詩』の主人公の託つ凋落を己が運命として，絶海の孤島にただ一人，虜囚の運命を甘受せねばならなかった。「海に囲まれた岩の頂に面を伏せる在りし日の英雄を」――それをバイロンは「栄枯盛衰という運命の最も暗鬱な受難者」と呼んだが――と注文したその役を自ら演じることになったナポレオンの運命の皮肉，そこに，バイロンの詩情を養ったケルト精神と時代精神との絶妙な呼応を見ることが出来る。

　1815年1月，二度目の求婚が容れられて結婚したバイロンに，「堕落天使」'a fallen angel' を自認する身には余りにも善良で完璧な 'the Princess of Parallelogram' Annabella 「平行四辺形の姫君」に救済を期待する気持が潜んでいたことは否定できないが，彼女への求婚中や結婚生活の最中に，詩人は幾度も，南欧の空や地中海の岸を想い安息を求めて，イタリア，ギリシア，トルコに逃避の旅を計画し，しばしば，'I must return to the East to die.' と口にしているが（Medwin, pp. 91-92, 231-33），「死」が「安息」を意味した詩人にとっては，オリエントは「救済」の地となっていたのである。結婚後間もなく出版された抒情詩集『ヘブライの調べ』Hebrew Melodies は，配偶者の篤信に応えたものであるにしても，幼時よりカイン Cain の劫罰に戦きつつ聖書に親しんだ詩人にとって，神の光に導かれて流謫の運命に耐えたヘブライの民の苦難や，己が罪科に怯えつつ救いを求めた背信の王サウル Saul の苦悩は，とぐろ捲く蛇に苛まれる己が心を託すに格好の主題であった。天上の光に満ちた愛の安らぎへの希求と，亡国の民の苦難の陰に苦悩する詩人の心中の闇が痛ましい対照を見せて，早くも結婚の破綻を予感させるものがある。

　この詩集の巻頭を飾るのは，バイロン抒情詩の珠玉として人口に膾炙している 'She walks in Beauty'「彼の人は美わしく歩む」(1814) である。'She walks in beauty, like the night / Of the cloudless climes and starry skies' (1-2) と歌い出される僅か3連18行には，光と影の微妙な均衡が瞬間的に捉えられた神秘的と言えるまでに理想化された女性像がある。

　しかしながら，この均衡は長くは続かない。結婚を前にした詩人の心は

暗く鬱いでいる（'My Soul is Dark'「おれの心は暗い」,1-4, 9-12）；

> My soul is dark—Oh! quickly string
> 　　The harp I yet can brook to hear；
> And let thy gentle fingers fling
> 　　Its melting murmurs o'er mine ear.
> 　　　　. . . . . . .
> But bid the strain be wild and deep,
> 　　Nor let thy note of joy be first:
> I tell thee , minstrel, I must weep,
> 　　Or else this heavy heart will burst；

悪霊に取り憑かれ眠りを奪われたイスラエル初代の王サウル Saul（在位 b.c. 1025-10）は、羊飼いの少年ダビデ Dawid（在位 1010–971 b.c.）に竪琴を弾かせて心を鎮めるが（1 Sam. 1. 16）、背信と破滅の王が求めた「音楽による救済」は、「不眠」という宿痾に苦しんだ自我の詩人バイロンの翹望するものであったが、これは現代人も共有する普遍的なモチーフである。ダビデの竪琴は、ヘレニズム世界のアポローンの竪琴と呼応する救済の象徴でもある。オルペウスの琴の調べによる「蛇の折伏」もまた、音楽がもたらす陶酔と平安を示唆する。救済を拒まれたサウルに仮託されたバイロンの救いなき魂は、伝道師の「すべて空なり」との声 'The serpent ... that coils around the heart ... stings for evermore / The soul that must endure it.'（'All is Vanity, Saith the Preacher'「伝道者曰くすべて空なり」, 17, 19. 23-24 ）に仮託され、虚無の響きを漂わせている。

　James Frazer は、パポス Paphos の祭祀王でアドーニスの父であるキニュラース Cinyras の出自をセム族の王に帰し、サウルの前でダビデが弾奏した竪琴 lyre の意味を持つギリシア語 cinyra と関連させて、ダビデ同様キニュラースも竪琴弾奏者であったと述べて、エルサレムでもパポスでも、竪琴の音楽は単なる娯楽ではなく、宗教上の礼拝の一部をなすもので、その調べを葡萄酒のもたらす効験と同様な神の霊感に帰して、恍惚状態で神

託を伝えたデルポイの巫女との類似を窺わせ，さらに「サウルの陰鬱な心にかかる憂雲は，彼を悩ますために神から遣わされた悪霊である」と考え，同様に，彼の悩む心を和らげ落ちつかせた竪琴の荘重な音色は，「悪霊に憑かれた王にとっては神の声そのもの，平和を囁く恵み深い天使の声，聖母頌歌である」と述べて（Frazer, pp. 388-89），*Hebrew Melodies* のみならず，バイロンの抒情詩に流れる清澄な宗教性を示唆している。しかしながら，数学好きで道徳心厚い才媛の Annabella には，夫の過誤を包む雅量も救済の叫びに応える愛もなく，夫への非難をよそに沈黙を続け，遂に二人は別居にいたる。名門貴族の格式を背に良風美俗を盾に取る妻の側に世論が傾くと，バイロンは自ら流謫の運命を選ぶまでに追い詰められる。この年バイロンは，予言による「生涯最初の危機，27 才」を迎え，'One has come true.' との確信を得ている（Medwin, p. 107）。

　バイロンがヘブライの抒情詩集に掉尾の勇を揮うのは，受難者ヨブ Job に告げる精霊の警告においてである（'From Job'「ヨブ記より」, 5, 7-8）；

　　'Creatures of clay—vain dwellers in the dust!
　　　. . . . .
　　Things of a day! you wither ere the night,
　　Heedless and blind to Wisdom's wasted light!'

ヘブライズム世界のこの警告は，ヘレニズム世界の「叡智の女神パラス・アテーナーの微笑み」の回復への翹望とも重なるが，蒙昧の闇の中で蠢き自滅への道を辿っている「現代の人類」への「檄」にほかならない。予言者としての詩人バイロンの真価が窺われる。

5．流謫のハロルド——*Childe Harold's Pilgrimage* III と 'Prometheus'

　1816 年 4 月，自らを流竄に処したバイロンは，再び故国の土を踏むことのない遍歴の旅に赴き，*Childe Harold's Pilgrimage* III（1816）が起草されるが，青春の日の気楽な旅に引きかえ，壮年のそれは，一輪の花も咲

かぬ砂漠を重い足を引きずって行く旅で、「絶えず纏わりつく鎖と、一足ごとに身にくいこむ目に見えぬ枷に、傷の痛みはさらに鋭くなる」(III. 9. 5-9, 大意)と嘆かれる。その憔悴した姿は、大空を天翔ける野の鷹が、羽を切られて胸とくちばしを獄なる籠に打ちつけ、迸る鮮血で胸を朱に染める姿に譬えられ、'the heat / Of his impeded soul would through his bosom eat.'「己が胸を食い破る阻まれた魂の熱情」(15. 8-9) とのイメージを生む。しかもこの「血塗れのハート」は、ただ一人バイロンのもののみならず、時代の巨人ナポレオンの、また巨神プロメーテウスのそれと共鳴するところに、バイロンの本領があり、Mathew Arnold (1822–88) によって 'Celtic Titanism' と評される所以であり (ILOP,「オシアン詩」, pp. 252-53)、「犠牲の聖王」をミソロンギへと導くものである。

　胸を苛みつつ流離うハロルドは「帝国の骸」の上を歩み、「髑髏の地, フランスの墓地, 死のワーテルロー!」に立つ。「大地を震撼させた戦闘の餌食はこの下に葬られている!...血の雨がいかに収穫をふやしたことか」(17. 2, 7)との同時代の空前絶後の戦場の描写は、「種族のニンフ、すなわち女王は、生贄として若者の中から一人の恋人を選び、豊饒多産のシンボルとして彼の血を大地にふり撒き、樹木や作物、家畜を増やす用に当て、肉は巫女たちが生のまま貪った」(Graves, Introduction) との、古の「聖王」を屠る「月の女神」の祭儀に近いものがある。また「髑髏の地」(Matt. 27. 33)は刈り取られて実りの粒を増した「一粒の麦」イエス Iesous Christos の「犠牲の祭壇」ゴルゴタ Golgotha の意でもあり、先に Harold I のイベリア半島の戦場の描写に用いられた「血の祭壇」のイメージは、この巻にいたり時空を拡げた観がある。しかも、先の 'Gaul's Vulture'は、今は 'Eagle' となり、この地にあって「極限の高さまで」'pride of place' (Mac. II. iv. 12)「最後の飛翔を試み、連合軍の矢に射抜かれて血塗られた爪で戦場をずたずたに引き裂き...かつて自ら世界を縛った鎖の断環で繋がれる身となった」(8. 6, 8) と、運命の星に見放されたかつての覇者と、同様に運命に背かれた自身とを「血塗れの虜囚」のイメージで結んでいる。詩人は既に「世紀の英雄の失墜」を通じてヘレニズム・ヘブライズム両世界の「光の英雄」プロメーテウスとルシファーを結びつけているから、ワーテルロー

なる「犠牲の祭壇」において，神話世界の両英雄はバイロンの分身となり，以後アルプスの大自然の壮大なカタストロフィーと時代の圧制の嵐を背景に，マンフレッドやカインといった詩人の分身に「失墜の高み」ゆえの崇高美を誇示させることになる。シェイクスピアの引用については，梟雄マクベスは「月の女神」の第三相なる「冥界の女王」ヘカテー Hekate の導きで魔女なる巫女に翻弄されて極限の高みより失墜し，「鼠を取る梟に襲われて」凄惨な死を遂げたのであるから，梟が「月の女神」の第一相なる「天空の乙女」アテーナーの聖鳥であることに思いいたれば，ここにもまた「犠牲の祭壇」に屠られた聖王の姿が髣髴され，この名句を引いて自註に書き添えた詩人の洞察力には驚きを禁じ得ない。

　ワーテルローにおけるハロルドの感懐は深く，戦いの犠牲者たる「花の盛りに散った若者に注がれる美しい娘の涙」の空しさが嘆かれる（20. 2-6 大意）。「神話世界」にその名残を求めれば，「犠牲者」には，アドーニス，ヒュアキントス Hyakinthos，パエトーン Phaeton，イーカロス Ikaros，アキレウス Akyleus，パトロクロス Patroklos，サルペードーン Sarpedon が，一方「美女の涙」には，「アプロディーテーの赤い薔薇」，「ミュラー Myrrah の樹液」，「パエトーン姉妹の琥珀」，「エーオース Eos の涙」など華麗を極める。しかしバイロンは，「戦の栄光が極まるのは暴君を斃さんとして斃れたアテナイの貴族ハルモディオス Harmodios が抜いた銀梅花(ぎんばいか) myrtle の蔓で覆われた剣である」（20. 8-9）と反逆の故事を引いて自由への蜂起を称賛する。ライン河畔を遡るハロルドは，スイス独立戦の古戦場モラ Morat を訪れ，これをマラトーンと並べて真の「栄光の戦場」と称揚し，「野望の戦場」ワーテルローをカンネー Cannae と競わせ貶めている。*Harold* II のテルモピュライに端を発し，詩人自身のミソロンギで全うされることになる「自由の戦場」への道筋が，明確な姿を取り始めたのが窺われる。

　バイロンの抒情の極まるところ「天上の至福」の背景には，常に「清らかな水」があるが，それは，人魚を戴くバイロン家の紋章と僧院のマリア像に培われた「水辺のマリア」の伝統に帰することが出来ようか。喜び溢れるラインの流れを遡るハロルドの胸には，零落の身を変わらぬ愛で見守ってくれている「教会の結ぶ絆よりも強く結ばれた優しい心」への

思いが甦り，愛する人と手を携えてこの景観を愛でたいとの3節よりなる絶唱に別離の思いを託す（55. 1-3）。父を同じくする異母姉オーガスタとの近親相姦も，同じ母の胎から出た姉のレアー Rhea と交わったクロノス Kronos や，姉のヘーラー Hera を妻としたゼウス，知らずして母イオカステー Iokaste を妻としたオイディプース Oidipus，また，姉エイダ Adah と呪われた流浪に旅立ったカイン（Cain 終幕）など，「姉にして妻」（あるいは「母にして妻」）という豊富な「大地母神」の系譜を引くものと言えようか。神話の時代が下るにつれて「罪」の意識を伴うにいたったこの愛の形が，近代詩人バイロンには「致命的」'fatal' となり，「胸にとぐろ捲く蛇」や「蠍の毒」に苦しめられ，「鎖に繋がれて絶えず禿鷹に胸を啄まれる」プロメーテウスとの距離を縮めてきたのも確かである。ライン川と別れるに際しバイロンは，すでに自己の宿痾と化しているこの巨神さながらの苦しみに決別することを表明して（59. 5-6）アルプスの「氷の絶巓」に対峙する（62）。

1816年の夏におけるレマン Leman 湖畔は，シェリーとの交友によって，バイロンの生涯においても，イギリスの文学史上においても，もっとも光輝ある地となった（EPBU, pp. 110-28）。ラインを遡ってきたバイロンは，夫人メアリー Mary Wollstonecraft Shelley（1797–1851）と義妹クレアー Claire Clairmont を伴った流竄の詩人シェリーに迎えられ，一行と親密な交わりを重ねるうちに詩人の心は次第に癒され，自信を回復してゆき，後にシェリーが，創造主の意のままの世界さながらに「君の想像力が速やかに美しく天翔がけるのをただ仰ぐのみ」（'Sonnet to Byron', 8）と羨望をこめて友の想像力の飛翔を称えるまでに「神癒の翼」（Prometheus Unbound, 561）を羽搏かせるのであった。その変貌ぶりは Harold III の前半と後半に截然としている。その表れとして，スイスに入ってからの主人公は，I, II 巻以来踏襲してきた擬古的な「ハロルドの仮面」を脱ぎ捨て，バイロン自身が一人称で強く語りかけてくる。また，前半に見られた同時代の巨人ナポレオンへの自己投影は，後半ではルソー Jean-Jacques Rousseau（1712–78）という時代の先駆的巨人へとその対象を移すが，レマン湖の静謐と夜の嵐の描写を介在させて，詩人の政治的関心はより文学的色彩を帯び，より強

く自己の姿に投影させてくるのが見られる。
　美しい山と湖を背景にシェリーとの交友を深めるにつれ，自然と融和して肉の桎梏から解き放たれ，バイロンの心は静かな安らぎを得ていく。二人の詩人は好んで夜の湖上へ舟を漕ぎ出した。満天の星の下，静寂そのものの夜の湖上に瞑想するバイロンの心に生まれる無限の感情は，一つの真理となって自我を浄め，「キュテレイア Kythereia（Aphrodite）の帯」を纏ったかのように，すべてを美化する「永遠の諧調」を感じる一瞬を得る（90）。そのような時，詩人は神の霊との交わりを求めて高所や山上に祭壇を築いた「古のペルシャ人」の信仰を称え，神殿や偶像を重んじるギリシアやゴシックの礼拝と比較している（91）。ヘブライ世界では「主，宣はく，天は我が座位，地は我が足台なり」（Acts vii. 49）とのモーセの言葉が傍証されるが，ここでは詩人の言葉通り，ゾロアスター教以前の旧約の世界にも影響を与えた多神教の地，自然崇拝を主とする「古のペルシャ」に舞台を求めるのが妥当であろうし，アプロディーテー（キュテレイア）がアンキーセース Anchises に帯を解いたと伝えられるトロイアのイーデー Idhi 山や，旧約のバベル Babhel の塔の原型とされる，天上の神との交わりを求めて建てられたバビロニア Babylonia の聖塔ジグラット ziggurat の方が，詩人の描写に近いものであろう。近代の神話観では，「山の女王」アプロディーテー・ウーラニアー Aphrodite Urania は山頂で交わったアンキーセースを後に祭式の雷霆で撃ち殺したとされており（あるいはゼウスの雷霆で打たれて跛になったとも），この物語は，プリュギアのアプロディーテーたる女神キュベレー Kybele と愛人アッティス Attis の物語にも置き換えられる（Graves, 18. 3）。
　しかしながら，「生気溢れる者にとって平穏は地獄」（42. 1）とするバイロンは，所詮，静観の人ではない。あたかも，上述の「山上の交わりに続く雷霆」に呼応するかのように，一夜，湖上を襲った落雷を伴う大嵐に詩人の心は揺さぶられ，内なる魂に火が点じられる。静から動への見事な転換である。夜，嵐，闇の怪しくも強い力，その躍動感溢れる夜闇の賛美は「女の黒い瞳の煌めき」という simile を生む（92. 3-4）。遥かなる峰から峰へと谺する絶巓の間を電光を放ちつつ雷鳴は躍り，山々は咆哮する。「ユラ

Juraの峰は霧の帷の奥から，声高く呼びかける歓びのアルプス Joyous Alps に答えて叫ぶ...稲妻に打たれる燐光の海，躍りつつ大地を打つ沛然たる雨...声高に峰々は山の歓喜に和して震える，さながら若き「地震」の誕生を祝うがごとく」（92. 5-9, 93. 6-9）と，生命の根源たる闇に輝きわたる力と美に溢れる官能的な愛のイメージは，有史以来の雄大な規模で 'Titanic revelry'「巨神の歓楽」を現出する。

　燐光に輝くレマンを褥に，霧の帷に包まれてのアルプスの山とユラの峰の合歓，「地震」の誕生を祝う神々の狂宴「オルギア」などのイメージは，「光なる天」ウーラノス Uranos と「闇なる大地」ガイア Gaia の結合，オリュムポス Olympos の神々の誕生をもたらした巨神クロノス Kronos と大地女神ガイアの愛の営みを，わけても 'the deep-thunderous Earthshaker'「轟音とどろかす大地を震わす神」（Theogonia『神統紀』, 456）たるポセイドーンの「誕生」，さらにこの「地震の神」と大地母神デーメーテール Demeter との交わり，イーデー山上の黄金の雲の帷に覆われたゼウスとヘーラーの「聖婚」，ダナエー Danae の膝に降り注ぎ英雄ペルセウス Perseus を孕ませた「雷神」ゼウスの黄金の雨，「肉欲の愛」を強調したアプロディーテー・パンデーモス Pandemos のアドーニスへの放逸な抱擁，陶酔と狂躁の酒神ディオニューソス Dionysos とその巫女たちの山上の秘儀といった神話世界の様々な愛の光景を彷彿させる。闇の中で営まれる生の歓びが，これほどダイナミックに闇と光のイメージを以て謳われたことはない。オシアンに胚胎し，カレドニアの狭霧を走る嵐に養われ，キマエラ Chimaera 山脈の空前の雷雨に鍛えられて，いまここアルプスの雄大な大自然のカタストロフィーに増幅されて，アーノルドの謂うバイロンの詩精神 'Celtic Titanism'「ケルトの反逆」は，いまその本領を発揮せんとしている。

　閃く電光，轟く雷鳴は，怒り狂って雷霆を擲つゼウスを見る思いである。詩人は嵐に呼びかけ，自らにも呼びかけて，詩人自身の深層心理の表出を求めて問いかける。「嵐よ！...なんじは人の胸に潜むものと同じなのか？...もし心に満ち膨れるこの想いを，一語で明かすことが出来るなら，それは――'Lightning'「稲妻」」（97, 1-2, 6-7）と，胸に滾る「自我」の光を，また「自由」への炎を吐露せんとする。しかし，今はその願いも叶わぬ流謫

の身、「声なき想いを剣のように鞘に納めて口にせず、ひっそりと生きて死ぬ」(8-9) と、言行一致した「自由への戦い」を阻まれる無念を迸らせている。この雌伏の思いを超えて雄飛するには、まだ幾多の山河を超えねばならない。

　レマン湖の夜の狂嵐が鎮まった時、曙の光は生の輝きを以て詩人らを湖へと誘う。シェリーと共に、ルソー、ヴォルテール Voltaire (1694-1778)、ギボン Edward Gibbon (1773-94) ら思想的巨人に縁の地を歴訪する湖水巡りに旅立つ。とりわけルソーの大作『新エロイーズ』*Julie ou La Nouvelle Heloise* (1762) の舞台となった地クラランClarens への詩人の思い入れは深く、「夜の黒い瞳の美女」とは対蹠的な「頬を紅に染める美女」への憧れが謳われる。「深き『愛』の生誕の地クララン！その大気は青春の熱き想いの吐息、その樹木は『愛』に根ざし、『氷河』の雪も愛の色に染められて、沈みゆく陽光はそれを薔薇色に染め上げ、残光はそこに優しく微睡む」と筆を起こす (99. 1-5)。純愛は俗世にあっては全うされないとのバイロンの愛の哲学は、この後も、ローマ近郊の「エーゲリア Egeria の洞窟」(*Harold* IV. 115-19)、エーゲ海の孤島の「ハイディー Haidee の洞窟と館」(*Don Juan,* III) など多くの「愛の幽棲地」を生んだが、6節におよぶクラランは、最も美しく「愛の色」薔薇色に染められて、その粋となっている。

　バイロンの理想美の原型がオシアン詩にあったことはすでに見てきたところであるが、愛読した詩集の余白に書き込まれたメモによれば、バイロンは、オシアンによる恋人の描写を、「完璧な女性美を表す特質、謙譲と柔和と充足を、ただ一つの形容辞 'the mildly blushing Everallin' を以て見事に表現し得た」と絶賛している。この「頬を染める紅」は、カレドニアの野に揺れる「薊」と驟雨の中の「虹」の色と重なり合い、さらにアルビオンの「薔薇」、愛の女神の「聖花」により増幅されて「紅の頬」は、バイロンの女性美のイメージとして定着している。しかしながら、オシアン詩も所詮はギリシア・ローマ文学の所産であるから、古典の遵法者バイロンは、「愛と美の女神」アプロディーテーにホメーロスが与えた形容辞「美しく優しく微笑む」は熟知していたはずであり、ギリシアで目にしたコレー Core 像のアルカイック・スマイルが、豊饒女神アテーナーの「失われた

微笑み」を取り戻すべく詩人に訴えたのは，すでに見てきたところである。

　愛の色に染められた現実の光景を目前にしながら，「愛の幽棲地」クラランの描写は，次第に規模を拡げ，神話世界へと遡って行く。「クラランよ！汝の道は天上の神の足に踏まれる，それは不滅の「愛の神」エロースの足，彼は山を階として玉座に上り，あまねく照らす「生命」に，また「光」となる」(100. 1-5) と，「愛による生殖」を基本原理としてきたエロース Eros の統べるギリシア神話の理想郷——ヘスペリデスの園，イーデーの山，アルカディアの郷，テムペー Tempe の谷，エーリュシオン Elysion の野などが彷彿されるが，「山上の愛の契り」が始源のものとして不滅の価値を賦与されていることに注目したい。オルペウス Orpheus の創世神話によれば，「黒い翼をもった夜が風の神の愛をいれて暗闇の胎内に銀色の卵（月）を宿し，その卵から孵ったエロースがやがて宇宙を動かすにいたった」という。この観点に立てば，エロースは最初の神と見做される（Graves, 2. b, 2; 15.a, 1）。アフリカ生まれの哲学者アプレイウス Apuleius (c. 125) の *Metamorphoses*『変身譜』(*The Golden Ass*『黄金の驢馬』) によって初めてオリュムポスに迎えられ，キーツによって祠を建てられることになる「一番遅く生まれたこよなく美しい女神」('Ode to Psyche', 2) のプシューケーは，ルソーの小説の中では「この地で愛の神により帯を解かれて神となったとされ」(104. 5-6)，その「愛の幽棲地」は，最も古い「愛の神」が新妻のために「ローヌの川床に寝椅子を，アルプスの峰には玉座を用意した」という (8-9)。「精神」プシューケーと「肉体」エロースの全き合一に憧れながら，その乖離に苦しみ続けた詩人の理想の迸った美しいスタンザである。

　Childe Harold's Pilgrimage III を書き上げて間もなく執筆された *The Prisoner of Chillon*『シヨン城の囚人』(1816) で，詩人は，土牢に繋がれた愛国の志士 Francois de Bonnivard (1493–1570) の長い幽閉に耐えた「不羈の魂」を謳いあげ，「自由の翼」を与えている。物語詩の巻頭を飾る 'Sonnet on Chillon' では，'Eternal spirit of the chainless mind'「鎖に縛られることなき心の永劫の魂」(1) が称えられ，彼が繋がれた薄暗い牢獄は「犠牲の祭壇」であると言い，その犠牲によって「自由」の名声は風に乗って四方に

広まったと，気流に乗って空高く飛翔する鷲のイメージを用いている。物語は，主人公の抑制された静かな独白によって進められ，波乱に富んだ生涯の劇的な描写は無く，詩人の想像力は極限状態の囚人の心理を着実に掘り下げることに向けられている。

物語の終幕近く，語り手にとって一つの大きな変化が起こる。獄舎の小さな窓に攀じ登った主人公は，初めて外の世界を眼にする。湖上に浮かぶ一つの「小さな緑の島」が憧憬の島として理想化されて描かれる。「私に向かって微笑みかける一つの島... 小さな緑の島... そこには三本の高い木が生え，微風にそよいでいた... ほのかな香りと色を湛えた若草の花が咲き乱れ，魚は城壁の傍らを泳ぎ，皆それぞれ楽しげで，鷲は風に乗って舞い上がり...」(*Chillon*, 341-53) と，さながら「楽園」を彷彿させる描写である。それは，古の英雄たちが犠牲の祭壇に上ることによって死後住むことを許された「至福の地」エーリュシオンの趣がある。さらに言えば，湖上遥か彼方から微笑み迎えてくれる緑の島の克明な描写は，咲き乱れる花々，水辺に泳ぐ魚の群れと読み進めば，嫋やかにくねる「三本の高い木」は，黄金の林檎を手に英雄を楽園に迎え入れる「3人の夕べの娘ヘスペリデス Hesperides」と読み替え得るとの幻想を誘う風景である。

バイロンが詩作に際し常に念頭にあったというプロメーテウスは，ナポレオンの失脚に際してはルシファーとともに「光の英雄」として登場しているが，当時の詩人のプロメーテウス観は，「贄の分配をめぐってゼウスの怒りを買い，火を天上から盗んで人間に与えたため，岩に繋がれ鷲に肝を啄まれる罪人として，さらにその罰により贈られたパンドラ Pandora により人間に災禍をもたらした張本人であり，ヘーラクレースに解放者の栄誉を与えた囚われ人」(*Theogonia*, 507-34) とするヘーシオドスの観点に近いものであった。

周知のように，『火をもたらすプロメーテウス』，『解かれたプロメーテウス』と共に三部作をなすアイスキュロスの『縛られたプロメーテウス』 *Prometheus Desmotes* は，中心をなすこの作品のみが残されているにすぎないため，巨神の解放については推断の域を出ないが，ゼウスの罪人としてのプロメーテウスを，人類の解放者ないしは犠牲者に変貌させている。

人間に火を与えたこの巨神は，暴虐な独裁者ゼウスの怒りをかい，スキュティア Skuthia の岩山に繋がれる。ゼウスは自己の権力を脅かすものの秘密を知ろうとしてプロメーテウスを恐喝するが巨神は毅然としてこれに反抗し，ゼウスの投ずる雷霆の轟く中を奈落に転落していく。ハロウ時代の詩作，アイスキュロスのラテン語訳 *Prometheus Vinctus* の翻訳は，コロスの嘆きの断片であるから，後年の毅然とした反逆者の面影はない。後に人類の擁護者としての巨神の主題により金字塔を打ち立てることになるシェリーもまた，初めは「プロメーテウスが火を盗んで以来，火食は人間の死を早め，諸悪の根源となった」(*Queen Mab,* 1813) とヘーシオドスを踏襲している。

わずか数年の中に，両詩人を「人類の擁護者」としてのプロメーテウス観に導いたものは何か。自由の詩人としてバイロンの一身にかけられたヨーロッパの期待，運命の凋落と「胸に血を滴らせて」の流謫，野心家ナポレオンの血腥い戦場跡での感懐は，受難の意識と専制への憎悪を掻き立てるに充分であったし，イギリスで最も急進的な思想家を両親にもつ Mary Wollstonecraft との愛の逃避行中のシェリーとの運命的な邂逅，「巨神さながら不敵な懐疑に基づき，再びゼウスの雷霆と火焔を招きかねない思想を積み上げた巨人たち」の足跡を求めてのレマン湖畔の逍遥，レマン湖の夜の狂嵐，母国イギリスの重く垂れこめ始めた圧制の暗雲，こうした状況下で決定的な役割を演じたのは，シェリーによるアイスキュロスの原文の翻訳の読み聞かせであった (Medwin, p. 156; *EPBS,* p. 120)。

不死なる巨神の眼に映った死すべき人間の現世の苦しみを，プロメーテウスは他の神のように軽んじることなく，人間を助けようと天上の火を盗んで与えたが，その憐憫の報いは何であったか。新作 'Prometheus' (1816) を辿ってみよう (5-10, 35-38, 49-51, 59)；

> What was thy pity's recompense?
> A silent suffering, and intense;
> The rock, the vulture, and the cain,
> All that the proud can feel to pain,

> The agony they do not show,
> The suffocating sense of woe,
> 　　. . . . . . .
> Thy Godlike crime was to be kind,
> To render with thy precepts less
> The sum of human wretchedness,
> And strengthen Man with his own mind;
> 　　. . . . . . .
> And Man in portions can foresee
> His own funeral destiny;
> His wretchedness, and his resistance,
> 　　. . . . . . .
> And making Death a Victory.

「巌に繋がれ，禿鷹に肝を啄まれる苛酷な苦しみ，誇り高い者の等しく耐え難いその苦悶，その悲愁」，そこには受難者としての共感が滲み出ており，他者が無視した「弱者の苦しみ」を苦しみとし，終生，弱者の側に立ち続けたバイロンの立場が鮮明である。失墜の不安に怯え権力の座にしがみつく主神は，その秘密を予知しながら屈することなく昂然とその非を弾劾する巨神に雷霆を下すが，「身の不幸に怯え，雷霆打つ手も震える」と暴く権力者の恐怖はヘーシオドスには無かったもので，同時代の専制者の戦きであったろう。「巨神の犯した神のような罪とは『心優しきこと』であり，彼の導きによって人間の悲惨を減らし，知性を与えて人間を強くすることであった」。人間に対する過度の愛がもたらした巨神の苦しみは，「不当の甘受」と見做されるが，ヘブライ世界の「心優しき英雄」イエスの十字架や，後のバイロン自身の優しさ故の不当の甘受「ミソロンギの祭壇」を暗示する示唆に富む詩行である。プロメーテウスが失墜の運命に耐えて拒みとおした不撓の抵抗精神は，同時代の圧制に鍛えられ，新しい時代の象徴，革命と反乱の旗標となっていく。「なんじに似て人間には神聖な部分があり，それは清らかな泉より滾りたつ奔流となって流れてくる」と人間精神

の尊厳が謳われ，「さらに人間は，死の運命も，悲惨，抗争もすべて予見できるのだ。死をも勝利となすことを」と，人間の，とりわけ詩人の預言者的性格が謳われる。

サンスクリットの火おこしの錐プラマンタ pramantha が誤り伝えられて「予めの考慮」を意味する名を持つプロメーテウスは，女神の霊感を受けて文明の技術を発見・伝達したインド・ヨーロッパ民族の英雄であるが，イェホヴァ Jarweh の命令で土塊からアダム Adam を創り，配偶者としてエヴァ Eve を与えたとするタルムード Talmud の創世神話の天使長ミカエル Michael に対応する。人類に災害をもたらすエヴァに対応するのがパンドーラー Pandora であるが，「すべてを与える」の意のパンドーラーは，ほかならぬ大地母神レアーのことで，アテーナイなどではこの名で崇拝されていたとされ，主従の転倒は，母系社会から家父長制への移行の際の混乱によるものとされる。

ユングフラウ Yungfrau への旅を母国の姉に書き送った「山岳日記」'Alpine Journal' (Septr. 18-29 1816, *LJ* V. pp. 96-105) には，現実であるにはあまりに燦然，荒涼とした風景が「光と闇」のイメージによって綴られている。死，冥府，終末，滝，嵐，凍結，枯死といったアルプスの壮大なカタストロフィーを媒介に，詩人の内なる「熔岩」は噴出し，「ファウスト Faust 伝説」は近代的自我の文学の金字塔，劇詩 *Manfred* に甦る。

後年の *Don Juan* や *The Blues*『青鞜』(1821) におけるほどの徹底は見られないが，この時期，Annabella は抒情から諷刺の対象に貶められ，'a cold blooded animal such as Miss Milbank' (to Augusta, Septr. 21. 1818, *LJ* VI. p. 70) と「地を這うもの」の属性が与えられて，「なんじの冷やかな胸，蛇の微笑み，計り能わぬ謀略の渕，いとも貞淑げなる眼眸，閉ざして開かぬ心の偽善にかけて」(*Manfred* I. 242-45) と呪いの対象となり，闇の世界に棲む「魔性の女」femme fatale に転落させられている。

それに反して，「俺の抱擁が命取りになった」(II. i. 87) との自責に苛まれるマンフレッドが赦しを求めるアスタルテー Astarte の亡霊には，Augusta への理想化の光が纏わされている。すでに「導きの星」'solitary star' ('Stanzas to Augusta', 11) として天上に引き上げられているアスタル

テーには，アルプスの滝に懸る虹が美しく描写され，失墜天使バイロンとそれを見守る理想美というバイロン独自のイメージを見せているが，ハイランドの「驟雨の虹」に発し，イタリアのテルニ Terni の「瀑布に懸る虹」(*Harold* IV.72) にいたる系譜上にこれをみておきたい（上杉文世「バイロン」，*ILRB,* pp. 624-28）。マンフレッドは冥界から呼び戻したアスタルテーの亡霊に繰り返し呼びかけ返事を求めるが，亡霊は彼の求めには応じることなく「間近に迫った死」を告げて退場する（II. iv. 151）。アスタルテーもキュベレーやアプロディーテーと同一視されるシリアの豊饒女神であるが，「死」を宣する行為により「貪る女神」の片鱗を覗かせている。自身をめぐる身近な女性に「地の闇」と「天の光」という「愛の二重女神」の両極化を進めていることに注目しておきたい。

　死期の迫ったマンフレッドは，迎えに来た地獄の精霊に，自分は 'my own destroyer'「俺自身の破壊者」だからお前ごとき悪鬼に俺を引き渡すことは出来ない，'The hand of death is on me—but not yours!' (IV. Iv. 141) と断固として拒絶し，臨終の祈りを促し神の救済の手を差し伸べる僧院長を退け従容と死に就く。出版に際し著者が記していたように，この断固たる拒否による地獄への転落は，ゼウスに対するプロメーテウスのものであった。

　アルプス山中を逍遥する詩人にとって，夫を社会的に葬った完璧な妻 Annabella は，「弱みに罠を編み」(*Harold* III. 114. 5-6)，情人アイギストス Aigisthos と図りトロイアから凱旋した夫アガメムノーン Agamemnon を浴場で「網」をかけて殺したミュケーナイの不貞の王妃に貶められている ('Lines on Hearing that Lady Byron Was Ill', 14-15, 37-39) ;

> 　　　　　. . . *thou* wert not sent
> To be the Nemesis . . .
> 　　. . . . . . .
> The moral Clytemnestra of thy lord,
> And hew'd down, with unsuspected sword,
> Fame, peace and hope—and all the better life

「足弱を陥れる罠」は，月の女神の生贄となる英雄の「祭儀の死」の直截的な表現である。奇しくも詩人は彎足(わんそく)であったが，典型的な聖王の死はアキレウスやタロースのように，蛇の毒を塗った槍で踝を突く方法であったから，月の女神の信仰厚い地スパルタの王女に Annabella を擬えたのは正鵠を得ている。クリュタイムネーストラー Klytaimnestra はスパルタの月の女神ないしは大地母神であったし，嫁ぎ先のミュケーナイ Mycenae 王宮の獅子門が象徴するように，両翼にライオンを従えた「山上の女神」——聖王を貪る豊饒女神——であった。「復讐の女神」ネメシス Nemesis も姿を変えて逃れる聖王を追いつめて貪ったニュムペー（ニンフ）Nymphe としての月の女神ないしは豊饒女神であり，家父長制の勝利でこの追跡は逆転したと思われるから（Graves, 63. 1），バイロンのこの女神に対する視点は，追い詰められる聖王に近いものであったと言えよう。

1816年10月，アルプス越えを前にしたバイロンは，「永遠の都」ローマへの憧憬を込めた数節を加えて Harold III を閉じているが，そこには「足弱に罠を編むことのない，慈愛に満ちた美徳」'virtues which are merciful, nor weave / Snares for the failing:' (114. 5-6) と，求めて得られることのなかった「真実の愛」への期待が込められている。自我の文学の最高峰 Manfred を古典文学の宝庫イタリアで完成し，我執を超克した詩人は，流謫の楽園イタリアを流離い，豊かな古典に親しみつつ「詩人の理想」を探り，「愛と自由」を追求することになる。ニンフとしての豊饒女神は，様々な英雄との組み合わせを見せながら，詩人とミソロンギの「英雄の園」に介在する距離を縮めていくことになろう。

6．廃墟の供物——*Childe Harold's Pilgrimage* IV

シンプロン峠を越えたバイロンが，ケンブリッジの学友で古典芸術に造詣の深いホブハウス Jhon Cam Hobhouse, Baron Broughton de Gifford (1786–1869) とともにヴェネチアに入ったのは，1816年の11月初旬であった。翌春，1か月余のローマへの旅の後，一気呵成に書き上げられたのが *Childe Harold's Pilgrimage* IV（1818）である。ヨーロッパ文明の精華をもたらしたイタリアの地にあって，古代や中世の文学・芸術の粋に触れ，豊

饒女神と英雄の名残をとどめる作品に触発されて，詩人はミソロンギの祭壇への距離をいっそう縮めていくのを見ることになろう。

　Harold IV の劈頭，詩人は「海の都」ヴェネチアの 'the Bridge of Sighs'「嘆きの橋」に立ち，「アドリア海の女王」として君臨したこの都の栄光を，オリエントの豊饒女神の姿を彷彿させて偲んでいる。魔法の杖の一振りで「波間から浮上する」高厦ひしめくこの都は，プリュギアの大地母神キュベレーの，紫衣を纏い，栄冠を戴き，宝玉の光に包まれた姿で登場する。'a sea Cybele'「海のキュベレー」（IV. 2. 1）とは豊饒女神アプロディーテーに他ならないが，巡礼の到達点で極に達することになるキリスト教世界最大の星「聖母マリア」の別称「大海の星」や「月の女神」への布石とも見做されよう。

　サン・マルコ寺院の円柱の上に据えられた聖マルコの象徴「有翼のライオン」と寺院のファサードで黄金の首輪を煌めかせている 4 頭の馬の像は，いずれもヴェネチアを象徴する動物であるが，神話世界では，「ライオン」と「馬」は豊饒女神と深い関わりを持つ動物である。とりわけ「馬」は「月」に縁の聖獣とされていたうえ，月はすべての水の源泉と見做されていたので，馬の信仰を守護したデーメーテール Demeter と月の女神の夫を自称した海神ポセイドーン Poseidon の聖婚をはじめ，神話には馬を巡る女神と英雄の物語，とりわけ英雄の「祭儀の死」に係わる話は尽きない（Graves, 16. 3）。ここで，馬と水と月は，バイロンの詩想を育んだ Newstead Abbey に縁深いものであったことを想起しておきたい。僧院西壁の壁龕高く鎮座して微笑む聖母子像，人魚をクレストに山上の盾を支える 2 頭の馬を配したバイロン家の紋章，さらに僧院の扉の内側を飾るポセイドーンの浮彫など，ヨーロッパ文化の精髄に囲まれて人となったバイロンの幸運が思われるが，それこそが，詩人をミソロンギの祭壇へと駆り立てた宿命の糸の発端であった。

　サン・マルコの「有翼のライオン」と「馬具をはずされた馬」の像は，隷属の地に立って昔日の栄光を偲び現在の凋落を嘆くというバイロンの常套的手法の機縁となっているが，これはやがて，言行一致の詩人バイロンをイタリアの自立・開放へ，さらにはミソロンギへと向かわせる機縁でも

あった。あらゆる拘束から「解放」された自由な飛翔を可能にする「翼」への憧憬，それはバイロンのリベラリズムの根幹をなすものであり，たとえば，ノッティンガムの織機破壊者を弁護した上院での処女演説，流謫のハロルドが自身と重ねた「翼を切られた囚われの猛禽」の比喩，愛国の志士ボニヴァードが土牢の窓から望んだ飛翔する鷲の「自由の翼」，レマンの夜の嵐に触発された詩人の胸の内なる「雷光」，「鎖」に繋がれた囚人プロメーテウス，ナポレオン，タッソ Torquato Tasso（1544–95）など，政治と文学の主題に繰り返し表明されてきたものであり，地震を防ぐ熔岩の流出としての彼の詩作態度，あらゆる境界より「溢れ出るロマン派詩人の驍将」としてのバイロン，そのような多様なリベラリズムの根源に，詩人が誕生以来負わされてきた足の不具「彎足」clubfoot の，「山のようにのしかかる鈍く恐ろしい，意気阻喪させる重み」（*The Deformed Transformed*『不具の変容』, I. i. 330-31）の記憶が，とりわけ，木製の矯正具に締め付けられた足の痛みの記憶と，足枷よりの解放の願望があったことを忘れてはなるまい。固陋な島国イギリスに止まることを潔しとせず流謫の半生を選ぶことを余儀なくされたバイロンが，放縦の詩形 ottava rima に諷刺の焔を燃やした後，自称 'framebreaker' の本領を極限まで発揮するのは，ギリシアの大義に殉じた時であり，その時まで，弱者の痛みを知るバイロンの言行一致の活動は続くのである。

　後にシェリーがヴェネチアを訪れたとき，両詩人は「流謫の楽園イタリアよ！」'Thou paradise of exiles, Italy!'（Shelly, *Julian and Maddalo*, 57）とその美を謳歌し，古今東西の優れた文学が流謫の境涯から生まれた証しを加えている。その一方で，世俗の権力と悲運の虜囚を分かつ「嘆きの橋」に一人佇む光景で幕の上がった *Harold* IV には，「自由」とともに「孤高」のイメージが横溢している。英雄たちの跡を辿る巡礼の身を「廃墟の中の廃墟」と呼び，あるいは 'man with his God must strive'（33. 9）と，ただ一人敢然と神と闘った旧約のヤコブ Jacob に擬えている。ヤコブが天使と組み討ちしたとき，天使は彼の大腿骨に傷を負わせてヤコブを「跛」にしたとされているから，彼もまた生贄の祭儀で踵を突かれた聖王の系譜に連なるもので，「反逆と受難」の巨神プロメーテウスと結ばれることになる。

「豊饒の角」cornucopia から溢れる富と生気，アルノ Arno の微笑む流れの畔に，商都フィレンツェの豪奢は生まれ，学問が栄えルネッサンスの花が開いた。ここでバイロンは，ナポレオンの失脚後フィレンツェに返却されたばかりの *The Venus d'Medici*『メディチのヴィーナス』に相まみえ，その美に捉えられている。プラークシテレース Praxiteles（4 b.c.）の『クニドスのアフロディーテー』のローマ時代の摸刻とされるこの大理石像は，ボッティチェリーの粉本としても夙に有名で，『ミロのヴィーナス』が広く知られていなかった当時，最も美しいアフロディーテー像とされていた。海豚を従え，右手で胸を左手で前を覆っているこの女神像は，いわゆる'Venus pudica'「プディカ（羞じらう女神）」の典型である。バイロンは，ルネッサンス発祥の地の繁栄を，アプロディーテーの形容辞「微笑」と「豊饒」に集約させたばかりか，この美神の魔力に酔い痴れた者の姿を，「月の女神」の祭壇上の聖王のイメージで描き，女神自身をも聖王の前に甦らせている（51）；

> Appear'dst thou not to Paris in this guise?
> Or to more deeply blest Anchises? or,
> In all thy perfect goddess-ship, when lies
> Before thee thy own vanquish'd Lord of War?
> And gazing in thy face as toward a star,
> Laid on thy lap, his eyes to thee upturn,
> Feeding on thy sweet cheek! While thy lips are
> With lava kisses melting while they burn,
> Showered on his eyelids, brow, and mouth, as from an urn!

凱旋する「芸術の戦車に繋がれた捕虜」のように身動きも出来ないと述べるその状態は，この女神像を鑑賞する詩人のもののみならず，恋という「致命的な熱情」'fatal passion'（*Sardanapalus* IV. I. 426）に呪縛された者の末路でもあった。不倫の愛によってトロイア Troia の落城を招いた王子パリス Paris はもちろんのこと，アプロディーテーに愛されて英雄アイネイアー

ス Aineias の父となり悲劇的な死にいたったアンキーセース Anchises も，そしてまた詩人自身の運命も例外ではなかった。アンキーセースの名はアドーニスの別名とされており，山上で女神と交わった後，祭式の雷霆で打ち倒された聖王の一人と見做されている (Graves, 18. 3)。アドーニスは繁茂と枯死を繰り返すシリアの半神タムズ Tammuz のギリシア名である。タムズは猪に殺され，彼の血を吸ったレバノンの山野は，春になるとアネモネの花で真っ赤に染められたが，十字架上で脇腹を槍で突かれたイエスの死と復活も，オリエントに広い分布を見せる植物神の「死と再生」の系譜の上にあるものと言えよう。バイロンと足弱を分かつ神や英雄は，すでに見てきたように，神話の主要な英雄が網羅されており，「36才における二度目の危機」という詩人が幼時に受けた予言の成就への暗示も，「犠牲の死」と重なって詩人の心中で次第に強められていったものと思われる。

　引用の詩節の中の，「戦の神」'Lord of War (Ares or Mars)' が「星」と仰ぐ女神の優雅な顔と，「熔岩」と燃えて流れる熱い接吻は，バイロンの女性の天上性と地上性を象徴する優れた比喩であるが，これはまた，アプロディーテーの両極の相，'Urania'「ウーラニアー（天上の）」と 'Pandemos'「パンデーモス（卑俗の）」の具現にほかならない。情熱的な愛の詩人に相応しい 'quasi-adjective' の 'lava' は，Tozer の特筆する詩的技法の粋であるばかりではなく，[8]「致命的な愛」と「聖王の犠牲」を結びつける重要なメタファーとなっている。アプロディーテーの夫で「火と鍛冶の神」であるヘーパイストス Hephaistos も，狂暴な愛人である「軍神」アレースのいずれも，熔鉱炉の火と戦火，火山と流血と，燃え流れるイメージは熱く禍々しい。この豊饒女神には，さらにパリスやアンキーセースが喚び起こすトロイア落城の劫火のイメージも加わって，femme fatale「傾城の美女」，「運命の女」の元凶の様相を呈するが，聖王の犠牲を要求する「月の女神」の面目躍如たるものがある。

　「パリスの審判」により「一番美しい女神」に与えられた賞「黄金の林檎」は，図像の読み違えからきた間違いで，実際は三面相の裸身のニンフたるヘスペリスらから「楽園へのパスポート」としてヘーラクレースに林檎の枝を与えているところとされている (Graves, 133. 4, 160. 3)。われわ

れは, バイロンが神話世界の英雄像への同化を深めつつ, 詩人の使命を追求し,「黄金の林檎」を手にすべく孤独な戦いを続けていくのを, 長いイタリア遍歴の後半に見守っていくことになろう。

フィレンツェからローマへの道すがら, アペニンの深い谷や雄大な山の眺めに心を洗われた詩人は, 起伏に富んだ自然の景観, とりわけ千変万化する「水の変奏」を前にして瞑想にふけるが, 水のインタールードの圧巻は, 断崖を深く切り裂いて深淵に落下する「テルニの滝」の描写である (69-72)。「永遠」の姿にも似て, 観る者を魅了し畏怖させる比類ない大瀑布, もうもうと飛沫を上げ, 吼え猛り, 稲妻のごとく,「狂人」のごとく, 岩から岩へと飛び交い, 凄まじい勢いで大きな円柱となって「冥府」に落下する滝のさまが, 4節にわたり息もつかせぬ勢いで歌われるが, それは, 苦悶に懊悩反転し, 絶巓より落下する自称「失墜天使」バイロンの姿に他ならない。ここに「滝に懸る虹」の描写が加えられて, 彼のロマンティシズムは真価を発揮する (72);

> Horribly beautiful! but on the verge,
> From side to side, beneath the glittering morn,
> An Iris sits, amidst the infernal surge,
> Like Hope upon a death-bed, and, unworn
> Its steady dyes, while all around is torn
> By the distracted waters, bears serene
> Its brilliant hues with all their beams unshorn;
> Resembling, 'mid the torture of the scene,
> 　Love watching Madness with unalterable mien.

奔騰する滝は「狂気」に, 滝に懸る虹はそれを見守る「愛」に喩えられる。「狂気を見守る愛」, それは詩人が求めてやまなかった愛の理想美に他ならない。彼の理想美探求と愛の破綻の歴史を知るわれわれは, このもっともバイロン的なイメージに, 異母姉 Augusta の眼を求める詩人の姿を見ることも, 不貞の王妃にして母なるクリタイムネストーラーにより謀殺された,

父アガメムノーンの復讐を遂げるべく、弟オレステース Orestes の成長を見守る姉エーレクトラー Elektra の眼を重ねることもできよう。

「憧憬の都」ローマに入った詩人は、栄光の星を一つずつ失い「混沌たる廃墟」の相を見せているこの都を「死滅した帝国の孤独な母」ニオベー Niobe に喩えて呼びかけている (79, 1-4)；

> The Niobe of nations! There she stands,
> Childless and crownless, in her voiceless woe;
> An empty urn with in her withered hands,
> Whose holy dust was scatter'd long ago;

Harold II におけるギリシアへの呼びかけ 'Fair Greece! sad relic of departed worth!' (II. 73. 1) に呼応する悲痛な絶唱である。先に、失われた理想美を擬人化して「凌辱された愛人」に喩えたバイロンは、、広大な版図を失った当時のローマを、神の怒りに触れたテーバイの王妃に擬えている。神々との交際を許され、多くの子に恵まれたタンタロス Tantalos の娘ニオベーは、アポローンとアルテミスの二人しか子を持たぬレートーより勝っていると自慢して、子供たちを光り輝く兄妹神の復讐の矢に射殺され、自身は泣き続けて石と化した。悲痛に黙す母の裾の乱れを正視し得ぬ詩人は、テヴェレ河に向かい、「立ちて汝の波でその裾を覆え」と叫ぶ。この「立て！」との叫びは他民族の支配に甘んじているこの国の民に決起を促す檄である。巡礼の目的地であり、カトリックの総本山の地にあって、この異教の母の嘆きは『ピエタ』*Pietà* の聖母の慟哭とも和して、ローマの悲愁はいよいよ深まる。

イタリアの各地を流離い、古今の英雄の運命を反芻するバイロンの思いは、ナポレオン失脚後のヨーロッパの反動への嘆き、自由の希求へと赴き、アテーナーに月の女神の第二相を帯びさせ、ゼウスの額から生まれた処女神を新生アメリカに擬え、英雄を育む大地母神をヨーロッパの岸に空しく求めさせる (96)；

　　　　Can tyrants but by tyrants conquered be,
　　　　And freedom find no champion and no child
　　　　Such as Columbia saw arise when she
　　　　Sprang forth a Pallas, armed and undefiled?
　　　　Or must such minds be nourished in the wild,
　　　　Deep in the unpruned forest, 'midst the roar
　　　　Of cataracts, where nursing Nature smiled
　　　　On infant Washington? Has Earth no more
　　　Such seeds within her breast, or Europe no such shore?

　白い牡牛に身を変えたゼウスにクレータ島に連れ去られ，ミーノース王 Minos ら英雄の母となったエウローペー Europe もまた，「月の女神」アスタルテーの異名であるが（Graves, 58），バイロンは，「正のイメージ」を総結集して，ヨーロッパに「愛と自由の聖地」を翹望する。

　エーゲリア Egeria の洞窟の瞑想が喚起した愛の諸相；'Elysian water-drops', 'the earliest Oracle', 'An unseen Seraph', 'The unreached Paradise', 'The fatal spell', 'boundless Upas' (115-26) などは，「楽園へのパスポート」を求めて血を流し泥にまみれる詩人を彷彿させるが，人間の意識下の想念の蓄積あるいは結晶と見做される神話と詩人の情念との見事な呼応を見せている。

　月下のコロセウム Colosseum の廃墟を月の女神にして「復讐の女神」なるネメシス Nemesis の神殿と見做すバイロンは，その祭壇に「短くとも波乱に満ちた己が生の記録」 *Childe Harold's Pilgrimage* IV を「供物」として捧げ，「息絶えた後も時と責苦に耐える」詩人としての不滅を得ることで，Annabella やその後盾となったイギリスの俗物どもに復讐したと確信する（131. 1-4, 137. 4-5）；

　　　　Amidest this wreck, where thou hast made a shrine
　　　　And temple more divinely desolate,
　　　　Among thy mightier offerings here are mine,
　　　　Ruins of years—though few, yet full of fate:--

....
But there is that within me which shall tire
Torture and Time, and breathe when I expire;

　最後の2行に圧縮された詩人の自負は，後に Westminster Abbey の Poet's Corner の白大理石の床に刻まれて永遠の光を放つことになる。
　かつてデルポイやアクロポリスの神殿の廃墟に立ち，失われた古代の栄光を愛惜したチャイルド・ハロルドの巡礼の旅は，スイスの山中で主人公の姿が消えたまま，カトリックの総本山サン・ピエトロ寺院を前にして終わろうとしている（153-59）。キリスト教の長い歴史がもたらした男性原理の確立は，この寺院の壮麗と Ephesos エペソスのアルテミス神殿の衰微の対比（153）に顕著であるが，処女なる母マリアが「神の母」と宣言された地は，他ならぬエペソスであったから，「死んで甦る神の母なる豊饒女神」アルテミスのキリスト教への潜在化した影響力を指摘できるように，バイロンの意識下でも早くより Newstead Abbey の「人魚」と「聖母」の融合がなされていたと推断される。
　バイロンの固陋なイギリス社会への復讐の成就は，ヴァティカン宮殿の至宝 The Apollo Belvedere『ベルヴェデーレのアポローン』を「光の神」アポローンのピュトーンに対する勝利の瞬間とみて謳いあげた次の一節に極まる。「狙いはずさぬ弓の神，生命と詩歌と光の神を見よ，人の姿とる太陽の神，勝利の栄光に輝く額，神の復讐に弓弦うなり箭が放たれた瞬間，その眼のうちに鼻孔のうちに，美しき軽侮と力と威厳，稲妻のごとく閃きて，一目に神を顕現す」（161）。これはまた理想化された詩人の自我像にほかならない。ゼウスが退治したテュポーン Typhon と同一視されるピュトーンはヘーラーがレートーを苦しめるために送った大蛇であり，復讐を遂げたアポローンは，デルポイの大地母神の神託所を奪って神託の神となった。
　若き日にオシアンの「太陽讃歌」に詩情を養われ，イギリス詩の凋落を主無き詩神アポローンの玉座に譬えて慨嘆し，カスタリアの霊水を汲んで詩人となったと自負し，長じては，凋落の運命を落日に重ねて家父長制

社会への郷愁に浸ったバイロンにとって，Harold IV なる供物を捧げた今，闇に対する光，悪に対する正義，醜に対する美の勝利を意味する，ピュトーンに対するアポローンの勝利は，胸を食む「とぐろ捲く蛇」の折伏を，また，流謫を課した母国の固陋 Philistinism という名の凡庸に対する天才の勝利を意味する。また「弓の神」アポローンは，クリュタイムネストーラーを討って父の仇を報じたオレステースに加担したから，蛇なる *femme fatale*, Annabella, 'the moral Clytemnestra' への復讐の成就とも見做される。古典の範たるこの彫像から生まれた，バイロンによるロマンティシズムの白眉は，ドラクロワに詩人へのオマージュ *Apollon vainqueur du serpent Python*『ピュトーンを退治するアポローン』（1851）をルーブル宮の天井画に封印させることになる。

　Childe Harold's Pilgrimage IV は壮大な「大洋のコーダ」を以て閉じられるが，そこで希求し謳歌された「砂漠での美しい霊との密やかな交合」(177) や，「道なき森，寂しい岸辺，深い海，波の調べの中での歓喜に満ちた宇宙との融合」（178）は，「シェイクスピア以後もっとも奔放な詩的エネルギー」9) と称賛される詩行であるが，その官能性には，豊饒の海の神々とニンフの歓喜が秘められており，葡萄酒の神ディオニューソスの秘儀やアポローンの神託の祭儀の恍惚境と通じるものがある。すでに見てきたように，ダビデ聖弾の地エルサレムでもアドーニスに縁のパポスでも竪琴の音楽は宗教上の礼拝の一部をなしており，その調べを葡萄酒の効験に似た神の声に模しているから（Frazer），バイロンが波の轟きに聴く「永遠の諧調」と恍惚感に，豊饒女神と聖王の秘儀を重ねることも，さらに，そこに滝音高い「愛と自由の聖地」の観念を加えることも出来よう。

7．最後の熱情――*Don Juan* と *The Prophecy of Dante, Sardanapalus*

　Spenserian Stanza の詩型によって自己のロマン化を封印したバイロンは，僅か3カ月の後には，イタリア伝統のバーレスク burlesque の詩型 ottava rima を諷刺詩 *Beppo*『ベッポー』(1817) に試み，翌年の末には，その詩型を踏襲して，諷刺詩 *Don Juan* の筆を起こしている。主人公は伝説

でお馴染みの「悪魔の餌食になった男」，つまり「地獄へ落ちる」宿命を巨神プロメーテウスと分かつ放蕩者として登場する。執筆に際して「放縦 licence を旨とする」ことを表明しているように（to John Murray, August 12, 1819, *LJ* VI. pp. 207-8），あらゆる拘束を取り去って放埓なまでの自由と破格に溢れたこの近代的叙事詩にあっては，練り上げられたプロットはなく，戯画化された詩人の分身たるジュアンの冒険と遍歴が，諷刺の渦と気楽なおしゃべりの中で語られてゆく。難破して孤島に流れ着いたジュアンが，海賊の娘ハイディーとの愛の陶酔に浸る第三巻に挿入された漂泊の吟遊詩人の歌には，先の「大洋のコーダ」の高揚した想いが迸っている（*Juan* III. 86. 3. 4, 16）；

   I dream'd that Greece might still be free;
    ･･･････
   Place me on Sunium's marbled steep,
    Where nothing, save the waves and I,
   May hear our mutual murmurs sweep;
    There, swan-like, let me sing and die:
   A land of slave shall ne'er be mine—
   Dash down yon cup of Samian wine!

若き日にマラトーンの古戦場に自由の戦いを偲んだ詩人は，「新しいテルモピュライのためスパルタの勇士の再生」を大地に請い，ヘーラクレースの裔たる勇猛なドーリスの血を育む「スパルタの母」を嘱望(しょくぼう)する。スーニオン岬のポセイドーン神殿はバイロンの時代にはアテーナー神殿と見做されており，聖王の犠牲は崖からの墜死が多かったから，断崖を「祭壇」と，葡萄酒を「犠牲の血」と読み換えることも出来よう。また白鳥はスパルタの月の女神レーダー Leda の霊鳥であり，死んだ聖王の霊魂を至福の野へ運ぶとされるから（Graves, 32. 2），「ギリシアの自由への殉死」への熱情が迸ったものと見做されよう。

　イタリアの豊かな文学・芸術の伝統に魅せられたバイロンにとって，オー

ストリアの桎梏に喘ぐこの国の現状は嘆かわしいものに映じ，イタリアの独立と統一は悲願となる。その思いをさらに深めさせたものは，シムプロン峠を前に記したイタリアへの憧憬が現実のものとなった「足弱に罠を編むことのない真実に満ちた慈愛」(*Harold* III. 114, 5-6) の持ち主，伯爵夫人テレーザ・グイチョリ Teresa Guiccioli への 'last passion' であった。ラヴェンナ Ravenna のグイチョリ館に「随身の騎士」Cavalier Servente として寄寓する詩人は，「糸巻棒を持つヘーラクレース」(*Harold* IV. 90) の観があるが，イタリア統一の悲願が圧制に押しつぶされんとする前夜，故郷フィレンツェを追われラヴェンナで果てたダンテを偲び，*Divina Commedia*『神曲』の韻律 terza rima を用いて *The Prophecy of Dante*『ダンテの予言』(1820) の執筆に着手し，詩聖の流謫の運命を自身のそれと重ね合わせつつ，あるべき詩人の理想像を追求している (IV. 14-19)；

  And be the New Prometheus of new men,
   Bestowing fire from Heaven, and too late,
  Finding the pleasure given repaid with pain,
   And the vulture to the heart of the bestower,
  Who, having lavished his high gift in vain,
  Lies chained to the lone rock by the sea-shore?

すでに人類の犠牲者としての運命を己がものとし「海辺の寂しい岩に縛られ禿鷹に胸を啄ませる」覚悟を固めているのが窺われ，犠牲の祭壇に近づいた感がある。その心境は秘密結社カルボナリ Carbonari の統率者として奔走する当時の日誌に明らかである；

  . . . the *Powers* mean to war with the peoples . . . they will be beaten in the time. The King-times are fast finishing. There will be blood shed like water and tears like mist; but the peoples will conquer in the end. I shall not live to see it. But I foresee it. (Ravenna Journal, Jan. 13, 1821, *LJ* VIII. p. 26)

> ... I suppose they [my Carbonari cronies] consider me as a depot, to be sacrificed, In case of accidents. It is no great matter, supposing that Italy could be liberated, who or what is sacrificed. It is a grand object—the very *poetry* of politics. Only think—a free Italy!!! (Feb. 18, p. 47)

民衆の最終的な勝利を予見し、自由の大義のためには犠牲となる「第二のプロメーテウス」としての決意を表明し、現代の神話学者の説く自我を脱し社会救済のために生きるという「英雄の理想像」を顕現している (Campbell, Introduction)。

　Teresa の示唆によって執筆された劇詩 *Sardanapalus*『サルダナパロス』(1821) は、家臣の反逆によって滅びていくアッシリア Assyria 王の最期の一日を描いた悲劇である。この詩に霊感を得たドラクロワの大作 *La Mort de Sardanapale*『サルダナパールの死』(1828) が、従来の享楽主義者のレッテルを踏襲して好色な王の最期が華麗に描かれたのとは対照的に、バイロンの原作は王を理想主義的平和主義者に、また人種と身分を超えた恋愛至上主義者に仕立てられており、三単一という緊迫した形式追求の理想主義と相まって (*UBSB*, pp. 327-32)、「犠牲の祭壇」を追求する本論には格好のドラマとなっている。

　王の寵妃ミュラー Myrrha はイオニア Ionia 出身の奴隷であるが、キプロス Cypros 王キニュラース Kinyras の娘で、父王との道ならぬ愛によりアドーニスの母となった Myrrah (スミュルナー Smyrna) と同名であるが、ここでは、神話の豊穣女神と聖王の焚死に的を絞りたい。バイロンは、王に「無抵抗主義を貫いて楽園を現出した」との近代的自負を持たせているが (IV. I. 505-23)、叛徒に宮殿を襲われ出陣した王を見送る Myrrha には、世人が軟弱と見る王の姿は、リューディア Lydia の女王オムパレー Omphale の奴隷として「女装して糸巻を持つ」ヘーラクレースの姿と映ずる (IV. I. 215-27)。雄飛を期して雌伏する英雄の姿は、Teresa のショールの折り方に心を砕く現実の詩人の姿と重なるが、近代の神話観では、ヘーラクレースの変装は、女家長制から家父長制へと発展していく初期の段階と見られている (Graves, 137, 4)。一方 Myrrha も自決の覚悟を秘め「私

の運命は私のもの，私の自由にしたい」(III. I 239-40) と戦場に向かうが，その雄姿を王は「若い雌獅子のように猛り狂った女らしい姿... 天下った勝利の女神ニーケー Nike」(III. I. 378-99) と称えるが，獅子は誕生の女神スミュルナーの聖獣であるから (Graves, 18. *h*. 5, 6)，この比喩の使用は，山上の愛欲の女神に親しんだバイロンの慧眼と言う他ない。

　味方の敗北が決定的となった時，王は Mirrha に接吻し，'Now let them take my realm and life! / They shall have Both, but never *thee!*' (IV. i. 522-23) と，愛人のためには王国も己の命も捨てる覚悟を表明し，二人のための火葬壇を築き (V. I. 471-74)；

> SARDANAPALUS. True, The commingling fire will mix our ashes.
> MYRRAH. And pure as is my love to thee, shall they,
> 　Purged from the dross of earth, and earthly passion,
> 　Mix pale with thine ...

神酒を捧げ二人の灰が「風に乗り天空高く舞い上がるよう」祈願しつつ王と Myrrah は相擁して火焰の中に身を投じる。バイロンと Tereza の分身の恋人たちのこの充足感を，第一の結婚で空しく求めた「ダビデの聖弾」と比較するとき，この「外国人との第二の結婚」の成就は，詩人自身のためのみならず文学史の上からも幸いであったと言えよう。

　サルダナパロスとヘーラクレースの焚死を関連させて論じた Frazer は，王の火葬壇の死は歴史的には信憑性が薄いとして他の王のものに帰し，ギリシア詩人に歌われ壺絵にも描かれたリューディア Lydia のクロイソス Kroisos の火葬壇の自発性と宗教性を強調し豊饒祈願の祭儀と見做している (IV. vii.172-85)。ペルシャ王キュロスに王宮を囲まれたクロイソスは妻や娘らと火葬壇に登り点火させるが，ゼウスが雨を降らせて火を消すとアポローンは篤信の王らを北風の彼方の至福の地へと運び去った。バイロンの主人公の悠揚迫らぬ死は，月桂冠，王笏，献酒が描かれたクロイソスの祭儀に近いもので,詩人が恋人たちに希求させた「火による浄化」は「神格化」に他ならず，その原型は火によって地上の mortal なものを焼き尽

くし immortal な霊魂となって天上へ迎えられたヘーラクレースの聖化に求められよう。己が子を「生贄の祭壇」で不死とし天上へ竜車を駆ったメーデイア (Graves, 156. d), ディオニューソスの母セメレー Semele, ヘーラクレースの母アルクメーネー Alkmene, カルタゴの女王ディードー Dido と, 神話と伝説の世界に「致命的な愛」と「火葬壇の聖化」のヒロインは多様である。Teresa との「愛の記念碑」Myrrah もその衣鉢を継いだものと言えよう。

バイロンがこの悲劇で, 王にイオニア出身の奴隷を自らの生命より優先させたことは, Pisa に移った詩人が, 'I shall die in Greece.' (*Blessington*, p. 221) と語って自らの死地を限定した事実に呼応する。死に臨む王の自若とした態度は,「酒色に贅の限りを尽くした 'the son of pleasure' は平静に死を迎えるもの」(*Mazeppa*, xviii. 736) と『マゼッパ』(1818) の主人公に言わせた詩人自身の人生哲学であった。さらに, 1822 年 3 月, シェリーのグループの一員であったギリシア語教師の Alexander Mavrocordatos が, ギリシアの叛徒の先頭に立つべく彼の祖国に向かったことを考えれば, この頃すでに, 詩人の心の中で, ギリシアへの愛に殉ずる覚悟が固められていたものとみてよい。

架空世界で「愛の殉死者」を天上へ送ったバイロンは, 翌年の夏には, 嵐の海に呑まれたシェリーのための火葬壇をレルチの浜に築かねばならなかった。レマン湖以来の盟友とともに燃やし続けた「プロメーテウスの反逆の火」は, 圧制の嵐に煽られていっそう高く燃え上がり, 時代を導く著(しる)き光となってゆく。

人間の蒙昧への, とりわけ戦争と専制へのバイロンの諷刺が白熱化するのは, 'last passion' にして 'Dictatress' たる Teresa の許しで執筆を再開した *Don Juan* の後半においてである。「不滅の栄光」という幻想の月桂樹の, ただ一枚の葉のために流されてきた民衆の「血と涙の海」が暴かれて (VIII. 68. 6-8), 人類史上嚆矢となる戦争弾劾のペンが起こされ止まるところを知らぬ諷刺の熱風を巻き起こす。バイロンの人間の蒙昧への諷刺の激しさは熾烈を極め, 文壇では一人舞台の観があるが, 画壇では, 同様にナポレオン戦争に触発されたゴヤ Francisco de Goya (1746–1828) と, バイロン

に触発されたドラクロワのみが比肩し得る。Harold I の激戦の地タラベラ Talavera, II のテルモピュライ，III のワーテルロー，IV のコロンビア建国の戦場への感懐を経て，ここに究極の戦場「自由の聖地」テルモピュライ再来への翹望が甦り，地上に自由が来る日までレーオニダス Leonidas とワシントン George Washington (1732–99) の名が「合言葉」となろうと言い，彼らの戦場に熱い視線が注がれる (VIII. 5)。

「熱い水路」を意味するスパルタの英雄たちの古戦場テルモピュライは，ヘーラクレースと妻デーイアネイラ Deianeira の愚かしくも悲しい夫婦愛によって類稀な「愛の聖地」となった。妻を犯そうとしたネッソス Nessos を英雄が蛇の毒矢で倒したとき，媚薬と偽って渡された血の滴りを，夫の愛を取り戻そうとした妻が夫の肌着に塗ったため，痛みに耐えかねた英雄が流れに飛び込んで以来，川水は煮え滾っていると伝えられるからである (Graves, 145. c)。

English Bards and Scotch Reviewers で衰退した詩歌の救済者として嘱望されたヘーラクレースが，長い雌伏の時を経て，圧制の救世主として甦る。神話ではこの後，生贄の祭儀に身を焼かれるヘーラクレースが続くが，残り少なくなったバイロンの生涯に「ヘーラーの栄光」を意味するギリシア第一の英雄がミソロンギの浜まで寄り添うことになる。戦争に対する諷刺は必然的に，野心に駆られる暴君とその追従者に向けられるが，盟友シェリーを失ってより後のペンはさらに激しさを増し，その矛先は「思想に敵対する者すべて」に向けられ，「言葉によって，そしてもし機会がくれば，行為によっても戦おう」(IX. 24-25 大意) と言行一致の戦いを挑む。さらに，世人の嘲笑うドン・キホーテ Don Quixote の冒険は，虚構の主題から，現実の「最も崇高な情景」となって甦り (XIII. 10)，専制と阿諛への憎悪に「ヘクラの熱泉」(XV. 92. 8) の比喩を用いて熱い血を滾らせている。

青春の日の旅でアテーナーの涙に心打たれたハロルドが，マラトーンの古戦場にギリシアの自由をを夢見て隷属の民に蜂起の檄をとばしてより 11 年余，ヨーロッパに「自由の聖地」を，「英雄を育む胸」を求めて呼びかけてきた詩人は，アルカディアの懐深く 'Heraclaidan blood' を承けた「自由の子」がスパルタの月の女神の裔 'Doric mother' に育まれている

のを知る。1821年3月、パトラス Patras の大司教ゲルマノスらが山峡の僧院に叛旗を翻し独立戦争の火蓋が切られ、すでに Mavrocordatos は祖国で指揮を執っている。その成行きを見守っていたバイロンが、'first and last aspirations for her liberty and independence'（Medwin, 269-70）を文学の主題から人生のそれとする決意を固め、母国のギリシア委員会に協力を申し出たのは、このキホーテの奇行を称えた第 XIII 巻を書き上げた 1823 年の 2 月であった。4月29日に Hobhouse より満場一致で委員に迎えられたとの知らせを受け、バイロンは念願の「行動の人」となり、「言行一致の戦」に挑むことになる。

8. ミソロンギの祭壇——'On this day I complete my thirty sixth year'

「ヘーラーの栄光」を求めてのバイロンの「愛と自由」の 'last crusade' には、ヘーラクレースとの運命の符合が続いた。'Crede Byron' のモットーとバイロン家の紋章を刻んだホメーロス風のヘルメットを作らせ、雇い入れた船の名は 'the Hercules'「ヘーラクレース号」であった。終焉の地ミソロンギ一帯の古名カリュドーン Kalydon は、奇しくもヘーラクレースがその愛に殉じた「月の女神」デーイアネイラの故郷であった（Graves）。妻への愛ゆえに犠牲の祭壇に登ったヘーラクレースと、愛するギリシア「ヘーラー」の大義に殉じたバイロン、ミソロンギを目前にしての両者の符合は、単なる偶然に帰するにはあまりにも出来過ぎているが、これに対してはバイロン自身の言葉を引くほかあるまい（*Juan* XIV. 101. 1-2）；

>'Tis strange—but true; for Truth is allways strange,
>　　Stranger than fiction . . .

ただしこの現実は、バイロンの優れた知性と洞察力、類稀な情熱、時代と環境、その他もろもろの上述した要件が、人類の長い歴史の所産たる神話と響き合ったものであるから、「必然の糸」と呼んでも差支えあるまい。詩人の死後、ミソロンギの陣営に残されていた XVII 巻の未完の原稿には、

神話を介して結ばれたギリシア第一の英雄との一体感が謳われている（ll. 5-8）；

>　Cheerful—but, sometimes, rather apt to whimper:
>　　Mild—but at times a sort of *'Hercules furens'*:
>　So that I almost think that same skin
>　For one without—has two or three within.

「狂えるヘーラクレース」とは，ヘーラーが夫ゼウスに愛されたアルクメーネー Alkmene に嫉妬して，生まれた子ヘーラクレースの気を狂わせたため，激情に駆られた英雄は師や愛する子らを死に追いやったとされている。正気に戻った英雄が贖罪として自らに課したのが，暴君エウリュステウス Eurystheus に仕える「12 の難業」であったとされている。バイロンが Lady Byron との別居後，'self-exile' を自らに課さざるを得なかった背景には，妻の側から申し立てられた「狂気」があったことは，後に詩人自ら戯画化してみせるところであり（*Juan*, I. 27. 1-4），「女神の烙印」によって苦難の生を余儀なくされた両者の潜在化した一体感が，死を目前にした陣営で詩人の心中に迸ったものと思われる。

　1832 年の 12 月，バイロンの財政的援助でギリシア艦隊は装備され，ギリシア軍の指揮者マヴロコルダトスの要請を受けたバイロンは，ミソロンギに向かう。青春の旅で初めてギリシアを望みその土を踏んだ運命の地である。市庁舎のホールに掲げられている Theodoros Vryzakisn（1819–78）による *The Reception of Lord Byron at Missolonghi*『ミソロンギに上陸するバイロン卿』（1861）には，救世主のエルサレム入城を思わせるギリシア人の熱狂的歓迎を受ける詩人の姿が描かれており，バイロンの聖化はすでに始まっているのを思わせる。この地がトルコ艦隊に囲まれ絶望的苦境に陥っていた 1824 年 1 月 22 日，37 才の誕生日――予言による「生涯二度目の危機」――を迎えたバイロンは，「いつも書いているものよりはましだと思う」と前置きして，その日書き上げた一篇の抒情詩を披露した。[10]
かつて，スーニオン岬の「月の女神」の祭壇で切望した 'swan-like, let me

sing and die' は、ミソロンギの祭壇で現実のものとなろうとしている。自ら求めた「無償の愛の祭壇」を前にした「白鳥の歌」の、己の死期を選び、名誉ある死地を得た者の安らぎに満ちた調べに耳を傾ければ、神話の世界に生きたバイロンをミソロンギの浜に導いた「必然の糸」に頷くことが出来よう；

January 22nd 1824.

Messolonghi.

On this day I complete my thirty sixth year.

1. 'Tis time this heart should be unmoved
   Since others it hath ceased to move,
   Yet though I cannot be beloved
   Still let me love.

2. My days are in the yellow leaf
   The flowers and fruits of love are gone--
   The worm, the canker and the grief
   Are mine alone.

3. The fire that on my bosom preys
   Is lone as some Volcanic Isle,
   No torch is kindled at its blaze
   A funeral pile!

4. The hope, the fear, the jealous care
   The exalted portion of the pain
   And power of love I cannot share
   But wear the chain.

5. But 't is not *thus*—and 't is not *here*
    Such thoughts should shake my soul, nor *now*
    Where glory decks the hero's bier
    Or binds his brow.

6. The Sword—the Banner—and the Field
    Glory and Greece around us see!
    The Spartan bone upon his shield
    Was not more free!

7. Awake! (*not* Greece—She *is* awake!)
    Awake my spirit—think through *whom*
    Thy Life blood tracks its parent lake
    And then strike home!

8. Tread those reviving passions down
    Unworthy Manhood;—unto thee
    Indifferent should the smile or frown
    Of Beauty be.

9. If you regret'st thy youth, why *live*?
    The Land of honourable Death
    Is here—Up to the Field! And give
    Away thy Breath.

10. Seek out—less often sought than found,
    A Soldier's Grave—for thee the best,
    Then look around and choose thy ground
    And take thy Rest.

戦場ならぬ病床でバイロンが死に瀕していたとき，激しい嵐がミソロンギを襲った。未曾有の電光と雷鳴に「救済者の死」を知ったギリシアの兵士らは，ゼウスの雷霆に焼かれて不死となり，雷鳴に送られて昇天したヘーラクレースに劣らぬ聖化の光をバイロンに纏わせ，「黄金の鷲がミソロンギの空高く舞い上がった」と歌っている。[11]

　ギリシアの大義を擁護したバイロンの死は，イギリスの世論を動かし，ヨーロッパの自由主義者を結集させ，1827年のナヴァリノの海戦により，ギリシアの独立は決定的となった。「自由を愛すればこそギリシアに死にに来た」バイロンに，ギリシアの人々は最高の敬意を以て報いた。近代ギリシア詩の父 Dionysios Solonos は，英雄の死に月の女神のイメージを添え（'The Dream'），劇作家 Alexander Lidorikis は，救済者バイロンの死をイエスの十字架に擬えた（*Lord Byron*）。

　独立戦争の勇士を記念したミソロンギの「英雄の園」に，ひときわ高くバイロンの像が立っている。「月の女神」の犠牲となった英雄の霊魂のみに許される「至福の園」エーリュシオンへのパスポートを得て，バイロンはそこに永遠の生を享受している。アテーナイのザッピオン公園の一隅に立つ白大理石の群像『ヘラスとバイロン』では，内なる蛇を折伏し愛を捧げる詩人に，ヘラスは優しく微笑んで栄光を授けている。

　ギリシアの理想美に殉じたバイロンへのヨーロッパの顕彰は，迅速にして悠久，多彩にして華麗であった。ドラクロワは，『ミソロンギの廃墟に息絶えんとするギリシア』*La Grèce expirant sur Ruines de Méssolonghi* (1826) で碧眼を潤ませた美女にギリシアの危機を訴えさせ，ゲーテは自由に殉じたバイロンの記念碑として，『ファウスト』第二部 (1830) に「月の女神」ヘレネーの子オイフォリオン Euphorion を封じ，その死を「月の女神に捧げられた英雄 Icaros < io-carios (dedicated to the Moon-goddess Car) イカロス」の墜死に擬えた（Graves, 92.1）。

　没後四半世紀を経た詩人の母国では，アーノルドが，彼の訃報に接した当時の衝撃を回顧して，「永遠なる掟」にタイタンのごとく果敢に挑んだバイロンのために記念碑を打ち建てた；[12]

> ... but our soul,
> Had felt him like the thunder's roll.
> With shivering heart the strife we saw
> Of passion with eternal law;
> And yet with reverential awe
> We watch'd the fount of fiery life
> Which served for that Titanic strife.

　ドラクロワが「選ばれた者に神が与える試練の寓意」として，バイロンと自身の「永遠なるものとの不撓の戦い」を『（足に傷を負った）ヤコブと天使の戦い』*La lute de Jacob avec L'ange* に封印してサン・シェルピス礼拝堂の壁に描いたのは，詩人の没後 37 年，自身の死の 2 年前であった。
　バイロンのポエツ・コーナー入りを拒み続けた母国が，その頑迷を悔いてウエストミンスター寺院の扉を開いたのは，詩人の死後 145 年を経た時であった。流謫の楽園イタリアにあって，詩聖ダンテと己の運命を重ね合わせたバイロンは，「たとえ身は異国に果てようとも，魂は祖国に帰り母国の言葉で後世に記憶されたい。」との真情を吐露しているが（*Dante* III. 19-22），「愛するギリシアのために死にに来たバイロン」のためにギリシアから贈られた白大理石の床には，自己の詩の「不滅」を謳った詩行が刻まれて，後世に白い光を放っている（*Harold* IV. 137, 4-5）；

> But there is that within me which shall tire
> Torture and Time, and breathe when I expire;

　広く時空を超えて世界文学の虚空を見渡すとき，並み居る群星の中に一際明るい星の群がある。18 世紀末葉より 19 世紀初頭にかけての 30 年足らずの間に，イギリスの湖水地方に端を発し，イタリアの上空をよぎってギリシアの寒村に消えた一条の白い光——イギリス・ロマン派詩人の放つ光芒がそれである。
　（上杉文世編『光のイメジャリー——伝統の中のイギリス詩』第五章, p.

395)

　これは，上掲書の「イギリスの詩──ロマンティシズム」の項の冒頭の言葉である。ロマンティシズムの諸側面を，バイロンほど多く具現した詩人はいないから，「ヨーロッパ貴族階級の白鳥の歌」と呼ばれるロマンティシズムの終焉を飾るこの詩人の swan song を「ロマンティシズムの白鳥の歌」と呼んでも差支えあるまい。「イギリス・ロマンティシズムの放つ白い光」に魅せられて集まったわれわれの細やかな会の終焉に際して，「バイロンの白鳥の歌」を以て幕を下ろすことが出来たのは，筆者の本懐とするところである。

註

1) *Medwin's Conversation of Lord Byron,* ed. Ernest J. Lovell（Princeton U. P., 1966），pp. 91, 231, 233, 269-70. *Lady Blessington's Conversation of Lord Byron,* ed. Ernest J. Lovell（Princeton U. P., 1966）, p. 221.

2) ギリシア・ローマ神話については古典に拠ったが，固有名詞の日本語表記は高津春繁著『ギリシア・ローマ神話辞典』（岩波辞典，1977年）に，現代の神話観については主として以下に拠った。James G. Frazer, *The Golden Bough, A Study in Magic and Religion; Abridged Edition*（New York: Macmillan: 1925）. Robert Graves, *The Greek Myths*（Penguin Books, 1955），高杉一郎訳『ギリシア神話』（紀伊國屋書店，1962年）. Joseph Campbell with Bill Moyers, *The Poer of Myths*（New York: Anchor, 1988）. *The Great Mother: An Analysis of Archetype*（Princeton: Princeton Univ. Press, 1972）.

3) 本論は，拙論「ミソロンギオンへの道──バイロンとギリシア神話」(1) - (5)，（「広島電機大学研究報告」第26-30巻，1993-97年）を縮約および発展させたものである。他に, *The Altar to the Moon Goddess--On the Greek Myths* in *Childe Harold's Pilgrimage* IV,『英詩評論──特集・上杉文世教授中国文化賞受賞記念』（中国四国イギリス・ロマン派学会編，1992年, *AMG* と略記）。「バイロンとドラクロワ」『英詩評論特集──バイロン生誕200年』（中国四国イギリス・

ロマン派学会, 1988 年, *EPBD* と略記)。「真正のフェミニスト――バイロンと英雄の死」,『英詩評論』第 11 号（中国四国イギリス・ロマン派学会, 1995 年, *EPBH* と略記)。「バイロンの古典世界――『チャイルド・ハロルドの巡礼』第四巻における古代ギリシア・ローマの影像をめぐって」(「広島電機大学研究報告」第 24 巻, 1991 年)。

4) 上杉文世「第 2 章, 5. オシアン詩」, 同編著『光のイメジャリー――伝統の中のイギリス詩』(桐原書店, 1985 年, *ILOP* と略記), pp. 252-78。なお, 同編著の中の「第 5 章, 1. (4) ロマンティシズム」,「第 6 章, 10. バイロン」でもバイロンは詳述されている。同編著者については以下も参照。『バイロン研究』(研究社, 1978 年. *UBSB* と略記)。「バイロンのギリシア」,「バイロンとシェリー」『英詩評論特集――バイロン生誕 200 年』(中国四国イギリス・ロマン派学会, 1988 年, それぞれ *EPBG, EPBS* と略記)。「白鳥のごとく歌いつつ死なせよ」『英詩評論』第 6 号 (1986 年, *EPSS* と略記)。

5) Letter to John Murray, October 12, 1817, *Byron's Letter and Journals,* ed. Leslie A. Marchand, (12 vols, London: John Murray, 1976, *LJ* と略記), vol. 5, p. 268. なおバイロンの作品は次に拠った。*Lord Byron: The Complete Poetical Works,* ed. Jerome J. McGann, (7 vols, Oxford: The Clarendon Press, 1980-93)。詩人の伝記は *Byron: A Biography,* ed. Leslie A. Marchand, (3 vols, London: John Murray, 1957) および, André Maurois, *Byron* (Bernard Grasset, 1930), 大野俊一訳『バイロン伝』(角川文庫, 1968 年) に拠った。

6) Ad de Vries, *Dictionary of Symbols and Imagery* (Amsterdam: North-Holland Publishing, 1974), 山下圭一郎他訳『イメージ・シンボル辞典』(大修館書店, 1984 年), pp. 426, 431.

7) Journal, November 16-17, 1813, *LJ* III, pp. 208-9.

8) Henry Frowde Tozer, *Byron: Childe Harold* (Oxford: Clarendon Press, 1907), p. 281.

9) Herbert Read, *Byron* (London: Longman, 1591), p. 32.

10) 上杉文世「Byron の白鳥の歌」『英語英文学研究』第 26 巻, pp.15-22（1982 年)。

11) John Purkis, *The World of the English Romantic Poets* (Heinemann, 1982), p. 182.

12) Mathew Arnold, *Memorial Verses,* 10-11. 上杉文世は, バイロンの生涯と作品を

知る者にもたらす感動を代弁するものとして，自著『バイロン研究』の「はしがき」(i-ii) でこの詩を引いている。

自国意識をめぐるバイロンの葛藤
物語詩『島』を中心に

田原光広

1. はじめに

　ギリシアで死ぬ前年にあたる 1823 年の 1 月 11 日から 2 月 10 日にかけて，バイロン (George Gordon Byron, 1788–1824) は 1789 年に南太平洋を航海していたイギリス海軍艦船バウンティ (Bounty) 号で発生した反乱事件を題材にした物語詩『島』(*The Island*, 1823) を書き上げた。4 部構成のこの物語詩を書くにあたって彼が主たる拠り所としたのは，バウンティ号の艦長であったウィリアム・ブライ (William Bligh) が航海日誌をもとに書いた『南太平洋への航海』(*A Voyage to the South Sea*, 1792) という本であった。しかし，『島』の主人公としてバイロンが選んだのはブライ艦長ではなく，反乱の首謀者であり副艦長でもあったフレッチャー・クリスチャン (Fletcher Christian) であった。イギリスが世界に覇権を拡大しつつあったこの時期に，その覇権を支える海軍の艦船で起こったこの反乱事件は，国家の在り方，広い意味での自国意識の在り方を問う問題性を孕んでいた。とりわけ，トルコの圧政からギリシアを解放するためのギリシア遠征の決意を固めつつあったバイロンにとって，この物語詩は重要な意味を持っていたように思われる。[1)] 本論文では，『島』の主人公クリスチャンおよびスコットランド出身のトークィル (Torquil) と島の酋長の娘ヌーハ (Neuha) のカップルに焦点を当て，自国意識をめぐるバイロンの葛藤の内実を明らかにしてみたい。その際，『島』とほぼ同時期に書かれていた『ドン・ジュアン』(*Don Juan*, 1819–24) の中の 'English Cantos' と呼ばれる巻にも言及することになる。

2．バウンティ号の反乱の事実と虚構

　歴史上のバウンティ号の反乱事件の概略について先ず説明しておきたい。[2)]そもそも，イギリス海軍のバウンティ号が何故，南太平洋に行かなければならなかったのかと言うと，アメリカ独立後，西インド諸島の大農場で働いている黒人奴隷の食料の供給に頭を悩ませていたイギリス政府は，その食料問題の安価な解決策として，南太平洋の島々に自生している「パンの木」（bread tree もしくは breadfruit tree）に着目したのである。この木は高さ30メートル近くにもなるクワ科の常緑樹で，その木の実は直径20〜30cmの球状で，多量のデンプンを含み，焼くとパンの香りがするところから，この名前がついたと言われている。この「パンの木」をタヒチ（Tahiti）島で採取しそれを西インド諸島へ移植すべく，バウンティ号は1787年の12月に，植物学者を乗船させてイギリスを出帆した。ほぼ10ヶ月の航海の後，目的地のタヒチ島に到着したバウンティ号は，パンの木の栽培と成長の時期の調整の必要から，予定外の5ヶ月余りに及ぶ長期のタヒチ島滞在を余儀なくされることになる。航海中の厳しい規律に則った苛酷な生活を強いられていた乗組員たちは，その間，友好的な島民の歓迎と豊富な食料と島の魅力的な女性に接し，楽園のごときタヒチ島を満喫した。植木鉢に栽培された大量のパンの木の苗木を満載して，船は1789年4月4日に，西インド諸島へ向けタヒチ島を離れた。バウンティ号上で反乱が起こったのは，それから一ヶ月も経っていない4月28日のことであった。フレッチャー・クリスチャンを首謀者とする反乱者に船を制圧された後，わずかな食料と道具類を与えられて，小型ボートに乗せられたブライ艦長以下19名は，反乱者たちの予想と異なり，47日間に及ぶ苦難の航海に耐えて，オランダ領チモールまで辿り着く。そして，その9ヶ月後に祖国イギリスに帰り着いたブライ艦長は，反乱の悲運に見舞われる中，小型ボートでの過酷な航海を乗り切った不撓不屈の海軍魂とリーダーシップを賞賛されることとなる。その後，反乱者を捕えるために新たに派遣されたイギリス海軍の艦船によって，タヒチ島に残留していた反乱者たちが捕縛され，イギリス国内で軍法会議にかけられる過程で，反乱の真相が艦長サイドからのみではなく，反乱者サイドからの視点によって次第に明らかになり，圧制

者としてのブライ艦長の側面にも光が当てられてゆくことになる。

　ブライ艦長の航海日誌に書かれることのなかった反乱後のバウンティ号の状況は，捕縛されイギリスに連行された反乱者たちの調査から次第に明らかになってゆく。しかし，タヒチ島への残留希望者と別れた後のバウンティ号の消息については，その後も全く分からず，1808 年，全く偶然に，アザラシ漁のアメリカの船がピトケアン（Pitcairn）島を発見するまで，その消息を知る者はいなかった。イギリス海軍の追跡を恐れて，未踏の開拓の地としてバウンティ号の反乱者たちが最後に見出したのは無人島ピトケアンであった。この無人島での定住を開始したイギリス人 9 名とタヒチなどの島民 18 名（男 6 名：女 12 名）が辿らなければならなかった悲劇的運命の詳細が，綿密な調査に基づいて明らかになってくるのは 1825 年以降のことである。その悲劇のあらましだけを略述すると，ピトケアン島に到着した 1790 年には女性をめぐる問題で 2 人の島民男性がイギリス人に殺され，3 年後の 1793 年には残っていた島民男性 4 人によってクリスチャンを含むイギリス人 5 人が殺害され，その後，島民男性 4 人全員がイギリス人によって殺された。1799 年にはスコットランド出身のマッコイ（M'Koy）が，自ら前年に完成させた蒸留器で作った酒に溺れ自殺。同年，酒を飲んでは暴れるクィンタル（Quintal）を，スミス（Smith）とヤング（Young）が共謀して殺害。翌年の 1800 年にはヤングが病死し，ピトケアン島に残るイギリス人反乱者の生存者は，反乱からわずか 11 年後にはスミス一人となったのであった。[3]

　反乱者たちのピトケアン島でのこのような悲劇について，『島』創作当時のバイロンは何も知らなかった。捕縛のために派遣されたイギリス海軍との戦いの中で壮絶な死を遂げるクリスチャンの最期などは，詩人の想像力の産物に他ならない。しかし，見方を変えるならば，詩人の想像力による虚構の部分にこそ，当時の彼の関心の中心があったのだと言うこともできよう。拠り所としたブライ艦長の書物にしても，『島』第 1 部の反乱勃発の場面で利用されているのみで，第 2 部以降にブライ艦長が登場することはないのもその表われであろう。虚構の中の反乱者たちは，ツブアイ（Toobonai）島で追討のイギリス海軍と戦い敗走し，[4] 残ったクリスチャン，

トークィル，バンティング (Bunting)，スカイスクレイプ (Skyscrape) の4人で最後の戦いを挑むことになる。そして，そこに登場する島の酋長の娘ヌーハによって洞穴に救い出されるトークィルを除く3人は壮絶な最期を遂げることになる。物語の虚構部分に見られる，反乱の首謀者となったクリスチャンの葛藤，および最後の決戦を逃れヌーハと結ばれることになるトークィルの位置付けは重要であろう。詩人の関心の核心部分であったと思われる，この2点を中心に検討してみることにする。

3. ヨーロッパの植民地主義への批判

では，先ずクリスチャンの葛藤について検討してみることにする。作者バイロンが描く反乱の首謀者クリスチャンは，ヨーロッパの植民地主義を厳しく批判する立場にその特徴を見出すことができよう。次の一節には，その特徴が顕著に表われている。

> Thus rose a song – the harmony of times
>   Before the winds blew Europe o'er these climes.
>   True, they had vices – such are Nature's growth –
>   But only the Barbarian's – we have both:
>   The sordor of civilization, mixed
>   With all the savage which man's fall hath fixed.
>   Who hath not seen Dissimulation's reign,
>   The prayers of Abel linked to deeds of Cain?
>   Who such would see, may from his lattice view
>   The Old World more degraded than the New, – 5)

[*The Island*, II. 65-74]

南太平洋の島々にやってくるヨーロッパ人は，「文明のあさましさ」(sordor of civilization) と「人類の墜落がもたらした全ての野蛮」とを併せ持つ悪徳の持主であり，「カインの行為」と「アベルの祈り」が結び付いた「偽りの支配」(Dissimulation's reign) の実践者に他ならないのだと，フレッ

シャー・クリスチャンは，自らが属するヨーロッパを厳しく弾劾する。ここで語られている「カインの行為」とは殺人ひいては軍事的武力を示し，「アベルの祈り」とはキリスト教による伝道を指していると考えるべきであろう。つまり，軍事力とキリスト教とをセットにした形で，植民地支配を拡大しているヨーロッパによる支配を「偽りの支配」として断罪している訳である。最後の2行で述べられている「格子細工」(lattice) とは，ヨーロッパ人の偏見に染まった見方を意味し，そこから眺めると，「新しい世界」よりも「古い世界」の方が堕落しているように見えるのだと言うのである。ここでバイロンは，「新しい世界」と「古い世界」という言葉を，当時のヨーロッパ人の一般的な見方を逆転させて使っているように思われる。つまり，未知の国々を「新しい世界」もしくは未開の地と呼んで，そこでの覇権を追い求めるというヨーロッパの支配様式を拒否していると言えよう。「新しい世界」であるのは，むしろ新参者としてのヨーロッパなのであり，南太平洋の島々は，はるか昔から，エデンの園を思わせる自足した生の営みが継承されてきた「古い世界」であるのだとバイロンは主張したいのであろう。

　同様の視点は，次の詩行にも見られる。'The white man landed; need the rest be told? / The New World stretched its dusk hand to the Old;'（白人が上陸した。他に何を付け加える必要があろうか。／新しい世界がその黒い手を古い世界に差し伸べた，ということなのだ。) [II. 238-239]。「偽りの支配」をもくろむ白人の伸ばす手は「黒い」のだと，ヨーロッパの支配に対する詩人の目は飽くまでも厳しく苛烈である。自らが所属しているヨーロッパに対するこの自己批判は，見方を変えるならば，国家もしくは国家群の権益を共有する枠組の外側からの視点の表明だと言うことができるであろうし，この視点をコスモポリタン的視点と形容することは可能であろう。

　経済的視点からヨーロッパを批判しているのが以下の詩行である。

> The bread-tree, which, without the ploughshare, yields
> The unreaped harvest of unfurrowed fields,
> And bakes its unadulterated loaves

Without a furnace in unpurchased groves,
And flings off famine from its fertile breast,
A priceless market for the gathering guest; –
These, with the luxuries of seas and woods,
The airy joys of social solitudes,
Tamed each rude wanderer to the sympathies
Of those who were more happy if less wise,
Did more than Europe's discipline had done,
And civilized civilization's son!

[*The Island*, II. 260-271]

　南太平洋の島々の「パンの木」がもたらす自然の豊かさを表現するに際して，バイロンは，否定の意味を表す 'un' という接頭辞と 'less' という接尾辞を効果的に用いている。2行目から4行目にかけて，'unreaped'（刈り取られることのない），'unfurrowed'（耕されることのない），'unadulterated'（混ぜものの入っていない），'unpurchased'（購入されることのない）という 'un' を含む4つの形容辞を並べることによって，ヨーロッパの文明化された社会の経済の特徴と考えられる 'reaped' で 'furrowed' で 'adulterated' で 'purchased' な豊かさと対比されることになる。さらに，6行目では，南太平洋の島の「市場」(market) を 'priceless'（価格のついていない）という形容詞で修飾することによって，急速に拡大する市場経済や貨幣経済に翻弄されているヨーロッパ，とりわけバイロンにとっては，その先頭を走っているはずのイギリスに対する批判が込められていると言えよう。同時に，それらの否定の接頭辞や接尾辞を使った形容辞によって表現された世界には，人間が堕落する以前のエデンの園が連想されている点も見逃すことはできないように思われる。そして，最後の2行で，ヨーロッパが未開の国々を植民地化する際に錦の御旗のごとく好んで用いてきた「文明化する」(civilize) という語を逆転させて用いているのである。すなわち，知識は少ないかもしれないが，より幸福な島の人々が，ヨーロッパの「文明の息子」(civilization's son) を 'civilized'（文明化）したのだと。「文明化する」

主体と客体を逆転させている。

4．'country'と'nation'への回帰

　このようにヨーロッパを越えた視点から苛烈な自己批判を行う反乱の首謀者クリスチャンは、いつまでも、自己の存在のアイデンティティを超越した理想の地点にのみ留まることはできない。軍艦における反乱とは、国家の繁栄を支える国家システムへの反逆に他ならない。とりわけ、経済と軍事を両輪にして、イギリスが世界へ拡大しようとしていたこの時代にあって、[6] そのような国家システムへの反逆が意味するものは重大であった。ましてや、その反乱者が副艦長の要職にあり、なおかつ、社会の上層階級に属している場合、社会・国家への責任の重さゆえに、反乱を起こした側の罪の意識は倍加されることになる。カンバーランド（Cumberland）地区の名家の出であった現実のクリスチャンの経歴を踏襲する形で、バイロンは『島』の主人公の社会階層を強調した上で、避け難く深い暗鬱にとらわれてしまう反乱の首謀者の苦悩と葛藤の姿を浮き彫りにする。それは、一方でリベラリズムを信奉しつつも、貴族として国家へのノブレス・オブリージュ（noblesse oblige）の観念を生涯忘れることのなかったバイロンが、数々の詩作品の中で登場させたバイロニック・ヒーローと呼ばれる主人公たちに好んで背負わせた運命と重なるものであった。

　コスモポリタン的な理想主義の立場から、ヨーロッパの、ひいては、イギリスの植民地主義を厳しく弾劾したクリスチャンに、自国の追討軍との最後の戦闘での悲壮な死を前にして、一転して、国家の枠組を強く意識した次のような言葉を、作者バイロンは語らせる。

> When Hope is gone, nor Glory's self remains
> To cheer resistance against death or chains, –
> They stood, the three, as the three hundred stood
> Who dyed Thermopylae with holy blood.
> But, ah! how different! 'tis the *cause* makes all,
> Degrades or hallows courage in its fall.

O'er them no fame, eternal and intense,
Blazed through the clouds of death and beckoned hence;
No grateful country, smiling through her tears,
Begun the praises of a thousand years;
No nation's eyes would on their tomb be bent,
No heroes envy them their monument;
However boldly their warm blood was spilt,
Their life was shame, their epitaph was guilt.
And this they knew and felt, at least the one,
The leader of the band he had undone;
Who, born perchance for better things, had set
His life upon a cast which lingered yet:
But now the die was to be thrown, and all
The chances were in favour of his fall:
And such a fall! But still he faced the shock,
Obdurate as a portion of the rock
Whereon he stood, and fixed his levelled gun,

[*The Island*, IV. 257-279]

　追討軍との戦闘において，最後に残ったのはクリスチャンを含む3名のみとなり，いよいよ最期の時を迎える。その時，反乱の首謀者クリスチャンの胸に去来するのは，何のために死ぬのか，という大義の問題である。反乱者として死ぬ自分たちと，テルモピレーで死んだ300人のスパルタ人の死が対比され，救国の大義のために流された後者の血は「神聖な」（holy）と形容されるのに対して，国家への反乱のために流される前者の血は'shame'（恥辱）そのものであり，その墓碑銘に刻まれるのは「罪」（guilt）以外の何物でもないのだと自責する主人公をバイロンは執拗に描いている。「死の帳を越えて後世」まで残る 'Glory'（栄光）や 'fame'（名声）がクリスチャンの心をとらえる。「涙をたたえつつ微笑みながら」，「千年にもおよぶ賞賛」を与え「感謝を捧げてくれる国」（grateful country）もなけれ

ば，「墓石に注がれる」「祖国の人々のまなざし」（nation's eyes）もないのだと，逆賊の徒として大義なき死を迎えねばならぬ自らの運命を嘆くのである。この場面に用いられている 'country' と 'nation' の言葉は重要であろう。自らのアイデンティティの拠り所としての国家や国家群の枠を超えた，いわばコスモポリタン的視点から，自らが所属する社会を厳しく弾劾していた主人公の言葉とは，逆方向のベクトルを指し示していると思われるからである。反乱者クリスチャンの中にあったコスモポリタン的な視点は，最後の死の場面で，ナショナルな視点へと反転していると言うこともできよう。この二つの視点をめぐる対立と葛藤は，いかなる大義のために死ぬのかという主人公の自問の中で，大きくナショナルな視点へ傾斜した形で終わっているのである。

　1816 年に追われるようにしてイギリスを離れ，早 7 年近くをエグザイルとしてイタリアに滞在していたバイロンは，1823 年のこの時期死を強く意識しながらギリシア独立の大義のための行動を決意しつつあった。リベラリズムを声高に叫びコスモポリタン的理想を奉ずる一方で，政治的ラディカリズムとは一線を画し，所謂ノブレス・オブリージュの基本理念を放擲(ほうてき)することはなかったバイロンは，この時期に，国家の在り方をめぐる葛藤を主題にした歴史劇三作品をはじめとする作品を書いている。[7] この脈絡の中に『島』を置いて考える時，国家と大義ある死をめぐってクリスチャンが自問する場面は，バイロンにとって最も描きたい，最も描かねばならない場面だったと言えるのではあるまいか。詩人自身が実生活においてギリシア遠征の大義ある死を選びとるために，逆賊の徒として主人公が悔悟の念を抱きつつ悲壮な死を遂げることは，不可欠なことであったように思われるのである。[8] 今更ながらと思われるバウンティ号の反乱事件を題材に取り上げて，バイロンがこの物語詩をこの時期に創作した重要な動機の一つがそのことにあったように思われてならない。

5．「洞穴の恋人」の結婚とコスモポリタン的視点

　『島』に登場する反乱者の中で，ただ一人死を免れて，島の酋長の娘ヌーハと結婚し幸せな人生を約束されるスコットランド生まれの若者トークィ

ルのことを忘れることはできない。[9] ヌーハによって救出されるトークィルが導かれてゆく先は，海中からしか入ることのできない孤島の洞穴である。この洞穴の，周りの喧騒から隔絶された空間の中で，二人は愛に満たされた時間を過ごし，全ての戦いが終わった後に洞穴から出た二人は，島の人々からカップルとして歓呼して迎えられるという設定になっている。実は，この洞穴をめぐるエピソードには，この作品のもうひとつの典拠が関係している。それは，トンガ諸島の人々の生活や文化についてまとめられた本であった。[10] それを読んだバイロンが特に強い印象を受けたのは，敵対する部族の恋人同士が人知れぬ洞穴に隠れ住み，最終的に両部族の人々の理解と和解を得て幸せな結婚に至るという島の伝説についてであった。

　この伝説を『島』に組み込むことにこだわった作者の意図について考えてみたい。作品の一貫性という点から見れば，主人公クリスチャンの悲壮な最期を作品の結末に配置するという選択肢も当然想定されたであろう。しかし，バイロンはその選択をしなかった。島の伝説に登場する恋人の片方を，本人が好むと好まざるとにかかわらず，植民地主義の尖兵として南洋の島にやってきたイギリス人（正確にはスコットランド人だが）に置き換えることによって，洞穴で育まれる愛の生活は，トンガ諸島の伝説とは違った意味を付与されることになる。拡大を続けるヨーロッパの植民地主義，そしてその犠牲となってゆく島々そして国々。傲慢なヨーロッパ中心主義の広がり，しかもその先頭を走っている祖国イギリス。圧制からの解放を謳い上げるバイロンのリベラリズムの理想は，目の前の植民地主義の現実を前に葛藤を強いられることになる。そこに登場する島の酋長の娘ヌーハとバウンティ号の反乱に関わったスコットランド人の若者トークィルの愛の生活は，二つの世界の理解と和解を象徴させるものであったろう。二人の愛を育む場所としての洞穴は，作品中の戦闘から守られた場所であると同時に，征服する側とされる側，植民地化する側とされる側，現実を取り巻いていたさまざまな負の喧騒を遮断するための装置であったとみなすことができよう。そして第4部最終スタンザにおいて，洞穴から出て行った二人は島の人々から歓迎され，島の酋長たちは，トークィルを「息

子」として迎え入れる形で，この作品をバイロンは終わらせているのである。「文明化」の自己欺瞞的使命を振りかざすヨーロッパ人とは，正反対の存在として，島の共同体の価値観の中に自分をとけ込ませ，島の酋長の息子として，ヌーハとともに幸せな人生を選びとらせることによって，バイロンは，反乱の首謀者フレッチャー・クリスチャンとは異なる，もうひとりの自己の分身とも言うべきトークィルを，'country' や 'nation' から解き放たれたコスモポリタン的人生を全うする登場人物として，結末に配置したかったのではあるまいか。

では，バイロンのコスモポリタン的視点はどのように形作られたのであろうか。それについては，1809 年から 1811 年（21 才〜23 才）に行われた大陸旅行（grand tour）の頃まで遡ることができるかもしれない。[11] 例えば，1810 年 6 月 23 日付の友人ダラス（Dallas）宛の手紙の中で，祖国を遠く離れることの気安さと喜びを書き記した後，「世界市民」（a citizen of the world）になりたいという願望を表明している。また，母親宛の 1811 年 1 月 14 日の手紙にも，「島国人の心の狭い偏見」（all the narrow prejudices of an Islander）にとらわれてイギリスに留まることの弊害について述べ，さまざまな外国人と語り合うことの有意義さについても書いている。これらの言葉には，大陸旅行に対する若さゆえの期待や気負いや気取りが感じられなくもないが，それからさらに 8 年後，愛人グウィチオリ（Guiccioli）に宛てた手紙でも「私は世界市民なのです。私にとってはどの国も同じなのです。」（I am a citizen of the world — all the countries are alike to me.）［1819 年 12 月 10 日］と変わることのない「世界市民」意識が強調されている。

このようなバイロンのコスモポリタン的意識の背後にあるものについて考えてみたい。『ドン・ジュアン』の第 10 巻以降，主人公のドン・ジュアンにイギリスを訪問させ，イギリスの社会を諷刺している所謂 'English Cantos' において，祖国イギリスの変貌ぶりを嘆く詩行をバイロンは挿入している。[12]「8 年前の世界はどこへ行ってしまったのか。かつてそこにあり，／今私が捜し求めているガラスの世界は消え去ってしまったのか」（Where is the world of *eight* years past? *'T was there* — / I look for it – 'tis gone, a Globe of Glass!）［第 11 巻第 76 連 3-4］と，この前後にも 'Where' の疑問詞を連ねて，まだ自分がイギリスにいた 8 年前と現在のイギリスを比較し，「沈黙の変化」（A silent change）がイギリスにもたらしたものを嘆くのである。ここでバイロンが言及する 8 年という歳月の長さ自体は余り重要ではあるまい。というのは，その変化は既に彼がイギリスにいた時から起こっていた変化であったはずだからである。重要なのは，エグザイルとしてイギリスを離れることによって，自国の変化がより明白に見えるようになったという点であろう。では，その「沈黙の変化」とは何であったのか。

6．おわりに

　フランス人ドルセイ伯（Count D'Orsay）宛の手紙（1823 年 4 月 22 日）の中でバイロンは語る。「私は自分の国を愛していますが，自分の国の人々を愛してはおりません──少なくとも，今のような現状において。‥‥‥こんなことを言っても反逆罪にはあたらないでしょう。だって私の母はスコットランド人でしたし，私の名前と家系はいずれもノルマン人なのですから。私について言えば，どこの国の人間でもないのです。」[13] この手紙の原文において，彼は「現状」と「ノルマン人」に下線を施して強調している。イギリス人のいかなる「現状」に憤りを覚え，何故に「反逆罪」（treason）というかなり重い言葉に言及し，その上で自らの「ノルマン人」としての出自を何故に強調する必要があったのか，これらの問いに対する答えを教えてくれるのが，『ドン・ジュアン』第 10 巻の以下の詩行である。詩人は，「世界の半分を殺し，残り半分を脅しつける」（butchered half the earth, and bullied t'other）［第 10 巻第 81 連 8］国と化してしまった祖国イギリスを嘆き，外国から見たイギリスの現状を訴えるのである。「偉大な名前が今や至る所で毛嫌いされ，／全世界がいかに熱烈にこの国のむき出しの胸が／剣の前に晒される打撃を待ち望んでいるかを。／全ての国々がいかにイギリスを最悪の敵と考えているかを。／かつて人類に自由を差し出しておきながら，今や／心の底まで人類を束縛しようとする／最悪の敵以上に悪しき存在とも言うべきかつて尊敬された不実の友と考えているかを。」[14]［第 10 巻第 67 連 2-8］かつて専制主義に対する「自由」の擁護者として尊敬

を集めていたイギリスが,今や,拡大する経済力と軍事力を背景に,侵略と征服を繰り返し,他の国々から嫌悪され憎悪される国に堕落してしまったのだ,という厳しい認識がバイロンにはある。そして,言うまでもなく,そのような国家を支えているのが,国力の増大に伴って高まってゆく自国意識もしくは国家意識に沸き返る国民に他ならず,世界の海に覇権を拡大するイギリスの野望を賛美する 'Rule, Britannia'[15] (1740) の歌を熱烈に合唱した国民だったのである。ここで忘れてならないのは,この時代に国民の間に高まる国家意識は,覇権を争って戦争を繰り返した最大のライバルとも言うべきフランスに対抗する意識を背景にして,ノルマンの支配を受ける前のアングロサクソンの文化を自国民のアイデンティティの源流に位置付けようとする傾向を持っていた点である。そのような傾向を歪んだ狭量なものだと考えていたバイロンが,自らの祖先である「ノルマン人」を強調したり,「反逆罪」という大げさな語をあえて持ち出したりしたのには,そのような背景があったのである。イギリスで起こっているそのような時代潮流を批判する彼が,揺れ動く葛藤を抱えながらも,コスモポリタン的視点に立脚して『島』の結末部分にトークィルとヌーハの幸福な結婚を配置したかった理由も自ずから明らかであろう。

［本稿は中国四国イギリス・ロマン派学会機関誌『英詩評論』第 26 号に掲載されたものに若干の修正を加えた上で再録したものである。］

註
1) 『島』に対する評価は,概ね物語詩としての失敗作と位置付けられてきた。例えば,結末に配置されたトークィルとヌーハの結婚という安易な設定は,『ドン・ジュアン』に顕著に見られるバイロンの良質の「冷笑的リアリズム」から遠く隔たっているという指摘。Cf. L. A. Marchand, *Byron's Poetry: A Critical Introduction* (Harvard Univ. Press, 1968), p. 72.
2) 反乱事件の概略については以下を参照。ベンクト・ダニエルソン著（山崎昂一訳）『帆船バウンティ号の反乱』（朝日新聞社,1982 年）,ウィリアム・ブ

ライ著（由良君美訳編）『バウンティ号の反乱──反乱と大漂流』［世界ノンフィクション全集 24］（筑摩書房, 1968 年）中の訳者による「反乱の背景」。

3) 今日に至るまで、反乱を起こしたバウンティ号の乗組員と島の女性たちとの間に生まれた子供たちの末裔がピトケアン島には住んでいる。

4) 現実には起こらなかった反乱者とイギリス海軍との戦闘場面をツパイ島にバイロンが設定したのは、恐らく、反乱後に最初に定住を試みた島がツパイ島であり、その島で島民との間で戦闘が発生したことを伝え聞いていたためだと思われる。

5) バイロンのテクストは、詩作品については Jerome J. McGann (ed.), *Lord Byron: The Complete Poetical Works* (Oxford University Press, 1980-1993) 7 vols. を、手紙については Leslie A. Marchant (ed.), *Byron's Letters and Journals* (John Murray, 1973-1982) 12 vols. を使用している。

6) 1707 年に貴族院で行われたハヴァシャム卿の演説は、イギリスの繁栄を支える海軍力と経済力の両輪の重要性を物語る一例と言える。「海軍と貿易はたいへん密接な関係にあり、相互に影響しあっているので、分かつことはできないであろう。貿易は、水兵の母であり、乳母である。一方、水兵は海軍の生命であり、海軍は貿易を防衛し、保護する。つまり、両者はイギリスの富、国力であり、安全保障であり、栄光なのだ。」リンダ・コリー『イギリス国民の誕生』（名古屋大学出版会, 2000 年), 70 頁。

7) 『マリーノ・ファリエーロ』(*Marino Faliero*, 1821) では、ヴェネツィア共和国総督である主人公マリーノ・ファリエーロ自らが、堕落している現貴族体制に対する反発から、反乱を企てる民衆の一部と手を組み国家転覆を謀ろうとするも失敗に終わり処刑される。国家の不正を正さんとする理想と、総督の身でありながら国家に反逆する側に立つ罪の意識の間で葛藤する主人公が描かれている。『サルダナパラス』(*Sardanapalus*, 1821) では、徹底した平和主義の理想を夢見ながら酒食に溺れる主人公サルダナパラス王は、結局家臣の謀反に遭い、剣を持って勇猛に戦う王へと変身するも時既に遅く、愛人とともに炎に身を投げて死ぬ道を選びとる。この作品では、平和と戦争の間で揺れ動く王の葛藤が描き出されている。『フォスカリ父子』(*The Two Foscari*, 1821) では、犯罪者となって裁判を受ける息子に対する私的な情愛と、ヴェ

ネツィア共和国の総督としての国家に対する公的な責務との間の葛藤に苦しむフランチェスコ・フォスカリが描かれている。主人公は，最後には，息子の死に直面し，さらに辞職を強要されて絶望のうちに衰弱死することになる。

8) 『島』創作時のバイロンは，ともに雑誌 The Liberal を発行していたリー・ハントとの政治的な立場のズレに悩みを抱え，急進的な立場と距離を取りつつあったとの指摘がある。そのことが，作品の政治性に影響を与えているらしい。Cf. Caroline Franklin, *Byron: A Literary Life* (Macmillan Press, 2000), pp. 159-60. Timothy H. Flake, "Byronic Heroism in *The Island*" in *The Byron Journal* (1997), p. 45.

9) スコットランド人の反乱者の中にトークィルのモデルを探し出そうと，細かく分析し，George Stewart に辿り着いた論考もあるが，バイロンの想像力の中で虚構された登場人物の理解にどれほどの意味があるのか疑問である。Angus Calder, "'The Island': Scotland, Greece and Romantic Savagery" in *Byron and Scotland: Radical or Dandy?* ed. Angus Calder (Edinburgh Univ. Press, 1989).

10) John Martin, *An Account of the Natives of the Tonga Islands* (John Murray, 1817)

11) 広範囲にわたる大陸の旅行が，『チャイルド・ハロルド』の場合であれ，『ドン・ジュアン』の場合であれ，地理的・文化的・宗教的境界を越えた視点を主人公たちに提供することに大きく貢献したのは間違いない。『ドン・ジュアン』第 10 巻第 55-56 連などに見られるイスラム教徒の少女リーラの描写などはその点で興味深い。

12) これらの詩が創作されたのは，第 10-12 巻が 1822 年，第 13-16 巻が 1823 年のことであった。

13) 原文は次の通りである。'—though I love my Country—I do not love my Countrymen—at least such as they now *are*—. . . —but it is no treason, —for my mother was Scotch—and my name and my family are both *Norman*—'.

14) 原文の詩は以下の通りである。'How her great name is now throughout abhorred;/ How eager all the earth is for the blow / Which shall lay bare her bosom to the sword; / How all the nations deem her their worst foe, / That worse than *worst of foes*, the once adored / False friend, who held out freedom to mankind, / And now would chain them, to the very mind;—' (*Don Juan*, X. lxvii, 2-8)

15) この歌はジェイムズ・トムソン（James Thomson, 1700–48）が 1740 年に仮面劇『アルフレッド』（*Alfred*, 1740）中の挿入歌として作ったものだが，単独に愛唱されるようになったものである。18 世紀の頃のイギリスの国家意識の高まりがその歌詞からは察せられる。最初の 3 番までの歌詞を例に挙げると以下の通りである。'(1) When Britain first at heaven's command / Arose from out the azure main, / This was the charter of the land, / And guardian angels sung this strain: / Rule, Britannia, Britannia rule the waves; / Britons never will be slaves. (2) The nations not so blest as thee / Must in their turns to tyrants fall, / While thou shalt flourish great and free, / The dread and envy of them all / Rule, Britannia, Britannia rule the waves; / Britons never will be slaves. (3) Still more majestic shall thou rise / More dreadful from each foreign stroke; / As the loud blast that tears the skies, / Serves but to root thy native oak; / Rule, Britannia, Britannia rule the waves; / Britons never will be slaves.'

トマス・キンセラ「肉屋の1ダース」
と血の日曜日事件

河野 賢司

1. はじめに

　北アイルランドのデリー（Derry/Londonderry）で行われた，予防拘禁制度の撤廃と公民権の保障を求めるカトリック系住民のデモ行進に向かって，英軍が無差別銃撃を加えて13人の犠牲者を出した「血の日曜日事件」が起きたのは，1972年1月30日午後4時過ぎだった。事件の真相を究明すべく設置されたウィジャリー調査法廷（Widgery Tribunal of Inquiry）は4月18日にウィジャリー報告書（Widgery Report）を発表した。ダブリン生まれの詩人トマス・キンセラ（Thomas Kinsella, 1928–）は，その8日後[1]の4月26日に「肉屋の1ダース——ウィジャリーの八日目の一つの教訓」（'Butcher's Dozen: A Lesson for the Octave of Widgery'）と題する詩を，ダブリンの小さな出版社ペパーキャニスター[2]（Peppercanister）から8頁のパンフレット形式で2,000部刊行した。

　「血の日曜日事件」をめぐっては，演劇[3]や詩[4]，音楽[5]，映画[6]がその題材に取り上げてきた。キンセラの詩「肉屋の1ダース」は，著者自身の20年後の述懐によれば，「様々な理由で」批判にさらされ，[7]こんにちでも北アイルランド紛争詩の正典(キャノン)から外されている。[8]本稿は，なぜこの詩がこれまでそうした扱いを受けてきたのかを探るものである。

2.「肉屋の1ダース」の梗概と形式

　ペパーキャニスター版では231行，改訂されたカーキャネット版では210行[9]が，スタンザを設けることなく連綿と弱強四歩格（iambic tetrameter）のリズムで続くこの長詩は，著者キンセラが惨事の1か月後の現場を彷徨したときに，犠牲者の亡霊たちが姿を現し，次々と思いのた

けを語っていく展開をとる。

　最初に，投石したために銃撃を受けた男（1人目），続いて，逃げる途中で銃撃された3人組の一人（4人目），爆弾を所持していた男（5人目），遺体に不当な扱いを受けた3人を代表して非難する男（8人目），英軍の非道を告発する厳めしい男（9人目），さらに，料理方法になぞらえて諧謔的な諷刺詩を披露するおどけた男（10人目）が出現する。著者は彼らの非難に対して，過去に拘泥するのでなく未来を志向すべきだと訴えるが，別の亡霊（11人目）がそれに反論する。厳めしい男が再び口を開いて民主主義批判の発言を行い，さらに別の男（12人目）が，英国の帝国主義やユニオニストの頑迷固陋を長広舌で非難する。最後に13人目の男が，英国を擁護する意見を表明する。西風とともに亡霊たちが消えた後，著者はバリケードをさすりながら，雨のなか立ち尽くして，詩は終わっている。

　亡霊との対話の点で，この詩は，アイルランドの伝統的な詩形で，「夢物語」（dream）や「幻影」（vision）を意味する「アシュリング」（aisling)，とりわけ18世紀の「政治的アシュリング」（political aisling）の形式で書かれた，ブライアン・メリマン（Brian Merriman, c. 1749–1805）の『真夜中の法廷』（*Cúirt An Mheán Oíche* [*The Midnight Court*]）を利用したと，キンセラは明かしている。[10]　ダブリンのユニヴァーシティ・カレッジを卒業後，キンセラは1963年に留学した米国のハーヴァード大学で古代アイルランド語を研究し，1966年にはニューヨークの近代語協会で，アイルランド語と英語の二つの言語文化に分離したアイルランド文学の伝統に関する有名な講演を行い，1969年には古代アイルランド語の物語『クアルンゲの牛捕り』（*Táin Bó Cuailnge*）を英訳して『牛捕り』（*The Táin*）の表題でドルメン社から出版していることからも分かるように，アイルランド語文学に非常に造詣が深い詩人であった。

　キンセラは他の詩でもアシュリングに基づく光景を表現してきた。1968年の詩集『夜間徘徊者ほか』（*The Nightwalker and other poems*）所収の「苦悩の木」（'Wormwood'）は「私はふたたび夢を見た」（I have dreamt it again:)で始まり，2本の黒い木が完全に1本に結合した木が鉄斧で切られ，木霊（こだま）が逃げ出すのを土砂降りの雨のなか見守り，「私はふたたび夢を見る

だろう」(I will dream it again.) で結んでいる。[11] 1962 年の詩集『川を下る』(*Downstream*) に収められた「川を下る」('Downstream') では，「豚のような人間」(swinish man) が「毎晩ふたたび落ちて行った／悪夢に。悪夢のなか，ネズミたちは行き来した／人間の尻をし，頭は豚の形で，鞭と大きな木槌で忙しい／呪われた死者たちの裸の群れのなかで。」(Each night a fall/ Back to the evil dream where rodents ply,/ Man-rumped, sow-headed, busy with whip and maul/ Among nude herds of the damned.)「そしていまだに私は悪夢のなか　悲惨に無感覚のままに／／私は想像した　死人が整列して漂い／広がるのを」(Still dreamed, impervious to calamity,// Imagining a formal drift of the dead/ Stretched…) と綴っている。[12] この詩のなかで「ゆっくりと川を下る死者たち」(The slow, downstreaming dead) とは，三途の川 (Styx) を 7 周して黄泉の国 (Hades) を目指す死者たちを意味しているのだろう。

「肉屋の 1 ダース」という表題は，成句「パン屋の 1 ダース」(baker's dozen) [13] のもじりで，犠牲者の数「13」を表し，ペパーキャニスター版の表紙には，左上に 1972 年 2 月 6 日発行のニューリー (Newry) での公民権デモ行進記念バッジ（黒い棺に白抜き数字 13）が描かれ，血を思わせる赤色の大文字で表題が印刷されている。「肉屋の 1 ダース」という大胆な表現は，食肉加工業者への職業差別を感じる向きもあるのではと憚られるが，人命がまるで屠殺のように奪われたことへの痛烈な諷刺をこの表題に込めたかったに違いない。

3．ウィジャリー報告書との関連

　ウィジャリー報告書は，英国首席裁判官 (Lord Chief Justice of England) のジョン・ウィジャリー男爵 (John Passmore Widgery [Baron Widgery], 1911–81) によって作成されたものである。キンセラ自身の解説によれば，

> 「肉屋の 1 ダース」はデリーにおける 13 人の射殺に呼応して書かれたものではない。死者は，あらゆる側に，あまりにも多すぎ，互いにひどく嘆きあっても詮なきことである。この詩はウィジャリー裁判報告書に呼応して書かれた。ウィジャリー卿が真実を無情に脇へ追いや

り，数え切れぬ項目で歴史に残るご都合主義的虚偽を羅列した文書において――不正を正義なり，とまったくとち狂うにつけ――私たちは忽然と，邪悪な真の大義の操作に迫っていたことは，私の目に明らかだった。14)

しかし，キンセラによる虚偽の告発は，きわめて慎重な筆致と迂回的な戦略で運ばれることになる。「肉屋の 1 ダース」において，ウィジャリー報告書との関連でもっとも解釈が微妙になるのは，爆発物を携帯していたとされる 5 人目の男の述懐である。

 And one stepped forward, soiled and white:
  'A bomber I. I travelled light
  ― Four pounds of nails and gelignite
 About my person, hid so well
 They seemed to vanish where I fell.
 When the bullets stopped my breath
 A doctor sought the cause of death.
 He upped my shirt, undid my fly,
 Twice he moved my limbs awry,
 And noticed nothing. By and by
 A soldier, with his sharper eye,
 Beheld the four elusive rockets
 Stuffed in my coat and trouser pockets.
 Yes, they must be strict with us,
 Even in death so treacherous!'

そして，汚れた白い姿の一体が前に一歩出た。
「爆撃手さ，僕は。身軽に動き回った
 ――4 ポンドの釘とゼリグナイトを
身にまとい，とても巧く隠した 15) ので

斃(たお)れた場所でその爆弾は見えないようだった。
銃弾が僕の息の根を止めたとき
ある医者が死因を探った。
僕のシャツをめくりあげ，チャックを開けて，
二遍，僕の手足を捻じ曲げたが，
何にも気がつかなかった。やがて
ある兵士が，もっと鋭い眼力で
見つけにくいロケット弾4個が
僕の上着やズボンのポケットに詰められているのを見た。
そうとも，奴らは厳しい態度をとらねばならない，
死んでもなお，叛逆的な僕らに対しては！」

「4ポンド（＝約2kg）の釘とゼリグナイト」で作られた「ロケット弾4個」をポケットに隠し持っていた「爆撃手」とは，ウィジャリー報告書によれば，17歳の少年ジェラルド・ドナヒー（Gerald Damien Donaghy）とされている。13人の犠牲者のなかで，彼は唯一のIRA系青年組織のメンバーだった。[16] 腹部を撃たれたドナヒーは近くの民家に担ぎ込まれ——この折りに救助者は身元確認のため彼のポケットを調べたが爆弾はなかった——乗用車で民間病院へ搬送される途中，検問所で止められた。英軍兵士が運転を交代して軍の救護所へ運んだときには，ドナヒーはすでに絶命していた。引用にあるように，このときも軍医は彼のポケットになんらの不審物も発見しなかった。その後，乗用車の後部座席に置かれたままの遺体のズボン・ポケットに釘入り爆弾（nail bomb）が確認されて爆発物処理兵が呼ばれ，複数のポケットから4個の爆弾を押収した。ドナヒー少年がデモ行進の間ずっと爆弾を所持していたのか，あるいは死亡確認後に第三者が彼のポケットに故意に爆弾を入れたのか——この2つの可能性を検討した結果，前者の可能性が高く（比較的かさばる代物ではあるが，軍医たちが見落としたとする見解），後者は爆弾の入手経路や誰が何のために仕組んだのか推測の域を出ない，とウィジャリーは一人称単数で結論づけている。[17]「とても巧く隠したので／斃(たお)れた場所でその爆弾は見えないようだった」の原

文 'seemed to vanish' は直訳すれば、「姿を消してしまったようだった」となり、射殺後に爆弾が発見されなかったことを揶揄し、その直後に「見つけにくいロケット弾」（'elusive rokets'）が発見されたのは英軍の不正工作によるものだったと暗示しているように思われる。しかし、実際に「爆弾を隠し持っていた」とドナヒーに語らせることは、ウィジャリー報告書の結論を表向きには認めることになる。報告書の欺瞞を示唆するために、キンセラはあえてそういう迂回な戦略を採ったのだろうか。同様の疑問は、背後から撃たれた 3 人組 [18] の一人が語る、以下の台詞についても当てはまる。

 Careful bullets in the back
 Stopped our terrorist attack,
 And so three dangerous lives are done
 ── Judged, condemned and shamed in one.

 背中への、念の入った銃弾が
 俺たちのテロ攻撃を阻止し、
 かくして 3 つの危険な命が奪われ
 ──まとめて裁かれ、有罪とされ、辱められる。

ここでも「俺たちのテロ攻撃」や「危険な命」という表現は、あくまで英軍側の視点に立った誤解あるいは曲解を意図的に皮肉っているとみなすこともできる。しかし、次に引用する、厳めしい男の 2 度目の台詞はどうだろうか。

 We rap for order with a gun,
 The issues simplify to one.
 ── Then your Democracy insists
 You mustn't talk with terrorists.

俺たちは銃で黙らせ，
いくつもの問題を一つに単純化する
――すると，お前たちの「民主主義」が強く言い張る，
テロリストと交渉してはならない，と．

ドナヒーを除けば，犠牲者13人のなかにテロリストは言うまでもなく，IRA関係者はおらず，全員が丸腰の民間人だった．自らを公然とテロリストと規定し，暴力による解決に訴える共和主義を代弁するかのようなこの発言は，違和感を覚えさせるものである．

4．著者が依拠する立場の不明確さ

　キンセラと思われる1人称の語り手は，以下のようにこの詩を語り始める．

>　　I went with Anger at my heel
>　　Through Bogside of the bitter zeal
>　　― Jesus pity! ― on a day
>　　Of cold and drizzle and decay.

>　　私は「怒り」を道連れに
>　　激しい義憤に駆られ　ボグサイド地区を通り抜けた
>　　――なんと痛ましい！――
>　　寒さと霧雨と荒廃が漂う　ある日のことだった．

怒りや激しい義憤を胸に訪れた虐殺現場には，「まだ鼻を突き，染みをつけ，殺戮の悪臭が残っていた．／アパートや路地――いたるところに――／悪臭が垂れこめていた．／銃撃を受けた屋根や壁に／うず高く散らばった残骸や瓦礫に／陰鬱な玄関階段や銃痕が残る煉瓦に．」そして思わず詩人が洩らした溜め息に呼応して，溜め息が聞こえ，詩人の「湿った唇は乾いた．」「おぼろげな血の海の中で」「血糊を抱えこんでいた」「ぐちゃ

ぐちゃの幽霊」を皮切りに，凄惨な相貌の亡霊たちが次々と出現して口々に語るのに驚きながら，詩人はしばらく耳を傾ける。やがて，その暗い情感を緩和させるコミック・レリーフのように，10人目のおどけた亡霊は，レシピーになぞらえてアイルランドの植民地支配の歴史を物語る。

> A joking spectre followed him:
> 'Take a bunch of stunted shoots,
> A tangle of transplanted roots,
> Ropes and rifles, feathered nest,
> Some dried colonial interests,
> A hard unnatural union grown
> In a bed of blood and bone,
> Tongue of serpent, gut of hog
> Spiced with spleen of underdog.
> Stir in, with oaths of loyalty,
> Sectarian supremacy,
> And heat, to make a proper botch,
> In a bouillon of bitter Scotch.
> Last, the choice ingredient: you.
> Now, to crown your Irish stew,
> Boil it over, make a mess.
> A most imperial success!'

おどけた亡霊が彼の後を継いだ。
「いじけた新芽を一房(ひとふさ)に，
移植した根っこを一(ひと)もつれ，
ロープにライフル銃，羽毛で作った巣，
干乾(ひから)びた植民地のご利益少々，
血と骨のベッドで
栽培した，過酷で不自然な連合1個，

毒蛇の舌，豚の腸に
負け犬の脾臓の薬味を利かせたのを入れます。
忠誠の誓いや
宗派の覇権とともに，かき混ぜます。
それから，本格的なごった煮を作るために，
苦味ばしったスコッチウィスキーのブイヨン・スープに入れて，熱します。
最後に，選りすぐりの食材，つまり，あんた方。
さあて，アイリッシュ・シチューの仕上げには，
これを煮こぼれさせて，台無しにします。
このうえなく帝国的な大成功！」

　エリザベス1世時代に大規模に推進された，スコットランド長老派信徒たちのアルスター地方への入植が，「移植した根っこ」や女王への「忠誠の誓いと宗派の覇権」「スコッチウィスキー」で暗示され，支配下に置かれたカトリック先住民たちは「豚の腸」「負け犬の脾臓」で示唆されているように読める。料理教室の講釈まがいの展開において，「連合（ユニオン）」は「玉葱（オニオン）」の滑稽な音韻的連想を伴う一方で，絞首刑や銃殺に用いる「ロープやライフル銃」を駆使して強行された1800年のアイルランド併合は，まさしく「血と骨」の犠牲を伴うと同時に，「自然の理に反する」凌辱行為であったという性的含意が，「ベッド」での「結合（ユニオン）」という表現に漂っている。こうして，異なる民族と宗派がごった煮となったアイリッシュ・シチューは，激しい沸騰状態を過ぎて，ついには鍋の外へ煮こぼれして大混乱に陥る。それを亡霊は，あえて「帝国的な大成功」と皮肉っている。大鍋（cauldron）で秘薬を作る「魔女のごたまぜ」（witches' brew）も連想させるこの諧謔的な与太話の後，しばらく亡霊たちが口をつぐんだ隙をとらえて，詩人は，当初抱いていた義憤などすっかり醒めたかのように，亡霊たちに向かって未来志向の忠告を始める。

　　It seemed the moment to explain

That sympathetic politicians
Say our violent traditions,
Backward looks and bitterness
Keep us in this dire distress.
We must forget, and look ahead,
Nurse the living, not the dead.

どうやら，説明すべき瞬間(とき)だった，
同情的な政治家たちが
言うには　我々の暴力の伝統，
過去を振り返る眼差しや苦しさが
この悲惨な困窮に我々を留(とど)めているのだと。
我々は忘れ去り，前を見つめて，
死せる者たちでなく，生ける者を労(いたわ)らねばならない。

この現実的な提言は 11 人目, 9 人目, 12 人目の亡霊に相次いで批判される。

My words died out. A phantom said:
'Here lies one who breathed his last
Firmly reminded of the past.
A trooper did it, on one knee,
In tones of brute authority.'

私の言葉はゆっくりと消えた。ある亡霊が答えた。
「ここに横たわる者は，事切れた時に
しっかりと過去を思い出していた。
空挺部隊兵の仕業だった，片膝ついて
権力丸出しの気分で。」（11 人目の亡霊）

'Simple lessons cut most deep.

This lesson in our hearts we keep:
You condescend to hear us speak
Only when we slap your cheek.
　…………
We speak in wounds. Behold this mess.
My curse upon your politesse.'

「単純な教訓がもっとも痛切に訴える。
こんな教訓を俺たちは肝に銘じている。つまり，
俺たちの話を聞いてくれるのは
俺たちがお前の頬を平手打ちするときだけだ。
（中略）
俺たちは傷を負って話している。このひどい有様を見るがいい。
お前のお上品ぶりなど，糞喰らえ，だ。」（9人目の亡霊）

12人目の亡霊は，同じ植民地支配の歴史を語るにしても，さきほどの10人目のおどけた亡霊よりもずっと厳粛で辛辣である。やや長いが，耳を傾けてみよう。

Another ghost stood forth, and wet
Dead lips that had not spoken yet.
 'My curse on the cunning and the bland,
On gentlemen who loot a land
They do not care to understand;
Who keep the natives on their paws
With ready lash and rotten laws;
Then if the beasts erupt in rage
Give them a slightly larger cage
And, in scorn and fear combined,
Turn them against their own kind.

The game runs out of room at last,
A people rises from its past,
The going gets unduly tough
And you have, surely, had enough.
The time has come to yield your place
With condescending show of grace
　— An Empire-builder handing on.
We reap the ruin when you've gone,
All your errors heaped behind you:
Promises that do not bind you,
Hopes in conflict, cramped commissions,
Faiths exploited, and traditions.'
Bloody sputum filled his throat.
He stopped and coughed to clear it out,
And finished with his eyes a-glow:
　'You came, you saw, you conquered…So.
You gorged — and it was time to go.
Good riddance. We'd forget — released —
But for the rubbish of your feast,
The slops and scraps that fell to earth
And sprang to arms in dragon birth.
Sashed and bowler-hatted, glum
Apprentices of fife and drum,
High and dry, abandoned guards
Of dismal streets and empty yards,
Drilled at the codeword "True Religion"
To strut and mutter like a pigeon
"Not An Inch — Up The Queen";
Who use their walls like a latrine
For scribbled magic — at their call,

Straight from the nearest music hall,
Pope and Devil intertwine,
Two cardboard kings appear, and join
In one more battle by the Boyne!
Who could love them? God above…'

別の亡霊が姿を現した，濡れた，
それまで口をきかなかった死人の唇をして。
「ずる賢い奴や人当たりのいい奴，
理解しようという気もない
土地を　分捕るご立派な輩は，糞喰らえ，だ。
構えた鞭と腐った法を使って
その土地の人々を獣のような手で弄び，
もし，家畜どもが怒り出せば
ちょっとだけ広い檻をくれてやり
そして，軽蔑と恐怖が合わさった思いで
家畜どもに内輪喧嘩させる輩たち。
獲物どもはとうとう部屋から逃げ出し，
一つの国民が過去から立ち上がり
成り行きは度を越して大変になり
そうなると，言うまでもなく，もううんざりだ。
潔く謙遜な姿勢を見せて
お前の地位を捨てる潮時だ
――代々の帝国建設者の地位を。
お前が退散したら，俺たちは荒れ地から
うず高く放置されたお前の数々の過ちから，収穫を上げる。つまり，
お前を拘束することのない数々の口約束，
相容れない数々の希望，びっしりと書かれた委任状，
付け込まれた信念，さらには伝統。」
血痰が彼の喉を塞いだ。

彼は言い止(さ)し，咳をして痰を払い，
そして燃えるような目で，言い終えた。
「来た，見た，勝った 19)…それでけっこう。
お前はたらふく食らった——だから退散する潮時だった。
せいせいするぜ。俺たちは忘れることだろう—安堵して—
もし，お前の宴会の塵屑(ごみくず)，
地に落ち，竜の誕生の時に蜂起する捨て汁や食べ残しがなかったならば。
肩帯をまとい，山高帽をかぶり，陰気な顔の
横笛と太鼓の＜徒弟たち＞，
陰鬱な通りや人気(ひとけ)のない庭に
置き去りにされ，見捨てられた衛兵たち
「真の宗教」の標語(かけごえ)を聞くや
「一寸たりとも——女王万歳」と
鳩さながらに闊歩して呟くように訓練されている。
殴り書きの呪文のために　自分たちの塀を
掘り込み便所のように使い——その呼び声に応じて，
最寄りの演芸場から一目散に
教皇と悪魔が絡み合い，
段ボール製の国王二人が登場し，
ボイン河畔の合戦にもう一度，参戦するとはな！
誰がこんな奴らを愛せるだろうか？　天上の神よ…」

　前半部分は，不在地主としてアイルランドを搾取し，反乱が激化するとアイルランド自由国として部分的独立を認めた挙句，国内に内乱を誘発し，それまでアイルランド自治法案を度々反故にしてきた英国の政治的老獪さを批判し，後半部分は，偏狭なユニオニストたちがアルスターでの既得権や栄光に執着してボイン戦勝記念パレードで練り歩くさまを嘲笑している。
　この 12 人目の亡霊の長広舌に痺れを切らしたかのように，「愛」という言葉尻をとらえて，最後に 13 人目の亡霊が割って入り，詩人の見解を間

接的に擁護する。

 'Yet pity is akin to love,'
The thirteenth corpse beside him said,
Smiling in its bloody head,
 'And though there's reason for alarm
In dourness and a lack of charm
Their cursed plight calls out for patience.
They, even they, with other nations
Have a place, if we can find it.
Love our changeling! Guard and mind it.
Doomed from birth, a cursed heir,
Theirs is the hardest lot to bear,
Yet not impossible, I swear,
If England would but clear the air
And brood at home on her disgrace
― Everything to its own place.
Face their walls of dole and fear
And be of reasonable cheer.
Good men every day inherit
Father's foulness with the spirit,
Purge the filth and do not stir it.
Let them out. At least let in
A breath or two of oxygen,
So they may settle down for good
And mix themselves in the common blood.
We are all what we are, and that
Is mongrel pure. What nation's not
Where any stranger hung his hat
And seized a lover where she sat?'

「だが，憐れみは愛に通ず[20]」と
隣にいた13人目の亡骸(なきがら)が
血まみれの頭で，にっこり笑って，言った。
「だから，陰気さや，魅力の無さに驚くのも尤(もっと)もだけれど，
奴らの呪われた有様は，我慢してやらねばならない。
奴らは，奴らでさえも，他の国民同様に，
いるべき場所がある，俺たちがそれを探せるならば。
俺たちの取替え子を愛すべし！　守って世話すべし。
生まれながらに不運を背負った，呪われた跡取り，
奴らの定めはもっとも耐えがたきもの，
さりとて耐えられぬものではないと，断言する。
もし，イングランドがわだかまりを晴らし
自らの恥辱について心底，熟考しさえすれば
――万事，あるべき位置に収まる。
奴らの悲嘆と恐怖の壁を見据えて
穏当に喜ぶとしよう。
善人は，日ごとに
父親の精神の邪(よこしま)を受け継ぐもの
その不浄を清めこそすれ，掻き回してはならない。
不浄は取り除くべし。せめて
一息二息の酸素を吹き込むべし。
そうすれば奴らはずっと落ち着いて
みんなと同じ血に溶け込むかもしれない。
我々はみな，いまあるがままの姿，すなわち
純血の雑種なのだ。どの国家がそうでないと言えるだろうか，
見知らぬ者が帽子を掛け
座っている恋人を強奪した国家では？」

入植者のプロテスタント系英国人を「取り替え子」の「呪われた跡取り」

と形容し，彼らが自らの「恥辱」を自覚して更生するならば，「万事，あるべき姿」に収まる。なぜならば，どの国民も他国を侵略した暴虐の歴史を持ち，混血化が進行した「純潔の雑種」なのだから，と彼は主張する。ナショナル・アイデンティティの観念に呪縛されることなく，大局的な視点から歴史や民族を見つめ直そうという修正主義的な主張と受け止めてよいだろう。その意味では，詩人の「私」が訴えた，「過去を忘れ去り，前を見つめる」提言に通じるものがある。しかし，理不尽な銃撃を受けて虐殺された13人の犠牲者のなかで，いったい誰が，このような超越的で達観した世界観を抱けるというのだろうか。10人目のおどけた亡霊の発言についても，同じような疑問が付きまとうだろう。

　いずれにせよ，詩人の「私」が3人の亡霊たちへの再反論や，この13人目の亡霊への賛同表明を試みる機会もないまま，亡霊たちはみなすうっと消え去り，気がつくと「私」自身が「亡霊のように佇んでいた」（I stood like a ghost.）。そしてこの詩は以下の描写で結ばれている。

  The gentle rainfall drifting down
  Over Colmcille's town
  Could not refresh, only distil
  In silent grief from hill to hill.

  聖コルムシルの町に降り注ぐ
  やさしい雨は
  無言の悲しみのなか，丘から丘へと
  気分を晴らすことなく，滴り落ちるのみだった。

表現方法は異なるものの，自分の主張に近い13人目の亡霊の言葉を聞いた後も，著者は爽快な気分を味わうには至らなかった。詩の書き出しで表明した残虐な殺戮への「怒り」と「義憤」から，途中一転して，過去への執着の否定と未来重視の冷静な現実主義への転向，そして最後には，「無言の悲しみのなか」，降り止まぬ雨にも似た，陰鬱な閉塞感への沈潜。こ

の詩全体を通して，キンセラの信条的立場はいったい何を是としているのか，不明確と言わずにはいられない。扇情的なアジット・プロパガンダ詩[21]に堕することのないように自ら抑制している姿勢は看取されるにしても，「血の日曜日事件」の余韻冷めやらぬ1か月後の出来事だと詩のなかで言及し，実際には，英軍の主張を全面肯定するウィジャリー報告書を受けての反応であると副題に明記しながら，この旗幟不鮮明な煮え切らない態度は，いかがなものだろうか。この詩がこれまで黙殺に近い扱いを受けてきた所以は，この優柔不断さにあるに違いない。

　ウィジャリー報告書20周年として1992年4月19日にペパーキャニスターから再発行された「肉屋の1ダース」には，キンセラによる新たな「序文」と「解説」が付けられている。そのなかでキンセラは「肉屋の1ダース」について後悔する点を述べている。

　　　私は実際，いくつか後悔している。北の不正が，こんにちの紛争に至るまで，長期にわたって積み重ねられてきたにも関わらず，南北のカトリック教会が不埒にもそれを黙認してきたことへの言及を，私は詩に挟まなかった。この詩は，長い苛酷な支配のために北の多数派が支払った代償，つまり最良の知識人たちの国外流出による，彼らの凡庸さを，きちんと明らかにしていない。そして当時，私は思いつかなかったものの，いま明らかだと思えるのは，南のプロテスタント少数派の人々が，南の「ローマ支配」の可能性の恐怖をヒステリックに叫ぶ，北からの宗派的な警告に答えて——共和国における一つの階級として自分たちの安逸や特権を単に指摘することによってこの中心的な傷を癒すことが，いかに容易かつ有用だったことか，あるいはいまでも容易かつ有用であるかもしれない，ということである。

　血の日曜日事件の暴虐とそれを糊塗するウィジャリー報告書の欺瞞を受けて書かれた「肉屋の1ダース」が，政治的に偏向するのはやむを得ないだろうし，政治的にまったく中立な詩を想定することは困難である。そのうえで言えば，自由国成立後の半世紀にわたる，北アイルランドでのプロ

テスタントによる差別的支配に対する「カトリック教会の不埒な沈黙」や頭脳流出による「プロテスタント多数派の凡庸化」を書き漏らしたとするキンセラの自戒は，両宗派に均等に目配りした諷刺と言える。後半に述べられている内容は，共和国在住の少数派プロテスタントの権利や幸福がきちんと保障されているという趣旨であるが，北アイルランドの少数派カトリックに対しても同様の平等な措置を講じるよう，同胞に促すことを求めているのか，あるいは仮に「統一アイルランド」が成立した場合でも，現共和国下と同様に，今後少数派に転じるプロテスタントの待遇に大きな変化はないと示唆しているのか，明瞭ではない。後者であれば，やはり南の共和国側の発想と言わずにはいられないだろう。

「肉屋の 1 ダース」でキンセラはウィジャリー報告書の欺瞞を彼なりの迂遠な戦略によって訴えたけれども，ひとたび確定した裁判結果は国際的な影響力を持つ。1 年後の米国フィラデルフィアでの偏向した報道について，キンセラは無力感の漂う筆致で次のように描写している。

　　血の日曜日事件の 1 周年のとき，地元の一団がケネディ大通りの英国海外航空（BOAC[22]）ビルにピケを張った。隣接するオフィス街の 15 階にある英国領事館にピケを張る問題を解決できなかった後のことだった。その出来事はラジオで短く触れられ，前年の血の日曜日にロンドンデリーにおいて IRA と英軍の間で銃撃戦が勃発し，13 人の IRA 狙撃兵が殺されたという解説がついていた。この種の解説資料は，依頼があれば，合衆国にある英国情報局によって提供される。同じ日に，ベトナムからのアメリカ軍の帰還[23]を報じていた，苦悩するニュース編集者は，そこ以外のどこに依頼するだろうか？　アイルランドの通信社はひとつもないのだから。[24]

5．おわりに

周知のように，1997 年 5 月に政権を奪還した労働党首のトニー・ブレア（Tony Blair, 1953–）首相は，血の日曜日事件の再調査を約束し，1998 年にサヴィル調査委員会が正式に発足した。しかし，報告書作成は遅々とし

て進まず，ブレアの退陣と後任ブラウン首相の総選挙敗北による再度の政権交代を経て，ようやく2010年6月15日に5千頁に及ぶサヴィル報告書が発表された。報告書は，武器を持たない無辜の市民たちに向かって警告なしの銃撃を英軍が開始したとし，ウィジャリー報告書における兵士たちの偽証や隠蔽工作を明らかにして，英軍側の非を全面的に認定するものだった。同日すぐに，就任後1か月の保守党政権のデイヴィッド・キャメロン（David Cameron, 1966–）首相は英国下院において，事件に関して英国政府を代表して初めて公式謝罪した。事件から38年以上が経過し，すでに高齢となった発砲兵たちを訴追することは一時不再理の裁判原則からも困難であり，また3千人を越える犠牲者を生んだ北アイルランド紛争のなかで，この事件だけを特に重要視することは均衡を欠くとの指摘も出された。

　後知恵を承知で言えば，キンセラの「肉屋の1ダース」は，当時のウィジャリー報告書の欺瞞を強く弾劾する性格のものではなかったし，「過去を忘れて未来を見よう」という詩人の呼びかけが実を結ぶには，1998年の和平合意まで四半世紀を要した。82歳を迎えていたキンセラはサヴィル報告書に対して公の反応を示さなかったし，2011年の詩集『愛　喜び　安らぎ』（*Love Peace Joy*）等，直近5年間のペパーキャニスター社からの詩を収録した『後期詩集』（*Late Poems*）にも直接の言及は見られない。血の日曜日事件とそれを題材とした「肉屋の1ダース」に対して，この詩人の生涯の総括となる証言を聞いてみたい。

テキスト

Thomas Kinsella, *Butcher's Dozen* (Dublin: Peppercanister, 1972).

―――――, *Butcher's Dozen* [reissued] (Dublin: Peppercanister, 1992).

―――――, *Collected Poems 1956-2001* (Manchester: Carcanet Press, 2001).

参考文献

夏目漱石『漱石全集　第四巻　三四郎　それから　門』（東京：岩波書店，1966/85年）

水崎野里子（編・訳），小海永二・伊藤桂一（監修）『現代アイルランド詩集――世界現代詩文庫 26』（東京：土曜美術社出版販売，1998 年）

プルターク（河野与一 訳）『プルターク英雄伝（九）』（東京：岩波書店，1956/75 年）

メリマン，ブライアン（著），京都アイルランド語研究会（著・訳）『ブライアン・メリマン『真夜中の法廷』――十八世紀アイルランド語詩の至宝』（東京：彩流社，2014 年）

ランボー，ミシェル（寺沢精哲 訳）『シーザー』（東京：白水社，1964 年）

Bloody Sunday, 1972: Lord Widgery's Report of Events in Londonderry, Northern Ireland, on 30 January 1972. London: the Stationery Office, 2001.

Campbell, Julieann & Herron, Tom（eds.）. *Harrowing of the Heart: The Poetry of Bloody Sunday.* Derry: Guildhall Press, 2008.

Collins, Tom. *The Centre Cannot Hold: Britain's Failure in Northern Ireland.* Dublin: Bookworks Ireland, 1983.

Fitzsimons, Andrew. *The Sea of Disappointment: Thomas Kinsella's Pursuit of the Real.* Dublin: University College Dublin Press, 2008.

Harmon, Maurice. *The Poetry of Thomas Kinsella: 'With darkness for a nest'.* Dublin: Wolfhound Press, 1974.

Jackson, Thomas H. *The Whole Matter: The Poetic Evolution of Thomas Kinsella.* Dublin: The Lilliput Press, 1995.

John Brian. *Reading the Ground: The Poetry of Thomas Kinsella.* Washington, D. C.: The Catholic University of America Press, 1996.

Kinsella, Thomas. *The Dual Tradition: An Essay on Poetry and Politics in Ireland.* Manchester: Carcanet Press, 1995.

―――. *Fat Master.* Dublin: Peppercanister Books, 2011.

―――. *Love Joy Peace.* Dublin: Peppercanister Books, 2011.

―――. *Late Poems.* Manchester: Carcanet Press, 2013.

Ormsby, Frank（ed.）. *A Rage for Order: Poetry of the Northern Ireland Troubles.* Belfast: The Blackstaff Press, 1992.

Tubridy, Derval. *Thomas Kinsella: The Peppercanister Poems.* Dublin: University College

Dublin Press, 2001.

McKittrick, David & Kelters, Seamus & Feeney, Brian & Thornton, Chris & McVea David (eds.). *Lost Lives: The Stories of the Men, Women and Children Who Died as a Result of the Northern Ireland Troubles*. Edinburgh and London: Mainstream Publishing Company, 2007.

DVD

『ブラディ・サンデー　スペシャル・エディション』（パラマウント・ホーム・エンタテインメント・ジャパン，2004 年）

Bloody Sunday: A Derry Diary（Derry: Besom Productions Limited, 2006.）[RTE final version]

Sunday（Channel 4, 2007）.

CD

Bloody Sunday: Time for Truth 1972-2000. Derry: Bin Lid Music, n.d.

［4 トラックの 3 番目に Toxic Theatre による 'The [*sic*] Bucher's Dozen'（11'10"）を収録。語り手を若い女性が，亡霊たちを複数の男性が朗読している。］

註

1) 副題にある「八日目」'octave' という宗教用語は，祝日の当日も数えての 8 日目，つまり 1 週間後の同じ曜日を意味するので，厳密には 1 日遅れの刊行である。1 週間を「8 日間」（'huit jours'）と表現するフランス語表現に，この数え方の名残を見いだせる。1992 年版の解説においてキンセラは，この詩は「ウィジャリー報告書刊行後，1 週間以内に印刷・出版された」と述べており，実際には奥付日付よりも早く刷り上っていたのかもしれない。

2) 「胡椒缶」を意味する普通名詞であるが，カーキャネット版テキストの注釈によれば，ダブリン市内の聖スティーヴン教会から大運河（Grand Canal）にかけての一帯を地元では「ザ・ペパーキャニスター」と呼んでいたという。（*Collected Poems 1956-2001*, p.265.）

3) 自身このデモ行進に参加したブライアン・フリール（Brian Friel, 1929-2015）

の『名誉市民号』(*The Freedom of the City*, 1973),フランク・マクギネス (Frank McGuinness, 1953-) の『カルタゴの人々』(*Carthaginians*, 1983) が代表的な戯曲である。

4) シェイマス・ディーン (Seamus Deane, 1940-) は4連の短い詩「デリーの1972年1月30日の後」('After Derry, 30 January 1972') を詩集『緩やかな戦争』(*Gradual Wars*, 1972) に収載している。シェイマス・ヒーニー (Seamus Heaney, 1939-2013) も詩集『畑仕事』(*Field Work*, 1979) に収めた「負傷者たち」('Casualty') を発表している。また,犠牲者の葬儀の日,ベルファーストから駆けつけたヒーニーは,「ダブリナーズ」(The Dubliner, 1962-2012) の創設メンバーだった歌手ルーク・ケリー (Luke Kelly, 1940-84) に頼まれ,4連の追悼詩「デリーへの道」('The Road to Derry') を書き,伝統音楽「モラバーンの青年たち」('The Boys of Mullaghbawn') の旋律にのせて歌えるようにした。南アーマーの小村モラバーンから1798年蜂起に参加した若者たちが海外へ強制移送されることを嘆く歌であるが,ケリーはこの曲はテンポが遅すぎるとして採用に至らぬまま沙汰止みになり,詩は事件25周年の1997年に『デリー・ジャーナル』に3連12行分だけ掲載されたのち,同じものが2008年の編詩集 *Harrowing of the Heart: The Poetry of Bloody Sunday* に 'Casualty' とともに収められた。

5) ポール・マカートニー (Paul McCartney, 1942-) と妻リンダ (Linda, 1941-98) が作詞し,ウィングズ (Wings, 1971-81) のデビュー・シングルとして1971年2月1日に収録され,2月25日に発売された「アイルランドをアイルランド人に返せ」('Give Ireland Back to the Irish';日本版表題「アイルランドに平和を」),ジョン・レノン (John Lennon, 1940-80) とオノ・ヨーコ (小野洋子, 1933-) の1972年6月12日発売の2枚組アルバム『サムタイム・イン・ニューヨーク・シティ』に収録 (Disk1 の 6～7曲目) された「日曜日 血の日曜日」('Sunday Bloody Sunday' 日本版表題「血まみれの日曜日」) と「アイルランド人の運命」('Luck of the Irish' 日本版表題「ラック・オブ・ジ・アイリッシュ」),U2 が1983年2月28日に発表したアルバム「WAR (闘)」の冒頭に収録された同名の「日曜日 血の日曜日」('Sunday Bloody Sunday';日本版表題「ブラディ・サンデー」),クリスティ・ムーア (Christy Moore, 1945-) が1996年

に発表したアルバム『落書き言葉』(Graffiti Tongue) の 3 曲目に収録された「閉ざされた心」('Our Mind Locked Shut')――事件の経緯を歌った後,「それからというもの俺たちの心は閉ざされた」とリフレインし,事件後に死亡した者を含む 14 人の犠牲者の名前を列挙して,「忘れないでいよう」と結ぶ――がある。U2 の曲はアメリカのヒップホップ歌手ソール・ウィリアムズ (Saul Williams, 1972-) も 2007 年のアルバム『黒ん坊ターダストの不可避の興隆と解放！』(The Inevitable Rise and Liberation of Niggy Tardust!) のなかでカバーしている。

6) 英国のポール・グリーングラス (Paul Greengrass, 1955-) 監督・脚本でグラナダ・テレビ制作の『ブラディ・サンデー』(Bloody Sunday, 2002) は, 2002 年 1 月 16 日にサンダンス映画祭でプレミア上映後, 1 月 25 日（金）に ITV 第 1 で初放映され, 2 月 19 日に第 52 回ベルリン国際映画祭で金熊賞を宮崎駿の『千と千尋の神隠し』(2001) と同時受賞した。ITV で『ブラディ・サンデー』が放映された 3 日後の 1 月 28 日（月）には,テレビ映画『日曜日』(Sunday, 2002) がチャンネル 4 で放映された。この作品はチャールズ・マクドゥーガル (Charles McDougall) が監督し,『司祭』(Priest, 1994) の脚本でも知られるジミー・マクガヴァン (Jimmy Mcgovern, 1949-) が脚本を担当した。事件前夜から当日の出来事を手振れカメラでリアリズムに徹して描く『ブラディ・サンデー』に対し,『日曜日』は事件当日とウィジャリー裁判の 2 場面で出来事を描いている。どちらも血の日曜日事件 30 周年記念番組として企画が進行し,事件当日に合わせる形で放映された。デリー出身でフィールド・デイ劇団にも所属したマーゴ・ハーキン (Margo Harkin, 1951-) は,『血の日曜日の殺戮』(The Bloody Sunday Murders, 1991) を制作するとともに,それより以前に監督した『血の日曜日――あるデリー日記』(Bloody Sunday: a Derry Diary, 1988) を 2007 年に手直しした後, 2010 年 6 月 24 日に最終決定版を完成させ, RTE で放映された。

7) 「この詩は様々な理由,いくつか政治的理由で――たとえば,北（アイルランド）の公民権運動を十分に強調していないとか,「プロテスタントの死者」を嘆いていない,ゆえに私は「最低な輩」だ,とか,カトリック教会の頑迷や共和国の検閲法や避妊具自由販売取締法に言及していないとか,そもそも

北の問題を扱うなんておこがましい——共和国在住だから，私に発言権はない，と——批判されてきた。執筆動機を理由にしても，つまり売名や金目当てで詩を書いたのだと批判された。さらには，文体でも批判された。詩の大なり小なりの作法や公的問題における詩の役目等々について，この詩は数多くの思い込みの機嫌を損ねたとか，反応の直截さの点で無分別だとか，詩ではまったくない，等と。」（*Butcher's Dozen* [reissued], p.22.）このうち，「売名や金目当て」の批判は，1972年5月11日の『フォートナイト』誌でジェイムズ・シモンズ（James Simmons）がパロディ詩の形で行った。製作実費に近い1部10ペンスの廉価でパンフレットが頒布されたことを考えると，少なくとも金目当ての批判は当たらない。この他，政治論文のようで審美的情感に欠けるとするドナテラ・バディン（Donatella Badin）の批評もあれば，フリールの『名誉市民号』同様，激情に駆られて拙速に拵(こしら)えられたとするデニス・ドノヒュー（Dennis Donoghue, 1928-）の批判もある（*Thomas Kinsella: The Peppercanister Poems,* p.23）。

8) 『秩序の渇望——北アイルランド紛争の詩』（*A Rage for Order: Poetry of the Northern Ireland Troubles*）は，紛争に関係する250編以上の詩を編纂したアンソロジーで，北アイルランド出身の詩人たちはもちろんのこと，北アイルランド以外の詩人たちも網羅しているが，なぜだかキンセラは収載されていない。編集にあたったファーマナ州出身の詩人オームズビー（Frank Ormsby, 1947-）はクィーンズ大学を卒業し，ロングリー（Michael Longley, 1939-）やマホン（Derek Mahon, 1941-）の母校でもある中高一貫の名門校（創立1810年）王立ベルファースト高等学院（Royal Belfast Academical Institution）の英語主任を長年（1976～2010）務めてきており，北アイルランド詩人たちとの幅広い人脈を持っていた。南の共和国詩人との親交は少なかったかもしれないが，キンセラの「肉屋の1ダース」を彼が知らないはずがなく，オームズビーが意図的に除外したか，キンセラが収載を拒否したかのいずれかであろう。なお，このアンソロジーに収められたいくつかの詩をマルドーン（Paul Muldoon, 1955-）やヒーニー，ラングリーらが朗読するドキュメンタリー『弾道の詩行』（*Lines of Fire*, BBC, 2000, 41分）がブレンダン・J・バーン（Brendan J. Byrne）監督で制作され，渋谷のユーロスペースで開催された「N．アイルラ

ンド・フィルム・フェスティバル 2008」で上映された（2008 年 2 月 10，12，14 日の 3 回）。筆者はこの折りに 1 度この作品を見ただけだが，詩の言葉の重厚さを感じさせる秀作だった。VHS ビデオ版（BBC 北アイルランド発売）の入手がずっと困難なのが残念である。

9) 削除された 22 行は次の通り。'Law that lets them, caught red-handed,/ Halt the game and leave it stranded,/ Summon up a sworn inquiry/ And dump their conscience in the diary./ During which hiatus, should/ Their legal basis vanish, good,/ The thing is rapidly arranged:/ Where's the law that can't be changed?'（「現行犯逮捕されながら／ゲームを中断して　にっちもさっちも行かないままほったらかし／宣誓した調査を徴集して／日誌のなかに良心を投げ捨てさせる法律。／その休憩時間に万一／自分たちの法的根拠が消えようとも，結構。／大事な物はすぐに手配される。／なにしろ，変えられない法律なんてどこにある？」）の 8 行，'Yet England, even as you lie,/ You give the facts that you deny./ Spread the lie with all your power/ − All that's left; it's turning sour.'（「だがイングランドよ，嘘をつきながらも／否定している事実を漏らしている／思いっきり嘘を広めればいい／−ありったけの力で　いずれ腐るのだから」）の 4 行，'Persuasion, protest, arguments,/ The milder forms of violence,/ Earn nothing but polite neglect./ England, the way to your respect/ Is via murderous force, it seems;/ You push us to your own extremes.'（「説得，抗議，論議／穏和な形の暴力は／慇懃な無視しか得られない／イングランドよ，お前から敬意を得る手段は／凶悪な暴力によるしかないようだ／お前の極端なやり方に俺たちを走らせているのはお前だ」）の 6 行，'Not principled, but polite./ − in strength, perfidious; weak, a trick/ To make good men a trifle sick.'（「節操はないが慇懃で／力はあるが不誠実／弱いくせしてずる賢い／善人をいささかむかつかせる」）の 3 行。

10) 「最寄りの手助けを探して，私はアシュリングの形式——廃れきっていない政治的なアイルランド語の詩形——を，パロディを装った後期の形式，すなわちメリマンの『真夜中の法廷』の猥雑な活力や悪夢の法廷のなかに，見出した。そこで，自分の規範を変え，狂詩の手段を選び，突進したのだった…」（*Butcher's Dozen* [reissued], p.21.）

11) *Collected Poems 1956-2001*, p.63.

12) *Ibid.*, p.49.
13) 1266年にヘンリー3世が公布した「パンとビールの基準法」によって，パンの重量に不正があった場合，パン屋は重罰に処せられた。重量の誤差や水分蒸発による軽減に保険をかけるために，パン屋は12個（1ダース）に1個追加して13個を提供する慣習が生じた。放置すると水分が抜けて軽くなってしまうパンの厳密な計量は困難であり，わが国でもパン1斤(きん)の重量は1891年に600g（舶来品は1英斤450g）と定められたが，柔らかいパンが嗜好される現在は340g以上と最低重量だけが規定されている。「肉屋の1ダース」は，譬えて言えば，カルビ肉12枚にもう1枚おまけをするイメージだが，肉だけに生々しい。「13」の意味を表すためなら「パン屋の1ダース」でも問題はなく，殺戮のイメージを強調するためにキンセラはあえて「肉屋の1ダース」を選んだのだろう。
14) *Butcher's Dozen* [reissued], p.21.
15) 原文の 'hid' を自動詞 'hide' の過去形と解釈してドナヒーが「隠れた」とも読めるが，ここでは過去分詞形（通常は 'hidden'）と筆者は解釈した。
16) *Lost Lives*, pp.148-149.
17) *Bloody Sunday, 1972,* pp.84-85
18) 背後から銃撃されたのは，31歳のパトリック・ドァティ（Patrick Joseph Doherty），27歳のウィリアム・マキニー（William Anthony McKinney），17歳のケヴィン・マケルヒニー（Kevin McElhinney）の3人。ここでは30歳前後の二人を想定して，「俺」と訳出した。
19) 紀元前47年8月2日，ゼーラの戦いで勝利したカエサルが友人に宛てた有名な短信。「カエサルは直ちに三軍團を率ゐてファルナケースを攻め，ゼーラの町の附近の激戦で潰走させてポントスから撃退し，その軍隊を根こそぎ滅ぼした。この戦の激しさと速かさを報告した時にローマにゐた友人の一人マティウスに遣つた手紙に『來た，見た，勝つた。』と書いた。この言葉のラテン語は同じやうな音で終つてゐて信じられない程短い言葉になつてゐる。」（『プルターク英雄伝（九）』，p.160.）ここでは，カエサルの言葉を引用して，英国による迅速なアイルランド制圧を表現している。カエサルに相当する指揮官は，ヘンリー2世，クロムウェル，エリザベス1世あたりであろ

20) 漱石の『三四郎』(1908) では，與次郎がこの句を「可哀想だた惚れたつて事よ」と俗謡調で訳すと，廣田先生が「不可ん，不可ん，下劣の極だ」と「忽ち苦い顔を」する (『漱石全集　第四巻』，pp.107-8.)。英国最初の女性職業作家アフラ・ベン (Aphra Behn, 1640-89) の小説『オルーノーコ』(*Oroonoko, or the royal slave*, 1688) をダブリン出身の劇作家サザン (Thomas Southerne, 1660-1746) が戯曲化した同名の脚本 (初演 1695) のなかにこの有名な句があると，廣田先生は紹介している。サザンの脚本 *Oroonoko, a tragedy* (1696) にあたると，第 2 幕第 2 場のオルーノーコの台詞 (p.23) にこの表現が確認できる。また，バーナード・ショー (Bernard Shaw, 1856-1950) の『武器と人』(*Arms and the Man*, 1894 初演) の第 3 幕では，スイス人傭兵ブルンチュリ (Bluntschli) が，彼を匿ってやったライーナ (Raina) から恩知らずと言われて，「もし，憐れみが愛に通じるなら，恩義はまったく別物に通じる」(If pity is akin to love, gratitude is akin to the other thing.) とやり返している。[Bernard Shaw, *Plays Pleasant* (London: Penguin Books, 1987), p.66.]

21) クィーンズ大学近代史学科のロバーツ教授は，王立アイルランド学士院会員のグリーン教授からこのパンフレットを渡されたとき，「愛国者であるから，自国への敵愾心を誇示してきた国から発出されたプロパガンダは読まない」として，受け取りを拒んだという (*Thomas Kinsella: The Peppercanister Poems*, p.22.)。

22) British Overseas Airways Corporation は第 2 次世界大戦開戦直後の 1939 年 11 月に設立され，1974 年 3 月末日に British European Airways と合併して British Airways が発足した。

23) 1973 年 1 月 27 日にパリ協定が締結され，1 月 29 日にニクソン大統領がベトナム戦争の終結を宣言し，翌日から米兵 24,000 人の撤退が開始された。ベトコンのゲリラ兵にさんざん悩まされた米軍やアメリカ国民にとって，血の日曜日事件も反体制武力集団によるテロ事件とみなす方が，精神衛生上も都合が良かったのかもしれない。

24) *The Centre Cannot Hold: Britain's Failure in Northern Ireland*, p.90.

《特別寄稿》

勇者たちの熱狂
バイロンとユナイテッド・アイリッシュメン
THE DELIRIAM OF THE BRAVE
BYRON AND THE UNITED IRISHMEN

マルコム・ケルソル（Malcolm Kelsall）
和訳：上杉 恵子

　1796年12月15日の午後1時，スペインの無敵艦隊アルマダ以来，イギリスを脅かす最大の侵略艦隊が，フランスの海港ブレスト（Brest）で錨を上げた。およそ1万5千人の戦闘員と砲兵を乗せた20隻の戦列艦が，12隻のフリゲート艦と輸送船を従えて，イギリス人に見付けられることなく出航したのである。彼らの目的は，大英帝国の防御手薄な地，アイルランドを攻撃することであった。南西部には，彼らに対抗できる軍隊は存在しなかった。彼らは先ず南部のコーク（Cork）を攻撃し，次いでカトリック反乱軍と合流して勢力を増し，北部を揺さぶり，ダブリン（Dublin）を襲うつもりであった。程なく，ベルファスト（Belfast）（とその強大な港）は，長老派あるいはジャコバン派に属する急進的政治家集団，ユナイテッド・アイリッシュメン（United Irishmen）の下に屈することになるであろう。このように，フランス軍のアイルランド遠征軍司令官のオシュ将軍（Loui Lazare Hoche, 1768–97）は，エジプトにおける若き司令官ボナパルト（Napoleon Bonaparte, 1769–1821）の栄光を凌駕できると期待していた。彼のアイルランド人の仲間，ウルフ・トーン（Theobald Wolfe Tone, 1763–98）は，アイルランドにおける革命の成功を期待して，イギリス艦隊の中に居ながら，事実上はアイルランド人の面前で，反乱へと導くつもりであった。アイルランド人の乗組員は，邪悪な帝国の軍艦を共和国アイルランドの港へと帆走させるであろう。かつてエジプトで暴虐非道なエジ

プト騎兵らがボナパルトの前に倒れたように、英国の支配権は失墜するであろう。

もしこの侵入が成功していたとしたら、イギリスの対フランス戦の結果は、異なった軌道をたどったことであろう。しかしながら、悪天候に阻まれてただ一人の兵士も上陸することは出来なかった。フランス軍は1798年に再びやって来たが、この時は、イギリス軍は準備を整えていた。その結果、血なまぐさい物語が続き、三千人が死んだ。その三分の一は、ロバート・エメット（Robert Emmet, 1778–1803）に率いられた地元の反乱民であったが、1803年にはあっけなく壊滅した。やがて、英国首相ウィリアム・ピット（William Pitt, 1759–1806, 通称、小ピット）の主導で1800年に制定された「連合法」（the Act of Union）は、アイルランド議会を帝国の中枢であるイギリス議会と合併させるに至った。大ブリテンの安泰のためにはアイルランドとの連合が必要だったのである。

このような大事件を、1814年3月10日付けのバイロン（George Gordon, 6th Baron, 1788–1824）の日誌に記されたささやかな手記に結び付けてみたい。

> *March 10th Thur's Day.*
>
> On Tuesday dined with Rogers,—Mackintosh, Sheridan, Sharpe,—much talk, and Good,—all, except my own little prattlement, Much of old times—Horne Tooke—the Trials—evidence of Sheridan, anecdotes of those times when *I*, alas! was an infant. If I had been a man, I would have made an English Lord Edward Fitzgerald.

> 3月10日　木曜日
>
> 火曜日に、ロジャーズ（Samuel Rogers, 1763–1855）——マキントッシュ（Sir James Mackintosh, 1765–1832）、シェリダン（Richard Brinsley Sheridan, 1751–1816）、Sharpと食事をとり——大いに語った——私の些細な無駄話の他は、すべて良かった。昔のことを大いに語った——ホーン・トゥク（John Horne Tooke, 1736–1812）のこと——裁判のこと——シェリダンの証言のこと、そして私（'I'）が、ああ！子供だっ

たあの頃の逸話など。もし，私が大人だったら，イギリスのエドワード・フィッツジェラルド卿（Lord Edward Fitzgerald, 1763–98）になったであろうに。

この単なる「談話」（'talk'），この「些細な無駄話」（'little prattlemennt'）が，1796年と1798年の異常な大事件に，どのように係わっているのであろうか？[1] アイルランドの歴史との繋がりは，バイロンの人となり，また伝説と詩人について，あるいは後期ロマン派文学のおおよその状態について，何をわれわれに告げるであろうか？

アイルランドとの明白な関連は，エドワード・フィッツジェラルド卿にある。バイロンが模範とする役者は，その夜，ロジャーズの家に集まった年長政治家たちにとっては，最も悪名高いアイルランド・ジャコバン派の反逆者で，1798年にダブリンで失敗に終わった反乱の指導者であったが，反逆者として裁判にかけられる前に，受けた傷がもとで獄死してしまい，体制派をあまり煩わせなかった男である。「同志」フィッツジェラルド（'Citoyen' Fitzgerald）（彼はそう自称したが——バイロンは彼のその呼び名を好まなかった）は，Duke of Leinster と Duke of Richmond の娘 Emilia Mary の息子である。彼の妻は，Madame de Genlis の被後見人で，「フィリップ平等」オルレアン公（Philippe Egalite, Duke of Orleans, 1747–93）の娘と噂される Pamela であったからである。このように彼は，アイルランドではいわゆる日の出の勢で時めく権勢の，またイギリスではホィッグ党の，他ならぬ核心部にいたのであり，フランスでは，革命の際に立憲的立場に好意的であったフランス貴族階級とも連なっていたのである。これは，かつてマキントッシュが『ガリアの暫定所有権』（Vindiciae Gallicae, 1791）の中で，「自由の味方」（'the friends of freedom'）によって成し遂げられた史上最大の成果と呼んだ時代であった。また，目をアイルランドに転じて，アイルランドの愛国者 Curran の言葉を用いると，民衆は「圧政者が縛めた頭上の鎖を断ち切るであろう」（'will break their chains on the heads of their oppressors.'）と宣言している。[2] フィッツジェラルドが，フランスの助けを借りた反乱でアイルランドにおける「圧制者」の「鎖を断ち切る」

という彼の計画を，フォックス（Charles James Fox, 1749–1806）に告げていたかどうかは定かではない。しかしながら，シェリダンのフィッツジェラルドへの関わりは密接で同国出自の親密さがあった。従って，フィッツジェラルドの戦闘的な傾向は，交際の中でホィッグ党員を汚染した咎がある。ホーン・トゥク（John Horne Tooke, 1736–1812）がフランス軍の計画の「あらまし」と「トゥク氏の果樹園の木陰で...冷えたブルゴーニュ・ワインを飲む」（'take a cool bottle of burgundy…under the shade of Mr. Tooke's tree.'）3) という共和主義者の願いを聞いていたのは疑いない。ホィッグ党員らは，シェリダンの証言や，革命の手先 Arthur O'Connor の反逆罪の裁判（その一つについてバイロンが言ったのだが）継続中の他の事柄など聞かされて，さらに汚染されていった。それは，近くは 1817 年の Sir Francis Burdett に至るまで続いた深い交わりであった。

　バイロンが彼の日誌に名を引く 4 名は，1790 年代のアイルランドの反乱かフランスの侵入に，直接あるいは間接に係わっている。しかしながらこのことは，バイロンのアイルランドとの関係の断面図に過ぎない。歴史的にはシェリダンの背後には，エドマンド・バーク（Edmund Burke, 1729–97）の巨大な姿がある。Conor Cruise O'Brien が論じているように，4) アイルランド人という彼の出自が，基本的にはアメリカ移住民の弁護と，英領インドの総督ウォレン・ヘイスティングズ（Warren Hastings, 1732–97）への弾劾を培ったのである。彼は（Sir Hercules Langrishe 宛に）アイルランドについて，「国は植民地駐屯部隊に占領されている，住民を征服し続けるために...共和国は奴隷のものではないのだ。」（'a colonial garrison, to keep the natives in subjection...*Servorum non est respublica*.'）5) と書き送っている。アメリカとインドへの繋がりは明白であり，バイロンが議会でアイルランドの大多数のカトリック教徒の権利を擁護するのに用いたのも，誰もがするように，バークの見解であった。

　シェリダンとバークに次いで，アイルランドの人々に「市民兵」（'Citizen soldiers'）6) として戦うよう呼びかけた演説の廉で Hamilton Rowan と William Drennan が告発された時，法廷で弁護した「伏魔殿の小悪魔」（'the imp of pandemonium'）John Philpot Curran を，また 1798 年のフランス軍侵

入の際，フランス共和党軍将校の制服姿で捕えられたウルフ・トーンも加えられよう。さらに，後の世代からは，アイルランド人としての愛国心からバイロンに賛同してイタリア独立への見解を表明した，バイロンの賞賛する「豪胆で優秀な」('fearless and excellent') Lady Morgan が，7) さらに，バイロンの被保護者で，(文学的な過激急進主義ゆえにコールリッジ (David Hartley Coleridge, 1796–1849) には嫌われていた8)) ユナイテッド・アイリシュメンの貴族的党派（フィッツジェラルディズム）に深い同感を表す『ミレシウスの首領』(The Milesian Chief, 1811) の著者，Charles Robert Maturin の名が挙げられよう。

　しかしながら，すべての中で最も重要な人物は，彼の親友で，初期の詩のモデルであり，信頼できる伝記作者のトマス・ムア (Thomas Brown Moore, 1779–1852) である。ムアは連合アイルランドの犠牲者ロバート・エメット (Robert Emmet, 1778–1803) とともにトリニティ・カレッジで，同じ政治色の強い歴史協会に属していて，おそらく（非合法の）連合アイルランドの宣誓について説明をしたものと思われる。「おそらく」('Probably') と言うのは，連合アイルランドの同調者を根絶しようとするトリニティの総長 Fitzgibbon の審査中に，ムアはキリストたるエメットに対する弟子パウロの役を演じたからであり，特に，カトリック教徒であることが露見して主人ではないと言ったからである。有名な抒情詩「おお，彼の名を囁くな」('O breathe not his name') には反語的な自己言及の意味があるが，少なくともムアの歌には，摂政時代の上流階級の自由な客間にみられたアイルランドの理想が息づいている。異国風の東洋趣味で注意深く隠されているとはいえ，『ララ・ルーク』(Lalla Rookh, 1817) には，イランあるいはエリンの圧制者への「復讐」('vengeance') が，危険なまでに高揚して溢れ出ている。バイロン自身が，アイルランドを縛める「圧制の鎖」('the chains of tyranny') を断ち切ると Lady Blessington に話し，9) シェリダンの死に際して，彼自身の『アイルランドの化身』(Irish Avatar, 1821) とムアの「哀悼詩」('Monody') を引用して，アイルランドの自由のために戦う用意が出来ていると断言したのは，専ら，このようなアイルランドの愛国者について話している最中であった：

> This hand, though but feeble, would arm in thy fight,
> And this heart, though outworn, had a throb still for *thee*!
>
> (107-8)

> この手は，力萎えているが，おんみの戦いに武器を取ろうとした，
> そしてこの胸は，力衰えているが，なお'おんみ'のために鼓動した！

文脈からは逸れるが，このような心情は，ギリシア独立戦争に彼が寄せた現実の歴史的献身に結び付けることができよう。

　従って，ムアがバイロンを名誉上のアイルランド人に仕立てたと言えよう。バイロンの伝記に加えて彼が書いた他の伝記は，『高名なアイルランドの族長，キャプテン・ロックの伝記』(*Memoirs of Captain Rock, the Celebrated Irish Chieftain*, 1824)，『...シェリダンの生涯の回想録』(*Memoirs of the Life of…Sheridan*, 1825)，および『エドワード・フィッツジェラルド卿の生涯と死』(*Life and Death of Lord Edward Fitzgerald*, 1831) である。その文脈は著しく政治的である。というのは，これらの作品は，カトリック教徒への権限賦与をめぐる論議（最高潮は1829年のカトリック救済法）と，(1832年の英国選挙法改正法にいたる) 議会改正の論議のさなかに書かれたからである。これらの法令は，バイロンが上院で演説したことの結果であり，運動が合法的な段階にいたってからの連合アイルランドの重要な発布であった。過激な革命家に通じる扉を開いたのは，1790年代におけるこのような改革の妨害であり，もしかするとムアのフィッツジェラルドの『伝記』(*Life*) をなお危険なものとしているのかもしれない。

　ムアの『バイロン卿の手紙と日記』*Letters and Journals of Lord Byron* (1830) を彼の他の伝記の中に位置づけるのに重要なのは，ムアが覆い隠した政治的選択の範囲である。一方の端には，アイルランド議会政治家のシェリダンがいる。彼はフィッツジェラルドと親密であったにもかかわらず，いつも合法的な組織の中で動いていた。もう一方の端には，第一に，バイロンのような貴族の革命家で，(アイルランドのように，またギリシ

アもそうであったが）軍隊という手段を用いて最後に独立を成就させようとするフィッツジェラルドが、次いで、フィッツジェラルドを遥かにしのぐ、伝説の Captain Rock の暗黒の力、大衆的な暴動の無秩序の表われ（われわれの時代の言葉を用いれば、それは「テロリズム」であるが）があった。彼の破壊的な闘志は、アイルランドにおけるイギリスの圧制の失政により引き起こされたのだ、とムアは主張している。では、合法的なシェリダン、貴族的な革命家フィッツジェラルド、無秩序な無政府主義のキャプテン・ロックの間の、どこにバイロンをおけばよいのであろうか？

「もし私が大人だったら、私はイギリスのエドワード・フィッツジェラルド卿になっていたであろうに」('If I had been a man, I would have made an English Lord Edward Fitzgerald')、バイロンはそう主張している。彼の議会での主張はユナイテッド・アイリッシュメンのものであり、彼らと同様に、彼もまた政治的妨害を受けて挫折した。バイロンの議会での雄弁に潜む激しさは、（後には口を噤むことになるある事柄について、若き日のムアが寄稿した）オコナーの新聞 The Press の中に——アイルランドの文脈の中に——その場所を見出すであろう。その演説の後で書かれたバイロンの（匿名の）詩の幾つか、例えば「ラダイツのために」'Song for the Luddites' (1816) は、ジャコバン党の過激な傾向が自明である：

As the Liberty lads o'er the sea
Bought their freedom, and cheaply, with blood. . .

(1–2)

海のかなたで「自由」の子らが、血を流し
彼らの自由をあがなったように、しかも安く...

18世紀以降のアイルランド政界で用いられてきた志願兵集団（Grattan に彼の議席を獲得させた「愛国党」など）の戦術、パーネル（Charles Stewart Parnell, 1846–91）を経て McGuiness や Adams にいたる、権力で脅して譲歩を迫るという戦術を、バイロンがとっていたと言っても差し支

あるまい。

　しかしながら，バイロンの生涯において，暴力の使用は海外に限られていた。(彼は貴族の身分ゆえ，自国では革命を受け易い立場にあったので譲っていたのである。) イタリアの秘密結社「炭焼党」(the Carbonari) は，宣誓で身を縛るユナイテッド・アイリッシュメンと密接な類似をみせている (両者ともにフリー・メイソンに出自をもつゆえに)。バイロンは，貴族のカルボナリ党員の役割を選び，「圧制的な」('tyrannical') 外国の「支配権」('Ascendancy') を駆逐しようとする民衆の蜂起を助けるために，大量の武器・弾薬を備蓄していた。しかし，空しく終わった――アイルランドにおけるフィッツジェラルドの反乱と同じく。ギリシアではそのやり直しをし，(バイロンは，Prince Mavrocordatos の党派と連合した)。二・三百人の決死隊を率いる指揮者としてのバイロンの立場は，いかなる軍勢と戦うにせよ，自国で火をつけ外国の介入をたのんだトーン，フィッツジェラルド，さらにエメットの決断に酷似している。このような決死的行動に熱狂して，これらすべての革命家たちは，何事も成し遂げることなく早死したのは，単なる偶然ではあるまい。バイロンを鼓舞したのは，こういった種類のロマンティックな神話であった。献身は彼に内在する本質である。

　(それはまたしばしば，バイロン晩年の「ギリシアへの愛」('Grecian love') の詩歌，ムアによるエメットと Sarah Curran の関係の理想化，トーンとフィッツジェラルドの感傷的な家庭愛の強調といったロマンティックな愛を連想させた。これらに，後のイェイツ (William Yeats Butler, 1865–1939) によるパーネルと 'Kitty' O'Shea の物語の使用や，Maud Gonne の神話化を加えてもよかろう。1916 年の復活祭における聖戦さえ，Cathleen ni Houlihan のために死にゆく者のイメージに，キリストのような殉教と性感を結びつけている。)

　当時，バイロンとユナイテッド・アイリッシュメンの間には，明らかな伝記的関係があった。しかしながら，「もし私が大人だったとしたら，イギリス人のフィッツジェラルド卿になったであろうに」との言明には，いかなる種類の潜在的要因があったのであろうか。賞賛の念があったのは確かであろう。しかしながらバイロンは，最初にシェリダンやマキントッシュ

から聞いて，フィッツジェラルドの失敗がもたらした悲惨な破局が，1798年に起きた民族と党派による血なまぐさい内戦を招き，彼の死と幾万人ものアイルランド人が殺されるにいたった次第を知っていたはずである。[10]この「勇者たちの狂乱」（'delirium of the brave'）について，後に次のように書いたのはイェイツであった：

Things fall apart, the centre cannot hold;
Mere anarchy is loosed upon the world,
The blood-dimmed tide is loosed…[11]

さまざまな物がばらばらに倒れ，中心はぐらつき；
全き無秩序が地上にはびこり，
血に染まった流れが彷徨っている...

イェイツは，アイルランドの大義に殉じた闘士たちの勇気と理想主義を称えていたが，それは（バイロンの時代にはよく知られていた言葉）「無秩序」へと導く狂気の型であった。イェイツは，バイロンのように，貴族階級の詩人であり，Butler の名とクールのレイディ・グレゴリー（Lady Augusta Gregory, 1859–1932）との交際を誇りに思っていた。彼は，（解放後は）カトリックが優勢になったので，「弱者が強者と対峙する」（'hurled the little streets upon the Great'）[12]，アイルランド・プロテスタントの聖餐式執行者であった。　従って，彼は，フィッツジェラルド，エメット，およびウルフ・トーンの好戦的性向がもたらした成果を，プロテスタントの伝統の中で認識するには格好の位置にいたのである。

「勇者たちの熱狂」（'delirium of the brave'）は，成人したバイロンにはどのように見えたであろうか？彼の拠り所，カラン，マキントッシュ，ムアとシェリダン，さらに友人シェリーの見解を考察しよう。彼らのうち，(1798年の二百年記念に際して，アイルランド共和国政府が彼らを呼んだように)，[13]ユナイテッド・アイリッシュメンの「鑑」（'ideals'）が反乱により負わせた賦課を支持する者は誰もいない。シェリダンは，生まれつ

きのホィッグ党であったが，オコナーの二枚舌に完全に騙されていた。カランは，エメットとの密通ゆえに，彼自身の娘とさえ縁を切っていた。ムアでさえ，自身と（旧知の）エメットとの間を，（未知の）フィッツジェラルドの伝記を書くことによって，一線を画していた。フィッツジェラルドがかつて戦った唯一の「相手は」（'against'）アメリカ植民地であって，彼の死は1798年の大虐殺とは完全に切り離されており，ムアはそれについては何も述べていない。彼の長く苦しみに満ちた死と妻への深い愛情が感傷的な主題を相応しくしている。フィッツジェラルドに関する書類は，都合よく，「内々に」（en famille）破棄されている。詩人のムアはその戦いに参加しているが，Scullabogueの納屋で焼け死んだ大勢のプロテスタントのことは一切述べていない。シェリーについて言えば，『イスラムの反乱』（The Revolt of Islam, 1818）がアイルランドの戦いへの見解だとすれば，反乱を正当化する結末によるものであろう。

　ユナイテッド・アイリッシュメンの「鑑」（'ideals'）は魅力的であったが，それゆえに，バイロンのエドワード卿への賛美，状況の実際的可能性は複雑となる。行動の成功は，主要なフランス軍水陸両部隊の作戦にかかっていたことを付け加えるべきであろう。イギリス軍は，成功を許すことは出来なかった。スペイン無敵艦隊や，スチュアート家とウィリアム信奉者との戦いの再現である。ユナイテッド・アイリッシュメンは，アイルランドでフランス軍が何をしようとしているのかさえ知らなかったのである。ある者はその目的はただ「解放」（'liberation'）だけだと信じ，また他の者は公の秩序維持のためには留まらねばならぬ（「イラク」の筋書と同じ）と信じていたのである。トーンはそれをイギリスを滅ぼす手段と見做していたが，また他には，フランス人はアイルランドを担保に取って砂糖の島と交換するのではないかと警戒する者もいた。[14]

　運動の成功は，また，都市部長老派教会の過激急進主義とカトリックの連合にかかっていたが，後者は信仰擁護主義の農民からなる纏まりの悪い集団であり，後に続く歴史がすぐにそれを証明することになる。（たとえばトーンは，同業のカトリック司祭連中を軽蔑していた）。暴徒たちを結びつけていたものは共通の敵，土地を所有し権力を持つ英国国教会の「支

配権」（'Ascendancy'）であった。アイルランドの統一は、ただ理論上でのみ貴族階級を内包していた。オコナーの『アイルランド国家』（*The State of Ireland*, 1798）で最もよく使われた語の一つは「反逆」（'treason'）であり、反逆するアイルランド人とは、親仏家の反徒のことではなく、革命の原理に反対する地主連のことであった。1803年、ムアがその名を明かそうとしなかった人物が出した声明によれば、結果は明白である。教会の土地はすべて没収され、「イギリスの徒党」（'partisans of England'）はすべて逮捕され、「イギリスの全財産」（'all English property'）は没収され、武装して「臨時政府」（'provisional government'）に逆らうアイルランド人はすべて「反逆者」（'rebels'）であり、彼らの土地は没収され、「公の金」（'sums of public money'）はすべて同様に充当されることになった。抵抗するいかなる試みも「避け得ぬ破壊」（'inevitable destruction'）に見舞われることになろう。秩序整然たる国家で民主的な選挙を行い（いかなる選挙権かは記録されていない）、アイルランドの統合された人民は、次いで、反逆者と彼らの土地、没収された財産の処分法を定めることになろう。つまり、ジャコビニズムの政治原則であり、バークの思想を反映しているのが興味深い。

バイロンが「ああ！あの時、私は子供だった」（'when I, alas! was an infant'）と言ったとき、彼のアイルランド人仲間が、当時の高遠な原則や、実現の難しさについて彼に言わなかったと考える理由は無いようである。しかしながら、こうしたことにもかかわらず、一つの単純で基本的な事柄が、1814年の夕べ、バイロンの想像力を支配していたように思われる。それは、英雄的人格が引きつける力である。イェイツによるエメット、フィッツジェラルド、ウルフ・トーンの描写は、彼らのイデオロギーの「熱狂」（'delirium'）を超えて──欠けた太陽の光輪にも似た、「勇者ら」（'the brave'）の栄光の輝きを見せている。これらアイルランド人を結びつけたものは、祖国（*patria*）の戦いに武器をとることの魅力であった。当時の時代精神（*Zeitgeist*）のあるもの、闘争的精神であった。ネルソンがその好例である。

トーンの日記に目を転じるなら、最も目立つ要素は、何はともあれ武装しようとする、情熱的で、移り気で、性急な決断である。カリブ海北東

海岸の海賊についてのトーン自身の記述では、もしピット（William Pitt, 1759–1806）が、トーンの初期の経歴の目標を容れていたなら、彼は南太平洋上の英国植民地の総督に任じられていたであろうと言うが、アイルランドの民族独立主義者の歴史ではあまり注目されないところである。彼はピットが彼のこの経歴を認めなかったので、「それ故にこの涙を流し」（hinc illae lacrymae）復讐を誓ったのであった。しかしながら、彼の兄はアイルランドを出て、インドでラージャのために戦い、トーンの息子はナポレオンの帝政に加わった。[15] フィッツジェラルドの北アメリカでの軍務についてはすでに述べたが、インドの支配者の名を用い、「解放された」（'liberated'）が献身的に仕える黒人の召使を連れて帰国したことほど、バイロン的なことはなかった。バイロンに「イギリス人のエドワード・フィッツジェラルド卿」のマントを纏いたいと誘ったのは、こうした精神状態[16]——戦の栄光——であった。ギリシア人はそれを「英雄崇拝」（'hero worship'）と呼ぶ。

　バイロンが「ああ！子供だった」（'alas! was an infant'）あの英雄的であった時代と現在との自明な違いは、軍の栄光に対するバイロンの懐疑心と、なおそれに魅了される心である。1790年代の闘争的な人には、即刻の暴力的な革命によって理想的な国家が創られ得るという熱狂的な期待があった。しかも、革命は進行するにつれて、文明開化の原則により作り上げられていくだろう。合衆国ではそのように進んで来たように思えた。バイロンにとって、過去に目を向ければ、最も良いことは、ただ（古代ローマ人のように）共和制への望みを捨てないことであった。その限界は今や明白で、旧制度を「英雄的」（'heroic'）に打倒して、新しい世界秩序を負わせている。ジェファーソン（Thomas Jefferson, 1743–1826）は、人類の「新しい人種」（'new race'）について書いているが、古いアダムを投げ出すわけにはいかない。われわれは、『ジュリアンとマッダロー』（Julian and Maddalo, 1819）の弁証法的対立の中にいるのであるから。

　バイロンの詩の中の挫折した理想主義における「力の暗黒面」（'the dark side of the force'）について詳細に述べる必要はあるまい。オリエントを舞台とする物語詩の中で、ムアがしたように、オスマン帝国の代わりに別の邪悪な帝国（イギリス）を入れ替えたとすると、無法者のバイロン的主人

公には，熱烈な抵抗が真の共和制を樹立し得るといった国を持てなくなるのは明白である。ムアのキャプテン・ロックは，コンラッド（Conrad）のように，耐え難い圧制によって無政府主義的な抵抗へと追い込まれた「英雄」（'hero'）であるが，その反逆行為は，建設的な成果をもたらさぬ，「自由」（'freedom'）の実存主義的表出になってしまう。特にアイルランド人もまた，東洋と西洋，ヴェネチアとトルコの間に分かたれた，『コリントの包囲』（*The Siege of Corinth*, 1816）の「アルプ」（Alp）のように，異文化の位置に置かれることとなる。この事は，アイルランド愛国者批評が「ハイフンで結んだ」（'hyphenated'）身分を示して，人種差別に特有な呼称「アングロ－アイリッシュ」（Anglo-Irish）と呼んだことに通じる。分割された自己は，最後には自己破壊を証明する――コリントのように，アイルランドもまたそうであった。

　例証は，容易に増やすことができる。「われらの時代の主人公」（'hero of our time'），ドン・ジュアン（Don Juan）は，人間の権利の代弁者 Anarchasis Cloots となるはずだったが，フランス革命でジャコバン派によりギロチンにかけられてしまった。『サルダナパロス』（*Sardanapalus*, 1821）では，愛の力を侵略主義のそれに代えようとして，全焼死に終わる。『カイン』（*Cain*, 1821）では，迷信と圧制への啓発された敵意が兄弟殺しに終わる。ヴェネチアの劇詩では，貴族の革命は挫折する。これらの劇詩はオトウェー（Thomas Ot'way, 1652–85）の『守られたヴェネチア』（*Venice Preserved*, 1682）に由来するが，オトウェーの悲劇はアイルランドの反逆者の神話に入っていった。ユナイテッド・アイリッシュマンのWilliam Jackson は，処刑に立ち向かうよりも自殺を選んだが，自身をオトウェーの反逆者ピエール（Pierre）になぞらえて，「われわれは，議会を欺いた」とのピエールの臨終の言葉を繰り返しつつ息絶えた。トーンも，同様に自殺した。フィッツジェラルドは，逮捕に抵抗して致命傷を負った。「イギリスのエドワード・フィッツジェラルド卿」の観点よりすれば，英雄は，最後まで戦いながら死ぬべきであったか，あるいは，フィリッピ（Philippi）における「ローマ人の最後」（'last of the Romans'）に倣って，自由の殉教者として息を引き取るべきであった。（ナポレオンは，ワーテルローでは，

失望をもたらした。)

　理想的人物としてのバイロンの「自由」への献身は，アイルランド，あるいはギリシアにおいてか，いずれかが否定されるべきではない。実際，アイルランドの歴史に関する知識から得られたギリシアへの，バイロンの用心深く，懐疑的でためらいがちな係り合いの度合いを認めるとして，「ギリシア」は，「アイルランド」と読めるのである。しかしながら，自由なアイルランドもギリシアも，今，ここに，現在の世界には存在しない。それは，いずれであれ，想像力と言う遺物を通してのみ到達し得る，理想化された過去に存在するもの，古の吟唱詩人の歌であり，消え失せた偉大なるものの好古家的な廃墟である。あるいはもし仮に，統合された人々が「再び一つの民族に」('a nation once again') なったその暁にのみ具現するものである。しかしながらそこに到る過程では，イェイツのいう「泥と血の複雑な混淆」('complexities of mire and blood') 17) が，階級の，宗教の，民族差別の軋轢が，ギリシア独立戦争の，1798年のアイルランド反乱の大虐殺が続くであろう。

　この故に，エドワード・フィッツジェラルド卿のような人物によるバイロンへの呼びかけが何であれ，最終段階が，類は友を呼んでやってくる。彼らの貴族的，古典的訓練が期待するものは，彼らが戦場や議会で「民衆」('the people') に奉仕し統治するのが，彼らの階級に生まれ，教育を受けた者の宿命であるというものであった。時代のもっとも偉大なアイルランド人，ウェリントン公爵（Arthur Wellesley Wellington, 1st Duke of, 1769–1852）の，また，必要な変更を加えれば（'*mutatis mutandis*'），ヨーロッパの平和の立役者，カスルレー（Robert Stewart Castlereagh, 2nd Marquis of Londonderry, 1769–1822）の経歴が，その例証となる。ここから，彼らが貴族としての宿命を成功裡に達成したがゆえに，彼らに対するバイロンの特別の憎悪が生まれた（彼はその結果を非としたのである）。しかしながら，エドワード卿とバイロン卿を，指導者たるべく訓練を受けた「他ならぬこの人々」('the very people') と分け隔てていたのは，この貴族的で古典的な理想であった。エドワード卿は，ユナイテッド・アイリッシュメンの長老教会派のブルジョア階級とも，土地に飢えたカトリック教徒の小作人階

級の目的とも，何ら通じるものを持っていなかった。同様にバイロンにも，ギリシア東方正教会とギリシア人の民族意識の間に通じるものは無かった。再びイェイツを翻案してみよう。彼らの時代のような時にあって，そのような人々は何をなすべきであったのか，彼らにとって「燃やすべき」('to burn?')「今一つのトロイはあったのか？」('Was there another Troy') [18] と問いかける。英雄の運命について述べた西洋文学の中で，最も偉大な表現は，『イリアッド』(The Iliad) の中のサルペードーン (Sarpedon) の言葉である。英雄は死なねばならない；彼が選ぶことが出来るすべては，名誉の死を遂げることである。それはイェイツが，アイルランド貴族 Major Robert Gregory の世代の最期への挽歌の中で，現代アイルランドの文脈で取り上げねばならなかった主題である：「今こそ，最期を遂げる時だ...」('I know that I shall meet my fate…')。[19] グレゴリーはアイルランド人であるが，エドワード・フィッツジェラルド卿のように，異邦の帝国のための戦いのさなかに，軍人の名誉を得たのである。挽歌を結ぶ行は，アイルランドのグレゴリー家とギリシアのバイロンの，両者のための墓碑銘となるであろう：

  I balanced all, brought all to mind,
  The years to come seemed waste of breath,
  A waste of breath the years behind
  In balance with this life, this death. [20]

  私はすべてを秤にかけた，すべてを心に集めて，
  来たるべき歳月は呼吸の浪費と思われた，
  過ぎ去った歳月は生命の浪費と思われた
  この生涯に釣り合うのは，この死のみ。

彼らの国は，「老いの身の国ではなかった」('no country for old men') [21] のである。

[本稿はバイロン学界の碩学，故マーシャン教授（Late Professor Leslie A. Marchand）を記念して，2005年，米国の the University of Delaware で行われた 'Marchand Lecture' における講演の原稿である。なお，筆者ケルソル教授（Malcolm Kelsall, Emeritus Professor of Cardiff University）は，本学会の発足当初より名誉会員として，講演や会誌への寄稿を通じ本学会の発展に著しい貢献をされたことを記して，謝意を表する。訳者]

註

1) フィッツジェラルドの生涯については，Thomas Moore, *The Life and Death of Lord Edward Fitzgerald*（2 vols., London: Longman, etc., 1831）および Stella Tillyard, *Citizen Lord: Edward Fitzgerald 1763 － 1798*（London: Chatto & Windus, 1997）を。1798年のアイルランドの反乱に関する資料編集の優れた概観は，R. F. Foster, 'Remembering 1798' in *The Irish Story: Telling Tales and MakinMg it up in Ireland*（London: Allen Lane, 2001），pp. 211-234 を。ユナイテッド・アイリッシュメンの精神状態への直接接近には，*The Writing of Theobald Wolfe Tone, 1763-1789,* ed, T. W. Moody, R. B. McDowell and C. J. Woods（3 Vols., Oxford: Clarendon Press, 1998-2007），および *The Drennan-McTier Letters,* ed. Jean Agnes（3 Vols., Dublin: Women's Historical Project, 1998-99）を見よ。

2) Malcolm Kelsall, *Byron's Politics*（Brighton: Harvester Press, 1987），pp. 22-3 を見よ。

3) Oliver Knox, *Rebels & Informers: Stirrings of Irish Independence*（London: John Murray, 1997），p. 127 を見よ。

4) Conor Cruise O'Brien, *The Great Melody: A Thematic Biography and Commented Anthology of Edmund Burke*（London: Sinclair-Stevenson, 1992）．

5) 'A Letter to Sir H. Langrishe…on the Subject of the Roman Catholics of Ireland …'in The *Works of the Right Honourable Edmund Burke*（6 vols., London: Oxford University Press, 1927）V. 164.

6) Knox, p. 47n.

7) Kelsall, p. 72.

8) Maturin's *Bertram*（1816）in *Biographia Literaria*（1817）への攻撃を見よ。

9) *Lady Blessington's Conversation of Lord Byron,* ed. Ernest J. Lovell, Jr. (Princeton, N. J.: Princeton University Press, 1969), pp. 142-3 を見よ.

10) バイロンの販売用図書目録によれば, 彼は Edward Hay の *History of the Insurrection at Wexford, 1803,* (反乱は組織化されたものではなく, 主な目的も無かったことを主張している) を, また, Bantry Bay での上陸作戦は成功しないと洞察させたであろう *Vie du General Hoche* (1798) も所有していたことがわかる. 彼はまた, この時期のアイルランドを扱っている Edgeworth の小説に親しんでいたこと, 仏愛連合軍の Longford 侵入に関する直接入手の記事を含む *Memoirs of Lovell Edgeworth* (1820) を持っていたこともわかる.

11) 'The Second Coming'「二度目の襲来」, 3-5.

12) 'No Second Troy'「二度目のトロイは無い」, 4.

13) Foster, cited, pp. 225-6. 17976 年の公式特使の声明.

14) Bartlett and Janet Todd, *Lebel Daughters: Ireland in Conflict 1798* (London: Viking, 2003) pp.165 and 268. 随所に引かれたトーンの日記を見よ. 指令集に収められたホッシュ宛の特使声明には, アイルランドにおける全革命軍の総指揮官として行動するように, アイルランド人に戦争の費用を支払うことを保証し, フランスとアイルランドの間に軍事上, 通商上の盟約を結ぶことを企て (思うにフランス側の言う条件で), アイルランドをイギリス侵略に含め, その最初の目標をブリストルの全滅とし, 他を励ますために (必要なら続けてリバプールも) と記されている. これは, Marianne Elliotte, *Wolfe Tone: Prophet of Irish Independence* (New Haven and London: Yale University Press, 1989) に明白である. ナポレオン自身の壮大な計画は, まだ企まれていない. この文脈で「独立」が何を意味するのか, いかなる客観的な比較が 1800 年の大ブリテンとアイルランドの連合を生んだのか, また, アイルランドに対するフランスの目論見は何か, 人は誰でも訝しく思うであろう.

15) また, (不当にも無視されてきた) Charles Lever のアイルランドの小説で, ナポレオンに関する事柄を参照せよ. *Charles O'Malley* (1841) ではウェリントンのための戦いを, *Tom Burke of 'Ours'* (1843) では, 逆に (東ヨーロッパでは) ナポレオンのための戦いを見よ.

16) 'psychic state' との表現は, J. M. Synge に由来する. 彼は, 暴力の愛好は, 歴

史上アイルランド人の性格に固有なものであると主張している。この問題は、Malcolm Kelsall, 'The *Playboy* before the Riots', *Theatre Research International* ns. I. I, pp. 29-36 で論じられている。98 年の人、イェイツについては、'September 1913' を見よ。

17)　'Byzantium'「ビザンチウム」, 8.
18)　'No Second Troy'「二度目のトロイアは無い」, 12.
19)　'An Irish Airman foresees his Death'「アイ'ルランドの飛行士は彼の死を予見する」, 1.
20)　'An Irish Airman foresees his Death', 14-17.
21)　'Sailing to Byzantium'「ビザンティウムへ船出して」, 1.

第 2 章　アナロジーの解剖学
共鳴する時代精神を刻印する

シェーマス・ヒーニーの
詩における時空の超越

藤本 黎時

1. ボッグへの深い関心

　本稿は，シェーマス・ヒーニー（Seamus Heaney, 1939–2013）の第4詩集 *North*（1975）の中の代表的な詩を中心にロマンティシズムの系譜を探ることを目的とする。ヒーニーは，アイルランド独特の地層であるボッグ（bog 泥沼地）に深い関心を持ち，第2詩集 *Door into the Dark*（1969）の頃からこれが彼の詩の重要なテーマとなった。ボッグとはアイルランド語で bogach，つまり「柔らかい」の意味であり，アイルランドの至るところにある湿地ないし沼地状の土地である。ここではバクテリアによる腐敗がほとんど起こらないので，地中に堆積した植物，埋葬品，死体が土と同化しないでそのまま保存されることになる。

　1781年，北アイルランドのダウン州のボッグから女性の埋葬遺体が発見された。その後相次いで埋葬遺体が発見され，これらの遺体がボッグ・ピープルと呼ばれるようになった。たまたま読んだデンマークの考古学者，P. V. グローブの著書『ボッグ・ピープル』に触発されたことも，ヒーニーがいわゆるボッグ詩を盛んに書くようになった機縁である。[1]

　第4詩集 *North*（1975）は，二つの詩のグループに分けて編さんされている。第1部では，グローブの著書を読んだ詩人が，ボッグと北アイルランドやヨーロッパ北部の神話を結びつけて歌ったボッグ詩が中心となっており，第2部は，1969年8月に起こった北アイルランドの民族闘争に対する詩人の応答を歌った詩が中心となっている。

2. 遠く隔たったものへの執心

　第1部のボッグ詩に，ロマンティシズムの一つの特色としての時間的，

距離的に隔たったものへの執心がみられる．'The Grauballe Man' では，デンマークで発見されたボッグ・ピープルのことが歌われ，'Bog Queen' では，18世紀に北アイルランドのダウン州のボッグで発掘されたヴァイキングの王妃の遺体のことが歌われている．今ここで特に注目したいのは，発掘された少女の埋葬遺体がきっかけとなって詩人の連想が時間的隔たりを超えて現代アイルランドの悲劇的事件にまで及んでいる 'Punishment' である．ここでは，ボッグから発掘された少女のミイラのことを歌いながら，詩のイメージに現代の北アイルランドの流血の悲劇が重ねられていく．つまり，数百年前姦淫を犯したために——部族の掟を破った罪で——首をしめられボッグに沈められた少女の遺体が，イギリス兵と親しく交わったために——民族と宗教の掟を破った罪で——リンチにあい，頭を剃られコールタールをぬられ羽毛をつけられた現代北アイルランドのカトリックの少女と結びつく．

　第1, 2, 3スタンザでは，詩人はボッグから発掘された遺体の少女と自己を同一視して歌っている．

> I can feel the tug
> of the halter at the nape
> of her neck, the wind
> on her naked front.
>
> It blows her nipples
> to amber beads,
> it shakes the frail rigging
> of her ribs.
>
> I can see her drowned
> body in the bog,
> the weighing stone,
> the floating rods and boughs.

私にも感じられるのだ
　　彼女のえり首の綱がぐいっと
　　引かれるのを　風が
　　彼女のむき出しの額に吹くのを

　　風が乳首の上を吹くと
　　それは琥珀の数珠玉のように固くなる
　　風は彼女のあばら骨を
　　船の策具のようにふるわせる

　　私にも見えるのだ
　　ボッグに沈められた彼女の遺体が
　　その上に置かれている小枝と
　　さらにその上に置かれた重石が

　ボッグに沈めた遺体が浮かび上がらないように，その上に小枝を重ね重石を置くのは，当時の迷信から死者の霊が悪霊となって出てこないようにするためであった．次に，第5，6，7スタンザでは，詩人は彼女の剃られた頭を収穫後の麦畑の切り株に，目隠しの布を泥で汚れた包帯に，首をしめた縄を結婚指輪に喩え，彼女をかわいい密通者と呼びかけて処刑される前のあま色の髪の痩せていた姿を想像する．また，その顔は今はボッグの泥炭で黒く染まっているがかつては美しかったことだろうと言い，彼女を当時の部族の者たちの贖罪の身代わり山羊であったとして哀れんでいる．さらに，第8，9スタンザでは，詩人はそれまでの傍観者の立場から一転し，内省して自己の罪を意識する．つまり，今は彼女に対して哀れみと共感をおぼえているが，詩人自身，同じ状況に置かれたと想像する時，自分も罪の暴露を恐れて彼女に黙って石を投げ死に至らせるリンチに加わったことだろう（'I almost love you / but would have cast, I know, the stones of silence.'）と歌い，[2] 今は狡猾な覗き趣味になり下がっている自己を反省する．

最後の第 10, 11 スタンザで，詩人の想像力は現代の北アイルランドへと飛び，発掘遺体の少女は，現代の北アイルランドで同じように民族のいけにえとなったカトリックの少女と結びつく。

> I who have stood dumb
> when your betraying sisters,
> cauled in tar,
> wept by the railings,
>
> who would connive
> in civilized outrage
> yet understand the exact
> and tribal, intimate revenge.

詩人は，イギリス兵と親しく交わったためリンチにあい，頭を剃られ，コールタールをぬられ，羽毛をつけられて垣根の手すりにつながれた少女のことを思い出している。一見，同情する振りをしながらも，心の中では民族の復讐の動機が判るような気がして見てみぬ振りをした自分も，まわりの群集と同罪であったと反省している。'civilized outrage' の 'oxymoron' は，このような状況に置かれた詩人の錯綜した感情をよく表している。また，この詩行は，IRA の暴力に対する詩人の共感と誤解された。[3] ヒーニーは次のように言っている。

　　鉄器時代に，流血の儀式を行う社会があった。少女が密通の罪で頭を剃られる社会があった。領土の問題や大地と国の女神のことを中心にし，犠牲を捧げることを要求する宗教があった。今や，アイルランド共和主義の復讐の女神はあらゆる面でこのような宗教と結び付き，様々な装いを凝らした女神となっている。彼女はイェイツの劇のキャサリーン・ニ・フーリハンとなって現れ，母なるアイルランドとして姿を現している。[4]

以上のごとく，ヒーニーはまず，アイルランド独特の地層，ボッグから発掘された埋葬遺体のことを歌う。次に，過去の悲劇的事件への共感と同情から，詩のテーマは一転して現代北アイルランドの流血の悲劇にまで発展する。ボッグに触発されたヒーニーの詩的想像力は，歴史的視野を得て羽ばたく。ロマンティシズムの特色の一つとして，時間的に隔たった過去への関心と共感をあげることができるとすれば，ヒーニーの詩的想像力にも同様のロマンティシズムを認めることができる。

3．神話の世界から現実世界への視点の移動

　North の第2部で，ヒーニーはボッグの神話の世界から北アイルランドの現実へと視点を移す。1969年8月12日，北アイルランドのデリーで，記念祭のパレードをめぐって起こったカトリック住民対イギリス駐留軍とプロテスタント住民の衝突が発端となり，これに IRA プロヴィジョナルの爆弾テロも加わって北アイルランド国内は騒乱の巷と化した。不幸な北アイルランド紛争の再燃である。北アイルランドの危機に際し，アルスター出身の詩人としての責任をおぼえるヒーニーは，母国の騒乱に対して自己を誠実に表現するメタファーを求めて詩を書いた。[5] 第2部に収められた詩篇は，ささいな日常生活を歌った詩行にすら政治的意味合いを見つけることができるほどであり，様々な論争と批評を生んだ。

　1972年7月，ヒーニーは家族とともにベルファストを去り，南アイルランドのウィックロウ州グランモーに移った。その後ダブリンへ移るまでの4年間を友人アン・サドルマイヤーのグランモーの別荘で過ごし，10編のソネットを作って彼女の友情に応えることになる。彼がベルファストを離れる決心をした時，各方面から様々な非難と中傷を受けた。彼の移住は逃亡であって北アイルランドのカトリック社会に対する裏切り行為ともみなされた。

　次に検討する 'Exposure' は，North 第2部の末尾に置かれた詩である。この中では，ベルファストを去ってウィックロウ州のグランモーに移った詩人の罪の意識が美しいメタファーで歌われている。詩の背後に，この

ような伝記的事実がかくされている 'Exposure' は，文字通り詩人としてのヒーニーの内的葛藤の詩的暴露であり，詩人の内なるディレンマの誠実な告白と言ってよい。

　詩人は，北アイルランドの紛争を逃れて，今ウィックロウ州の静かな田園にいる。12月の風景は，冬の淡い光と雨で荒涼としている。詩人は冷たい雨の森を散策し，今日の日を予言する彗星が，さんざしや野ばらの赤い実のようなきらめきとなって現れるのを待っている（第1, 2スタンザ）。時折流星を目にした詩人は，もし隕石を見つけるようなことがあったらどんなに興奮するだろうかと考える。一方，落ち葉や木の実の殻で覆われた小道を歩きながら，詩人は，石のつぶてでペリシテ人の巨人ゴリアテを倒した旧約聖書の英雄ダヴィデを想像する。詩人の心中に浮かんだ英雄ダヴィデのイメージは，母国救済のための献身への内的衝動を呼び覚ます（第3, 4スタンザ）。

　友人たちの美しく多彩な助言（'beautiful prismatic counselling'）を思い起こしながら瞑想にふける詩人は，アルスターの二度とない歴史的な時を見逃そうとしていることへの後ろめたさを感じている。詩人は，北アイルランド紛争への真剣な応答（'responsible'）としての詩，自分自身の *'tristia'* を書くべきかと悩みながら責任の重さを痛感する。*Tristia* とは，かつて詩人オーヴィドがローマを追放された時つくった哀歌である（第5, 6スタンザ）。

　その時，冷たい雨のつぶやくような音が，彼に啓示をもたらし，眼前に 'the diamond absolutes' がきらめく。これは，いわばイェイツの 'the artifice of eternity' のように，[6)]「完全に完成された芸術作品」を表すメタファーであり，この啓示の前では，詩人の今の苦悩は全く無価値に思える（第7, 8スタンザ）。彼は，自分を心の中での亡命者（'an inner émigré'）だとしながら次のように歌う。

......

>　I am neither internee nor informer;
>　An inner émigré, grown long-haired

And thoughtful; a wood-kerne

Escaped from the massacre,
Taking protective colouring
From bole and bark, feeling
Ever wind that blows;

私は捕虜でも，密告者でもない
心中では亡命者だ　長髪となり
用心深くなった

大虐殺を免れた森の兵士だ
木の幹や樹皮から
保護色を借りて　警戒心を怠らない
風がどの方向から吹いてこようと

　'a wood-kerne' とは，16世紀のアイルランドで，戦いに敗れて森に逃げ込み，抵抗を繰り返した無法者たちである。ここで詩人は，自分は北アイルランドの騒乱を逃れて森に潜んでいる政治的亡命者だと告白している。ヒーニーは，多少の後ろめたさを感じながら，森に潜んでいるために彗星の伝えるただ一度の前兆を見落としはしないかと恐れる。しかし，「我々は重大な危機の時代に生きている。芸術としての詩の理念が，政治的図式としての詩の探求によって曇らされる危険にあるのだ」[7]という言葉から彼の立場は明確である。彼は，現在のようなひっ迫した政治的状況のもとで，詩の存在がゆらいで見えるこのような重大な時こそ，詩人は詩を書き，詩のために戦うべきだと考えているからである。また，政治的，社会的大義のために戦う前に，詩人にはまず自己との戦いがあると考える彼は，「自分の感性に忠実でなければいけない。感情を偽ることは想像力に対する罪だからだ。詩は自己との闘争から生まれ，他との闘争から生まれるのはレトリックだ」[8]と言っている。ここに，イェイツの詩の理念のエコーを

読み取ることができる。イェイツは、'We make out of the quarrel with others, rhetoric, but of the quarrel with ourselves, poetry.'[9] と言っている。

4．ロマンティシズムの系譜につながるヒーニー

　最後のロマン派イェイツは、1919年の内乱を弧塔に逃れて瞑想し、政治的に狂信的になることは危険だと知っていた。イェイツ同様、ヒーニーも、詩は何物をも起こす力を持たず、世界を変革する威力もないことを知っている。しかし、詩はそれ自体生命を持っており、この騒乱の世界の中で静かに生き延びていくだろうと確信している。[10] このように、自己を常に意識するところに、ロマンティシズムの傾向としての 'Egotistical Sublime' の流れをみることができる。また、現代世界にあって、このように詩への信頼を失っていないところから、ヒーニーをロマンティシズムの系譜につながる詩人とみなすことができるだろう。

［本稿は、1992年6月6日、広島市内のホテルユニオンで開催された中国四国イギリス・ロマン派学会第14回大会のシンポジウム「現代英詩におけるロマンティシズム」での発言内容の要旨である。］

　　註

1) P. V. Glob, *The Bog People: Iron Age Man Preserved* (Ithaca: Cornell University Press, 1974). 第3詩集 *Wintering Out* (1972) の 'The Tollund Man' はデンマークのトルンド地方の泥沼地で発見された氷河時代の遺体のことをテーマにしている。
2) 新約聖書「ヨハネによる福音書」8章1～11節参照。
3) Cf. Neil Corcoran, *Seamus Heaney* (Faber and Faber, 1986), p. 116.
4) Blake Morrison, *Seamus Heaney* (Methuen, 1982), p. 63.
5) 1971年クリスマス、ベルファストに住んでいたヒーニーは、当時のこの悲劇的状況の中で治安維持の軍隊と共存を余儀なくされたベルファスト住人の厳しい生活を自分の体験も交えて、'Belfast: 2. Christmas, 1971' (Seamus Heaney,

Preoccupation, Selected Prose 1968-1978, p. 30) の中で記している。その翌年, ヒーニーは家族とともに南アイルランドへ移ることになる。

6) Cf. 'Sailing to Byzantium'
7) Seamus Heaney, *Preoccupations, Selected Prose 1968-1978*, (Faber and Faber, 1980), p. 219.
8) *Ibid.*, p.34.
9) W. B. Yeats, *Mythologies* (Macmillan, 1959) p. 331.
10) Cf. W. H. Auden, 'In Memory of W. B. Yeats' II.

キーツの詩における「英国らしさ」の確立
ミルトンからチャタトンへの関心の推移から読み解く

児玉 富美惠

1. はじめに

　ロマン派詩人ジョン・キーツ（John Keats, 1795–1821）の生涯は，転地療養していたイタリアにおいて25歳で亡くなるという短いものであった。[1] 創作活動はまだ医学生であった1815年から1820年までの約6年間と考えられる。この間における彼の詩人としての成長を見ていくと，その時々にスペンサー（Edmund Spenser, 1552?–99），シェイクスピア（William Shakespeare, 1564–1616），ミルトン（John Milton, 1608–74）など過去の偉大な詩人を目標とし，また模範とした形跡をたどることができる。キーツは，詩人としての円熟期とも言える1818年から1819年の『ハイピリアン』（Hyperion），改作『ハイピリアンの没落』（The Fall of Hyperion）（以下『没落』と略す）の創作途中に，書簡の中で厳しいミルトン批判を展開し，『ハイピリアン』の創作断念を明言する。それは，チャタトン（Thomas Chatterton, 1752–70）を絶賛したあとだった。この突然のようにも思えるミルトンからチャタトンへの関心の移行は，キーツの一時的な思いつきのようには思われない。そしてその後の作風は，二つの『ハイピリアン』で示されたミルトン的な影響が薄れ，チャタトンの作風を意識した元来イギリスにあった言語，文化を尊重するという，極めてイギリス的なものとなっている。

　本論文では，キーツのミルトンからチャタトンへの関心の推移を具体的に検討し，彼の内面におけるチャタトンの存在理由を考察する。イギリス的な，愛国的な詩が初期の作品にあることにも着目し，どのような過程を経てキーツの詩作上，＜英国らしさ＞（Englishness）が確立されていったのかを解明したい。[2]

2．キーツの関心の推移——ミルトンからチャタトンへ

　ミルトンはキーツにとって尊敬すべき偉大な詩人であった。キーツのミルトンへの思いは，書簡や作品に頻繁に示されている。例えば，キーツのミルトンへの称賛的思いは，「ミルトンの髪の毛を見て」（'Lines on Seeing a Lock of Milton's Hair', 1818）に表されている。キーツは 1817 年 12 月ころ，詩人であり批評家のリー・ハント（Leigh Hunt, 1784–1859）の家でミルトンの髪の毛を見せられる。ミルトンに「調和した韻律の第一人者よ！天空の老学者よ！」（'Chief of organic numbers! / Old scholar of the spheres!'）(1-2) と称賛の気持ちを込めて呼びかけたあと，さらに詩人は「不協和音を協和音に転じ，歓喜に新しい悦びを与え，悦楽に，より高貴な翼を与えることか！」（'And [thou] discord unconfoundest,— / Giving delight new joys, / And pleasure nobler pinions—'）(13-15) と続け，キーツにとってミルトンはこの上ない詩的喜びを与えてくれる存在であったことを強調する。3) 第二スタンザ後半では，キーツの詩作への意欲が示される。

> 　　When every childish fashion
> 　　　　Has vanish'd from my rhyme,
> 　　Will I, grey-gone in passion,
> 　　　　Leave to an after time
> 　　　　　　Hymning and harmony
> 　　Of thee, and of thy works, and of thy life;
> 　　But vain is now the burning, and the strife,
> 　　Pangs are in vain—until I grow high-rife
> 　　　　　　With old philosophy;
> 　　And mad with glimpses at futurity! (22-31)

　ここでキーツは，あらゆる子供っぽい様式が自らの詩から消えたとき，ミルトン自身について，ミルトンの作品について，そしてミルトンの人生についての調和のとれた賛歌を後世に残したいと語っている。しかし今は古

代の知識の蓄えもなく,未来を垣間見てもいないので,燃えるような思い,葛藤,そして苦悶はむなしいばかりである,と自らの未熟さを認めながら,今後詩人として成長していく決意を表明する。

このようなミルトンへの思いは,叙事詩『ハイピリアン』創作へと繋がっていく。『ハイピリアン』は,ミルトンの『失楽園』(*Paradise Lost*, 1667) に倣って創作されたものである。しかしキーツは第三巻を完成させることなく,1819年4月に執筆を断念する。同年7月,キーツは心新たに,『ハイピリアン』の改作『没落』の執筆に取り掛かるが,1819年9月,再び執筆を断念する。その理由をキーツは同年9月21日,ジョン・ハミルトン・レノルズ (John Hamilton Reynolds, 1794–1852) に宛てた書簡の中で興味深いことに,チャタトンとの関連で述べている。

> I always somehow associate Chatterton with autumn. He is the purest writer in the English Language. He has no French idiom, or particles like Chaucer<s>—'tis genuine English Idiom in English words. I have given up Hyperion—there were too many Miltonic inversions in it—Miltonic verse cannot be written but in an artful or rather artist's humour.[4]

キーツはチャタトンをイギリスの言語における最も純粋な作家として絶賛し,あまりにも多くのミルトン的手法のために『ハイピリアン』を断念すると明言している。同じく1819年9月21日の弟ジョージ (George) 夫妻への書簡では,さらに厳しいミルトン批判が展開される。

> I shall never become attach'd to a foreign idiom so as to put it into my writings. The Paradise lost though so fine in itself is a curruption [*sic*] of our Language—it should be kept as it is unique—a curiosity. a beautiful and grand Curiosity. The most remarkable Production of the world—A northern dialect accommodating itself to greek and latin inversions and intonations. . . . Miltonic verse cannot be written but it [*sic*] the vein of art—I wish to devote myself to another sensation— (Rollins, *Letters* II, 212)

ここでキーツは『失楽園』の素晴らしさを認めながらも，それは英国の言語の堕落だとみなし，ミルトン的な詩は，技巧を凝らして書こうという気分にならなければ書けないものであり，もっと別の感動に自分を捧げたいと述べている。ミルトンの韻律で刻まれた作品は否定され，この時点で，ミルトン的な技巧による詩作からの決別は決定的であった。『ハイピリアン』における過度のミルトン的要素，つまりラテン語語法（Latinism）がキーツの詩作への意欲を押しつぶしたのである。「ミルトンの髪の毛を見て」において，熱烈にミルトンへの思いを語っていたキーツとは正反対の転換を図ったキーツがこの書簡に示されている。

3．チャタトンとキーツ

　尊敬の対象がミルトンからチャタトンへと完全に移行したあと，キーツはチャタトンをどのように見ていたのだろうか。チャタトンは1752年にブリストルに生まれ，10歳のころから詩作を始める。詩人として世に認められたいという野心をずっと抱いていたが，世間には認められなかった。1770年，17歳のとき，社会から顧みられることなく極貧と失望の中で，毒を仰ぎ自殺する。早熟の天才とも言えるこの若き詩人は，自らの名前で創作活動を行いながら，15世紀の司祭トマス・ロウリー（Thomas Rowley）と称して，中世の英語でたくさんの作品を残した。いわゆる＜Rowley Poems＞というもので，これはチャタトンの死後，＜ローリー詩篇の真贋論争＞（Rowley Controversy）で有名となるものである。[5] 皮肉なことにチャタトンの死後，作品は高い評価を得，キーツを含め，ロマン派詩人たちはチャタトンの生き様に共感を覚え，彼に対する敬愛の念を表明するようになる。

　キーツのチャタトンへの敬愛の思いは，作品や書簡の中にしばしば示されている。キーツの友人の一人ベンジャミン・ベイリー（Benjamin Bailey, 1791–1853）は，キーツの死後，自らの友人で政治家・作家のリチャード・M・ミルンズ（Richard Monckton Milnes, 1809–85）に宛てた書簡の中で，キーツのチャタトンに関する思い出を語っている。

... Keats was an ardent admirer of Chatterton. The melody of the verses of "the marvellous Boy who perished in his pride," enchanted the author of Endymion. Methinks I now hear him recite, or *chant*, in his peculiar manner, the following stanza of the "Roundelay sung by the minstrels of Ella". . .⁶⁾

　ベイリーはキーツをチャタトンの熱烈な称賛者とみなしている。キーツがチャタトンの作品 'Roundelay' を暗誦し，繰り返し歌っていた事実から，キーツが如何にチャタトンの詩の韻律に心酔していたかが窺える。
　1815年の早い時期に，キーツはチャタトンへの称賛，敬愛の念をソネット「おお，チャタトンよ！あなたの運命はなんと哀れむべきことか！」('Oh Chatterton! how very sad thy fate') に表している。ソネットの前半で，キーツは「おお，チャタトンよ！あなたの運命はなんと哀れむべきことか！いとしい悲しみの子ども―悲惨な息子よ！」('Oh Chatterton! how very sad thy fate! / Dear child of sorrow! son of misery!') (1-2) と呼びかけたあと，チャタトンを「半開の小さな花」('A half-blown flower') (8) と称し，彼の哀しい運命を嘆いている。ソネットの後半で，さらにキーツのチャタトンへの思いは高揚する。「チャタトンは最も高い天の星々の間にいて，巡っていく天体に甘美に歌いかける。忘恩の世界と人間の恐れのかなたでは，如何なるものもチャタトンの詩を汚し，損なうものはない。」('Thou art among the stars / Of highest heaven; to the rolling spheres / Thou sweetly singest —nought thy hymning mars / Above the ingrate world and human fears.') (9-12) と詩人は語る。ここに示されたキーツの思いは，まさにチャタトンへの敬愛の気持ちである。世に認められず，亡くなったチャタトンの悲しい運命が強調され，天上におけるチャタトンの永遠性を表現している。
　ソネット「おお，チャタトンよ！あなたの運命はなんと哀れむべきことか！」が書かれた数か月後，1815年11月に書かれた書簡体詩「ジョージ・フェルトン・マシューへ」('To George Felton Mathew') においても，チャタトンへの言及を見つけることができる。

> ... O Mathew, lend thy aid
> To find a place where I may greet the maid—
> Where we may soft humanity put on,
> And sit, and rhyme and think on Chatterton;
> And that warm-hearted Shakspeare sent to meet him
> Four laurell'd spirits, heaven-ward to intreat him. (53-58)

ジョージ・フェルトン・マシュー（George Felton Mathew, 1795–1848?）は，キーツの初期の友人であり，キーツと同様，詩人になるという野心を持っていた人である。キーツは彼に芸術を司る女神ミューズ（Muse）を暗示する 'the maid' (54) に会える場所を見つける手助けを，つまり詩作のための助けを貸して欲しいと語る。それはチャタトンやシェイクスピアについて詩を作り，思いを巡らすことができる場所である。天上でシェイクスピアに詩的霊感を求めるチャタトンのように，キーツ自らもチャタトンのように，シェイクスピアから詩的霊感を得たいという彼の願望が窺える。チャタトンをシェイクスピアとともに登場させていることから，キーツは両者の作品，特にラテン語語法の要素が少ない，極めて英語的な文体に共通項を見出していたことが推測される。それと同時に，キーツにとって彼らは最も尊敬すべき，また詩作の教えを請うべき先達であったことが印象付けられる。

さらに，1818年に4,000行に及ぶ長編の物語詩『エンディミオン』（Endymion）が出版される。その序文に添えられた献辞 'INSCRIBED TO THE MEMORY OF THOMAS CHATTERTON'[7] から，キーツのチャタトンへの思いを探ることができる。これは出版に際して，短く書き換えられた献辞である。書き換えられる前の最初の献辞においては，チャタトンへの思いはさらに強く示されている。

> INSCRIBED,
> WITH EVERY FEELING OF PRIDE AND REGRET
> AND WITH 'A BOWED MIND',

TO THE MEMORY OF
THE MOST ENGLISH OF POETS EXCEPT SHAKESPEARE,
THOMAS CHATTERTON.[8]

「誇りと哀惜の念で,そしてへりくだった心で」チャタトンを敬うという気持ちだけではなく,この献辞からはより具体的なキーツの感情をも窺い知ることができる。キーツはチャタトンをシェイクスピアの次に最も偉大な英国詩人とみなしており,彼の心の中では,シェイクスピアが首位の座を占め,その次の座をチャタトンが占めているということになる。これら二つの献辞においてキーツのチャタトンを敬愛する熱烈な思いが示されている。しかもキーツはコールリッジ (Samuel Taylor Coleridge, 1772-1834) の「去りゆく年に寄せて」('Ode on the Departing Year', 1796) における 'a bowed mind' (6) という表現を引用している。[9] この作品では,激動の世の中においても「平穏な心」('inward stillness') (6) で,「へりくだった心」('a bowed mind') (6) で向き合えば,去りゆく年を祝福し,自らを快い境地に誘うことができるという詩人の心情が示されている。コールリッジが 'a bowed mind' という語に込めた思いをキーツは利用し,「へりくだった心」でチャタトンに向き合うことによって,快い新たな境地に達することができるのではないかという期待と願望の念を込めているように思える。またコールリッジは「開花を目にして」('Lines on Observing a Blossom', 1796) や「チャタトンの死を悼んで」('Monody on the Death of Chatterton', 1794) において,チャタトンへの敬愛の念を強く表している。キーツは「へりくだった心」でという表現を用いて,コールリッジに勝るとも劣らないチャタトンへの敬愛の念を示しながら,チャタトンに対する謙虚な思いを強調しているとも考えられる。

　これまでチャタトンに呼びかけ,敬愛の念を示している作品を時系列的に考察してきた。しかしチャタトンに直接言及していなくとも,チャタトンの影響を受けた作品がある。第二章で触れたように,1818年秋から1819年9月のあいだ,キーツは『ハイピリアン』と改作『没落』の執筆の中断,再開を繰り返している。1819年2月,『ハイピリアン』に気乗

りせず，中断していたころにあたるが，『聖マルコ祭の前夜』（*The Eve of St. Mark*, 1819）という物語詩を書いている。この作品はゴシック風の物語（Gothic tale）で，チャタトンの悲劇『武人イーラ』（*Ælla*, 1768）の影響を強く受けている。[10] ヒロインの名前はともにバーサ（Bertha）であり，チャタトンの使用した韻律で書かれている。このような彼の影響が見られる『聖マルコ祭の前夜』が，ミルトンを意識しながら書いていた『ハイピリアン』を中断していた時期に書かれているということは，留意すべきである。一時的にせよミルトンから離れたかったという心の表れとも受け取ることができる。

また，オード「秋に寄せて」（'To Autumn'）は『没落』の執筆断念を明言する直前，1819年9月19日ころに書かれている。[11] 先述した1819年9月21日のレノルズ宛の書簡では，「私はいつもどういうわけかチャタトンから秋を連想する。」（'I always somehow associate Chatterton with autumn.'）（Rollins, *Letters* II, 167）と語ったあとで，『ハイピリアン』制作の断念を表明している。「秋に寄せて」の創作時期は，『没落』の執筆断念を決めた同時期，つまりキーツの関心がミルトンからチャタトンに完全に移った時期であるので，「秋に寄せて」にチャタトンが影響を及ぼしていることは明らかである。ルーシー・モリスン（Lucy Morrison）は，キーツが「秋に寄せて」の出版に際し，最初の草稿においてチャタトンの作品からの語句の借用に気づき，語句を修正していることを指摘している。[12] 現在，我々が目にする「秋に寄せて」においても，なおチャタトンとの関連を見出すことができる。以下は「秋に寄せて」の第一スタンザである。

> Season of mists and mellow fruitfulness,
>   Close bosom-friend of the maturing sun;
> Conspiring with him how to load and bless
>   With fruit the vines that round the thatch-eves run;
> To bend with apples the moss'd cottage-trees,
>   And fill all fruit with ripeness to the core;
>   To swell the gourd, and plump the hazel shells

> With a sweet kernel; to set budding more,
> And still more, later flowers for the bees,
> Until they think warm days will never cease,
>   For summer has o'er-brimm'd their clammy cells. (1-11)

　この作品はウィンチェスター（Winchester）滞在中に創作されており，作品全体に示された情景は，イギリスののどかな田園風景である。ギリシア・ローマ神話への言及はなく，二つの『ハイピリアン』に見られる異教的要素は全く感じられない。「秋に寄せて」に影響を与えたチャタトンの作品については，悲劇『武人イーラ』，「フェアフォードのトマス・フィリップス氏の追想」（'Elegy to the Memory of Mr. Thomas Phillips, of Fairford', 1769），「慈善のバラッド」（'An Excelente Balade of Charitie', 1770）の三作が挙げられるが，とりわけ悲劇『武人イーラ』における 'Thyrde Mynstrelle' は注目に値する。チャタトンは 'Thyrde Mynstrelle' で秋のイメージを用いている。例えば，「秋に寄せて」の「植物を成熟させる太陽」（'the maturing sun'）(2)，「実ったりんごで苔むした小屋の木々の枝をしならせる」（'To bend with apples the moss'd cottage-trees'）(5) は 'Thyrde Mynstrelle' の 'Whann the fayre apple, rudde as even skie, / Do bende the tree unto the fructyle grounde;' (302-303) にも見られる秋のイメージである。[13] また，「秋に寄せて」の第二スタンザにおける秋の擬人化については，同じく 'Thyrde Mynstrelle' の 'Whanne Autumpne blake and sonne-brente doe appere, / With hys goulde honde guylteynge the falleynge lefe, / Bryngeynge oppe Wynterr to folfylle the yere, / Beerynge uponne hys backe the riped shefe;' (296-299) からキーツはインスピレーションを得たものと思われる。[14] さらに注目すべきことは，「秋に寄せて」においてキーツが使用した語である。ウォルター・ジャクソン・ベイト（Walter Jackson Bate）は，ラテン語起源の語の使用について，「秋に寄せて」と『没落』を比較している。「秋に寄せて」ではラテン語起源の語の使用は半減し，アングロ・サクソン語起源の語が多くなっているとベイトは分析している。[15] こうした言語使用の変化は，チャタトンをイギリス本来の英語を使用した最も純粋な作家として称賛しているキーツの

思いの表れと言える。そして、キーツは「秋に寄せて」の情景、雰囲気をイギリスらしく描写し、加えてイギリス本来の英語を使用する手法で＜英国らしさ＞を意識して創作しているのである。

4．キーツの初期の作品に見られる＜英国らしさ＞

　ここで「秋に寄せて」以外の作品で、英国を意識した作品は、初期の作品にも見出されるということに注目したい。キーツが19歳のときに書いたソネット「平和に」（'On Peace', 1814）は、ナポレオン戦争の終結を祝って創作されたものである。[16] 最初の四行連句では、イギリスのことを「この戦いで包囲された島国」（'The dwellings of this war-surrounded isle'）(2)、「三つの地域からなる王国」（'the triple kingdom'）(4) と表現し、擬人化された「平和」にイギリスを祝福し、穏やかな顔つきでこれまでの苦しみを静め、イギリス王国を明るく微笑ませてくれるか問いかける。フランスとの戦いが終わり、平和の到来を待ち望んでいた詩人の喜びの心情が示されたあと、「平和」に向かって詩人は 'With England's happiness proclaim Europa's liberty. / Oh Europe, let not sceptred tyrants see / That thou must shelter in thy former state;' (9-11) と願望を語る。「英国の幸福でヨーロッパの自由を宣言してほしい」ということは、英国の幸福こそがヨーロッパ全体に自由をもたらすものであり、ヨーロッパは今後、暴君であるナポレオンの支配下にあってはならない、という詩人の思いを表現している。島国のイギリスからヨーロッパにおけるイギリスへと詩人の視点は広がり、戦争が勝利に終わった喜び、そして平和が訪れた喜びを感じながら、英国の幸せとともにヨーロッパの幸せがあるのだという英国人としての誇りをも感じさせる。[17] また、初期のソネットはほとんどペトラルカ型ソネットであるのに反して、この作品が変則的ではあるが、シェイクスピア型ソネットの形をとっているということは、イギリスの平和を謳うという強い意識のもと、ソネットの形式はシェイクスピア型を採用したのではないかと思われる。

　キーツは「英国は幸せだ！」（'Happy is England!', 1816）というソネットも創作している。キーツ自らが生まれ育ったイギリスと詩人、広くは芸

術家が愛してやまない憧れの国，イタリアあるいはヨーロッパが対比されながら，詩人の思いは謳われている。

  Happy is England! I could be content
   To see no other verdure than its own;
   To feel no other breezes than are blown
  Through its tall woods with high romances blent:（1-4）

詩人は，イギリスの緑豊かさと大きな森を通り抜けるロマンスと混ぜ合わされたそよ風に満足し，'Happy is England!'（1）と叫んでいる。しかし，二つ目の四行連句では，「ときどきはイタリアの空を思い焦がれ」（'Yet do I sometimes fell a languishment / For skies Italian'）（5-6），「玉座に座するかのようにアルプスの山頂に座って」（'To sit upon an Alp as on a throne'）（7），この世の煩わしいことを忘れたいと語る。ここで注目したいのは，詩人の視点の変化である。イギリスを広々とした緑の平原や森を水平的な視線で見ていた詩人の視点が垂直的な高い視点となって，イタリアやアルプスへの憧れを語る。詩人として認められたいという野心が高いところを見つめる視線となっているのかもしれない。再び詩人は思い直したかのように，イギリスに目を向ける。

  Happy is England, sweet her artless daughters;
   Enough their simple loveliness for me,
   Enough their whitest arms in silence clinging:（9-11）

ここで用いられている「ありのままの，素朴な」（'artless'）（9），「飾り気のない，純真な」（'simple'）（10）という形容詞は，イギリスを表すものである。そしてイギリスの古名 'Albion' の原義が 'white land' であることを考え合わせるなら，「もっとも白い」（'whitest'）（11）もイギリスを連想させる語である。[18)] このあと詩人は逆接の語 'Yet'（12）を用いて，「深い眼差しの美女たち」（'Beauties of deeper glance'）（13）に会って，「熱烈

な思いで心は燃える」('warmly burn')（12）と語る。'warmly' は詩人の思いを強めると同時に，イギリスより南の暖かいイタリアをも思い起こさせる。詩人はイギリスとイタリアを対比させながら，イギリスの良さに十分，満足している気持ちを 'Enough'（10, 11）で表し，キーツの母国への思いを強調しているのである。

　キーツは二度，'Happy is England'（1, 9）と語るが，その間にイタリアやヨーロッパのアルプスにも心を奪われながら，またイギリスに戻るという彼の心の揺れがソネットの中に示されている。しかし，キーツは心が揺れ動きながらもイギリスの良さを理解し，心が完全にイタリアに向いてしまったわけではない。憧れの国，イタリアがあってこそ，自国イギリスの良さを認識することができたのではないだろうか。このソネットは，英国に居ることができて幸せだ，英国人であって幸せだという心情の発露のように思える。

　ソネット「英国は幸せだ！」を書いた数か月後，執筆に取り掛かった『エンディミオン』においても，英国を意識していると思われる部分が見出せる。第四巻の冒頭に示された詩神ミューズへの詩的霊感を求める祈り（invocation）に着目したい。ここには，かつてはイタリアに後れを取っていた英国詩壇を意識しながら，詩人として味わう苦しみを告白し，詩的霊感を求めたいというキーツの祈願が示されている。それは 'Muse of my native land! loftiest Muse!'（1）と自分の母国である英国のミューズへの呼びかけで始まる。当時の「英国」（'our England'）（5）は狼の巣穴であり，「森」（'our forests'）（6）は人の話し声も聞こえないような「未開の地」（'our regions wild'）（8）であった。そのような英国で，長い間ミューズは北の岩屋に一人坐してじっと耐えていたのである。詩人は英国のミューズの功績を称える調子で，以下のように続ける。

　　　Yet wast thou [Muse] patient.　Then sang forth the Nine,
　　　Apollo's garland:――yet didst thou divine
　　　Such home-bred glory, that they cry'd in vain,
　　　"Come hither, Sister of the Island!"　Plain

>   Spake fair Ausonia; and once more she spake
>   A higher summons:—still didst thou betake
>   Thee to <u>thy native hopes</u>. O thou hast won
>   A full accomplishment! The thing is done,
>   Which undone, these our latter days had risen
>   On barren souls. Great Muse, . . .　　（11-20，下線部筆者）

「九人のミューズたち」（'the Nine'）（11）や擬人化された「美しいオウソニア（イタリア）」（'fair Ausonia'）（15）からの誘い掛けがあってもイタリアの姉妹である「島国英国のミューズ」（'Sister of the Island'）（14）は，「自国で育まれた栄光」（'home-bred glory'）（13）が必ずあると預言し，「母国の希望」（'thy native hopes'）（17）へと気持ちを向けて，ヨーロッパのミューズに近づくことはなかった。その結果，英国においても英国のミューズの思いは達成され，成就したと詩人は語る。これはシェイクスピアやミルトンの偉業を含めイギリスの詩壇の発展を，そしてイギリスの詩壇をイタリアから守ったということを暗に意味しているように思える。

　さらに，キーツは英国の 12 世紀ころの伝説的な英雄，ロビン・フッド（Robin Hood）を題材にして「ロビン・フッド」（'Robin Hood', 1818）を創作している。ロビン・フッドは，弓術に長け，仲間とともに緑色の服を着てシャーウッドの森（Sherwood Forest）に住んでいる。彼はイギリスを侵略したノルマン人の貴族や金持ちなどを襲撃して金品を奪い，土着のアングロ・サクソン系の貧しい人々に分け与えたと言われる義賊である。英国にもともと住んでいた人々を貧しさから救ったという英雄の話を詩の題材としたことは，英国への愛国心，ヨーロッパから距離をとって英国独自の文化を守りたいという願望の表れであるかもしれない。

　キーツの生きた時代は，対外的にフランス革命（French Revolution, 1789–1799），ナポレオン戦争（Napoleonic Wars, 1796–1815）に代表されるように，激動の時代であった。キーツも例外ではなく，戦争や植民地政策によって，英国への愛国心や自国意識が芽生えてくるのも当然のことだと言える。これらの初期の作品に示されている英国への愛国心，自国意識は，

やがては＜驚異の年＞を迎えて花開くキーツの詩的世界に＜英国らしさ＞が表現される礎となっていると考えられる。

5．キーツの＜英国らしさ＞への覚醒
――チャタトンがキーツに与えたもの

　1815年の初期の作品や『エンディミオン』の献辞では，'Chatterton' という語を直接使用し，キーツの敬愛の思いを表している。キーツの作品の中に，チャタトンの作品自体が深く関わってくるのは，円熟期の1819年ころのように思われる。つまり最初はチャタトンの悲劇的な人生に対する共感から始まり，その思いが初期の作品に示されているのである。ベス・ラウ（Beth Lau）が指摘しているように，チャタトンはキーツにとって，育った環境もよく似ており，詩人として世に認められたいという野心も同じであるという最も立場のよく似た一番身近な先輩詩人であったと考えられる。[19] その後，ミルトンに倣って『ハイピリアン』を創作しながらも，やがて詩人としてのチャタトンが，決定的にキーツの心を占めるようになるのである。

　チャタトンがキーツに与えたものとは何であったか，その答えを見つける手がかりは，第二章で考察した二つの書簡において，チャタトンがどのように表現されているか検討することによって得られるかもしれない。1819年9月21日のレノルズ宛の書簡では，キーツはチャタトンは「イギリスの言語における最も純粋な作家」（'the purest writer in the English Language'）（Rollins, *Letters* II, 167）だと書いたあと，具体的に「チャタトンはフランス語的語法もチョーサー（Geoffrey Chaucer, 1340? –1400）が用いたような不変化詞も使用していない，チャタトンの使用する英語は，イギリスの言語における正真正銘のイギリス語法だ。」（'He [Chatterton] has no French idiom, or particles like Chaucer<s>—'tis genuine English Idiom in English words.'）（Rollins, *Letters* II, 167）と述べている。[20] もう一つの書簡，1819年9月21日の弟ジョージ夫妻宛の書簡においても，チャタトンの英語に対する同様の考えが示されている。

The purest english I think—or what ought to be the purest—is Chatterton's—The Language had existed long enough to be entirely uncorrupted of Chaucer's gallicisms and still the old words are used—Chatterton's language is entirely northern—I prefer the native music of it to Milton's cut by feet[.] I have but lately stood on my guard against Milton. Life to him would be death to me. (Rollins, *Letters* II, 212)

二つの書簡における彼の見解は、いずれもギリシア語、ラテン語の倒置法と抑揚などミルトンの用いた技巧的な語法、ラテン語語法に対する反発として主張されている。キーツはチャタトンの英語を古くからある正真正銘の英語、ギリシア語やラテン語、フランス語によって汚されていない純粋な言語とみなしているのである。これはもともとある土着文化を尊重し、英国固有の＜英国らしさ＞を念頭に置いたキーツの思いの表れと見ることが可能である。キーツはミルトンの韻律で刻まれた音楽より、チャタトンの英語的な音楽（'native music'）が好きだ、と明確に宣言している。ここにラテン語語法からイギリス本来の英語を用いた文体への移行が見られ、彼がチャタトンの英語の＜英国らしさ＞に気づき、目覚めたということをこの書簡から読み解くことができる。これらの書簡に示されたキーツの主張は、これまでの＜人間チャタトン＞に対する敬愛の気持ちから一歩踏み込んだ、これからキーツが目指すべき＜詩人チャタトン＞への言及であると考えられる。

さらにキーツは先のレノルズ宛の書簡では、「英語は守られるべきだ。」（'English ought to be kept up.'）（Rollins, *Letters* II, 167）と記し、英語はギリシア、ローマ、ヨーロッパの言語の汚染から守られるべきであると主張している。弟ジョージ夫妻宛の書簡では、「最近になってやっとぼくは、ミルトンに対抗して守りを固めたところだ。」（'I have but lately stood on my guard against Milton.'）（Rollins, *Letters* II, 212）と述べていた。このキーツの態度についてラウは、イギリスの外からやってくる支配勢力（ここではギリシア、ローマ、ヨーロッパの言語）から古い時代より存在する言語、つまり英語を守るという 'nativist' の態度だとしている。

> Chatterton and Keats also share with each other and with colonial subjects a "nativist" impulse to recapture or create a pure past culture and language uncorrupted by the dominant power. Their efforts to write in a pure native language also allies them with contemporary radical language theorists who challenged the traditional division of English into vulgar and refined versions, corresponding to the speech of the lower and elite classes.[21]

チャタトンとキーツは、お互い同士また植民地の国民とともに、純粋な過去の文化と支配的勢力によって堕落していない言語を取り戻したい、作り出したいという'nativist'の衝動を共有していると主張している。またラウはチャタトンとキーツは、純粋な'native language'で作品を書くことによって、ギリシア・ローマの古典を重んじる伝統的な文学界に挑戦していたとみなしている。18世紀後半から19世紀初めにかけて、歴史文献や古典文学の研究は、エリート階級で、高等教育を受けた人に許されたものであり、チャタトンやキーツのような一般庶民出身の詩人は、立ち入ることのできない領域であった。ラウはチャタトンとキーツは、紳士階級、特権階級に限られた領域で自分たちも活動に従事するという権利を要求していたのだとも語っている。[22]『エンディミオン』出版に際して、保守系の『ブラックウッズ・エディンバラ・マガジン』（*Blackwood's Edinburgh Magazine*）で、『エンディミオン』がコックニー的な詩だとみなされ、キーツは厳しい非難、酷評を浴びた。[23] この＜階級的＞とも言える差別を経験しているキーツが、そのような差別をなくし、エリート階級、特権階級と同じ立場で創作活動を行いたいと思うのは当然であるように思える。純粋な'native language'で書くことによって、本来の英語を'vulgar versions'と'refined versions'に、即ち下層階級と上層階級の英語に分割してしまう伝統を取り払いたいという願望がここに認められる。[24] チャタトンから学んだ純粋な'native language'での創作、つまり＜英国らしさ＞を意識した創作は、そのようなキーツの脱階級願望を実現させるための手段であったと言っても過言ではない。

6. おわりに

　キーツの創作活動において，ミルトンからチャタトンへと関心が移ったことを確認したあと，キーツにとってのチャタトンの存在を考察し，＜英国らしさ＞の覚醒に至るまでを検討してきた。キーツは創作活動初期のころから，チャタトンには強い関心を示し，チャタトンの生き様に自分の境遇を投影し，共感の思いを募らせていた。チャタトンはキーツにとって，同じ境遇の先輩詩人にすぎなかったが，キーツがチャタトンをこれから目指すべき詩人として認識し，チャタトンが「イギリスの言語において最も純粋な作家」だと確信したのは，ラテン語語法を重視し，ミルトン的要素を駆使しながら書いていた『ハイピリアン』，『没落』を断念したときである。つまり，この＜英国らしさ＞への目覚めが，『ハイピリアン』創作プロジェクトの断念を余儀なくさせたのである。それと同時期に書かれた「秋に寄せて」は，キーツの言う'native language'で書かれた，より成熟した作品であり，弟ジョージ夫妻宛の書簡の最後に示されたキーツの「真の感情の声」（'the true voice of feeling'）（Rollins, *Letters* II, 167）を表している作品であると言える。

　しかしながら，キーツは創作活動初期においても英国を意識し，愛国心を示した作品を創作しているという事実がある。＜詩人チャタトン＞の存在は初期のころに抱いていた母国に対する思いを再び掻き立て，一時期，陰に隠れていた＜英国らしさ＞を求める姿勢を目覚めさせたと言える。また，キーツにとって'native language'での創作は階級的差別を打破する手段ともなりうるものであり，チャタトンから学んだ詩作における＜英国らしさ＞は，キーツの創作活動の新たな一歩を踏み出す要素となりえたのである。

［本稿は中国四国イギリス・ロマン派学会の『英詩評論』第 28 号（2012）に掲載された「Keats の nativism への覚醒―Chatterton が与えたもの」に加筆修正を施したものである。］

註

1) Andrew Motion, *John Keats* (London: Faber and Faber Limited, 1997), pp. 537-566. キーツは1820年9月17日，病気療養のため，友人で画家のジョセフ・セバン (Joseph Severn, 1793-1879) に伴われてイタリアに渡ったあと，1821年2月23日に没した。

2) *Oxford English Dictionary*, 2nd ed. CD-ROM (Version 4.0), (Oxford: Oxford University Press, 2009) の 'Englishness' と 'England'の項を参照。*OED* によると，'Englishness' は 'The quality or state of being English, or of displaying English characteristics.' と定義されている。また，'England' は 'The southern part of the island of Great Britain; usually, with the exception of Wales. Sometimes loosely used for: Great Britain. Often: The English (or British) nation or state.' と説明されている。つまり，'England', 'Englishness' は狭義では，「イングランド」，「イングランドらしさ」である。しかし，このあと考察するキーツの作品においては，'England' と表記しながらも明らかにイギリス全体を意味している。したがって，本論文においても広義で「イギリス（英国）」，「英国らしさ」と解釈している。

3) Jack Stillinger, ed. *John Keats: Complete Poems* (Cambridge, Mass.: The Belknap Press of Harvard University Press, 1982), pp. 164-165. 本論文において，キーツの詩の引用はこの版による。これ以降，引用の訳は筆者による。

4) Hyder Edward Rollins, ed. *The Letters of John Keats, 1814-1821*, 2 vols. (Cambridge, Mass.: Harvard University Press, 1976), II, p. 167. 本論文において，キーツの書簡の引用はこの版による。

5) Grevel Lindop, ed. *Thomas Chatterton: Selected Poems* (New York: Routledge, 2003), p. 21. ＜ローリー詩篇の真贋論争＞は18世紀後半に最高潮に達し，19世紀に入っても続いた。そのことがチャタトンの境遇を人々に知らしめ，彼の詩人としての名声を高めることとなった。

6) Hyder Edward Rollins, ed. *The Keats Circle*, 2 vols. (Cambridge, Mass.: Harvard University Press, 1948), II, p. 276.

7) Jack Stillinger, ed. *John Keats: Complete Poems*, p. 64.

8) John Barnard, ed. *John Keats: The Complete Poems* (London: Penguin Books Ltd, 2006), p. 506.

9) J. C. C. Mays, ed. *The Collected Works of Samuel Taylor Coleridge: Poetical Works* I (Princeton, N. J.: Princeton University Press, 2001), p. 305.

10) Donald S. Taylor, ed. *The Complete Works of Thomas Chatterton* (Oxford: Oxford University Press, 1971), pp. 174-228. 本論文において，チャタトンの詩の引用はこの版による。

11) Miriam Allott, ed. *Keats: The Complete Poems* (London: Longman, 1970), p. 650. 「秋に寄せて」('To Autumn') の創作日は，キーツのミルトンからチャタトンへの関心の移行を考察するうえで重要である。ミリアム・アロット (Miriam Allott) は 1819 年 9 月 21 日のレノルズ宛の書簡と同日のウッドハウス (Woodhouse) 宛の書簡に着目し，「秋に寄せて」の創作時期を推測している。前者において，キーツはウィンチェスターの田園風景の美しさを記したあと，'this struck me so much in my sunday's walk that I composed upon it ['To Autumn']' (Rollins, *Letters* II, p. 167) と語る。アロットはこの 'sunday' が 9 月 19 日に当たると指摘する。同日の後者の書簡において，「秋に寄せて」が書き写されており (Rollins, *Letters* II, pp. 170-171)，おのずから「秋に寄せて」は 1819 年 9 月 19 日に書かれたと結論付けることが可能である。

12) Lucy Morrison, 'Chatterton and Keats: The Need for Close Examination', *The Keats-Shelley Review* 10 (1996), pp. 36-41.

13) 現代英語訳は 'When the fair apple, red as evening sky, / Do bend the tree unto the fruitful ground;' (302-303) である。チャタトンの中英語による作品の現代英語訳は筆者による。

14) 現代英語訳は 'When Autumn naked and sun burnt do appear, / With his gold hand gilding the falling leaf, / Bringing up Winter to fulfill the year, / Bearing upon his back the ripened sheaf;' (296-299) である。

15) Walter Jackson Bate, *The Stylistic Development of Keats* (New York: The Humanities Press, 1958). ベイトは『没落』において 15.8% の語がラテン語起源の語であり (Bate, p. 177)，「秋に寄せて」においてはラテン語起源の語の使用は 8.3% に半減している (Bate, p. 31) ことを指摘している。また詩的用語は 'English

in origin' (Bate, p. 182) であると指摘している。

16) Miriam Allott, ed. *Keats: The Complete Poems*, p. 5.

17) このソネットにおいて，キーツはイングランドとイギリスを混同して語っている。「イングランドの幸福」（'England's happiness'）と言いながら，一方で「この戦いで包囲された島国」（'The dwellings of this war-surrounded isle'），「三つの地域からなる王国」（'the triple kingdom'）と語り，ヨーロッパの中でのイギリスの存在を重要視している点から，キーツ自身，イングランドはイギリス（英国）を意味していると思われる。このあと考察するソネット「英国は幸せだ！」（'Happy is England!'）においても，イタリアとの対比でイングランドは語られており，キーツはやはり広義にイングランドを解釈してイギリスを意味している。したがって，日本語訳も「イングランド」（'England'）であっても，「英国」あるいは「イギリス」としている。

18) *OED* の 'Albion' の項を参照。イギリスの古名 'Albion' は 'the allusion being to the white cliffs of Britain' と説明されており，ブリテン島南部海岸の白亜質の絶壁からこの名が生じた。

19) Beth Lau, 'Class and Politics in Keats's Admiration of Chatterton', *Keats-Shelley Journal* 53（2004），pp. 37-38.

20) キーツはチャタトンの使用する英語がイギリス語法であることを強調するために，チョーサーの英語をフランス語法的であるとみなし，チョーサーの英語を引き合いに出している。つまり，チャタトンはフランス語的なイディオムやフランス語法の句動詞を作るために用いられる機能語も使用していないとキーツは語っている。

21) Beth Lau, 'Protest, "Nativism", and Impersonation in the Works of Chatterton and Keats', *Studies in Romanticism* 42（Winter 2003），p. 539. ラウがこの論文で用いている 'nativism' は，アメリカ文学やアメリカ文化で使用される nativism，つまり排外主義や原住民保護主義という意味ではない。イギリス以外のギリシア，ローマ，フランスなどの言語，文化の影響に対する反発，そこから生じる土着文化の尊重，言い換えれば，元来イギリスにあった言語，文化の尊重という意味合いである。

22) Beth Lau,（2003），p. 520.

23) G. M. Matthews, ed. *Keats: The Critical Heritage* (London: Routledge & Kegan Paul, 1971), pp. 97-110.
24) Beth Lau, (2003), p. 539.

ブレイク作品にみる「四」のペルソナ

中山 文

1. 三から四へ

　ウィリアム・ブレイク（William Blake, 1757–1827）の預言書『ジェルーサレム』（*Jerusalem*, 1804–20）には次のように書かれている。「偉大な永遠界には次のような四つの点が見られる。西は周辺，南は天頂，北は天底，東は中心，永遠に近づくことができない。<u>これらがあらゆる人間のうちの人間性の四つの世界に向けられる四つの顔だ。</u>エゼキエルはそれらをケバルの洪水によって見た。そして目は南，鼻は東だ，舌は西，耳は北だ。」[1]（下線筆者）

　『天国と地獄の結婚』（*The Marriage of Heaven and Hell*, c. 1790–93）のタイトルについてもそうであるが，ブレイク作品は弁証法の観点から解釈することができ，ジェイコブ・ブロノフスキー（Jacob Bronowski）は『ブレイク——革命の時代の予言者』（*William Blake: A Man Without a Mask*, 1967）の中で，「ブレイクが独力で，ヘーゲルより20年前に，ヘーゲルの中心的思想である弁証法を作り上げた」[2] と述べている。ヘーゲル（Georg Wilhelm Friedrich Hegel, 1770–1831）が確立したとされる弁証法は「テーゼ」「アンチテーゼ」「ジンテーゼ」の三つから成り，ヘーゲルの弁証法に影響を与えたとされるのが，古代ギリシア哲学やキリスト教の「三位一体（'the Trinity'）」などであった。ヘーゲルは『哲学史講義』（*Vorlesungen über die Geschichte der Philosophie*, 1805–32）において，エレア学派の巨匠ゼノンは弁証法の創始者である [3] と述べるが，ヘーゲル弁証法の直接的な師はヘラクレイトス（Hērakleitos, c. 540–480B.C.）とされている。

　ブレイクの弁証法的思考にもヘーゲルと同様，古代ギリシア哲学やキリスト教からの直接的な影響がみられる。また，ブレイクが「ギリシア哲学，それはドルイド教の一つの遺物である」（Keynes 682）と述べていること

からも、さらにドルイディズムからの影響もうかがえる。
　ブレイクは『ジェルーサレム』の「ユダヤ人に」('To the Jews') の中で、次のように呼びかける。

　「すべてのことはアルビオンの古代ドルイドの岩でできた岸に始まり、そして終わる。」
　　あなた方の祖先たちはその源をアブラハム、ヘベル、セムやノアから得たが、彼らはドルイドたちであった、ドルイドの聖堂（それは族長が支配する柱とオークの森である）が今日まで全地いたる所で証明しているように。
　　あなた方は一つの伝統を持っているが、それは、昔は人間がその強力な手足のうちに天と地のすべてのものを収めていたという、これをあなた方はドルイドたちから受け取ったのだ。
　「しかし今では星空はアルビオンの強力な手足から逃げ出している。」
　　アルビオンはドルイドたちの親であった…。（Keynes 649）

　ケルト語に由来する「アルビオン」は、ブリテン島の古名である。すべての物事はアルビオンの地から出発して、弧を描くように一巡りし、再び元の場所に戻ってくる。「一」から分かれたものが再び「一」に統合されるという、弁証法的思考と重なり合う記述である。また、アブラハム、ヘベル、セムやノアは皆ドルイドであり、「アダムはドルイドであった」（Keynes 578）とするブレイクは、イエスの教えとユダヤ教は本来ドルイド教に内包されたものだから、三つは一つになる、一つになるのが理想と考えていたと解釈される。このように、ブレイクが体系づけようとした「弁証法」は「三一性」から読み取れるのではないだろうか。
　ヘーゲルはドイツに生まれ、ブレイクはイギリスに生まれ、二人は互いの名前さえ知らないまま、18世紀後半から19世紀前半のヨーロッパに生きた。ヘーゲルとブレイクがともに〈体系〉をめざしていたのは確かである。ヘーゲルは『精神現象学』（*Phänomenologie des Geistes*, 1807）において「真理は体系としてのみ現実的である」[4]と述べ、ブレイクは「私は一つの体

系を創造しなければならない」（Keynes 629）と書いている。両者がそれぞれにめざしていた〈体系（'system'）〉が弁証法に深く関わるものだったことは疑いない。

　上記のことから「三」に注目してブレイク作品を読み解くことができるが，本稿では，『四つのゾア』（*The Four Zoas*, 1795–1804）に象徴される，作品にたびたび取り上げられる「四」の数字に注目してみたい。次章では，ブレイク作品の「四」の起源をエゼキエル，ピタゴラス（学派），プラトン，そしてアリストテレスの考えの中に辿っていく。

2．「四」の起源

　旧約聖書の『エゼキエル書』の主要部分は3つに区分されており，1章では「四」の数字が繰り返される。[5]

　　カルデアの地ケバル川の河畔で，主の言葉が祭司ブジの子エゼキエルに臨み，また，主の御手が彼の上に臨んだ。わたしが見ていると，北の方から激しい風が大いなる雲を巻き起こし，火を発し，周囲に光を放ちながら吹いてくるではないか。…その中には，四つの生き物の姿があった。…それぞれが四つの顔を持ち，四つの翼を持っていた。…翼は互いに触れ合っていた。それらは移動するとき向きを変えず，それぞれ顔の向いている方向に進んだ。その顔は人間の顔のようであり，四つとも右に獅子の顔，左に牛の顔，そして四つとも後ろには鷲の顔を持っていた。…<u>わたしが生き物を見ていると，四つの顔を持つ生き物の傍らの地に一つの車輪が見えた。</u>それらの車輪の有様と構造は緑柱石のように輝いていて，四つとも同じような姿をしていた。その有様と構造は車輪の中にもう一つの車輪があるかのようであった。…車輪の外枠には，四つとも周囲一面に目がつけられていた。生き物が移動するとき，傍らの車輪も進み，生き物が地上から引き上げられるとき，車輪も引き上げられた。[6]（下線筆者）

　この場面こそ，本稿の冒頭にあげた引用箇所の原点である。預言者エゼ

キエル（Ezekiel, c. 600B.C.）に関連して，ブレイクは「エゼキエルの輪」（'Ezekiel's wheels'）をあげており，また，『天国と地獄の結婚』には次のようにある。「預言者イザヤとエゼキエルが私と一緒に食事をした。そして私は彼らに尋ねた，神が彼らに話しかけたことをどうしてあえてそのようにあからさまに断言する勇気があったのかと…。」（Keynes 153）『エゼキエル書』に描写される「一つの車輪」が，ブレイクの「エゼキエルの輪」と考えられる。ブレイク作品によく出てくる 'wheel' については，第4章でも取り上げる。

次に，ピタゴラス（学派），プラトン，そしてアリストテレスについては，「四元素説」を中心にみていきたい。ピタゴラス（Pythagoras, c. 500B.C.）については，彼自身に著作物はないので，ピタゴラス学派と呼ばれる多くの後継者たちを通して検討していく。

古代ギリシア思想にある「四元素説」について，ピタゴラス学派の資料には次のように登場する。「人間が感覚しうる物体は火，水，土，空気の四つの基本要素からできており，4つの要素は変化し転化しあう。四元素から成る宇宙は球形をなしている。光と闇は宇宙には等しい分だけあり，熱冷乾湿の要素も等しい量あるので，空気が熱されれば夏，冷えれば冬，乾が優勢になると春になり，湿が優勢になると秋になる。」[7]

ブレイクは作品中，ソクラテスやプラトンとともにピタゴラス（学派）を取り上げている。*A Blake Dictionary* を編纂した S. フォスター・デイモン（S. Foster Damon）は，ピタゴラスがドルイドから転生（輪廻（'transmigration'））思想を学び取ったとし，それはブレイクにも影響を与えたとしている。[8] ピタゴラス（学派）からの影響については，第4章で改めて取り上げる。

プラトン（Plato, 427-347B.C.）は，「数は万有の始源である」という考えや，「魂は不滅である」といった神秘思想をピタゴラス学派から受け継いだとされている。「四」の数に関連しては，人間の魂の三分説を基本にした「四元徳」というものがある。これは，魂を理性的部分（学びと知を愛する部分），気概的部分，欲望的部分の三つに分け，各部分に対応して身につけるべき徳が知恵，勇気，節制の三つで，それらを束ねる全体的徳を正義とするも

のである。[9]

　また,『パイドロス』には,「生き物は魂を内にもった物体である」,「生き物は魂と物体との結合体」[10] という考え方が出てくる。プラトンは,「宇宙が物質的な物だけから成る」という点に強く反対しながらも,物質界の「四元素説」は認めていた。

　アリストテレス (Aristoteles, 384–322B.C.) の『生成消滅論』を紐解くと,「四元素説」に関連して,二組の対立的な元素(根源物質)の組み合わせという発想がある。水を熱したら空気になる例にみられるように,四元素はそれぞれ他のものに変化,転換しうるとする考えをアリストテレスもとっていたことになる。[11] アリストテレスについて,デイモンは,「ブレイクはプラトンについては詳しく調べたが,アリストテレスは退けた」(Damon 343) としているが,実際はどうであろうか。

　ブレイクの「ホメロスの詩について」('On Homer's Poetry,' c. 1820) には,「アリストテレスは,性格は善いか悪いかのいずれかであると言っている。」(Keynes 778) というくだりがある。アリストテレスの『詩学』の冒頭部分についての感想と思われる。人の性格は二つの方向に分かれ,一方は重厚なすぐれた性格,こちらの人々は美しい行為を,他方の軽い性格の人々は劣った行動をとる。[12] アリストテレスは部分をみて全体をみようとしないという,ブレイクなりの批評であろうか。『詩学』に触れた限りのブレイクには,アリストテレス思想を十分に理解するだけの余裕はなかったのであろう。アリストテレスはまた,「天が球の形をもつことは必然である」,「球が立体の形のうちでも最初のものであることは明らかである」[13] としている。

　ブレイク作品にみられる「四」の起源をエゼキエル,ピタゴラスをはじめとする哲学者にみてきたが,次章では,ブレイクの後期預言書にみられる「四」を取り上げていく。

3. 後期預言書 ── ロスの「ゴルゴヌーザ」建設

　ブレイクが語る「神話」に登場するロス (Los) は,ゴルゴヌーザ (Golgonooza) の建設を始める。「ここテムズ川の岸に,ロスはゴルゴヌー

ザを建設した，ベウラの下，人間の心臓の門の外側に，アルビオンの祭壇の岩の真ん中に。…それは霊的な四重のロンドンだ，<u>絶えず建設し，そして絶えず荒れ果てて崩壊している。</u>」(Keynes 684)（下線筆者）ブレイクがロスを介して，ゴルゴヌーザの名で聖地エルサレムを建設しようとした場所がロンドンであったことがわかる箇所である。「ゴルゴヌーザ」を分解すると 'Golgo ＋ new ＋ tha'，つまり「新しいゴルゴタ」の意味合いが隠されていると解釈できる。[14]

　ブレイクの「神話」において，ロスは「想像力」を司る人物であり，詩人とされている。『四つのゾア』の「第一夜」では，「ベウラの娘よ，彼の堕落し分裂するさまを，そして統合へと復活するさまを歌え。」(Keynes 264)と呼びかける。ブレイクに霊感を与えてくれる「ベウラの娘（'Daughter of Beulah'）」に向けたこの呼びかけにより，詩神の言葉を預かることから，『四つのゾア』は預言の書であるといえよう。しかし，ブレイクにとって詩神を上回る存在としての「詩才（'the Poetic Genius'）」，そしてこの「詩才」が，「想像力」を具現化するロスとなって（植物的）生長をしていくことを忘れてはならない。後期預言書で活躍する「四つのゾアたち」を凌駕するロスの存在は，「想像力」を重視するブレイクの考えの表れといえるだろう。

　『四つのゾア』は，今や堕落して眠りにつくアルビオンを作品中央に横たえ，その頭上を過ぎていく九日間の夢物語である。「第一夜」冒頭には，「四つの強大なものたちがすべての人間のうちにある。完全な統一はエデンの普遍的な愛からでなくして存在しない」(Keynes 264)とある。「ゾア」の語源は「命，生命，動物，生活」などを意味するギリシア文字の 'ςωά' である。四つのゾアはそれぞれ，アーソナは「想像力」，サーマスは「感覚」を，ルーヴァは「感情」，ユリゼンは「理性」という抽象概念が受肉されたものである。四つのゾアたちの分裂と統合は，普遍的人間が神から見放された状態にある「堕落」と，神と再び結合する「救済」に呼応する。ゴルゴヌーザは芸術と学問の理想都市であるが，そこではゾアたちによるさまざまな対立や抗争が繰り広げられる。

　「この都市のあらゆる部分は四重だ，そしてあらゆる住民も四重。」

(Keynes 633) とあるように、ゴルゴヌーザでは、北の門には彫られた四頭の恐ろしい雄牛が、南には黄金の門と生きている四頭の恐ろしい獅子が待ち構える。西と東の門もそれぞれ四重でできている。「門」はとりわけ重要で、入口であると同時に出口でもあり、両義性をもつ。ゴルゴヌーザは建設途中にあり、その間も途切れることなく敵が侵入してくるため、四つの門は宇宙を内と外で囲み、四重の門を構え、建設に携わる労働者たちが精を出している。この預言書は完成度の点からしても、長い年月をかけて修正を重ねたが、ついに完成することのなかった、構築半ばで放置された作品である。

　第2章で取り上げたプラトンには、『ティマイオス』という作品がある。[15] ピタゴラス学派の哲学者ティマイオスが語り手となり、神による世界構築の過程を辿る。神を直接の創造者としてではなく、混沌の状態を秩序づけた者とみなし、混沌の中に在る四元素の根源を突き詰めていく。宇宙生成の根底にあるとされる四元素の関係は、『ティマイオス』にいう、「それらが互いにまわりまわって生成を与え合っている（49CD)」ような外観を呈している。この四元素の始原は二種の三角形、詳しくは二等辺三角形と不等辺三角形とされ、これを基に最も動きにくい土には立方体が与えられる。そして水には残りのもののうちの最も動きにくい形を、火には最も動きやすい形、空気にはその中間の形を与えることにする。(53CD, 55E, 56A) 四元素間の流動性はこれゆえである。さらに宇宙構築者は宇宙全体として、すべての形のうちで最も完結し、最も自分自身に相似した形を与えたが、それは、中心から端までの距離がどこも等しい球形に仕上げたのだ。(33B)『四つのゾア』の「第二夜」には、プラトンのこのような考えを諷刺したと思われる箇所がある。

　　他のものは三角形の、直角の進路を維持する。他のものは鈍角、鋭角、不等辺のものを、単純な進路において。しかし他のものは入り組んだ道を動いていく、四乗冪、台形、菱形、偏菱形、平行四辺形の、三重で四重、多角形の、広大で深淵な驚くほどしっかりと征服された彼らの進路を。(Keynes 287)

ノースロップ・フライ（Northrop Frye）はブレイクのこの表現について，「彼は，ぶかっこうな幾何学的機械の中で，ごろごろと音をたてながら天体に亀裂がはいる様子を描写しているのだ」16) と述べている。ティマイオスが語った，構築者が最も完璧な形に創り上げた宇宙も，ブレイクにとっては歪曲したものに感じられたのだ。「数学的な均衡が生きている均衡によって抑制された時，ゴルゴヌーザから霊的な四重の永遠なるロンドンが計り知れない労苦と悲哀のうちに，絶えず建設し，絶えず倒壊している」（Keynes 485）（下線筆者）と述べているように，ブレイクは，幾何学・数学的思考を乗り越え，いかなるものも時とともに絶えず変容していくと考えたのだ。

4．点から球，そして渦へ

ユダヤ教とキリスト教にとって，「四」は縁起の良い神聖な数である。ヤーウェ（JHWH）はヘブライ語表記で神聖四文字，アダムも四文字，新約聖書の福音書もマタイ，マルコ，ルカ，ヨハネの四つである。17)『創世記』には「エデンから一つの川が流れていた，…分かれて四つの川となっていた」（2章10節）とあり，『エゼキエル書』には「主なる神がイスラエルの地に向かってこう言われる：終わりがくる，地の四隅に終わりがくる」（7章2節）とある。

本稿の冒頭で取り上げた，「偉大な永遠界には次のような四つの点が見られる。」のように，ブレイクの「四」は，「点」に始まる。4つの点から「線」を伸ばせば四角形になり，4つの線を弧線にして結ぶと「円」になる。円は「球」へ，前述の古代ギリシア哲学にみられるように，四元素から成る宇宙は球形である。平面が立体になると，そこには立体的螺旋運動や渦巻き運動が生まれる。ブレイクの後期預言書から，このような運動に関連した箇所をあげてみると，『四つのゾア』には回転（運動），天球（層），車輪，渦巻きなどがある。『ミルトン』（Milton, 1804-08）にも球体，回転，渦巻きが，『ジェルーサレム』では，車輪や螺旋形の渦巻きなどがある。（第2章に既述したように，『エゼキエル書』にも車輪の用語は出ている。）

「万物は数から構成される」とするのがピタゴラス学派の基本的な考え方であり，数は1から始まり，1はすべてのものの始源である。1は数で，数から点，点から線，線からは図形ができていく。さらに，1を点，2を線，3を面，4を立体とする時，3から平面（図形）が，4からは立体（図形）が生まれる。1から4の数字を足した10は，神聖な象徴と考えられていた。[18]「永遠界では四つの芸術，つまり詩，絵画，音楽，そして学問である建築は，人間の四つの顔である」（Keynes 514）と述べるブレイクの創作もまた，このようなものからできている。
　本稿では「四」の数字から，『四つのゾア』を中心にみてきたが，ブレイクの後期預言書において内容構成上も異同はみられるが，「四つのゾアたち」の分裂と統合，「アルビオン」の堕落と復活が，「下降」から「上昇」への動きに表される点で共通している。そしてこのような論理展開に必要なのが，渦巻き運動である。『四つのゾア』と『ミルトン』では渦（巻き）に関する描写は数箇所以上を数えるが，『ジェルーサレム』には少なく，例として「耳の渦巻きを外の方に回す」，「耳，鼻孔の渦巻きをなす」，「螺旋形の渦巻き」（Keynes 701）などがある。
　以下にあげる『四つのゾア』と『ミルトン』における渦巻きの描写には，「下降」から「上昇」への転換点が示される。「下降も上昇もなく，渦巻きが働かなくなった所までやって来た時，方向を変えて，やって来た方を彼が振り返ると，すべてが上方にあった…。」（Keynes 316）そして，この渦巻きはまた，次のように動き始める。

　　あらゆるものはそれ自体の渦巻きを持っている，そして永遠界を通る旅人がいったんその渦巻きを通過してしまえば，それが彼の通路の背後後方に回転していくのを見てとる，一つの太陽のように球体それ自体を包みながら，または一つの月のように…。このように天は永遠界を通る旅人によってすでに通過された一つの渦巻きであり，地はまだ通過されていない一つの渦巻きなのだ。（Keynes 497）

　ブレイクの「四」は東西南北の四つの点にあったが，方角をも失わせ，

あらゆるものを取り込んでしまうのが，この「渦巻き」であったのだ。

本稿のタイトルに用いた「ペルソナ」は，ラテン語 'persona' に由来し，'person' の語源である。1250年頃，神学で「位格」の意味合いで用いられて以来，さまざまな意味をもつようになったとされている。[19] 古代ギリシアにおいては役者が被る仮面（プロソーポン）に始まり，役，役割，立場，個性や人格などの意味がある。[20] ブレイクの「四つのゾアたち」も個々に定められた「抽象概念」の役を演じており，後期預言書は，人間性をはじめとしたさまざまなものにみられる四面性を描いているといえよう。

註

1) Keynes 632. 本稿のブレイク著作からの引用については，Geoffrey Keynes, ed., *Blake: Complete Writings*（Oxford: Oxford UP, 1966）に拠る。なお，著作の日本語訳は，梅津濟美訳『ブレイク全著作』（名古屋大学出版会, 1989年）をはじめとする訳本を参照の上，私訳したものである。

2) 高儀 188. *William Blake: A Man Without a Mask*（New York: Haskell House, 1967）からの引用については，高儀進訳『ブレイク──革命の時代の予言者』（紀伊國屋書店, 1976年）に拠る。

3) 長谷川宏訳『哲学史講義（上巻）』（河出書房新社, 1994年）242ページ参照。

4) 樫山欽四郎訳『精神現象学』（河出書房新社, 1966年）26.

5) 『聖書辞典──新共同訳聖書』（新教出版社, 2013年）74ページ参照。

6) 『聖書──新共同訳』（日本聖書協会, 1996年）1296-7.

7) 内山勝利編訳『ソクラテス以前哲学者断片集〈第III分冊〉』（岩波書店, 2008年）147-48.

8) S. Damon. *A Blake Dictionary: The Ideas and Symbols of William Blake*（Hanover: UP of New England, 1988）110ページ参照。ブロノフスキーも同様の指摘をしている。（高儀 316）

9) 藤沢令夫訳『国家（下）』（岩波文庫, 2014年）297-98ページ参照。

10) 藤沢令夫訳『パイドロス』（岩波文庫, 2013年）157-58.

11) 戸塚七郎訳『アリストテレス全集4 生成消滅論』（岩波書店, 1968年）307-

12) 松本仁助, 岡道男 訳『詩学』(岩波文庫, 2013 年) 24 ページ参照。
13) 村治能就 訳『アリストテレス全集 4 天体論』(岩波書店, 1968 年) 65-66.
14) 大熊昭信 著『ウィリアム・ブレイク研究――「四重の人間」と性愛, 友愛, 犠牲, 救済をめぐって』(彩流社, 1997 年) 232 ページ参照。
15) 種山恭子 訳『プラトン全集 12』(岩波書店, 1975 年) 参照。以下の引用箇所についてもこれに拠る。
16) Northrop Frye, *Fearful Symmetry: A Study of William Blake* (Princeton: Princeton UP, 1969) 286.
17) マンフレート・ルーカー 著, 池田鉱一 訳『聖書象徴事典』(人文書院, 2008 年) 179 ページ参照。
18) 廣松渉他 編『岩波哲学・思想事典』(岩波書店, 2000 年) 231 ページと, 藤沢令夫 監訳『西洋哲学の知 I ――ギリシア哲学』(白水社, 1998 年) 42 ページ参照。
19) 寺澤芳雄 編『英語語源辞典』(研究社, 2013 年) 参照。
20) 小倉貞秀 著『ペルソナ概念の歴史的形成』(以文社, 2010 年) 参照。

ロレンスの書簡における「未来派」観

安尾 正秋

1. はじめに

　1914年6月5日付のエドワード・ガーネット（Edward Garnett, 1868–1937）宛書簡の後半でロレンス（David Herbert Lawrence, 1885–1930）は自身の小説論をこう展開する。

> You mustn't look in my novel for the old stable ego of the character. There is another ego, according to whose action the individual is unrecognisable, and passes through, as it were, allotropic states which it needs a deeper sense than any we've been used to exercise, to discover are states of the same single radically-unchanged element. (Like as diamond and coal are the same pure single element of carbon. The ordinary novel would trace the history of the diamond — but I say 'diamond, what! This is carbon.' And my diamond might be coal or soot, and my theme is carbon.)
>
> You must not say my novel is shaky — It is not perfect, because I am not expert in what I want to do. But it is the real thing, say what you like. And I shall get my reception, if not now, then before long.[1]

1914年当時ガーネットは、ダックワース社のパブリッシュ・リーダーとしてロレンスのいわばリテラリー・カウンセラー的な存在であり、ロレンスがここで 'my novel' と言っているのは、「結婚指輪」(The Wedding Ring) というタイトルで着想を得て、のちに『虹』(The Rainbow, 1915) と『恋する女たち』(Women in Love, 1920) という作品に結実した小説である。ロレンスの小説を研究する際にたびたび引用され、彼独自の小説論として注目され、様々に解釈・援用されてきたこのいわゆる「炭素論」は、確か

に書簡後半で重要な意味合いを持っている。しかしそれに比べて，いやそれだけにと言うべきか，同じ書簡の前半に記されたロレンスの「未来派」への言及については，最近になってようやく考察されるようになったばかりである。

本論は，ロレンスと「未来派」との接点を彼の2通の書簡を通して確認し，新たな研究成果にも目を向けながら，これまでほとんど言及されることのなかったロレンスの「未来派」観と彼の詩や評論の言葉とのつながりを考察する端緒としたい。

2. 書簡に述べられたロレンスの「未来派」観（1）

先の書簡の前半，引用した「炭素論」に至る前段で，ロレンスは「未来派」をめぐる思いをこう表明している。

> I think the book is a bit futuristic — quite unconsciously so. But when I read Marinetti — 'the profound intuitions of life added one to the other, word by word, according to their illogical conception, will give us the general lines of an intuitive physiology of matter' I see something of what I am after. I translate him clumsily, and his Italian is obfuscated — and I don't care about physiology of matter — but somehow — that which is physic — non-human, in humanity, is more interesting to me than the old-fashioned human element — which causes one to conceive a character in a certain moral scheme and make him consistent. The certain moral scheme is what I object to.[2]

'the book' とは先に引用した 'my novel' にあたる The Wedding Ring のことである。マリネッティ（Emilio Filippo Tommaso Marinetti, 1876–1944）は，室井尚氏が『哲学問題としてのテクノロジー』で用いた紹介文を借りれば「機械文明を徹底的に賛美し，その『力と速度』に一体化することを夢見た」[3] 詩人・作家であり，1909年に『フィガロ』紙などに「未来派宣言」を発表し，イギリスを1910年4月，12年3月，13年11月，そして14年春と第一次大戦前に4度に渡って訪れ，講演旅行をしている。A. ハリソ

ンの『ロレンスとイタリア未来派』によれば，4度目の講演が引き金となってロンドン・グループの「未来派」に対する嫌悪がそれまで以上に高まり，「渦巻き派」の立ち上げにつながったと考えられている。[4]

ここで書簡に述べられた 'an intuitive physiology of matter' という語句に注目したい。ロレンスは，マリネッティのマニフェストを読み，自身のことばに翻訳して「事物の直観的生理学の一般法則」から，それが「私が求めている何か」であることに気づいてはいるが，にもかかわらず，翻訳がうまくできないでいる。その上マリネッティのイタリア語自体が分かりにくいせいもあって，「事物の生理学」には関心がないとも言い，'physic' なもの，人間性の中にあって 'non-human' なものに関心を寄せている。書簡をさらに読み進めると，ロレンスの「未来派」に対する苛立ちを含んだアンビヴァレントな感情は，こう強調される。

> ...it is the inhuman will, call it physiology, or like Marinetti — physiology of matter, that fascinates me. I don't care so much about what the woman *feels*— in the ordinary usage of the word. That presumes an *ego* to feel with. I only care about what the woman *is* — what she *is* — inhumanly, physiologically, materially — according to the use of the word.... That is where the futurists are stupid. Instead of looking for the new human phenomenon, they will only look for the phenomena of the science of physics to be found in human being. They are crassly stupid.[5]

関心がないと今言ったばかりの「未来派」の「事物の生理学」がここではロレンスの言う 'inhuman will' と結びつけられて，「私を魅了する」ことになり，また「唯一関心があるのは女性が何であるかだ。非人間的に，生理的に，物質的に，女性が何であるかだ」とも書かれている。書簡の字句をこのようにたどると，「未来派」のマニフェストの用語をロレンスが強引に彼自身の思考に取り込もうとしている（取り込んで「炭素論」として結実した一面だけがこれまでのロレンス研究では議論されてきたわけだが，）ことが十分にうかがえる。しかし，それなら，マリネッティの「未来派」

を「馬鹿げている」とか「全くの愚か者」として切り捨てるのはどういうことであろうか。その理由は「未来派」が 'the new human phenomenon' を探求することなく，人間の中に見られる 'the phenomena of the science of physics' を探求するにとどまっているからだ，と彼は言う。

「未来派」への言及はこの書簡と一つ前のそれ——本論後半で読む同年6月2日付アーサー・マクラウド宛書簡——とにあるだけで，これら2通を最後に一切なくなるのだが，ロレンスが「未来派」との関係をどうしてこうまでこじれたままにしたのかを解明しようにも，そのための文献がまだ論者の手元にないので，ロレンス自身の 'I am not expert in what I want to do.' という告白を頼りに，彼にしてもまだ「未来派」をめぐる考えが整理できないでいたのであろう，あるいは英訳された「未来派」に関する資料が当時ほとんどなかったのであろう，と推測するしかない。例えば，ケンブリッジ版『ロレンス書簡集』に付けられた詳細な注によれば，1913年9月に刊行された『詩と演劇』(*Poetry and Drama*) 第1巻には，ハロルド・モンロー（Harold Monro, 1879–1916）による「未来派」の詩の英訳が掲載されており，これが唯一「未来派」関連の英語文献であった。[6]

さらに，ロレンスが翻訳して書簡に引用したマリネッティの 'Manifesto tecnico' の一部には原文に印刷上のミスがあり，ロレンスが 'physiology' と理解したイタリア語 'fisicologia' が実は 'psicologia' と誤記されていたために 'psychology' と誤訳された経緯が指摘されている。ケンブリッジ版『書簡集』の注にある編者のコメントを引用する。

> Despite the apparently paradoxical notion, it would have been quite appropriate for a Futurist writer to speak of 'an intuitive physiology of matter', an idea which obviously appealed to DHL.[7]

「明らかにロレンスの好みに合った」創造的な誤訳とも言える 'an intuitive physiology of matter' を評価したこうしたコメントがある一方で，M. H. ホイットワース編『モダニズム』の序文には次のような一節もある。

Though [Lawrence] mistranslated Marinetti's 'psychology of matter' as 'physiology of matter', he understood the futurist's deeper argument.... In taking Marinetti's proposal that poems be written about inert matter, and finding an application for it within the traditional mode of the novel, Lawrence could be accused of blunting the radical edge of the futurist project. Yet in the depth of its revision of the conventional humanist idea of subjectivity, Lawrence's project is more daring.[8]

ここでもロレンスの明らかな誤訳である，あるいは「未来派」のプロジェクトの鋭利な刃先を鈍らせる解釈であるとして非難されるかも知れないとしつつも，主体性という旧弊な人間的思考の修正を試みた「その深み」において 'Lawrence's project is more daring' と称えている。

3．書簡に述べられたロレンスの「未来派」観（2）

では次に，ロレンスの「未来派」観をより鮮明にするために，彼が「未来派」に言及したもう一つの書簡，アーサー・マクラウド（Arthur William McLeod, 1885–1956）宛 1914 年 6 月 2 日付の書簡に視点を移そう。書簡冒頭でロレンスは，いきなりこう切り出す。

> I have been interested in the futurists. I got a book of their poetry — a very fat book too — and book of pictures — and I read Marinetti's and Paolo Buzzi's manifestations and essays — and Soffici's essays on cubism and futurism. It interests me very much. I like it because it is the applying to emotions of the purging of the old forms and sentimentalities.... They are very young, infantile, college-student and medical-student at his most blatant. But I like them. Only I don't believe in them. I agree with them about the weary sickness of pedantry and tradition and inertness, but I don't agree with them as to the cure and the escape.... The one thing about their art is that it *isn't* art, but ultra scientific attempts to make diagrams of certain physic or mental states.[9]

マクラウドはデイヴィドスン・ロウド小学校におけるロレンスの同僚で，長年文通を続けた数少ない友人の一人であった。先に引用したガーネット宛書簡と比べると，ロレンスが「未来派」のどういった面を肯定し，どういった面を否定しているかがより率直に語られている。「旧態依然とした形式や感傷を一掃しようという私の情念に訴えること」を肯定し，「衒学趣味，伝統，そして不活性なものすべてに共通する病的な要素に，ほとほとうんざりし」，「ある 'physic' な，あるいは 'mental' な状態を 'diagrams' にしようとする超科学的な企て」を肯定していることがはっきり読み取れる。そして，ロレンスのこうした「未来派」観は，書簡自体の率直な語りのリズムに乗じて思い切って要約すれば，すべてガーネット宛書簡で述べられた「炭素論」の「同素体的状態」'allotropic states' を志向する小説論へと回収することが可能であろう。しかし，同じ書簡の次の一節には，「炭素論」に要約・回収しきれず，そこから溢れ出る過剰な「未来派」に対するロレンスの思いが書き込まれている。

> I think the only re-sourcing of art, re-vivifying it, is to make it more the joint work of man and woman. I think *the* one thing to do, is for men to have courage to draw nearer to women, expose themselves to them, and be altered by them: and for women to accept and admit men. That is the only way for art and civilisation to get a new life, a new start — by bringing themselves together, men and women — revealing themselves each to the other, gaining blind knowledge and suffering and joy.... Because the source of all life and knowledge is in man and woman, and source of all living is in the interchange and the meeting and mingling of these two: man-life and woman-life, man-knowledge and woman-knowledge, man-being and woman-being.[10]

ここでロレンスが言わんとしているのは，互いに 'allotropic' な状態にある 'man-being' と 'woman-being' とが，あるいは 'man-life / -knowledge' と

'woman-life / -knowledge' とが「相互交換，出会い，混和」し「全的に生きる」状態である。先のガーネット宛書簡で述べられた「事物の直観的生理学」を既に引用した室井氏の「未来派」に関するキーワード「力と速度」になぞらえて特徴付けるとすれば，この状態を特徴付けるキーワードは「相互浸透」となるであろう。

　「未来派」の絵画を考えてみると，例えば人物を描く場合，その運動と速度を 'diagram' 化して画面に描き込む技巧が顕著だが，それだけではなく，人物だけを孤立した状態で描くことはほとんどなく，周囲にあるものと一体化して描く傾向が強いことが知られている。また，人物と物質，物質と精神，視覚と聴覚など異なる感覚の，あるいは人間と機械の「相互浸透」として描き込むことが多々ある。

　著書『デザインのエートス』において宇波彰氏は，「未来派」の思想史的な位置を「広い意味では人間と対象世界とをまったく対立させて考えてきたデカルト的な世界観を否定するものであり，二十世紀の思想の動きと連動している」とし，そのキーワード「相互浸透」を「おそらく『縫合』や，最近のカルチュラル・スタディーズにおける『節合』（articulation）の概念ともつながるものである」[11]と定義しているが，論者もこうした思想史の系譜にロレンスの「未来派」観を位置付けたいと考えている。

　以上，ロレンスの書簡2通の読みを通して，一つは「事物の直観的生理学」'an intuitive physiology of matter' というキーワードで，そしてもう一つは「相互浸透」'the interchange and the meeting and mingling of the two' というキーワードでロレンスの「未来派」観を整理してみた。最後に，キーワード「相互浸透」を接点に，そこから近年の研究成果へ接線を引いて，私自身の今後の研究につながる方向付けをして論を結びたい。

4．終わりに

　画期的なロレンス研究である『ヨーロッパにおけるロレンス受容』（*The Reception of D. H. Lawrence in Europe*, 2007）に収められた論考「イタリアにおけるロレンスの紆余曲折」（"The Fortunes of D. H. Lawrence in Italy"）の第3節「ロレンスとモダニズム：視覚芸術の影響」（'Lawrence and

Modernism: the impact of the visual arts')でS. ミケルッチ氏は，ロレンスと「未来派」との接点をこう定めている。

> During his first stay in Italy, Lawrence became acquainted with Futurism through the anthology *I poeti futuristi* (Futurist poets) (1912), ed. F. T. Marinetti, and *Cubismo e Futurismo* (Cubism and Futurism) (1914) by Ardengo Soffici. Although he considered Futurism naïve from a certain point of view, that is in its glorification of war, militarism and exaltation of machinery, he was strongly attracted by the provocative message of Marinetti's *Manifesto*, with its transgressive contents and its ruthless attack on conventions and conservative morality.[12]

「相互浸透」から「境界侵犯」'transgression' へ接線を延ばし，例えば『古典アメリカ文学研究』(*Studies in Classic American Literature*, 1923)の第1章「地霊」("The Spirit of Place")で何度も用いられるフロイト的用語 'home' と 'uncanny' の「相互浸透」へ，あるいは詩集『鳥，けもの，花』(*Birds, Beasts and Flowers*, 1923)の詩篇「人間とコウモリ」("Man and Bat")におけるコウモリの屋内外への飛翔が引き起こす目まいを伴う「境界侵犯」の感覚へと接線を延ばすことは可能であろう。[13] そして『ヨーロッパにおけるロレンス受容』巻頭の論文「『私は向こうへ行かねば』：国際的な視野で見たロレンスの英国性受容」(" 'I Must Go Away': The Reception of Lawrence's Englishness in an International Perspective") でR. ライランス氏が巧みに要約してみせたロレンス像へとさらに接線を延ばすことも可能である。

> The way of putting the question of Lawrence's Englishness by supporters and opponents alike, as an issue of his centrality or eccentricity to the national culture, seems to mistake the issue. Much more intriguing is the model proposed by post-colonial critics like Homi Bhabha in his book *The Location of Culture* (1994).... Bhabha's point is that negotiations between

consensus and conflict, and the phenomena of migrancy, marginalization and life on the borders are the real conditions of modern cultural experience. But this was true too for Lawrence.... For him, the idea of a national culture — Englishness — was a matter of negotiation and not of belonging.[14]

ロレンスの 'supporter' として彼の 'Englishness' こそ 'central' だと力説したリーヴィス (F. R. Leavis) と，逆にロレンスの 'opponent' としてその 'eccentricity' を強調したエリオット (T. S. Eliot) をすぐに思い浮かべることができるが，引用文中のホミ・バーバの言葉を借りて言えば，ロレンスの 'Englishness' を「境界上の生」を生き抜くための「交渉」'negotiation' としてさらに読み進め，新たな 'intriguing' なロレンス像を再構築すること，それこそ今後のロレンス研究の主要テーマになっていくのではないだろうか。

［本論は，中国四国イギリス・ロマン派学会第 29 回大会（2007 年 6 月 2 日，於 KKR ホテル広島）における口頭発表に加筆修正したものである。］

註

1) George J. Zytaruk and James T. Boulton eds., *The Letters of D. H. Lawrence*, (Cambridge University Press, 1981), p. 183.『D. H. ロレンス書簡集』からの引用を邦訳した部分は，吉村宏一・北崎契縁ほか編訳『D. H. ロレンス書簡集 V 巻 1914』（松柏社，2008 年）を参照させていただいた。
2) *The Letters of D. H. Lawrence*, p. 182.
3) 室井尚『哲学問題としてのテクノロジー』（講談社，2000 年），p. 104.
4) Andrew Harrison, *D. H. Lawrence and Italian Futurism: A Study of Influence*, (Rodopi, 2003), p. 31.
5) *The Letters of D. H. Lawrence*, p. 183.
6) *The Letters of D. H. Lawrence*, p. 180.
7) *The Letters of D. H. Lawrence*, p. 182.
8) Michael H. Whitworth ed., *Modernism*, (Blackwell, 2007), pp. 29-30.

9) *The Letters of D. H. Lawrence*, p. 180.

10) *The Letters of D. H. Lawrence*, p. 181.

11) 宇波彰『デザインのエートス』(大村書店, 1999年), p. 148.

12) Stefania Michelucci, "The Fortunes of D. H. Lawrence in Italy," Christa Jansohn and Dieter Mehl eds., *The Reception of D. H. Lawrence in Europe*, (Bloomsbury, 2014), pp. 88-89.

13) 「地霊」に頻出する 'home' と 'uncanny' との「相互浸透」あるいは「人間とコウモリ」に読める 'familiar' な場面と 'strange' なそれとの「境界侵犯」は、いずれも現実界での 'interchange' あるいは 'transgression' を意識したものであるが、例えば S. キング (Stephen King, 1947–) は、「最愛の自作」としている『リーシーの物語』(*Lisey's Story: A Novel*, 2006) の第 3 部冒頭にロレンスの詩篇「ヘネフにて」('Bei Hennef') を全行引用し、最終行にあるキーワード 'Strange' を契機として、ごく 'homely' なリーシーの結婚生活の中にも 'strange' な部分が存在していることを描いてみせた。ここには「現実界」と「異界」との「境界侵犯」がリアルに / グロテスクに描かれており、ロレンスと「未来派」とがキングを通して接続されている例かと思う。

14) Rick Rylance, " 'I Must Go Away': The Reception of Lawrence's Englishness in an International Perspective," *The Reception of D. H. Lawrence in Europe*, p. 15.

シェイクスピア悲劇におけるロマン性
トラジック・アイロニーを『ハムレット』の奥に読む

加島 康彦

1. まえがき

　シェイクスピア（William Shakespeare, 1564–1616）には〈ロマンティック・コメディ〉とか〈ロマンス劇〉と称される作品群がある。歴史劇の場合でも〈歴史のロマン〉といった素朴な視点が可能である。しかし，悲劇におけるロマン性となると捉え方が難しくなる。ギリシア・ローマの古典に通暁しているバウラ（Maurice Bowra）に従うならば，ルネサンス期の詩人が無限の可能性を秘めた自己を大胆な技巧を用いて表現したことと，ロマン派の詩人が自己の能力を〈顕在化した意識〉でもって新たな精神世界を構築しようとしたことの間には共通性があるということになる（Bowra 2）。その上，ベイト（Jonathan Bate）が鳥瞰してみせたように，シェイクスピアの〈ロマン性〉というときには，18世紀末から19世紀初頭におけるロマン派の詩人たちがシェイクスピアに見出した，もしくは，そうであると思われる〈ロマン性〉を判断の基準とするのが通りがよい（Bate 1-21）。
　だが，ロマン派詩人のシェイクスピア崇拝に具体的に示されているように，彼らのロマンの世界の復興にルネサンスが重要な役割を演じたとしても，多神教にもとづく神話を特色とするギリシアおよびその衣鉢を継ぐローマとシェイクスピアの時代の間には，キリスト教ヒューマニズムおよび騎士道ロマンスを生み出した王国世界が介在する。そのルネサンスとロマン主義の時代との間には反動を招くことになるネオ・クラシシズムが存在した。ギリシアにおいては〈二項対立概念〉も独自の統合を保持していて，キーツ（John Keats, 1795–1821）が賞賛した〈真・善・美〉の調和した世界があったとみなすならば，本稿のテーマである〈シェイクスピア悲劇におけるロマン性〉も一言では論じることができなくなる。20世紀を

迎えると歴史の繰り返しの中で対立概念は複合的な重層性を深化させることになっていく。歴史がロマンティシズムとリアリズムの重なりにハーディ（Thomas Hardy, 1840–1928）を見出したと言えるのであれば，両極が特性となっていたイギリス・ルネサンスにおいても，そのような視点において何らかの手がかりがあるものと思われる。

　シェイクスピアの作品はそれぞれ独自の輝きを内包していて，ひとつの作品で彼の悲劇の全体像を描くことは難しいが，初期の作品である『ロミオとジュリエット』（Romeo and Juliet, 1597）における愛の世界は，死によって打ち砕かれるが，同時に，愛することの夢と喜びを与えてくれるという意味でロマンの世界に回帰するとも言えよう。本稿では，四大悲劇の中から『ハムレット』（Hamlet, 1603）を取り上げ，その両極的世界を広い意味でのリアリズムとの関連で分析することでシェイクスピア悲劇の〈ロマン性〉に迫ってみたいと思う。ルネサンス期における夢と幻滅，熱情と非情，希望と絶望，生と死といった表裏から生じるアイロニーとロマン派のそれとの間には一脈通じるものがあると思われるし，20世紀のリアリズムはそのロマン主義のアンチテーゼとなっているからである。

2．ハムレットの佯狂(ようきょう)におけるアイロニー

　コールリッジ（S. T. Coleridge, 1772–1834）は，神格化したシェイクスピアの天賦の想像力を「多様を統一する能力」であると賞賛した（Rasor 2: 91 / Foakes 1: 249）。シェイクスピアはその想像力によってどのようなハムレットを描いたのであろうか。バウラの言う「人間としての自己の壮大な可能性」（'huge possibilities of the human self'）を『ハムレット』の〈技巧〉の中に求めるならば，まずは，王の命を受けて偵察を目的に訪ねてきた竹馬の友ローゼンクランツ（Rosencrantz）とギルデンスターン（Guildenstern）に対して，それを見抜いて吐く第2幕第2場のハムレットの台詞（'What a piece of work is a man, how noble in reason, how infinite in faculties, in form and moving how express and admirable, in action how like an angel, in apprehension how like a god: the beauty of the world, the paragon of animals', 305-309）[1]を取り上げてみたい。青木巖が『西洋古典とイギリス文学』（1965）におい

て述べているように、この台詞には、「自然的人間性の自由な活動の復活、一言で言えばヒューマニズムの再生」というルネサンスのエッセンスが込められている（青木 124-5）。このようなハムレットにおけるルネサンス的な人間賛歌にロマン派詩人が共感を示したのであろう。重要な点は、神と人間とが至近距離にあって、しかもギリシア的発想が基底にあることである。神を 'a god' と言っているのは英詩の伝統的表象であると限定すべくもなく、むしろ、この台詞は、独白ではなく二人の友人を前にして対話 (dialogue) として発せられている点に注目する必要がある。ラム (Charles Lamb, 1775–1834) は、ハント (Leigh Hunt, 1784–1859) が創刊した季刊雑誌 (*The Reflector*, 1811) において、シェイクスピアの悲劇を舞台で演じることの是非に関する論を展開し、劇場上演が目的とされていないと主張している (Lamb 190-212)。確かに、シェイクスピア劇の主要な登場人物を丈足らずの役者が演じた場合には、ラムの主張することは当っているように思える。しかし、観てもいないギャリック (David Garrick) をも否定しているのでもっと本質的な点に注目した洞察とみなすべきであろう。これは、ロマン派の詩人達のシェイクスピアびいきの理由と共通する〈性格描写の評価〉への傾斜であり、ブラッドレー (Andrew Cecil Bradley) に結実する〈ロマン批評〉で総括されるものである。しかし、シェイクスピアの作品における〈ドラマ〉としての世界という観点から見直すならば、ロマン派の一般的評価とはまた別のロマン性の発見があるかもしれない。そこで、前述の竹馬の友との再会場面を再検討すると、実は、この場面に先立って、第 1 幕第 4 場において、もう一方の、そして真の心の友であるホレーシオに、デンマークの深酒の宴会 ('heavy-headed revel') の悪弊を語りながら、'[. . .] these men, / Carrying, I say, the stamp of one defect, / Being Nature's livery or Fortune's star, / His virtues else, be they as pure as grace, / As infinite as man may undergo, / Shall in the general censure take corruption / From that particular fault.' (30-36) と言うのである。「ある欠点が全ての美徳を無に帰してしまうことがある」と語っているのは、親友に対してである。一方で死を希求しながらも、ロマンとしての理想の人間像を求めるハムレットは、デンマークの現状を語るところから人生の哲理に話を移行させてい

るのである。ドラマの構造から言うと、終生の友であり続けることになるホレイショーに語る人生哲理、それもハムレット自身の将来を予感したかのような（そして、原話を知っているエリザベス朝の観客にとってはドラマティック・アイロニーとして映る重層的効果があると思われるが）、そうした暗示に満ちた対話が先行した上で、ローゼンクランツとギルデンスターンが登場するのである。誠実なホレイショーと、すでにこの時点でハムレットを裏切りつつある二人の竹馬の友の実態とを重ね合わせるところに醸し出される演劇的アイロニーを背景にして、佯狂の仮面をかぶり道化よろしく機知のつまった台詞を矢継ぎ早に吐く王子との対話がその質を決定しているように思われる。

　ハムレットは、周りの具体的な出来事を抽象化した上で、その普遍的命題と思われるものを、今度は、対象化した、あるいは異化してみせた自己の現実（リアリティ）と思われるものの上に重ねて、反省と鼓舞を通して理想の自己（イデア）に同化しようとする行為（アクション）を何度も繰り返す。それは表出という名の〈鏡〉に写し出す行為（'[. . .] to hold, as 'twere the mirror up to nature; to show virtue her feature, scorn her own image, and the very age and body of the time his form and pressure', 3. 2. 22-25）と言いかえることもできよう。かざす鏡の向きで見える世界も変化を伴う。しかも演劇であるから、ハムレットの〈自己演出〉は、シェイクスピア独自の技巧によって、観客の感性に効果的に映ずるように目論まれているはずである。〈仮想現実〉と思われるものがリアリティを持つという意味でのリアリズムであって、小説の誕生から後世において定義される〈リアリズム〉では収まらないものである。その意味ではむしろ〈イデア〉の方が実体に近いかもしれない。文学用語に振り回されるのは不毛の誹りを免れない。

　その〈鏡〉に映し出された生と死の虚実の探究と認識の結果、イギリス送りとなった絶望的情況の中で最終的決意と思われるものに到達する。第4幕第4場のフォーティンブラス（Fortinbras）の行軍を目にした独白（'Rightly to be great / Is not to stir without great argument, / But greatly to find quarrel in a straw / When honour's at the stake.', 53-56）において演劇的繰

り返しのパターンは帰結をみる。シェイクスピア劇の特徴であるプロットの重層性がここにも用意されていて，ハムレットの父親の復讐，レイアーティーズ（Laertes）のそれ，そして，フォーティンブラスのそれの重なりの前提を看取するならば，よりドラマとしてのリアリティを認めることができるのではないだろうか。

　絶望のさなかにあってルネサンス的な人間賛歌を歌い上げてみせるハムレットは，詩と劇の融合体であるシェイクスピア悲劇において，パッチワークのように目まぐるしく展開する場面に対して，それを繋ぎとめるプロットが，これまた単一ではない〈演劇的重層構造〉のもとで，その人間賛歌の裏面を描き出していると解釈することも可能であろう。

3．ハムレットの人間賛歌とアイロニー

　このような演出のもとで人間賛歌がどのような展開を見せるのであろうか。一面において人間の果てしなき可能性を歌い上げるハムレットは，河合祥一郎の〈ヘラクレス願望説〉に見るように〈完全希求志向〉が顕著である（河合 193-227）。観劇の実感として〈ヘラクレス神話〉をどれだけ感得できるかという問題が残るが，ハムレットが〈完全なる人間〉にならんと欲しているのは確かで，そのロマンのイメージ化の範疇の代表的なものと言えるであろう。一方で同時に絶望の淵に立っているところにそのリアリティが滲み出るのである。両極的情況にあって，理想と現実の狭間で苦悩するプリンスの姿がそこにある。

　ルネサンス的人間賛歌における〈演劇的重層性〉には，〈両極的情況〉との関連で，プラスとマイナスの同居というか，同質的な増幅（homogeneity）と異質的な増幅（heterogeneity）の拮抗とでも呼ぶべき，ある種の矛盾した緊張状態の持続（continuity）が認められる。いわゆる〈近代的自我の分裂〉を耐えているヒーローの姿，いや，むしろ，すでに分裂をきたした自己をもてあました姿さえうかがえるのである。人間賛歌とはいうものの，人生に絶望したハムレットが，たまたま，ローゼンクランツとギルデンスターンにアイロニカルに絡むチャンスを与えられたからこそその実体が発信されたとも言える。劇場空間の中でなされるドラマであ

るからこそ，内在するものの発露をパーフォームできたとも言えるのではないだろうか。その屈折した内在性に比例した本質的な〈葛藤〉がテーマとなりうる。理想と現実，夢と絶望といった両極的な世界を受容するのか，それとも，脱出を図るのか，それが命題であろう。

さて，ローゼンクランツとギルデンスターンに語るハムレットの人間賛歌のくだりで，神（'a god'）という表現がギリシア的発想であると述べたが，実は，〈第一独白〉において絶望感から自殺願望をにじませているくだり（'[. . .] Or that the Everlasting had not fix'd / His canon 'gainst self-slaughter. O God! God! / How weary, stale, flat, and unprofitable / Seem to me all the uses of this world!', 1. 2. 131-6）では，どうみてもキリスト教の神の存在が立ちはだかっている。人間賛歌をしてみせる一方で絶望の淵をのぞき込むハムレット。古代ギリシアの再生（Renaissance）においてもなお生き続ける中世キリスト教圏（Christendom）の絶対神の掟と慈悲の世界。個人生活における男女の愛の理想としての父と母の記憶の崩壊と，将来は父の如き凛々しき王となるべく宮廷の騎士道の理想のプリンスとして磨きをかけ，ウィッテンバーグ大学での仕上げを達成中のハムレットの実存の喪失。両極は個としての世界と，それを取り込む大きな見えない世界の両方にあって，しかも，父と子の愛のプロットは，ハムレット，フォーティンブラス，レアーティーズにあって交差し，ドラマとしての枠組みの中で混沌を現出する。外観の綾の奥の実体を捉えきれない，混沌におけるあがきからの脱出の葛藤とみるならば，その表裏の構造には当然アイロニーが生じるものであろう。

〈ドラマティック・アイロニー〉は，〈トラジック・アイロニー〉と称する場合もあるように悲劇にもあり得る。アイロニーは，エヴァンズ（Bertrand Evans）が '[. . .] the creation, maintenance, and exploitation of differences in the awarenesses of participants and of differences between participants' awarenesses and ours as audience.' (Evans ix) と称しているように，本来，喜劇における特徴である。青木啓治においても「悲劇のアイロニーについて言えば，喜劇の場合の逆になる。主要人物の魂の苦悩が描かれているこのジャンルにおいては，我々は離れて眺めるのでなく，苦しんでいる人物たちの心の中に入っていくことを要求されるので，アイロニーは弱められる。」と分析

している。共感（sympathy）もしくは感情移入（empathy）のレベルでの議論と思われる。具体的には，「『オセロ』のアイロニーは，アイロニストがうみだすドラマティック・アイロニーであるのに対して，『マクベス』の場合は，運命のアイロニーあるいは事件のアイロニーと呼ばれるにふさわしい」し，「『マクベス』のアイロニーを論ずる場合，とくに忘れてならないのは，劇の大部分にわたって，マクベスの内的葛藤に我々の心が奪われるという点であろう」と言う（青木 6-7）。この解釈では『ハムレット』は言及されていない。『ハムレット』の場合は，アイロニストが生みだす「ドラマティック・アイロニー」と「運命と事件のアイロニー」のすべてを含んでいると思われる。見える世界と見えざる世界（'There are more things in heaven and earth', 1. 5. 174）を探求するときも，自らも佯狂をもって裏腹を演出する。その主人公（prime mover）は，感性と才能に恵まれながらも，終始，身動きの取れない運命的情況に翻弄され（それも，裏腹に，知的に酔いしれている側面もあって，アイロニーの重層性をかもしだしていて手に負えないのであるが），事件が思わぬ方向に連続して起こるのである。

4．シェイクスピア悲劇とアイロニー

　青木啓治が『マクベス』に認めたように，実は，『ハムレット』の場合も，「劇の大部分にわたって，主人公の内的葛藤に我々の心が奪われる」のであるが，悲劇でありながらアイロニーに満ちている点が問題性を孕んでいる。ボアズ（Frederick Samuel Boas）が *Shakespeare and his Predecessors* (1896) において『ハムレット』を問題劇の範疇に含めたのも故なきことではない。文学における神話理論で知られるフライ（Northrop Frye）は，'The Christian mythology of the Middle Ages and later was a closed mythology, that is, a structure of belief, imposed by compulsion on everyone. [. . .] Romanticism, besides being a new mythology, also marks the beginning of an "open" attitude to mythology on the part of society, making mythology a structure of imagination, out of which beliefs come, rather than directly one of compulsory belief.' と述べて，悲劇も自我と社会からの疎外をテーマとするに至ったと主張する

(Frye 3-49)。問題は，ルネサンス期のシェイクスピアの悲劇がどこに位置するかということであるが，ブッシュ（Douglas Bush）などは，ルネサンス期のヒューマニズムの中身について，'That humanism, as I have repeated so often, was a medieval fusion of classical wisdom with Christian faith and the only real change in later times was that the classical element, philosophically and aesthetically became a less inferior partner.' と述べ，中世継続説に近い解釈をしている（Bush 29-30）。

従って，仮にフライとブッシュの説を合わせると，ハムレットにとって，自我の葛藤よりも神との関係の方が切実であるということになる。この劇は真夜中の漆黒の闇の中，誰何（'Who's there?'）でもって始まり，王宮の明るい世界と対比され，その明暗の錯綜のもとで，さぐり合いが恒常化する。すでに分析したように両極的情況の中でアイロニーを深化させていくハムレットには近代の自我と中世の神の存在が交差していると思われる。言うなれば，キリスト教ヒューマニズムをベースにギリシア的人間性の謳歌の屈折した自我の回復が，復讐という課題を果たしながら模索されているのである。このギリシア的人間性は演劇上の技巧としては，セネカ（Lucius Annaeus Seneca, 4 BC–AD 65）などのローマの手法を運用して演出されるもので，エリザベス朝演劇の特徴をそのまま帯びていると思われる。〈悲劇的アイロニー〉に関して，加藤行夫は「すべてシェイクスピアの悲劇はアイロニーと裏腹なのだ」と述べ，問題劇性を暗示している（加藤 200-201）。デンマークに帰還したハムレットは，第5幕第1場の〈墓場のシーン〉において，以前とは打って変わった姿を見せる。河合祥一郎の言う〈二度目の変貌〉である。墓掘り（Grave-digger）がさりげなく放り投げる頭蓋骨に「宮廷人であっても運命の一巡りがなされ，その哀れが身にしみる」('Here's fine revolution and we had the trick to see't', 5. 1. 89) と言うとき，'fine' のアイロニーのタッチにも，すべてを静かに受けとめる余裕（'trick'）すらうかがえるのである。いわば両極的情況を超克する〈可能性〉を暗示しているのである。

また，もう一つの頭蓋骨に対しては，生前は法律家（'lawyer'）であったと想定して，長々と，こまごまとした仕事内容に触れながら，人生の哀

れをつぶやく。ここに「生きるべきかどうか」（'To be, or not to be'）と悩んでいた頃との距離を認めることができる。いわゆる〈第三独白〉（現在では＜第四独白＞と称することが多い）と重ねて見れば，そこでは，例えば，法律の裁きの時間のかかること（'the law's delay'）としか触れてないように見えるものも，前後を含む全体の嫌悪感のタッチは統一のとれたものである。彼の認識の車輪も一回転したのではないだろうか。

5. 両極性とロマンティック・アイロニー（むすび）

このいわゆる〈第三独白〉に含まれる生と死の引き裂かれた両極性のアイロニーは，ロマン派の中でもシェイクスピアとの同質性を持つと言われるキーツの 'Ode to a Nightingale'[2] の第3連のタッチに偶然の類似をみるならば，興味深い側面が見えてくる。第5連ではナイティンゲールと一体化して振り払った地上世界の甘美が歌われるのであるが，そこには構造上も元の世界に引き戻される暗示，そして，それは第6連で〈死〉（'easeful Death'）と〈歓喜〉（'an ecstasy'）の同時希求が準備され，ロマンス仕立てのイメージの中で現実の孤独の世界に引き戻される。しかし，実は第5連において両極がアイロニカルに準備されていた（'But, in embalmed darkness, guess each sweet / [...] .', 43-50）と解釈するならば，半覚醒の詩であるから，両極世界にあるロマン派詩人とハムレットの独白世界の距離は意外と近いのではないだろうか。前者は歓喜に始まるのに対して後者は憂鬱ないしは絶望を基盤としているという違いがある。

シェイクスピアの劇世界は，ドラマとしての独自性があるものの，ロマンティック・アイロニーをロマン派の宿命とみなすならば，ドラマティック・アイロニーとも，理想と現実といった両極性において共通項があると言えそうである。しかしながら，すでに考察したように，ロマン的要素と現実認識のバランスのとり方に相違が見られるのではなかろうか。シェイクスピアの場合は，理想と現実が矛盾を孕みながらも逞しく持続的同居の中にあって，理想が現実に引き戻されていると言い切れない。観客は鏡の中のリアリティを見つめるのみである。キーツはロマン派の中でも最もシェイクスピアに近いと思われるが，それでもシェイクスピアの人間世界

に関する多角的な把握（dramatisation）と人間そのものに対する温かい眼差しの奥に潜む冷静な視点において，必ずしも同質であるとは言い切れない。それは，ひとつにはドラマと詩といったジャンルの違いからくるのであろう。ロマン派詩人の劇作は，ラムがシェイクスピアに見たという世界がそのまま当てはまるという逆説を認めざるをえないからである。また，劇場空間の違いや時代背景も作用しているものと思われるが，その詳細な論議はこの論考の主なる目的とするところではない。

［本稿は，中国四国イギリス・ロマン派学会機関誌『英詩評論』（第20号，2004年）に登載された論文の再録版である。ただし，編集方針に従って新たに小見出しをつけ，本文にも部分的に修正もしくは加筆を施した。さらに，主題を明確にするため，副題を「悲劇的アイロニーにみるロマン性」から「トラジック・アイロニーを『ハムレット』の奥に読む」に変更している。］

註

1) シェイクスピア原典からの引用はすべてアーデン版による。
   Richard Proudfoot et al., eds, *The Arden Shakespeare Complete Works*（Walton-on-Thames, Surrey: Nelson, 1998）

2) キーツ原典からの引用はオックスフォード版による。
   H. W. Garrod, ed., *The Poetical Works of John Keats*（Oxford: Clarendon Press, 1958）

引証資料リスト

Bate, Jonathan. *Shakespeare and the English Romantic Imagination*. Oxford: Clarendon Press, 1986.

Boas, Frederick Samuel. *Shakespeare and his Predecessors*. 1896; John Murray, 1902.

Bowra, Maurice. *The Romantic Imagination*. Oxford: Oxford U. P., 1950.

Bush, Douglas. *The Renaissance and English Humanism*. University of Toronto Press,

1939. London: Oxford U. P., 1962.

Evans, Bertrand. *Shakespeare's Comedies*. Oxford: Oxford U. P., 1960.

Foakes, R. A., ed. *The Collected Works of Samuel Taylor Coleridge*. Princeton: Princeton U. P., 1987.

Frye, Northrop. *A Study of English Romanticism*. 1968. Brighton: The Harrester, 1983.

Lamb, Charles. 'On the Tragedies of Shakespeare, considered with reference to their fitness for Stage Representation.' *Shakespeare Criticism: A Selection 1623-1840*. Oxford: Oxford U. P., 1916.

Rasor, T. M., ed. *Coleridge's Shakespearean Criticism*. Cambridge: Harvard U. P., 1930.

青木　厳『西洋古典とイギリス文学』東京，研究社，1965 年。

青木啓治『シェイクスピアにおけるアイロニーと諷刺』京都，あぽろん社，1995 年。

加藤行夫『悲劇とは何か』東京，研究社，2002 年。

河合祥一郎『謎解き『ハムレット』― 名作のあかし』東京，三陸書房，2000 年。

ストレイチーの
キリスト教批判にみるロマン主義精神
ナイティンゲールとマニング枢機卿の小伝を通して

山中 英理子

はじめに

マイケル・ホルロイド（Michael Holroyd）は，「*Eminent Victorians* は，明らかに，ヴィクトリア時代の文化的特色である福音主義に対する最も重要かつ最も長く激しい攻撃を表すものだ」(267) と述べている。ストレイチー（Lytton Strachey, 1880–1932）の代表作 *Eminent Victorians* (1918) は，ヴィクトリア時代を代表する人物の伝記集で，宗教家マニング枢機卿（Henry Edward Manning, 1808–92），白衣の天使ナイティンゲール（Florence Nightingale, 1820–1910），教育家トマス・アーノルド（Thomas Arnold, 1795–1842），英雄ゴードン将軍（Charles George Gordon, 1833–85）を取り上げている。この4人はその時代に功なり名遂げた典型的なヴィクトリア時代人であり，生活の大部分に宗教の支配が及んだ社会において，「人生とは神に仕えることである」という考えを体現した人々であった。そのような実に宗教的な人々の小伝において，ストレイチーはキリスト教に対する激しい批判を一貫してくり広げている。

最初の "Cardinal Manning" でストレイチーの厳しい批判の目は，キリスト教の権威の象徴である教会に向けられる。マニング枢機卿の姿を通して，教会内部にはびこる腐敗，権謀術数，詭弁，偽善が浮き彫りにされ，権力をふるう教会組織が糾弾される。

一方，ヴィクトリア時代の伝説的人物のなかで非常に人気の高かった一人の女性は，この小伝で，ストレイチーによって悪魔のような女性に変えられてしまっている。ホルロイドは次のように述べている。

> ヴィクトリア時代のイングランドにおいて，良心の救いであったあの19世紀的人道主義の体現者として，自己を犠牲にして人のために尽くした伝説の聖女－灯火を掲げた貴婦人として，フローレンス・ナイティンゲールは奉られたのである。このロマンティックな伝説を永久に打ち砕くことで，ストレイチーは，広く人々に受け入れられたヴィクトリア時代の神話を直接攻撃したのであった。(286)

　残る二篇の小伝についてもホルロイドの指摘を簡潔に示しておきたい。わずか30ページ足らずのトマス・アーノルドの小伝は，ストレイチー自身の辛い学校生活を反映した作品である。そこでストレイチーが批判したのは，パブリック・スクールの教育と，「発展あるいは啓蒙的改革の原理に基づくのではなく，さまざまな形で古くから残存する堕落した慣例に基づく19世紀の自由主義」(302-3)であった。さらに，最後の一篇 "The End of General Gordon" では，「宗教的なファナティシズムによって，ゴードン将軍は，良心を忘れて帝国主義に走る大英帝国政府の手先になった」(312)としている。
　ホルロイドの批評は，*Eminent Victorians* におけるストレイチーの反キリスト教的態度を明示しているといえるだろう。人道主義，自由主義，帝国主義――これらのイデオロギーはヴィクトリア時代の価値観に大きな影響を及ぼしたものであり，その根底にキリスト教があったことは間違いないからである。このようなキリスト教に対するストレイチーの反発を，いわば時代思潮のなかでの体制批判という観点からみる時，ロマン主義精神の流れをみることができる。
　本論においては，ナイティンゲールとマニング枢機卿の二つの小伝を通して，まずストレイチーによる批判が19世紀のキリスト教信仰のどのような面に向けられていたのかを明らかにし，さらにはそこにみられるロマン主義とのある種の共通性を示したい。

1．福音主義運動

　ストレイチーの反キリスト教観について考察する前に，19世紀のイン

グランドの宗教について少し触れておかねばなるまい。19世紀におけるイングランドの時代的特色を考える時，この世紀初頭からヴィクトリア時代にかけての全期間が強い宗教的色彩を帯びていたことは，疑う余地のないところであろう。歴史学者トレヴェリアン（George Macaulay Trevelyan）は次のように述べている。

> 19世紀には，あらゆる階層のイングランド人が強固なプロテスタント国民を構成した。彼らの大半は宗教的であり，（功利主義者や不可知論者をも含めて）ピューリタン的な性格の長所でもありまた危険な面でもある，何よりも道徳を優先させるという点で「生真面目」だった。(506)

この時代のイギリスの宗教界は実に複雑な様相を呈していた。非国教徒の黄金時代といわれたように，メソディスト，バプテスト，クゥエーカー，ユニタリアン，組合派，救世軍など，さまざまな非国教徒宗派があり，ヴィクトリア時代の新しい産業社会の担い手となった中流階級と労働者階級が富と政治力を増すにつれて，これらはその勢力を拡大していった。また1829年のカトリック教徒解放法によって，カトリック教徒も徐々に権利を認められつつあった。

一方，イングランド人にとっての市民宗教であったイギリス国教会は，高教会，低教会，広教会の三派に分かれ，活発な論争をおこなっていた。ニューマン（John Henry Newman, 1801-90）によって始められたオックスフォード運動は，後に二つの方向性をもった。この運動の継承者たちは，一方ではアングロ・カトリックの立場にたつ高教会派と結びついて国教会内部にアングロ・カトリックの教義を広め，また一方ではイングランド社会にローマ・カトリック教の伝道を復活させようとしたのであった。しかしながら，19世紀のイングランド社会において圧倒的な影響力を示したのは，福音主義運動であったといえるだろう。

この世紀の最初の30年間に生活習慣や物の考え方にみられた多くの

変化は，福音主義宗教が社会のあらゆる階層に，最後には最上層にまでも，確実に浸透していったことによって生じたのであった。それは下から上へ広がっていく運動だった。(Trevelyan 505)

　福音主義運動はメソディズムと深いつながりをもちながら発展した。今日，非国教諸派のなかでも大きな力をもつメソディスト派は，福音主義的改革運動として，18世紀にイギリス国教会内部から起こった。後にこの改革運動の旗手ジョン・ウェズリー（John Wesley, 1703-91）の帰依者たちが非国教徒と結びつくという経緯をへて，メソディズムは国教会からの離脱という道を選ぶことになる。さらにメソディストの運動は，フランス共和主義者の唱える「無神論と理神論」に対する恐怖と反発から，メソディスト以外の非国教諸宗派にも浸透していったのである。とはいっても，福音主義の拠点は依然として国教会内部にあった。19世紀半ばには，「福音主義による明らかな影響は，この世紀の初頭においてそうであった以上に，今ではよりいっそう広く国教会の内部に伝播し，一つの流行のようになった。」（Trevelyan 529）のである。

　福音主義信仰の特色は，次のような点に認められるであろう。福音主義者は信仰の実践という宗教的な熱意をもち，個人の祈りと聖書を拠り所とした。また信者の集団としての力ではなく個人の内面的敬虔さに価値をおき，道徳の優位性を確固たる信念としていた。簡潔にその特色を言い表すならば，この運動はきわめてピューリタン的だったのである。

　福音主義者は非常に内省的であった一方で，ヴィクトリア時代のさまざまな人道主義的活動の推進力となった。彼らは救いを目標に掲げてあらゆる行動を決定したからである。福音主義は「心の底や日常生活の細部にまで議論を続け，すべての行動について，現世における個々の価値と来世における無限の結果とを与える」（G. M. Young 2）ものだったのである。

　その発生と発展のプロセスからしても，そのピューリタン的な信仰の態度からしても，福音主義のなかに非国教諸派とのある種の共通性を見出だすのは当然のことである。このような福音主義は，対立する国教会と非国教徒の最適な仲裁役だったといえよう。「ある意味でヴィクトリア時代の

福音主義は，非国教宗派に対して国教会派が示した一つの回答の役割を果たしていた」(Brown 46) のである。

このように福音主義運動は，支配階級において有力であった国教会にも，労働者階級や中産階級にその信徒が多かった非国教徒にも，多大な影響を及ぼしていたのである。福音主義の歴史的な意義については，歴史家の評価は一様ではないが，この運動が与えたヴィクトリア時代の道徳律に対する影響の大きさについては，大方の見方は一致している。歴史学者 G.M. ヤング（G. M. Young）は，この時代の，異なる信仰心をもついろいろな階級の人々が，道徳的には同じ生き方をめざすさまを次のように述べる。

> 福音主義は社会に，その宗教的原理に対して無関心で，またその経済的訴えに一切影響されない階級にさえ，安息日遵守，責任感，博愛主義のコードと，さらに家庭での訓練，物事における規則正しさのコードを押しつけていたのである。(5)

このようにして，道徳の優位性に対するゆるぎない確信をもっていた福音主義者たちの道徳律は，あらゆる階級に浸透し，いわば19世紀のイングランド社会全体の道徳律となったのである。そしてヴィクトリア時代には，この厳格な道徳律を支えたキリスト教は，「聖典に基づいて人の信条，実践，志を規定する公的な価値体系」(Trevelyan 581) としてとらえられたのである。

2．功利主義の精神

福音主義と共に，ヴィクトリア時代の社会に大きな影響を及ぼした思想は功利主義である。この思想は，19世紀に起こった種々の政治・社会改革の推進力であっただけでなく，資本主義精神を理論的に説明する役割も担った。オールティック（Richard D. Altick）によれば，広義の功利主義とは「ヴィクトリア朝の中産階級によって分けもたれていた社会的・経済的・政治的イデオロギーと一連の価値観」，すなわち「その行動や目的，習慣や偏見を正当化するためにこれらの主義を取り入れた企業家精神」

（115）である。

　功利主義者は，人は「快楽」が多く「苦痛」が少ない方へ行動すると考え，行為の善悪を，それが快楽をもたらすか苦痛をもたらすかによって判断する。創始者のベンサム（Jeremy Bentham, 1748–1832）は行為の価値を計量的に示す数式を提示した。よってそこには，聖書を行為の絶対的手本とし道徳律に基づいて行為を決定した福音主義者との，決定的な相違が認められる。「功利主義は実に快楽主義的であり，ベンサム的倫理はキリスト教道徳とはほど遠いものだった」（Altick 117）のである。

　しかしながら，根本的には相反するこの二つのイデオロギーは，ヴィクトリア社会において，対立するどころか同じ方向を向き深く結びつきながら，ヴィクトリア時代の人々，ことに中産階級の行動と価値観を規定する内面的な原理を形成していった。ヤングはこの事象を次のように説明している。

　　そうこうしている間に，福音主義と功利主義は，イングランドに一つのコードとそれを解読する大きな集団を生み出した。彼らはおよそカルヴァン派的厳格さと，ローマ・カトリック教徒的な明瞭さでもって，まるで外国人の厳格な監督者のように，広く皮肉好きのイギリス人の精神に彼らの考えを押しつけたのである。そこで彼らの偉大な理論は，簡単にはさみで切り取られ，全く考えたがらない人々を指導するためのテクストになったり，自分自身で物を考えようとする人々を抑制するためのテクストになったり，実践的な人間や真面目な人間が使う決まり文句になったりした。最後に，彼らがそれぞれ独特の美徳を広めたという点でも同じである。福音主義者は神聖なものに対する彼らの熱意を，そして功利主義者たちは彼らの理性信仰を，さまざまな運動とそこから生じた反動にさえ行き渡らせたのである。(12)

　オールティックも，福音主義と功利主義の共同作業によって生み出されたものがいかに多いかを指摘しており，その一つに「労働の倫理」をあげている。ピューリタン的な伝統の継承者であった福音主義者は，「労働」

を神聖なものと考えていた。彼らにとって仕事は，「天から報酬をうける資格を得るための主要な手段」（169）であった。また彼らは仕事を「現世の運命を実現するための手段」（169）ともとらえており，功利主義者も同様の考えに立っていたというのである。両者が協力しあった理由は，オールティックによって以下のように説明されている。

> 功利主義は，その道徳的な傾向としては本質的に快楽主義的であったが，現在定められている人生が，幸福（主に肉体的安楽と物質的所有という点から定義された幸福：利益追求社会の第一の前提）をただちに提供することはできないということを理解できるだけの現実主義を身につけていた。幸福は，たゆまぬ労働と直接的快楽の犠牲によってのみ得ることができるのだ。福音主義もまた同じであった。天国への到達は長期に渡って取り組むべき問題である。現世の仕事に勤勉に専心することによって，人は魂の銀行にお金を蓄えたことになる。そのお金は，神の恩寵という蓄積された資本に，複利までつけて支払われることになるのだ。それがどれくらい後になるかは，神のみが告げることができる。(169)

ヴィクトリア朝社会における強固な「労働の倫理」の形成は，こうした福音主義と功利主義の協調に大きく依拠するのである。

3. ナイティンゲールの宗教観

「灯火を手にした貴婦人」と呼ばれ，人々の尊敬を一身に集めたナイティンゲールは，ストレイチーの *Eminent Victorians* のなかでは，強烈な自我をもった強い女性として姿を現している。その姿は，他人に犠牲を強いるエゴイストであり，他者を支配する圧倒的な生命力の化身である。この作品においてこのようなナイティンゲール像が最も鮮烈に浮かび上がるのは，シドニー・ハーバート (Sidney Herbert, 1810–61) と彼女の関係においてであり，また彼らが共に一つの目的に向かって仕事に従事する過程で起こったさまざまの出来事においてであろう。

名門貴族の家に生まれたシドニー・ハーバートは，19世紀半ばに陸軍大臣を2度務めた人物で，ナイティンゲールの長年に渡る親しい友人であった。彼女の陸軍軍医局の改革は，ハーバートの理解と後押しがあったからこそ成し得たことである。陸軍軍医局の改革の次に二人が着手したのは，旧態依然とした陸軍省の組織そのものの改組という大仕事であった。

> 闘いは実際に，さらに数か月続いた。ハーバートにかかる負担は，おそらくナイティンゲールが理解していたよりもずっと大きなものであった。陸軍省内部での闘いに加えて，内閣の中でグラッドストーン氏を相手に，予算をめぐって常に闘っていなければならなかった。‥‥ハーバートの健康はますます悪くなる一方であった。彼は意識を失う発作に襲われ，ブランデーをあおって何とか動けるという時もあった。ナイティンゲールは励ましたり諫めたりしながら，自ら熱意と手本を示して，そんなハーバートを鼓舞した。しかしついに，体力ばかりでなく気力までも衰え始めた。今となっては希望も持たず，意欲を燃やすこともなかった。何もかもすべて無駄だ。全く不可能だ。ハーバートはすっかり弱っていた。自分の力で陸軍省を改革することはできないという事実を，どうしても認めなければならない恐ろしい瞬間がやってきた。しかしその後にはもっと恐ろしい瞬間が待っていた。ナイティンゲールのところへ行って，自分は打ちのめされ，闘いに破れたと告げなければならなかったのだ。(159-60)

この一節には，「共感して従う」ハーバートと「主導権をとって命令する」ナイティンゲール（148）という特殊な二人の人間関係が示されている。陸軍省の組織の改革という困難な仕事を成し遂げるために，ハーバートを極限まで酷使するナイティンゲールに，強烈なエゴティズムを感じない人はいないであろう。しかしまた一方で，あえて困難な仕事に挑み，一つの目的を達成するためには限界まで力を尽くさなければならないと訴えるかのようなナイティンゲールの姿は，ヴィクトリア時代に広く浸透していた「仕事の福音」を思い起させるものである。

結局のところ、ハーバートの奮闘にもかかわらず陸軍省の組織改革は失敗に終わるのであるが、時の陸軍大臣ハーバートの完全敗北宣言に対して、ナイティンゲールは、

> ・・・なんということであろう。ついに彼女が正確な事実を知り、なす術がないことを悟った時、彼女は古くからの友人に対して慈悲深い心で接しはしなかった。「打ちのめされたですって。」と彼女は叫んだ。「あなたが勝負を捨てただけだということがおわかりにならないのですか。それも勝ち札はすべて、あなたの手の中にあるというのに。こんな貴い勝負を。シドニー・ハーバートが敗北するのですか。しかもベン・ホーズに敗けるなんて。」ついに彼女の怒りは爆発した。「これは、スキュタリの病院で受けたよりもひどい・・・もっとひどい屈辱です。」(160)

という冷淡きわまりない態度をとったのであった。ナイティンゲールは、行為の結果として何も生まれなかったということに怒りをあらわにしているだけである。何かを成そうとするその志やそれを試みたプロセスや努力、またそれに取り組むことによってもたらされる精神的葛藤、といったものを一切認めようとはしないのである。こういう彼女の態度のなかに、人間の内面を軽視し、行為の結果のみを重要視する功利主義的傾向が指摘されるだろう。この一連の出来事には、ナイティンゲールの強烈なパーソナリティーや彼女がもっていたエゴティズムのみならず、彼女のきわめてヴィクトリア時代人的な性質が現れているのである。そしてそれは、ナイティンゲールの宗教観にも看取されるものである。

Suggestions for Thought (1860) のなかで彼女は次のように述べている。

> 歴史上の事件や道徳哲学において法則性が見出される時、キリストはもはや、現在のような、神の摂理による抑制と罪の赦しを説く超自然的権威とはみなされなくなるであろう。こういう日が訪れる時、我々の宗教はどこに向かうのだろうか。宗教はこれまでよりいっそう意識

され，いっそう理解され，人生に対してより大きな限りない影響力をもつかもしれない。しかしそうなるためには，我々は働かなければならないのである。働かなければ何も生じないのである。もし自分の仕事によって他人を助けるとするならば，それは手助けをしてその人を労働に向かわせることによって助けるのである。もし人を助けるという状況があるとすれば，それはその人が働くように援助することによって助けるのである。我々の最も高くかつ優れた知識，感情，生活が，労働なしにもたらされるとは，考えないでいよう。我々の唯一の父なる神を表すために，皆働かなければならない。父なる神が神の一人子を通してそのお考えを実現できるように，また神の御子の生涯から学ぶことによって，父なる神のすべてを理解しようという思いを分かち合うように人を育てていくために，皆働かなければならない。(40-1)

「宗教を理解する」ためにも「最高の知識，感情，生活を得る」ためにも，必要なのは労働である，というナイティンゲールの言葉に，仕事に多くの意義を見出したヴィクトリア時代の人々の姿をみずにはいられない。これこそまさにスマイルズ（Samuel Smiles, 1812–1904）のいう「仕事の福音」である。

さらにまたナイティンゲールは，信仰においても，内面的問題と外的行為やその結果を関連づけて考える傾向が顕著であった。最も権威あるナイティンゲールの伝記を著したエドワード・クック（Sir Edward Cook, 1857–1919）は，「彼女は，宗教的な信念によって人間の行為に高邁な動機づけがなされると考えた。そしてそういう宗教的信念は彼女を満足させたのだった。それは人間の奉仕と神の恩恵とを論理的に結びつけるものであった。」(485) と述べているが，これは宗教の功利性を論じたミル（John Stuart Mill, 1806–73）の考えに大変類似している。このようなナイティンゲールの功利主義的な宗教観は，次の一節に認められるであろう。

宗教的な主題に関する考察と呼ばれるものは，いまや珍しいものではない。こういう言葉はこの主題には全く不適切である。この主題は我々

の深い思索と関わり、我々の現実の生活全体の根底をなすものだからである。そのような思考に落ち込むことを我々は望んではいない。我々の目的は真の宗教的信仰を通じての人類の現実的な進歩である。・・・人類全体の止むことのない真実の進歩は、人々が人間はどうあるべきか、どう生きるべきかを神の法から学ぶことによって、―人間の在り方と生き方を共に現実のものとすることによってのみ―成し遂げられるであろう。(42-3)

これは、福音主義運動が唱えた個人の内面を重んじる「心の宗教」とは全く逆の方向に向かったヴィクトリア時代の人々の宗教観を代弁する言葉である。
　ストレイチーは *Eminent Victorians* のなかに、次のような印象的な場面を用意した。

ナイティンゲールを崇拝するインド人の一人であるアガ・カーンが訪ねてきた。彼女は、自分が生きてきた間にみた、病院の管理、下水設備、換気装置といった衛生管理のあらゆる面における素晴らしい進歩について長々と話した。沈黙があってから、「それで、あなた自身は進歩していらっしゃるとお考えですか。」とアガ・カーンは訊ねた。彼女は少し不意を打たれて言った。「進歩するとは、どういう意味でしょうか。」彼は「神をいっそう信じるようになるということです。」と答えた。アガ・カーンが神について、自分とは違う考え方をしていることに彼女は気づいた。この訪問の後で彼女は書いている。「大変面白い人だったが、衛生について教えることはできなかった。」(172-3)

ここで語られているのは、勤勉な生活を営み実生活で成果をあげながら、内面における敬虔さを高めることが人間の進歩なのではなく、神の教えに基づいて敬虔な生活を送りながら、社会における実際的な発達を促すことが人間の進歩なのだ、というナイティンゲールの思想である。この場面は、ナイティンゲールの功利的な信仰の在り方を見事に表しているといえよう。

4．マニングとニューマン

　Eminent Victorians の小伝におけるマニングは，一貫して権力を渇望する野心家として描かれるが，ナイティンゲール同様，非常に生真面目で精力的に働き，また敬虔さもあわせもつという19世紀的人物像としてもよく写し出されている。"Cardinal Manning"の冒頭部分の一節は，この宗教家の生涯を通してストレイチーが考えようとしたことを明示している部分である。

> いったい何が起きたのだろう。カリスマ的人物が，敵対的環境を圧倒したのだろうか。それとも，イギリスの19世紀という時代は，カトリック教に対して結局それほど敵対的ではなかったということだろうか。19世紀は科学と進歩の時代ではあったけれど，そこには何か，古い伝統と非妥協的な信仰の代表者すなわちマニングのような人物を，あえて歓迎するような要素が潜んでいたのだろうか。科学と進歩の時代の中心部に，マニングのような人物を受け入れる場所，いわば，敵に対して無防備な場所があったということだろうか。それとも逆にマニングが，柔軟性のある従順な人物だったということだろうか。つまり彼は，力ではぜったいに勝ち取れないものを，技によって勝ち取ったのだろうか。いわば，聖職者の徳によってではなく，行列の前列に巧みに割りこむ特技によって，いつのまにか行列の指導者の一人となったのだろうか。(1-2)

　この問いの多くは，マニングの人生が世俗的な成功と共にあったことへの疑問と反発から生まれていると考えられる。ストレイチーは，マニングの宗教的な人生にどのような見解を示しているのか。

　この作品でマニングは，典型的な英国国教会福音主義者の家庭で育ち，聖書をよく読み，その時代の価値観に順応して成長した野心的かつ打算的な若者として登場する。マニングが宗教家になった契機は，自ら強く望んだというよりはその人生に起こった偶発的な出来事の結果である。マニン

グは，イングランド銀行総裁や国会議員を長く務めたウィリアム・マニング（William Manning, 1763–1835）を父にもち，ハロー校，オックスフォード大学に学ぶというエリートコースを歩んだ。政治家をめざしていたマニングだったが，突然の父の破産によってその道が断たれ，大学卒業後就いた職は植民地省の臨時事務官である。次にオックスフォード大学のマートン・コレッジから特別研究員の話をもちかけられる。マニングが聖職位を得たのは，この特別研究員になるためである。さらには大学時代の友人の後押しで英国国教会の副牧師になるといった具合であった。

マニングの人生に重大な影響を与えた事件として取り上げられるのはオックスフォード運動である。"Cardinal Manning" のおよそ2割がこの運動に関する記述となっており，この作品の大変重要な部分となっている。この作品で，オックスフォード運動の始まりは以下のように語られる。

> 彼らは，キリスト教は英国国教会の教義のなかにあるという無邪気な仮定で出発した。ところが，この問題を調べれば調べるほど，この仮定を信ずることが難しくなってきた。英国国教会という組織には，至るところに人間的不完全さの痕跡が現われていた。それは変革と妥協の産物であり，政治家たちの都合と，国王たちの気まぐれと，神学者たちの偏見と，国家の必要性の産物であった。一体なぜ，このようなつぎはぎだらけのしろものが，キリスト教という厳粛かつ無限に神秘的な教義の容れ物となったのだろう。(14)

ここに表れている，国教会の権威喪失と国家による国教会支配への憤りには，国家から独立した教会の権威を主張するオックスフォード運動の基本理念が暗示されている。この問題と真摯に向き合った人々のなかで最も著名なのが，神学者でありイギリス国教会の牧師でもあったニューマンである。ニューマンとその仲間たちは英国国教会が世俗的権力の圧力で主体性を失い，プロテスタント主義によって堕落しているのを嘆いた。彼らはそのようなキリスト教の悲惨な状態を変えようと試みる。

ニューマンたちのキリスト教観は，ストレイチーによって端的に示され

ている。「キリスト教は，イギリスの聖職者によって完全な形で無意識に保存されたもの，つまり，貴重な預かりものとして，人間の意志によってではなく，聖餐式という神秘的な儀式において示される神の意志によって保存されてきたもの」(15) であった，と彼らはいうのである。そこには強いカトリック的要素を認めることができる。オックスフォード運動とはイギリス国教会の改革に他ならないが，ニューマンらは，カトリック的要素を取り戻すことによってそれを押し進めようとしたのである。

　若く生真面目な聖職者であったマニングがこの運動にひきつけられたのは当然である。彼はニューマンと深く親交を結び，さまざまな神学上の議論を交わしたが，その一方で自分と近い教区の英国国教会低教会派の人物と密接な関係を築くことも怠らなかった。そうした行動についてストレイチーは，マニングは内面的にはオックスフォード運動に共鳴していたが，英国国教会内でカトリック的だとみなされれば昇進が妨げられることを察知しており，国教会内で出世するには誰と親密になるべきかを冷静に考えていたととらえている。そしてそのねらい通り，親しい低教会派聖職者の助力をえて出世を果たしたマニングは，後にその地位を守るためオックスフォード運動家たちの考えを真っ向から否定し，ニューマンと完全に袂を分かつのである。

　決別した二人ではあったけれども，彼らはその後重大な同じ選択をする。マニングもニューマンも40歳をすぎてカトリックへ改宗したのである。19世紀に英国国教徒が，しかも聖職者のカトリックへの改宗が，どれだけその人生に苦難をもたらすかは想像に難くない。作品中では二人が長い思索と多くの苦悩の末に改宗にいたる様子が描かれるが，ニューマンはあくまでその信念と追求するもののために改宗し，マニングは宗教心だけではなく世俗的な成功を計算しながら改宗していく人間として，全く対照的に描かれる。ストレイチーはこういう対照的なキャラクターの設定によって，マニングの宗教心の背後にある世俗的な成功への強い執着をきわだたせ非難しているのだ。実のところ，改宗後のマニングは信仰上の葛藤を払拭し，カトリック教会内のすさまじい権力闘争にも打ち勝ってウェストミンスター大司教に就任し，最後には枢機卿まで上りつめるのである。

一方のニューマンは改宗後，非常に不遇な人生を送った。改宗したにもかかわらず，カトリック教会からは冷淡にされ何の地位も与えられなかった。それでも高名な彼には，アイルランドに新設されるカトリック教大学の学長職，新しい英訳聖書の編集主幹，カトリック系雑誌の編集長といった仕事の依頼がもちこまれた。ニューマンはどの仕事にも懸命に取り組んだが，そのいずれもが徒労と失望と不当な評価に終わる。唯一成功したといえるのが *Apologia*（1864）の出版であった。この本は自分の信仰への非難に対する弁明を試みたもので，大きな称賛をもって迎えられた。彼はこの成功を携えてオックスフォードに戻り修道会を建てようと計画したが，それを阻止したのが他ならぬマニングである。ここにいたってストレイチーのマニングに対する批判は，さらに激しさを増している。

　　これに続く出来事は，マニングがどういう人物であるかということを，彼の人生のほかのどの出来事よりも明確に表わしているだろう。ついにマニングは権力を手にした。生まれながらの専制君主のような貪欲さでそれをつかんだ。絶対的な支配力に対する欲望は，長年強制された禁欲と，嫌悪すべきみせかけの服従によっていっそう研ぎ澄まされていた。彼はいまや英国カトリック教会の支配者であり，断固として支配するつもりなのだ。・・・マニングはこの 20 年間，その奇妙な，異質な，聞きたくもないライバルの噂を何度も耳にした。彼はその噂から逃れられなかった。そしていまその噂の主が，どういう訳か，まるで挑戦的な亡霊のように，一人で彼の行く手に立っていた。「ニューマンの『アポロギア』をどう思いますか」と問われると，マニングは，「実に面白いものです。よみがえった死者の声を聞いているような気がします」と冷淡に答えた。墓場から聞こえてくるようなそういう声は，生きている人間の声よりも危険になりがちだ。世間の注目を集めるからだ。そういう危険な声は，何としてでも黙らせなくてはならない。(74)

マニングはカトリック教会内の有力な神父と共にニューマンがオックス

フォードに戻れないように工作し，ニューマンの希望を打ち砕いたのである。そこにはニューマンに対する激しい嫉妬が見え隠れしている。

　ニューマンの後半生は世俗の成功とは全く無縁で苦難の連続だったが，決して権力や社会的成功を志向せず，人生を賭けて自らの信ずるものを追求し，そのために表現し行動し続けた。その宗教に対する，ひいては人生に対する態度をストレイチーは称えているように思える。

　　ジョン・ヘンリー・ニューマンは，ロマン主義運動が生んだ子であり，感情と回想の創造物であり，その深遠な精神が美しい山中に住む夢想家であり，その繊細な感覚が，ふりそそぐ陽光のように，霊的な世界の見えない虹をつかむ芸術家であった。(13)

ストレイチーのなかの明確なニューマン像を示す一節である。バーリン (Isaiah Berlin) は，「ロマン主義者が何よりも重要とみなす価値は，完全性，誠実さ，何か内なる光に自分の生命を捧げる用意，自分のすべてを犠牲にするに値する，また生死を賭けるに値する，何らかの理想への献身である」(8) と述べている。この主張に立つならば，ニューマンをロマン主義的な人物としてとらえることは妥当であろう。全身全霊で自らの信仰に身を捧げ理想を追うニューマンに対して，ストレイチーは終始温かな眼差しを注いでいる。そこにロマン主義精神へのストレイチーの共感と共に，マニングの宗教的態度への厳しい批判も看取できるのである。

おわりに

　ナイティンゲールが抱いたような宗教観やマニング枢機卿の宗教への態度を，ストレイチーは醜悪きわまるものと感じていた。彼の作品全体において示されているように，ストレイチーが何よりも価値をおいたのは「人間の心の状態」だったからである。しかしながらストレイチーは，直接的な表現によってそれを訴えることはしなかった。彼はそれについて，その作品を通じてしか語らなかったのである。

　ストレイチーが属していたブルームズベリー・グループの主要なメ

ンバーの一人ケインズ（John Maynard Keynes, 1883–1946）の "My Early Beliefs" は，ストレイチーの宗教観を代弁するものとして有用である．

> 宗教において重要なのは，もちろん，我々自身と他の人々の心的状態以外にはないのだが，とりわけ，我々自身の心的状態が問題であった．これらの心的状態は，行動や成果，あるいは結果と関連づけることのできないものであった．それは，無限の激しい瞑想と深い省察の状態であり，事の起こった後および起こる前には，ほとんど関係がなかった．(242)

このケインズの言葉に，福音主義運動が高らかに叫んだ「心の宗教」との類似性を見出すであろう．しかし個人の内面を重んじる「心の宗教」を奉じたはずの福音主義の信仰は，真の意味で「心の宗教」とは成り得なかった．19世紀のイングランド社会において，福音主義は「行動や成果，あるいは結果と関連づける」功利主義に毒されて本来の主義主張を失い，やがては功利主義と手を組んで道徳律を支え，労働の倫理を擁護する役割にまわったからである．まさにヴィクトリア時代の宗教観のこのような側面こそ，ストレイチーによる批判の標的となったものであった．彼のこの批判は，ロマン主義作家やヴィクトリア朝作家の功利主義観にも通底するものと考えられる．オールティックは功利主義批判の急先鋒作家として，カーライル（Thomas Carlyle, 1795–1881），ラスキン（John Ruskin, 1819–1900），ディケンズ（Charles Dickens, 1812–70）らをあげ，以下のような指摘を続ける．

> ロマン主義者の先輩たちにとってと同様，彼らにとって人間とは，感覚，感情，想像力，知性が混ざった，才能豊かな潜在的に高貴な混合物であった．一方政治経済学者にとって，人間は経済学的な単位，統計学上の総数に役立つ数字にすぎなかった．もしロマン主義的人間観が非現実的なほど広いものであるならば，功利主義的人間観は非現実的なほど狭いものだったということになる．功利主義は道徳的近眼に

なっていた。また倫理的・社会的問題に対して功利主義がとる方法は，不快な機械的計算であった。それはとりわけ，想像力と感情に浸ることに強く反対した。したがって功利主義は，人間の行動の動機や行動のわずかな差異に関して，全く不完全な理解しかできていなかったのである。あらゆる慎み深い同情心，つまりキリスト教道徳やより直接的には個人の高貴さを褒め称えたロマン主義精神から生まれる同情心，ベンサム主義はそういう同情心を傷つけたのである。(137)

20世紀初頭に，宗教を社会学的主題として取り上げたデュルケム（Émile Durkheim, 1858–1917）は，『宗教生活の原初形態』（1912: 邦訳 1975）におけるオーストラリアの先住民・アボリジニの宗教現象の分析を通じて，神とは社会であるという考えに到達し，その分析を宗教一般，社会一般の考察にまで敷衍させた。哲学者吉満義彦は，宗教を社会との関連で考える社会学的立場では，「宗教は人間の精神の内的な魂の問題として，あるいは世界観の理念的な問題として問題になるのではなく，宗教の本質そのものが帰するところ人間社会の本質的表現として意味づけられる」(5) としている。さらに吉満は次のように述べる。

> 社会が神であり，その社会の生活表現，すなわち文化はとりもなおさず宗教生活の内容なのであって，こうした立場が，結局宗教を現世的な人間生活ないし文化に還元していくところに，本来的意味の絶対者への魂の内面的つながりとしての宗教の本質が失われてくることは当然である。(6)

19世紀のイングランド社会はまさにこのような状態であったと考えられよう。そのような状況では，超自然的・絶対的存在である神に対する人間の魂の内面的つながりという，宗教の本質を見失うことになると考えられる。ストレイチーらブルームズベリー・グループが嘆いたのは，この神と人間の魂の内面的つながりの喪失であった。ケインズは次のように述べている。

我々の宗教は、自らの魂の救済を最も重要な問題とするイギリス清教徒の伝統を忠実に受け継いでいた。神は閉ざされた世界の中に存在していた。「善である」ことと「善をおこなう」こととの間にはあまり密接な関係はなかった。実際には、善をおこなうことが善であることを妨げるという危険さえはらんでいると、我々は感じていた。しかし、本当の意味での宗教は、「社会奉仕」を叫ぶ近代の擬似宗教とは全く異なり、つねに高潔なものであった。恐らく、我々の宗教が、徹底した反世俗主義であり、富、権力、名声、あるいは成功、といったもののどれ一つに対しても少しも関心を示さず、徹底的に軽蔑していたということが、それを十分に証明している。(243)

　ここには、ストレイチーたちがとらえた宗教というものが明確に語られている。あくまで個人の「心の状態」を最も大切なものと考え、絶対者と人間の魂の内面的つながりを求めたストレイチーたちは、宗教本来の姿を取り戻そうとしていたといえるのではないだろうか。マニング枢機卿およびナイティンゲールの小伝のなかにみられるストレイチーのキリスト教批判の目的は、このような観点に立ってみる時に初めて首肯し得る訳である。
　人間を広く大きくとらえたロマン主義者たちは、宗教を人間の内面的要求に根ざした精神活動の表現として、もっぱら人間の内面の問題、感情の内省としてとらえる傾向があった。宗教の本質について問い、時代の宗教の在り方を批判したストレイチーの姿勢には、時代思潮としての体制への批判と共に、このようなロマンティシズムと共通の意識を認めることができるであろう。

[本稿は、「ヴィクトリア時代的功利主義とキリスト教」『英詩評論』第12号（1996年）に大幅な加筆・修正をほどこし改稿したものである。]

引用・参考文献

Altick, Richard Daniel. *Victorian People and Ideas.* New York: Norton, 1973.
　引用については, 邦訳　要田圭治・大嶋　浩・田中孝信 訳『ヴィクトリア朝の人と思想』 音羽書房鶴見書店　1998 年を参考にした。

Berlin, Isaiah. *The Roots of Romanticism.* Princeton UP. 1999.

Briggs, Asa. *Victorian People.* The University of Chicago Press, 1954.

Brown, Julia Prewitt, *A Reader's Guide to the Nineteenth-Century English Novel.* New York: MacMillan, 1986.

Cook, Sir Edward. *The Life of Florence Nightingale.* 2 vols. Vol.1.　London: MacMillan, 1913.

Holroyd, Michael　*Lytton Strachey: A Critical Biography.* 2 Vols. vol.2.　London: Heinemann, 1968.

Strachey, Lytton. "Cardinal Manning." *Eminent Victorians.*　London: Chatto & Windus, 1918.　引用は大部分, 邦訳 中野康司訳『ヴィクトリア朝偉人伝』みすず書房 2008 年によるが, 適宜変更をほどこしている。(引用頁数は原文)

――――――. "Florence Nightingale." *Eminent Victorians.*　London: Chatto & Windus, 1918.

Trevelyan, George Macaulay. *English Social History.* Harmondsworth: Penguin Books, 1942: rpt. 1984.

Nightingale, Florence. *Suggestions for Thought to the Searchers after Truth among the Artizans of England.* 3 vols. Vol 1. London: Printed by George E. Eyre and William Spottiswoode Printers to the Queen's Most Excellent Majesty, 1860. (この本は私家版として数冊だけ出版された。当初ナイティンゲールは, 公的な出版を希望していたが実現しなかった。)

Keynes, John Maynard. "My Early Beliefs." *Essays and Sketches in Biography.* New York: Meridian Books, 1956.

Willey, Basil. *Nineteenth Century Studies.* Cambridge UP, 1980.

Young, G.M.　*Victorian England –Portrait of an Age.* Oxford UP, 1953: rpt. 1964.

カーライル, トマス　『衣服哲学』石田憲次訳　岩波文庫　1946 年.

デュルケム, エミール『宗教生活の原初形態』(上)(下)古野清人訳　岩波文庫

1975 年.
ウェーバー, マックス『プロテスタンティズムと資本主義の精神』大塚久雄訳 1989 年.
松島正一（編）『イギリス・ロマン主義事典』北星堂 1995 年.
見田宗介 他（編）『社会学文献事典』弘文堂 1998 年.
村岡健次『近代イギリスの社会と文化』ミネルヴァ書房 2002 年.
吉満義彦「文化と宗教の理念」『吉満義彦全集 第一巻 文化と宗教』講談社 1984 年. 3-65 頁

第3章　言語学的アプローチ
詩作品を再構築するメタ言語の自立性

ワーズワスの「黄水仙」を読む
フィロロジーの立場とリングウィスティックスの立場から

中谷 喜一郎・中川 憲

1. はじめに

　今回の試みは伝統的なフィロロジーの立場と新しいリングウィスティックスの立場からそれぞれ具体的な詩の言語にアプローチすることにある。両者の差についてはいろいろな考え方があるが，一般的には前者が歴史，文化などとの関係から言語を考えるものであり，言語研究はその手段ないし方法と言えるが，後者は言語の研究それ自体が目的となる。詩の言語研究に即して言えば，前者は時代的背景や詩人の精神活動などと詩の言語を結びつけようとするのに対して，後者は詩を構成している言語そのものの詩的機能に着目する。以下フィロロジカルな面は主に中谷が，リングウィスティックな面は中川が担当した。

2. フィロロジカルなアプローチ

　小論の目的は「黄水仙」('Daffodils') の詩の言語を詩たらしめているものは何かをフィロロジカルな立場から探ることにある。この問題を考える時，妹の Dorothy の日記文が格好の手掛りを提供してくれる。実際 William の詩と Dorothy の同じ情景を描写した日記文を比較する時，その類似性にまず打たれる。類似性は単に両者に含まれている事実に留まらないで，表現にまで及んでいる。こうなると詩を詩として高めているものは何か，散文を飽くまで散文に留まらせているものは何であろうかと尋ねたくなる。絵画的描写の微細さと鮮明さにおいては日記文の方がある意味では上回っていると言っても過言ではない。我々は何を規準にして両者の芸術性を判断すればよいのであろうか。

　Herbert Read は詩と散文を次の二つの面で区別している。一つは外面的，

機械的（external and mechanical）なもので，言うまでもなく詩を規則正しい韻律を通した表現方法と考えるものである。もう一つは内容的（material）な面に重点を置くもので，心理的区別が両者の間に設けられる。すなわち，詩は創造的な凝縮（condensation）の過程を含むのに対して，散文は構成的で分散（dispersion）の過程を含んでいる。[1]

以上の区別を William の詩に適用する場合，外形的なものは問題ないとしても，後者に関しては必ずしも容易に解答が得られるものではない。と言うのも，彼自身が詩と散文の言語の間になんら本質的な差異がないことを言明しているからである。

> [I]t has been shown that the language of Prose may yet be well adapted to Poetry; and it was previously asserted, that a large portion of the language of every good poem can in no respect differ from that of good Prose. We will go further. It may be safely affirmed, that there neither is, nor can be any essential difference between the language and metrical composition.[2]

もし我々がこの論理を延長して，そのまま 'Daffodils' の詩と散文に適用した時，詩と散文に本質的差異がないとすれば，事実のより緻密な描写である日記文だけあれば充分で，詩の存在理由そのものまで失われかねない。

しかしながら，ワーズワスがこのように共通性を強調するのは，一つは素材としての言語であり，詩の言語が心情の吐露の道具であるためには 'the language really spoken by men' でなければならないとする主張に由来しているのであって，かかる脈絡を抜きにして彼の言葉を受け取ると，誤解を招くことになる。かくして，'material' な面での詩と散文の区別の問題は依然として残ることになる。我々が彼の書き残した詩論からは上のような解決しか得られないとすれば，その端緒を実際の制作態度に求めた方がよかろう。

1799 年に制作された 'Matthew' と題する詩がある。これは Hawkshead グラマースクール時代の William Taylor 校長をモデルにして作ったものだが，伝記的事実とはかなり違うということで非難された。これに対して次

のような弁解を残している。

> This and other poems connected with Matthew would not gain by literal detail of facts. . . . I do not ask pardon for what there is of untruth in such verses, considered strictly as matters of fact. It is enough if, being true and consistent in spirit, they move and teach in a manner not unworthy of a Poet's calling.

この言葉は詩人の創作に対する態度を示唆してくれるように思える。すなわち，彼はこの詩の創作にあたって具体的な諸事実そのものはほとんど問題にしていないのであって，事実は彼にとって想像力を動かし，詩を生み出すモメントとしての意義を持っているにすぎない。詩人に感銘を与えた事実は有機物のように詩人の中で発酵し，やがて醇化し，その本質のみが透明な姿で抽出されてくる。かくして詩人は事実を歪曲したと他から非難されようと問題ではなく，'true and consistent in spirit' であれば充分だったのである。

　このように純粋な本質を取り出すこと，一つの 'spirit' に収斂してゆくことこそ，Read の言う 'condensation' の過程であり，詩を詩たらしめる精神過程である。そしてこれこそとりわけ Wordsworth の発想法を規定してゆくもので，ここから彼の独特の寡黙で男性的なスタイルも生まれる。

　この凝縮の過程については，詩人は 'Preface' の中で克明に記してくれている。詩が 'the spontaneous overflow of powerful feelings' という定義は余りにも有名だが，実はこれは 'though this be true,' という譲歩の形で認められているにすぎなく，主眼は次の言葉にある。

> Poems to which any value can be attached were never produced on any variety of subjects but by a man who, being possessed of more than usual organic sensibility, had also thought long and deeply.

人がある感動的な経験について「長く，深く」考えているうちに，価値観

の篩にかけられ，感銘の薄かったものは淘汰され，'what is really important' だけが純粋な結晶として残る。これは心の中で反芻されているうちに習慣化し，ついにはその習慣に機械的に従うだけで，'inward eye' をのぞくだけで，対象が記述できるようになる。詩が 'recollected in tranquility' でなければならない必然性もここにある。

　前置きが長くなったが，以上の 'condensation' の過程を 'Daffodils' でみてみよう。最初に述べたように両者は個々の語に至るまで類似しており，Dorothy の日記を下敷きにしたかもしれないと思わせる程である。先ず両者に共通な基調として，黄水仙に人間性が賦与されている点が挙げられる。Dorothy がそれらを様々な人間の姿態で想像的に捉えていることは，そのまま兄にも引き継がれている。その写実性においては詩を遥かに上回っているとさえ言える。この人格化（personification）こそワーズワスに孤独 → 群衆との突然の遭遇 → 歓喜の伝播 → 歓喜の内的沈潜というこの詩の枠組みを与えたのであって，これがなければ平凡な叙景詩に終始していたかもしれない。だが，彼女の日記には詩とは関係のない雑多な要素が随分混入している。小川二郎博士は「花を見，鳥を聞いても，朝昼晩と三度の食事をするのと同じ生活の要素となっているのである。」と記しておられるが，[3] この日記文においても食品の名前とか多くの固有名詞とかの夾雑物が入り込んでいる。かかるものこそ，時の経過のうちに澱のように記憶の下に沈んでいったものである。

　しかし，ワーズワスが 'literal detail of facts' と呼んだこのような種類の要素を全く排除して，黄水仙とその背景の描写だけに限ったとしても，もっと根本的な態度において両者の開きはかなりある。例えば，一連を比較してみよう。詩では 'lonely' とあるが，実際は二人である。又，詩では 'When all at once I saw a crowd, / A host, of golden daffodils' とあるが，日記では '[W]e saw a few daffodils close to the water-side. . . . But as we went along there were more and yet more; and at last, under the boughs of the tree, we saw that there was a long belt of them along the shore, . . .' と記してある。更に背景について述べると，実際には当日は 'The wind was furious.' で，'The wind seized our breath.' とあり，湖も 'rough' であった。これは詩では 'the breeze' ということになって

いる。

　それではこのような変容はなにを意味しているのだろうか。これは明らかにワーズワスの詩作から脱落していったものと関係がある。すなわち、Dorothy の日記では黄水仙は 'the rest *tossed* and reeled and *danced*, and seemed as if they verily laughed with the wind.' (イタリック筆者) の面と同時に 'stragglers' であり、'rested their heads upon these stones, as on a pillow, for weariness;' という言わば病的な面も持ち併せている。ところが詩では後者に属する面は一切捨象されている。実際には Herrick が 'When a daffodil I see / Hanging down his head t'ward me, . . .' と描いているように、後者の面もかなり強いのだろう。しかしワーズワスにとっては喜びの具現者としての黄水仙のイメージが余りにも強烈であって、他は霞んでしまったのであろう。そしてこのことは当然他の要素の変容もせまることになる。背景も陰鬱な嵐の場面から清々しい 'breeze' に置き換えることになる。更にこの詩は先述のように、人間的な社会的枠組みを与えられて、孤独から歓喜に満ちた群衆との遭遇へといろいろ推移がある。冒頭の 'When all at once . . .' という改変は極端から極端に移行してゆくことによって生じる緊迫感によってドラマティックに歓喜の感動を伝えようとしたものであろう。

　R.A. Foakes はロマン主義から現代詩への移行を、'The Romantic resolution of all things into a general harmony was thus altered . . . to a resolution of the contradictions within a strictly limited piece of experience: . . .' と述べている。個々の事象の背後にその本質を見抜きそれを宇宙的な体系のもとに統一させる能力のことを Coleridge は 'imagination' と呼んだが、これがロマン的な創造活動の原動力と言えるなら、Wordsworth の先程の改変の過程こそその典型的な例であろう。雑多な事象の中に本質を見抜き、それを一つの unity に統一すること、そしてそれを宇宙的な調和の中で捉えること、この詩の場合 'delight' の本質に収斂してゆくことこそ改変の主動機であった筈であり、それは詩人の中で自動的で、時間の推移と観照のうちに行われ、彼の言葉を借りれば 'what is really important' だけが透明な結晶として残ることになったのである。

　今、宇宙的な調和と言ったが、それは第 2 連の直喩にみることができる。

'Continuous as the stars that shine / And twinkle on the milky way,' この表現は散文にはないもので，敢えて推測すれば，日記文中の他の花について述べた 'starry, yellow flower' が暗示を与えたかもしれぬが，それとてこの直喩の迫力とは無関係である。要は，詩人は黄水仙と花に単に現象的，感覚的な類似性を見出しているのではなく，宇宙の一つのヴィジョンの中で両者を比較しているのである。飽くまで全宇宙的な統一に連なろうとするロマン派詩人らしい意志がそこにある。そしてそれこそまさにワーズワス的で，彼が詩人の職能を論じて 'A man ... delighting to contemplate similar volitions and passions as manifested in the goings-on of the Universe' と述べている事実を徴してみると，その点は明らかになろう。

　このように一つの 'delight' の本質が，更に高い全体に求心していこうとする活動こそ，Read の言う condensation であって，詩活動の中心をなすものである。詩人はこの表現を導き出すために，1 連の 'dancing daffodils' という頭韻を踏んだ口調のいい修飾語を犠牲にして，現行の 'golden daffodils' に改めている事実はそのことを明瞭に物語っている。Dorothy は日記文の中で，黄水仙群の幅を表現するのに 'the breadth of a country turnpike road' と述べている。これ自体は幅を比較するのに真に客観的で適切である。だがこれは比較であって，比喩ではない。全体に対する貢献はない。Middleton Murry が詩のイメージャリーは 'complex and suggestive' であるが，散文のそれは 'single and explicit' であると指摘しているが，この詩と散文における表現の差異はまさにそのことを例証してくれる。

　「黄水仙」の詩は歓喜が波状的に伝播してゆく様を描いたものである。これこそ喜びの本性で，若やいだ教室の中で一つの笑いがたちまち教室全体に波紋のように伝播して中々おさまらなかったことは誰もが経験していることであろう。この詩ではその伝播は 'dance' の輪が拡ってゆくというイメージで捉えられており，詩の最初と最後に孤独な詩人が現れてきて，孤独の内容の質的差異を示すという構図を持っている。この 'dance' のイメージは Dorothy の日記文でも現れている。William はそれを引き継いではいるが，日記の場合には一回きり（single）のものであるのに対して，詩の方ではどの節にも出現し，詩の中核をなす key-image になっていて，

象徴的な世界にまで高められている。喜びの肉体的表現としての dance-image は Yeats では一貫性をもって使用されているが，ここでの dance-image はそれに劣らず高い象徴性を帯びている。それはある物が 'dance' したという事実を表示（denote）するだけのものではなく，全体の歓喜がその中に内包（connote）されているのである。この種の言語の使用は散文には期待できないことであって，ひとり凝縮を通して一つの統一に到達しようとする詩だけに期待できるものである。

以上「黄水仙」の表現の一部分を背景的なものから迫ることによって，この詩を詩たらしめているものを解明しようと試みてきた。断っておくが，これは詩の言語そのものの解明を意図したものではない。それを目的とした次の研究とは可能な限り重複は避けたつもりである。[4]

3. リングウィスティックなアプローチ

本稿[5]の目的は Roman Jakobson の分析方法に倣ってワーズワスの 'Daffodils' の構造分析をすることである。

ところでヤーコブソンの分析方法とはどんなものか。『大修館英語学事典』によると，「テキストに発見することのできるあらゆる相関，対立，繰り返しなどを列挙し，微視的な種々の要素の関係と組み立てからテキスト全体の構造的な秩序を明らかにし，これに則して最終的な解釈が得られる」とある。

そこで本稿第 I 部で，まず具体的に (1) 先行 2 連対後行 2 連，(2) 外側 2 連対内側 2 連，(3) 奇数連対偶数連，(4) 中心部対周辺部という項目を立てて，この一篇の詩の音韻論，統語論，意味論，修辞論などの様々なレベルより，上述のそれぞれの対立を際立たせる要素を拾い上げて観察する。

続いて第 II 部で，第 I 部の (4) で立てた構造化を基盤にして，いかなる動きをこの詩が呈しているかを，主体と客体の「変奏」と第 1 連 4 行目の 'golden' の担う意味と働きに主に注意を向けて，見てゆく。

ここで 'Daffodils' の詩を掲げ，脚韻形式と脚韻語の品詞を記しておく。

ライム形式表示図
〔Composed 1804. –published 1807. –adapted 1815.〕

1	I wandered lonely as a cloud	a	n.
2	That floats on high o'er vales and hills,	b	n.
3	When all at once I saw a crowd,	a	n.
4	A host, of golden daffodils;	b	n.
5	Beside the lake, beneath the trees,	c	n.
6	Fluttering and dancing in the breeze.	c	n.
7	Continuous as the stars that shine	d	vi.
8	And twinkle on the milky way,	e	n.
9	They stretched in never-ending line	d	n.
10	Along the margin of a bay:	e	n.
11	Ten thousand saw I at a glance,	f	n.
12	Tossing their heads in sprightly dance.	f	n.
13	The waves beside them danced; but they	g=e	pron.
14	Out-did the sparkling waves in glee:	h	n.
15	A poet could not but be gay,	g=e	adj.
16	In such a jocund company:	h	n.
17	I gazed—and gazed—but little thought	i	vt.
18	What wealth the show to me had brought:	i	vt.
19	For oft, when on my couch I lie	j	vi.
20	In vacant or in pensive mood,	k	n.
21	They flash upon that inward eye	j	n.
22	Which is the bliss of solitude;	k	n.
23	And then my heart with pleasure fills,	l=b	vi.
24	And dances with the daffodils.	l=b	n.

4 golden 1815: dancing 1807

5-6 Along . . . Ten Thousand dancing 1807

7-12 *added* 1815

16 jocund 1815: laughing 1807

第 I 部

(1) 先行 2 連対後行 2 連 (Anterior against Posterior)

```
┌ I
A
└ II
   III ┐
        B
   IV ┘
```

　1 連と 2 連を結び付け，群化する構造的特徴として，それぞれの連の第 1 行に 'as' phrase が出現しており，そして 'as' の目的語はそれぞれ関係詞節 'that'… によって限定されているという事実が挙げられる。

　次に，1 連の 3 行から 6 行にかけて，'I' という主体が 'saw' という行為をし，その客体は 3・4 行 'a crowd, / A host, of golden daffodils, その客体の運動は 6 行目 'Fluttering and dancing' であるところのいわゆる SVOC 構造が見られる。それと平行性が感じられるのは，2 連の 11 行から 12 行にかけて，語順の転倒はあるものの，主体が 1 連同様 'I'，行為がまた 1 連と同じ 'saw'，客体は 1 連の variation である 'Ten thousand' その客体の運動は 'Tossing their heads' であるところのやはり SVOC 構造である。

　後行の 3 連と 4 連には先行の 1, 2 連には見られない行違いのこだま式押韻（echo rhyme）が見られる。まず，3 連 15 行目の脚韻語の 'gay' /gei/ は 17 行目に 2 度も現れる 'gazed' /geizd/ の中にエコーしている。この echo rhyme は詩人が踊り戯れている水仙のそばで歓喜に浸り切って，水仙を凝視している姿を髣髴させるのを音の面から支えるのに役立ち，文字通り凝視 (/geiz/) する行為の中に喜び /gei/ が包み込まれてしまっている印象を読者に与える。

　次に 4 連においても，19 行目の行末に 'my couch I lie' /mai kautʃ ai lai/ が出現して，内部韻（internal rhyme）を構成しており，その 'lie' という語は rhyme pair の 21 行目の 'eye' /ai/ と押韻し，やはり echo rhyme を構成している。21 行目の 'eye' の修飾語 'inward' は対比的に "outward, bodily" eye（外面の，肉体の眼）を我々に連想させ，更に元に戻って 19 行目の「私が寝床に横たわる時」(when on my couch I /ai/ lie) という表現に対して，「私の感覚の，肉体の眼（eye /ai/）が眠る時」という表現をも重ねて連想させる。ここのこだま式押韻はあたかも 1, 2, 3 連で大活躍した「肉体の眼が眠った時に，精神の，内面の眼が一層活躍するのだ」ということを強調し

(2) 外側2連対内側2連 (Outer against Inner)

外側連対内側連の2元的対立を特徴づける要素としては，次の点が挙げられる。まず，通常 'daffodils' の詩と呼ばれるその 'daffodils' という語が外側の1連4行目と，同じく外側の4連の最終行に現れるが，内側の2, 3連には全く顔を出さない。

2番目に，外側連には1行目に 'lonely'，22行目に 'solitude' という孤独を表す語が現れるのに対し，内側連には出現しない。また精神面での暗さを表す表現が少し顔を出すのは外側1連1行目の 'lonely' と4連20行目の 'In vacant or in pensive mood' である。これに対して，内側連の2, 3連には陽気な踊りを踊る水仙とか，光り輝く波とか，歓喜せざるを得ない詩人とか，明暗の明を特徴づける表現ばかりが見受けられる。

3番目として，否定の要素が現れるのは2連9行 '*never*-ending'，3連15行 'could *not* but'，3連17行 '*little*' である。これに対し，外側連には否定的要素は皆無である。

4番目に，連結詞の 'when' が出現するのは外側連 (1連3行と4連19行) のみである。

最後に，外側1連の脚韻，2・4行の 'h*ills*'，'daffod*ils*' の b が外側4連の 'f*ills*'，'daffod*ils*' の 1 (= b) を誘発し，同様に内側連においては2連の e が3連の g (= e) を誘発する関係が観察される。

(3) 奇数連対偶数連 (Odd against Even)

この群化を際立って特徴づける要素はあまり見つからない。強いて言えば奇数連が文法的に主語で始まるのに対し，偶数連は主語で始まらない。また，偶数連の結び付きを強化する要素として，2連と4連のそれぞれ3行目が 'They' で始まるという事実が挙げられる。

2番目に，偶数連には代名詞の所有格が現れるが奇数連には現れない。具体的には，12行目に '*their* heads'，19行目に '*my* couch'，23行目に '*my* heart' という形で現れる。

　最後に，不完全男性韻が現れるのは奇数連（1連5・6行目の cc，3連14・16行目の hh）だけであり，その他はすべて完全男性韻である。

　　　(4) 中心部対周辺部 (Center against Marginals)

```
    I  ┐
       │ B
  ┌ II ┘
A │
  └ III ┐
        │ B
    IV ┘
```

　　　この詩は句読法の面からも意味の面からも2行単位でまとまっている。そこで2行単位で考察して見ると，パラレルな構造が出現しないのは，不思議なことに，中央部だけである。具体的には，1・2行目には 'vales and hills'，3・4行目には接続詞の介在なしの同格語句 'a crowd, / A host'，5・6行目には 'Beside the lake, beneath the trees'，そして 'Fluttering and dancing'，7・8行目には 'shine / And twinkle'，17・18行目に飛んで，同語反復の 'gazed—and gazed—'，19・20行目には 'In vacant or in pensive'，23・24行目には 'with pleasure fills, / And dances with the daffodils' という具合に，同義並列体 (synonymous parallelism) が頻出する。これに対して中心部の9行から16行目には見当たらない。ところで21・22行目の 'inward eye / Which is the bliss of solitude' については，'Which is' の部分を取り去ると，その前半部と後半部が同格を成すと考えられるが故に，上述の並列体の範疇に入ると看做すことができよう。

　このように見てくると，この9行から16行の部分は並列体の有無の点でその前後と著しい構造的対立を示すことになる。

　ここで，この詩の句読法，とくにコロンとセミコロンの用法に着目してみよう。第1連4行目にセミコロンがあり，第2連4行目にコロン，第3連は，もう少し複雑で，2, 4, 6行目にコロンがあり，やはり連の4行目にはコロンがある。同様に第4連4行目にもセミコロンがある。こう見てくると，この詩においては，4行単位が一つの強靭な結束をなしていると思われてくる。

　そこで問題の中央部，同義並列体が皆無の9行から16行に中心となる4行を求めるならば，それは11行から14行にかけての4行となろう。

　その根拠を挙げよう。まず，この弱強4詩脚 (iambic tetrameter) の詩

における基本的リズム弱強格（iambus）が崩れるのは，第1連6行目の 'Flúttèring' を除いては，この2連11・12行目の 'Tén thóusànd' と 'Tóssìng' の部分だけであり，しかも2行続いてこの詩の基調である iambus のリズムを逸脱しているのだ。作者の心の興奮が詩の理論的リズムを乱しているのであり，そこに我々は詩人の息遣いを感得することができる。

　以上のようなリズムの面における変化のみならず，13行から14行にかけてのこの詩におけるもっとも大胆な句またがりの出現，次に脚韻語の中で唯一の代名詞 'They' の特異な現れ方，3番目に，この詩に現れる動詞（分詞も含む）のうちで morphological な面で特異性を持つ14行目 'Out-did'（OED 採用）の存在，4番目に，14行目の 'glee' はこの詩における12組の脚韻語のうちの10組が完全男性韻であるのに対し，その rhyme pair である 'company' とは厳密には /iː/ と /i/ の対立を示すので，完全男性韻とは言えない。最後に11行目の 'saw I' に見られるこの詩における唯一の主語と動詞の転倒など，11行から14行を一つの中心部分として，その前後との対立を際立たせる事実の列挙はこれで十分であろう。

　このような音韻的，構造的，文法的，修辞学的特異性の「収斂」（convergence）[6] が見られるこの4行が，この詩の構造全体において何らかの意味を持たぬ筈はない。これらの「前景化」された技巧の集中するこの4行は，一種の衝撃力をもって，音楽における「転調」の役割を果たす。すなわち，外面描写から内面描写への転調を引き起こすのである。

第II部

　この詩は一人称の 'I' で始まる。詩人は空高く谷や丘の上を漂っている一片の雲と同一化されている。この詩の後半で完全に達成される自然との合一を予期させる件である。仲間なしでただ一人しょげている詩人は突然群なす黄金色の水仙を目撃する。4行目の 'daffodils' に冠せられた 'golden' という形容詞は大切だ。出版当時の 'dancing' を1815年に 'golden' に改変した意味は決して見逃すことはできない。この点は，この先，論を進める上で明

らかにされる筈である。3行から6行にかけてのSVOC構造のO, Cの並列語句は注目に値する。Geoffrey Durrantが卓越した観察をしている。彼によると，ワーズワスの叙述の動きは "a fluttering crowd" から order を持つ "a dancing host" への動きであるという。[7] 換言すると，並列語句の 'a crowd', 'a host' および 'Fluttering', 'dancing' の前者同士，後者同士がそれぞれ強烈な semantic link を持つというのである。「成分分析」を試みると，crowd ＝＜ a large number ＞－＜ order ＞; host ＝＜ a large number ＞＋＜ order ＞となる。このように＜± order ＞という「弁別特徴 (distinctive feature)」を導入すると，両者の意味の違いは歴然としてくる。更に＜± harmony ＞という弁別特徴を加えて考察すると，目的補語は flutter ＝＜ move ＞－＜ order ＞－＜ harmony ＞; dance ＝＜ move ＞＋＜ order ＞＋＜ harmony ＞となる。つまり Durrant は order と harmony を持たない "a fluttering crowd" から逆に order と harmony を持つ "a dancing host" への明確かつ適切な意味推移を読み取っているのだ。

　2連に入ると1連で 'saw' という行為の目的語に成り下がっていた 'golden daffodils' は，代名詞としてではあるが，今や「卓立性」[8] を与えられる主語の位置に踊り出ている。しかし 'daffodils' の実体は代名詞 'They' の中に隠されている。しかも丁度1連で詩人が大空に漂う雲と同一化されたように，それらは天の川の上で光り輝く星と同一化されている。1連の 'daffodils' の描写がこの2連では，壮大な宇宙的イメージを呈する天の川の上の無数の星の直喩を使って飛躍的に展開されている。ここに見られる一足飛びの連想作用を容易にしているのは前述の1連4行目にある 'golden' であろう。黄金色に輝くそれらの輝きが 'stars' の属性と同一性を持つが故に，この移行は極めてスムーズに行っているのである。1連3・4行目の 'saw' という行為の客体 'a crowd, / A host, of golden daffodils' は，2連11行に 'Ten thousand' と形を変えて現れ，'daffodils' という主要語はその数の多さの中に隠されてしまっている。数の多さは9行目の 'in never-ending line' という表現に出くわす時，天の川の上の星という全宇宙的なイメージと相俟って，いわば空間的に拘束のない様相を呈してくる。そうした状況のもとで，詩人は一瞥して，無数の黄水仙の花がその咲き誇る花冠を微風の中でゆすっているのを見る。

ところで 12 行目までの文構造において，主体と客体の位置を占めてきたのは，'I' か 'daffodils' かのどちらかであったが，3 連，13 行目に至って，これまでの陳述の流れを変えるがごとく，主語として突然 'waves' が現れる。「波」は，それ以前には，5 行目の 'Beside the lake'，10 行目の 'Along the margin of a bay' の近接あるいは隣接関係から前提されているだけで，顕在的には姿を見せていなかった。6 行目の末尾の 'breeze' が引き起こすその波の踊りと水仙の踊りの楽しさはどちらが勝っているかという比較思考が 13・14 行目に現れる。

この詩の中央部，我々の言う center に比較構造が出現しているのは注目に値する。'Out-did' に「比較」構造という名を与えることには多少の躊躇が感じられるが，OED がここを引用して 'outdo' に与えた定義 "to be superior to" を見れば納得がゆく。周辺部に，統語的にバランスがとれた感じを与える parallelism，言い換えると juxtaposition が集中したのに対し，ここの比較表現は葛藤，強い劇的緊張を表す。

さて，水仙の踊りの方が勝っているというのだが，何故か。それは，その epithet の 'sparkling' が示唆するように，波の踊りは永続的なというより，はかない一回的な運動だからである。妙なる楽の音を奏でるという悠久の天体の運行，天地創造以来決まって天空の一部に現れる天の川の上の星に喩えられた order と harmony を持つ黄水仙の踊りの方がすぐれているのは当然であろう。

これまでの所で「見る」という行為を表す動詞は 1 連 3 行目の 'saw'，2 連 11 行目の 'saw' であったが，それは 17 行目に至って，＜see＞＋＜volition＞の意味構造を持つ＜集中力＞を伴った 'gazed' という語に変化している。それまでを「観察」の段階という言葉でまとめるならば，ここ 17 行目に至って「凝視」の段階にまで深まってきたと言えるであろう。いや，「凝視」は，実は，center の後半（13・14 行）ですでに始まっているのだ。なぜなら先程触れた 'Out-did' という比較表現がそこにあるからだ。そもそも「比較する」とは 2 つの対象の間に程度の差異を明瞭に掴むことである。程度の差が見えてくるのは「凝視する」からこそである。逆に言うと，「凝視して」初めて比較級思考が可能になるのである。

3連の最終行の 'wealth' という語は，先述の 'golden' の担う「黄金・価値あるもの」という今一つの「内包」(connotation) から生み出されたものと思われる。ここで 'golden' の担う2つの意味をまとめておこう。その一つ，本稿293頁ですでに触れた「輝き」という特性は7行目の 'stars' と 'shine'，8行目の 'twinkle'，14行目の 'sparkling'，更に4連21行目の 'flash' に関連している。'Golden' の孕むもう一つの弁別特徴「高価で価値あるもの」はここの18行目の 'wealth' と関係している。'golden' はこのように有機的なネットワークを構成する始発点となっていたのだ。出版当時の 'dancing' では決してこのような「結束力 (cohesive power) に富んだ」機能を果たすことはできなかったであろう。
　さて4連に入ろう。まず，冒頭の遡行的に理由を述べる 'For' を中心に，音の面でやや細かな，微視的な観察をしよう。18行目末尾の 'brought' と19行目行頭の 'For oft' は

$$/\text{brɔːt fɔː(r) ɔːft}/$$

と読める。母音は3語に共通して長母音 /ɔː/ である。2番目の /fɔː/ と3番目の /ɔːft/ とは鏡像の関係を示す。もう一歩観察の幅を広げて見ると，1番目の末尾音 /t/ + 2番目の /fɔː/ すなわち /tfɔː/ 対3番目の /ɔːft/ はやはり鏡像の関係を示す。更にもう一歩踏み込んで観察して，'for' と 'oft' の間に「連結的 r」が入ったとしても，やはり鏡像の関係は保持される。4連はまるで鏡が対象を反射するように，極めて容易にその理由を3連に投げ返すのである。
　4連の始めで詩人の内面的な心の状態がはっきりと描かれる。「空ろで物思いに沈んだ心でいる」という。そのような気持ちの時に，今度は，今まで3行目 'I saw'，11行目 'saw I'，17行目 'I gazed—and gazed—' の客体として捉えられ，文法表現の上で目的語の位置にあったものが，再び9行目同様に，ここ21行目で主語 'They' として浮かび上がってきて，能動的に「孤独の至福である内面の眼」に作用を及ぼし，積極的に働きかける。しかしその主体はまだ代名詞というオブラートに包まれて潜在化しており

4行目に初出の 'daffodils' という語に再び顕在化するのはこの詩の最終行を待たねばならぬ。しかも，今まで行為の主体として必ず登場していた 'I'，'A poet' は23行目に至って突然姿を消し，それまでの行に描かれてきた 'golden daffodils' のリズミカルな 'order' と 'harmony' を伴った喜びの踊りを感覚・知覚する源泉である（知的な mind ではなく）情的な 'heart' がこの詩の終結間際で主体となるのだ。詩人は23行目の所有格代名詞 'my' の中に隠れている。'My heart' は，想像裡に，嬉々として踊り戯れる 'daffodils' の与える力により，楽しさで満ち，'daffodils' と共に踊るのである。

　ここで付け加えておきたいことは，この詩の key word とも言うべき 'dance' という語が1連から4連のどの連にも均等に1回ずつさりげなく文法形態を変えながら配置されているという事実である。しかもその内2回は我々が求めた11行から14行の中央部に現れている。外界の 'daffodils' が踊ると，それに呼応して詩人の内面の 'heart' が踊る。この詩の意味の底流には "dance" があるのだ。

　以上，'Daffodils' を，本論前半でヤーコブソン流の分析方法を適用し，かつ後半で語学的読みを加えながら，分析してきた。その結果，次表に示す結果が得られた。

I						II						III						IV					
1	2	3	4	5	6	7	8	9	10	11	12	13	14	15	16	17	18	19	20	21	22	23	24
MARGINAL										CENTER				MARGINAL									
+juxtaposition										−juxtaposition				+juxtaposition									
外面的・自然的・現実的														内面的・精神的・非現実的									
観察										凝視								沈潜・合一					

　すなわち，詩の中心（CENTER）は11行から14行にある。表現形式の点から見ると，1行から8行及び17行から24行に並列体が見られ，中心部の9行から16行には見られない。詩人の叙述の対象に関して言えば，1行から14行は「外面的・自然的・現実的」なものを，15行から24行は「内面的・精神的・非現実的」なものを記述している。そして詩人の対象への

向かい方は，1行から12行では「観察」の，13行から18行では「凝視」の，19行から24行においては「沈潜・合一」の段階にある。

［本稿は，中国四国イギリス・ロマン派学会の学会誌『英詩評論』（第2号，1985年）に登載された中谷・中川論文の再録版である。ただし，再掲するに際し，編集方針に従って部分的に加筆修正した部分があることを断っておく。］

註

1) Herbert Read, *English Prose Style*, Faber & Faber, London, 1952, p.ix.
2) William Wordsworth, *The Poetical Works of William Wordsworth* (ed. Thomas Hutchinson & Ernest de Selincourt), Oxford University Press, London, p.736.
3) 小川二郎「ドロシィ・ワーヅワスの日記の文体」『文学論集』小川二郎著作集刊行会，1964年，p.151.
4) 本論の一部は「詩と真実との間」（福岡教育大学紀要第17号）と重なることを断っておきたい。
5) 本稿は拙論「ワーズワスの 'I wandered lonely as a cloud' の構造分析―そのヤーコブソン的分析―」（安田女子大学紀要 No7, 1978年）を簡潔にまとめ直したものであることをお断りしておく。
6) Michael Riffaterre の用語。*Essays on Style and Language*, (ed. Roger Fowler), Routledge and Kegan Paul, London, 1966, p. 23.
7) Geoffrey Durrant, *William Wordsworth*, Cambridge, 1969, pp. 21-23.
8) 佐々木達，『近代英詩の表現』，研究社，1955年，p.145.

『序曲』における 'love' について
動詞 'love' から詩人ワーズワスの愛の対象を考察する

末岡 ツネ子

1．はじめに

　ワーズワス（William Wordsworth, 1770–1850）は「黄水仙」（'I Wandered Lonely as a Cloud', 1807）や「虹」（'My Heart Leaps Up', 1807）など自然を題材にした詩が有名なので「自然の詩人」として広く認識されている。しかし，興味深いことに，13巻，8,487行からなる自叙伝的長編詩『序曲』（The Prelude, 1805）において，'love' という語の出現回数は「自然」'nature' を上回っている（中川 112）。動詞の頻度も，rose, live, brought と並んで上位に位置している（中川 136）。さらに恋愛が主題ではない『序曲』において，ワーズワス自身，最終巻13巻の終結部の一節で「この世の悲しみに調子を合わせながらも，全体として愛に焦点を合わせた」（13.382-385）と謳っている。'love' という概念は多義的だが，時代，文化，国境を越える人類共通のテーマでもある。本論では詩人が頻繁に使用した動詞 'love' に焦点を当て，「愛」はワーズワスにとって如何なるものなのか，または 'love' の対象は何であったのか，そして誰であったのかを考えてみたい。

2．調査の方法と表の見方

　他の詩人はいざ知らず，『序曲』に現れたワーズワス自身が意図する 'love' を忠実に考察するために，動詞 'love' の現れるコンテクスト62例すべてをプリントアウトし，その 'love' の表現内容が把握できる範囲を精読し，表1と表2を作成した。
　まず，表1（319ページ参照）の説明をしたい。左端の項目から，最初の列に62例の通し番号を付し，次に動詞 'love' が出現する箇所の巻の番号（ブックナンバー）と行数（ライン）をあげた。その右隣には動詞 'love'

を含む文（sentence）の主語を載せた。次の動詞の項目は，to 不定詞を伴うものも含めて，肯定の形，否定の形をとるものに二大別した。右端の項目には目的語を載せた。目的語の列の中で示した括弧の中にイコール（＝）をつけているものは，同じ文章内にある同じ意味の語を表している。括弧の中にイコールのないものは，文脈において同じ意味の語を補った。'ditto' と記しているのは，一つ上の行と同じ語を表している。アスタリスク（*）の箇所は，紙面の都合上，表に入りきらない語句があるという印として用い，自動詞の場合は空欄にしている。

次に，ワーズワスが何を，どんなものを，どんな事を，誰を愛したか，逆に愛さなかったのかを把握するために，動詞 'love' の目的語に注目した。なぜなら，動詞 'love' は圧倒的に他動詞として用いられ，「愛する」ことの対象となる目的語を取るからである。表1の目的語の欄に基づき「愛する」ことの対象となっているものの傾向を調べるために，角川学芸出版の『類語国語辞典』の枠組みを採用し，表2（322ページ参照）を作成した。『類語国語辞典』は，語彙の世界を，私たちを取り巻くこの自然界，その中に生きる人間，さらにその人間が生み出したものというように，大きく3つに分類している。それぞれに「自然」「人事」「文化」という大項目を与え，中項目として，「自然」の下には自然，性状，変動，「人事」の下には行動，心理，人物，性向，そして「文化」の下には社会，学芸，物品の項目がある。全体は，これらの中項目の下にさらに100種類に分類した小項目から成り立っている。表1の目的語をこの枠組みに当てはめ，どのような分布を成しているかを観察していく。しかし，『序曲』の一つのパラグラフの平均行数は36行，平均語数は262語という長文である。そこで，表2を作成する際，目的語の中でもその主要語（head word）をあげるために，次の5つの条件を加えた。

1. 他動詞 'love' の主語が一人称であるもの，すなわちワーズワス自身のものである。
2. 主語が三人称であっても，文脈上ワーズワスが主体となっているものである。
3. 不定詞と関係代名詞の目的語である。

4. 目的語が同格で連なっている場合，第1要素だけでなく，第2，第3要素も採る。
5. 目的語が代名詞である場合は，それが指示するものに遡り，表には括弧でその語を示す。

3．調査の結果

　上記の二つの表による調査から，ワーズワスが『序曲』において動詞 'love' をどのように使っているか，その用い方の特徴をあげてみたい。表1の項目「主語」の列には，動作 (action)，本論では「愛する」ことの行為者 (agent) を記載している。この列の人称を調べると，一人称単数 'I' は 30 例，一人称複数 'we' も 7 例ある。すなわち，一人称は 62 例中 37 例あり，全体の約 6 割を占めている。一人称がこれほど頻繁に使用されているというデータから，『序曲』が叙事詩と称されることがありながらも，主人公がワーズワスである自叙伝的な詩であることを裏付けていると思われる。しかし，三人称を主語としながらも自分の愛の対象を語っている個所もある。例えば，表1の最初の例をあげてみる。[…] one, the fairest of all rivers, loved / To blend his murmurs with my nurse's song, / And from his alder shades and rocky falls, / And from his fords and shallows, sent a voice / that flowed along my dreams?（1.271-276）この一文の動詞 'loved' の主語は三人称，'one, the fairest of all revers' だが，文脈から読み取れるのは，子供のころ父母を失ったゆえに兄弟離散し，孤独の寂しさを味わったワーズワス自身が，父母や兄弟と過ごした生家のそばを流れるダーウェント川を懐かしんでいる，愛している，ということである。この点について，次の節で考察を加える。

　動詞 'love' がとる目的語，すなわち表1の目的語の欄に記載した語を 100 項目の分類に当てはめた表2の分布を観察すると，大項目「自然」に関係する語が 31 語あり最も多い。続いて「人事」に属する語は 14 語，「文化」に関連する語は最も少なく 6 語である。大項目「自然」は「自然」，「性状」，「変動」という 3 つのサブカテゴリーに分類されている。このサブカテゴリーの中でも 00「天文」，03「地勢」，08「物質」に多く分布している。

一番数の多い「物質」とは,『類語国語辞典』によると,「物を形作っている物質のこと」と定義され,「自然」という語それ自体はこの「物質」の項目に入っている。大項目「自然」のすぐ下にある「人事」は「行動」,「心理」,「人物」,「性向」という4つのサブカテゴリーに分かれているが,「人物」のサブカテゴリーの分布が多いことが分かる。なお,網掛けしている個所は動詞 'love' に否定語が伴った時の目的語,つまり,詩人が好ましく思っていないもので,二つある。42「学習」の項の 'examinations' と 76「風俗」の項の 'guise'（仕方）で,どちらも第3巻のケンブリッジ大学生活についての箇所からである。以上,表2の分布からワーズワスの愛した,または愛している対象は主として「自然」と「人物」であることが分かる。

4.『序曲』におけるワーズワスの愛の対象

　上記の結果に基づいて,『序曲』に現れた動詞 'love' を含むワーズワスの思考を表す代表的な詩行を考察してゆく。抜粋した引用には巻の順序に従って(1)から(12)まで番号をふり,引用した箇所の動詞 'love' は網掛けし,目的語には下線を引いた。

　ワーズワスは1770年4月に英国の湖水地方の北端にあるコッカマスに生を受けた。詩人は生まれ故郷を追憶し,『序曲』(1805)の第1巻で次のように謳っている。この箇所は『序曲』1799年の2巻本では冒頭に出ている。

(1)　　　　　　　　　Was it for this
　　That one, the fairest of all rivers, loved
　　To blend his murmurs with my Nurse's song,
　　And from his alder shades and rocky falls,
　　And from his fords and shallows, sent a voice
　　That flowed along my dreams? For this didst thou,
　　O Derwent, travelling over the green plains
　　Near my 'sweet birthplace', didst thou, beauteous stream
　　Make ceaseless music through the night and day, (1. 271-79)

272行の動詞 'love' の動作主はワーズワスではなく，三人称の 'one, the fairest of all rivers' である。しかし，前節で述べたように，詩人は三人称の主語を用いながら自分自身が愛する対象を表現している。276行と278行には 'thou' という親しみを込めた二人称をダーウェント川に与え，272行では「この世の川のうちで最も美しい川」と謳っていることからも，ワーズワス自身がダーウェント川を愛したのだということが読み取れる。Ricks はこの箇所を無生物も感情を持つ表現法，'pathetic fallacy' (感傷的虚偽) という語で説明している (112)。詩人は，生まれ故郷の絶え間なく美しいせせらぎの調べを奏で流れるダーウェント川を，時を経て鮮やかに想起している。特に両親を相次いで亡くし孤児となったワーズワス兄弟には，家族全員で過ごしたダーウェント川の流れるコッカマスは生涯忘れえない懐かしい場所であった。

詩人はさらに，次の一節で美しいダーウェント川にまつわる記憶を語っている。

(2)　When, having left his Mountains, to the Towers
　　　Of Cockermouth that beauteous river came,
　　　Behind my Father's House he passed, close by,
　　　Along the margin of our Terrace Walk.
　　　He was a Playmate whom we dearly loved:　(1. 286-90)

幼年時代のワーズワス一家の住まいは，コッカマスの本通りにある壮麗な構えの家だった。詩人の父 John Wordsworth (1741-83) は北イングランド地方の有力な地元領主の法律顧問弁護士兼土地管理人の職に就いていたので，一家は領主の敷地内に建てられた当時としてはかなり立派な家を借りて住んでいた。ワーズワスの幼いころのコッカマスの記憶は，Stephen Gill が 'giddy bliss' (14) と表現しているように，「とてつもない幸せ」に満ちたものであった。詩人の両親は5人の子供，長男 Richard，次男である詩人 William，長女 Dorothy，三男 John，そして四男 Christopher に恵まれた。当時，子供たちの格好の遊び場所は家の裏庭近くを流れているダーウェン

ト川だった。特に夏になると，一日中水を浴びては日に当たり，日に当たっては水に入ることを繰り返し夏の日々を送っていた。ワーズワスと彼の兄弟はダーウェント川が大好きで，乳母の歌う子守歌にせせらぎの調べを織り交ぜていたその美しい川を，詩人は 'playmate' と擬人化している。

少年ワーズワスは，成長するにつれ行動範囲が広がってゆき，森や野原を愛し始めた（'began / To love the woods and fields' (2. 4-5)）。そして次の詩行に見られるように，自然の中にある，また別の愛の対象に気づいた。

(3) 　　　　… already I began
　　　　To love the sun, a boy I loved the sun,
　　　　Not as I since have loved him—as a pledge
　　　　And surety of our earthly life, a light
　　　　Which while we view we feel we are alive—
　　　　But, for this cause, that I had seen him lay
　　　　His beauty on the morning hills, had seen
　　　　The western mountain touch his setting orb,
　　　　In many a thoughtless hour, when, from excess
　　　　Of happiness, my blood appeared to flow
　　　　With its own pleasure, and I breathed with joy. (2. 183-93)

少年時代の詩人は，後に 'Tintern Abbey' (1798) の中で「喜々とした躍動的な衝動」'glad animal movements' (74) と称しているものに関心があった。夏にウィンダミア湖でボート漕ぎ競争に興じ，冬になると輝く星空の下でスケートをした。秋には鳥の巣から卵を取るために断崖に出かけた。登校前には友人と5マイルの朝の散歩,湖の周りを散策した。このように，ワーズワスは野外の自然の中で遊び，歩き回り，自然に対する鋭敏な感覚を磨いていった。この引用の最初に出てくる動詞は，不定詞を伴った 'began to love' で，目的語は 'the sun' である。少年時代のワーズワスが愛し始めた対象は「森」や「野原」と同様,「太陽」という自然界に存在するものだった。太陽のおかげで生き物が生存できるといった理屈抜きにワーズワス少

年は単純に，そして直感的に目に映る太陽の光景そのものを愛で，その美しさに息をのむほど心を奪われたのだった。

　母親が若くして他界したため，ワーズワスは9歳の時に長兄と共にホークスヘッドにあるグラマースクールに送り出された。幼くして家族と離れるのは辛いことだったが，そこで文学の基礎を徹底して教えてくれたテーラー校長（William Taylor）と，良き友ジョン・フレミング（John Fleming）に出会った。

(4) 　　　　　　　My morning walks
　　Were early; oft, before the hours of school
　　I travelled round our little lake, five miles
　　Of pleasant wandering—happy time, more dear
　　For this, that one was by my side, a friend
　　Then passionately loved.（2. 348-53）

学校の始まる前に友人と5マイル，約8キロもの湖の周りの散策を楽しんでいたという詩行の中で，動詞の過去分詞形 'loved' の文法上の目的語は詩人と仲の良かった友人フレミングである。同時に，ワーズワスはすでにこのグラマースクール時代から散策を愛していたことが文脈から理解できる。詩人はフレミングと，「心を一つにして大好きな韻文を繰り返し朗唱しながら（5. 588）」朝の散策を楽しんだ。ホークスヘッドでは大自然ばかりでなく，フレミングやテーラー校長のような人たち，そしてグラマースクールで受けた教育が後に詩人として大成するワーズワスを養成していった。フレミングに関しては，ケンブリッジ大学に入学する前の少年期の作品を集めた詩集 'The Vale of Esthwaite' の一編に，'Friendship and Fleming are the same' と書いている。文学の知識と情熱を兼ね備えていたテーラー校長は，ワーズワスに詩の才能を見出し，開花させるのに多大な貢献をした。ホークスヘッドの地は，周囲にウィンダミア湖，エスウェイト湖，コニストン湖や幾つもの谷がめぐり，谷は山に仕切られて幾つもの峡谷をつくり，峡谷は峡谷と重なり美しい迷路のような人跡未踏の処女地をつくっ

ていた（岡沢28）。ワーズワスは少年時代，このように損なわれていない大自然の中で多くの時間を散策にあてた。実際，成人してからも散歩しながら詩作したという。ワーズワスにとって散歩は創造的な過程であり，この習慣はホークスヘッド時代に遡るものであろう。

　ワーズワスは9歳から17歳までホークスヘッドで過ごした。詩人は少年時代の8年間を過ごした第二の故郷とも言えるホークスヘッドを'Beloved Vale' (1. 308) と称している。この良き時代とは対照的に，ケンブリッジ大学での大学生活には馴染めなかったことが次の描写から推測できるだろう。

(5) 　　　　　　　　…of important days,
　　　Examinations, when the man was weighed
　　　As in the balance; of excessive hopes,
　　　Tremblings withal and commendable fears,
　　　Small jealousies and triumphs good or bad—
　　　I make short mention. Things they were which then
　　　I did not love, nor do I love them now:
　　　Such glory was but little sought by me,
　　　And little won.
　　　……………………………………………
　　　　　　　　…I did not love,
　　　As hath been noticed heretofore, the guise
　　　Of our scholastic studies—could have wished
　　　The river to have had an ampler range
　　　And freer pace. (3. 64-72, 506-10)

下線を引いた70行目の 'them' は66行目の 'examinations' を指している。ワーズワスが愛さなかった二つのアイテム：「試験」と「仕方」(guise) はどちらも第3巻のケンブリッジ大学の生活についての箇所からである。ホークスヘッドグラマースクールは多くの卒業生をケンブリッジ大学に送

る名門校だったが，自由な雰囲気の中で古典，数学，幾何学を学んだ。古典文学は本来の美しさによって，詩人に影響を与えた（Gill 27）のであり，他の学生と試験をめぐる競争心からおこる妬みや勝利感などの諸々の感情を好まず，良い成績を収めた時の栄光といったものに価値を見出さなかった。ケンブリッジ大学では，スコラ的な学問の方法を好まず，広く自由に学ぶことを制限される大学の教育方針に適応するのが困難であった。さらに，13歳で父と死別した詩人は学費が免除されるが一定の役割を課せられた特別給費生（sizar）で入学したので，他の学生と区別できるガウンを着用し，最低の部屋を割り当てられ，食事の給仕をもしなければならなかった（Barker 36）。このように，北部の田舎出身なおかつ特別給費生という身分であった詩人のケンブリッジ大学での生活は，晴れやかなものではなかった。

　詩人がケンブリッジ大学の夏休みに入って向かったのは，ホークスヘッドグラマースクール時代に下宿していたアン・タイソン夫人（Ann Tyson）の家だった。13歳の時に父が他界して以来，生まれ故郷のコッカマスには，もはや帰る家がなかったからである。

(6) 　　　　　　　　　Her smooth domestic life—
　　Affectionate without uneasiness—
　　Her talk, her business, pleased me; and no less
　　Her clear though shallow stream of piety,
　　That ran on sabbath days a fresher course.
　　With thoughts unfelt till now I saw her read
　　Her bible on the Sunday afternoons,
　　And loved the book when she had dropped asleep
　　And made of it a pillow for her head. (4. 213-21)

ホークスヘッドに戻ったワーズワスはタイソン夫人と再会した。タイソン夫人は我が子が帰って来たように涙を流して喜んで迎えた（4. 17）。上記の詩行で，文法上，私（詩人）が愛した目的語は'the book'である。しかし，

日曜日の午後，聖書を読み，疲れると聖書を枕に寝入ってしまうというこの微笑ましい描写から，詩人が愛したのは 'the book' の所有者，タイソン夫人であると読み取れる。ワーズワスと長兄リチャードは母親が亡くなった次の年，1779 年にホークスヘッドに送られた。それ以来詩人は，ケンブリッジ大学に入学するまで子供のいないタイソン夫人の家に下宿した。拙稿「名詞 'love' から詩人ワーズワスの愛の性質を探求する」で述べたように，質素な下宿を切り盛りしたタイスン夫人は早くに亡くなった詩人の母親の代わりとして，ワーズワス兄弟を慈しみ，守り，神聖な親の役割を果たした (80)。タイソン夫人は下宿生に，学校が無いときは戸外を散策する自由を与え，冬の夜長には炉辺で物語を語った。Gill は「ワーズワスのここ（ホークスヘッド）での 8 年間の思い出は，彼にとってこの地域全体が故郷 (home)，そして愛しい楽園 (little Paradise) だという認識を抱かせる (21)」と述べている。Gill の見解に沿うと，この地域にあるタイソン夫人の下宿も詩人にとっては紛れもない故郷である。

　詩人は大学が課する学問の仕方と自分が抱いていたそれとの隔たりに悩みながらも，1791 年 1 月に何とか文学士の学位を得て卒業した。大学を卒業しても「人生のどんな方向に進んだらよいのかまだはっきり決めていない (7. 63)」ので，叔父からの送金でロンドンに 4 か月暮らした (Barker 54, 55)。なお，詩人はケンブリッジ大学の学生だった 1788 年か 1789 年に生まれて初めてロンドンを訪れている (Johnston 101)。

(7)　With deep devotion, Nature, did I feel
　　　In that great city what I owed to thee:
　　　High thoughts of God and man, and love of man,
　　　Triumphant over all those loathsome sights
　　　Of wretchedness and vice, a watchful eye,
　　　Which, with the outside of our human life
　　　Not satisfied, must read the inner mind.
　　　For I already had been taught to love
　　　My fellow-beings, to such habits trained

    Among the woods and mountains, where I found
    In thee a gracious guide to lead me forth
    Beyond the bosom of my family,
    My friends and youthful playmates. (8. 62-74)

　ワーズワスは 1791 年 1 月下旬から 5 月下旬までロンドンに住んだ。この時期のことは第 7 巻,「ロンドン滞在」に書いている。少年時代ホークスヘッドを散策したように,詩人はロンドンを隈なく探索した。観光名所,繁華街,法廷,教会,見世物小屋,動物園,劇場を巡り,郊外も歩き回った。この大都会で,トルコ人,ユダヤ人,ロシア人,インド人,シナ人といった世界の各地から集まった多様な人種にも遭遇した (7. 229-43)。ロンドンは当時 18 世紀末人口 90 万人,イギリス王国の首都であると同時に,政治や経済の面から見ても世界的な大都市だった。この大都市で詩人は見聞を広めた。繁栄と共に,悲惨と邪悪に満ちた忌まわしい光景も見た。詩人は大都市の外面的な繁栄の陰に生きる下層階級の人たちをも見過ごすことはなかった。ある時,自分の履歴を書いた紙を胸に付けていた盲目の物乞いの姿に心を打たれたことがあった (7. 610-15)。このような光景は,大学生活を過ごしたケンブリッジでも幼少年時代を過ごした湖水地方でも見たことがなかった。しかし,少年時代から詩人を導いてきた「自然」に「自分と同じ人間同士」(my fellow-beings) を愛することを教えられてきたので,その物乞いに内在する尊厳と愛情を認識した。「自然」は,66 行目にある「注意深いまなざし」(a watchful eye) を詩人に授けていたので,物乞いの外面に惑わされることなく隠れている尊厳に気づくことができたのである。

　多様な人種がいるロンドンで暮らしたワーズワスは,異なる文化に対し鋭敏になった。詩人は,次の詩行で中国の有名な庭園 (Gehol) と,英国の自分が育った湖水地方の田舎にある「緑の大地のごくありふれた遊びのたまり場」(the common haunts of the green earth) を比較している。

   (8)　　Yea, doubtless, at an age when but a glimpse
        Of those resplendent gardens, with their frame

> Imperial, and elaborate ornaments,
> Would to a child be a transport over-great,
> When but a half-hour's roam through such a place
> Would leave behind a dance of images
> That shall break in upon his sleep for weeks,
> Even then <u>the common haunts of the green earth</u>
> With the ordinary human interests
> Which they embosom—all without regard
> As both may seem—are fastening on the heart
> Insensibly, each with the other's help,
> So that we ==love==, not knowing that we ==love==,
> And feel, not knowing whence our feeling comes. (8. 159-72)

18世紀後半のイギリス・ロマン主義の特徴の一つは，遠い異国への憧れだといわれる。ワーズワスは旅行書や航海書などにも親しみ，遠い異国の風物や文化への強い関心を持っていたという。詩人と共にイギリス・ロマン主義の創始者であるコールリッジ（Samuel Tayler Coleridge, 1772–1834）がワーズワスと共著で1798年に出版した『抒情民謡集』（Lyrical Ballads）の中の「クブラ・カーン」（'Kubla Khan'）は，蒙古のフビライ・ハンの異国風な物語の幻想詩である。しかし，ワーズワスは上記の『序曲』第8巻の中で，異国情緒あふれる中国の「荘厳な枠組みと，精妙な飾りとをもった，まばゆく照り映える庭園」と湖水地方の「緑の大地のごくありふれた遊びのたまり場」を比較している。中国の壮麗な庭を称えながらも，ワーズワスにとっては，世の中の基準では価値の劣る後者に分があるという。大都会ロンドンで暮らしたので幼少年時代を過ごした故郷の愛おしい記憶が呼び起されたのだろう。詩人には湖水地方の「緑の大地のごくありふれた遊びのたまり場」が，遠い異国のどの絢爛豪華な庭より美しいのである。多くの場合，いつも目にするありきたりの平凡なものは見過ごされ特別な関心を引くことはない。しかし，ワーズワスは「愛しているのも知らずに愛するようになり，そうした情愛がどこから湧いてくるかも知らずに強く感

じるようになる」対象を，何気ない日常生活の中に見つける才能があった。
　詩人はロンドン滞在の後ウェールズを徒歩で旅行した。叔父が申し出てくれた牧師職に就く年齢，23歳までは数年あったので，1791年11月に語学学習という名目でフランスに渡った。前の年にアルプスへの徒歩旅行の折フランスを通って以来，フランス革命の精神に共感を覚えてある種の憧れを抱いていたので渡仏したのだった。しかし翌年，失意のうちに帰国することになる。

(9)　　　… in Nature still
　　　Glorying, I found a counterpoise to her,
　　　Which, when the spirit of evil was at height,
　　　Maintained for me a secret happiness.
　　　Her I resorted to, and loved so much
　　　I seemed to love as much as heretofore—（11. 31-6）

　大学最終年の夏休みに友人とアルプスを探勝した時のフランスを，詩人は「時まさに，ヨーロッパ全土が歓喜にわきたち，フランスは幸福の絶叫にあり，人間は生まれかわるかのように見えた時期だったのだ（6.352-4）」と描写している。しかし，大学卒業後1791年に再び渡仏すると，フランスの事情は随分変わり，国内は内乱や殺戮で騒然としていた。憧れを抱いていたフランス革命の高い理想と，厳しい現実との乖離を目の当たりにした。個人的には，私生活において外科医の娘，フランス人女性アネット・ヴァロン（Annette Vallon, 1766–1841）と恋に落ち，アネットは懐妊した。ワーズワスはアネットの親の反対や生活費の欠乏から帰国せざるを得なかった。この恋愛は『序曲』の第9巻に，ヴォードラクール（Vaudracour）とジュリア（Julia）という若き男女の物語に暗示されている。
　1792年12月にロンドンに戻った詩人は，フランスに残し未婚の母となったアネットと，その子供に対する自責の念に駆られ苦しんだ。翌1793年に英仏戦争がフランス革命戦争（1793–1802）の一環として始まり，会いに行けなくなった。加えて，フランスでのワーズワスの品行を理由に叔父が

牧師職の申し出を取り下げたので，詩人は収入の見込みが絶たれた（Gill 68）。生活費を得ようとロンドンで『夕べの散策』（*An Evening Walk,* 1793）や『叙景詩集』（*Descriptive Sketches,* 1793）を出版したが世評は芳しくなかった。このように絶望的な精神状態と経済状況の中，ホークスヘッド時代の友人カルバート（William Calvert）と旅に出かけた。カルバートは資産家の父親から遺産を相続したので詩人をこの旅に誘い，その費用も負担した。二人はワイト島に一か月滞在し，ソールズベリー平原に向かった。途中カルバートの馬が溝に落ちたのでワーズワスは友人と別れ，一人で紀元前の歴史的遺跡，ストーンヘンジが横たわるソールズベリー平原を彷徨し，その後北ウェールズまで徒歩旅行を続けた（Gill 74）。北ウェールズではワイ河渓谷の上流にあるティンタン寺院を訪れ，生涯忘れることのできない印象を受けた。そして，詩人の代表作の一つとなった「ティンタン寺院」（'Lines Written a Few Miles above Tintern Abbey'）を詩作し，『抒情民謡集』（*Lyrical Ballads,* 1798）に収めた。少年時代にワーズワスは「大自然の懐にいだかれて育った（3.358）」。絶望のうちに自然の中を彷徨したこの旅で再び大自然の懐に戻った。詩人にとって自然は精神の均衡を保つ錘（counterpoise）であり，その錘は詩人が苦悩の最中にあっても慰めを与え，秘かな幸福（secret happiness）を維持する力があった。

　1802 年の 8 月，ワーズワスと妹ドロシー（Dorothy Wordsworth, 1771–1855）はフランスのカレーに，かつての恋人アネットと，詩人と彼女との間に生まれた娘キャロラインに会いに行き，約一か月間一緒に過ごした（Barker 212）。帰国した詩人は幼馴染みのメアリー・ハッチンソン（Mary Hutchinson, 1770–1859）と 10 月に結婚した。

　　(10)　Whatever scene was present to her eyes,
　　　　　That was the best, to that she was attuned
　　　　　Through her humility and lowliness,
　　　　　And through a perfect happiness of soul
　　　　　Whose variegated feelings were in this
　　　　　Sisters, that they were each some new delight.

> For she was Nature's inmate: her the birds
> And every flower she met with, could they but
> Have known her, would have loved. (11. 207-215)

上記の詩行215行目の動詞 'love' の動作主は，三人称 'the birds and every flower' で，動詞 'love' は仮定法 'would have loved' になっている。しかし，この文脈から読み取れるのは，小鳥たちやどんな花からも慕われ，つつましく謙虚で大自然の友である 'her' を，ワーズワス自身が深く愛している，ということだろう。詩人と長きにわたり信頼関係を保った女性は，妹ドロシーと妻メアリーである。詩人と同じく，この二人の女性も戸外で自然と直接交わることを喜びとしていた。ドロシーとメアリーについて，岡本は，ドロシーは鋭敏な頭脳と敏感な感覚を持ち，自然の観察は特に鋭いものがある。一方，妻メアリーはドロシーほど鋭敏でないが，愛とよろこびを与えた，と述べている (145)。ドロシーは自然から受けた印象を日記に書き，*Alfoxden Journal* (January-April, 1798) や *Grasmere Journal* (1800-3) といったジャーナルを残している (Drabble 1115)。詩人の詩作の良き相談相手であり，インスピレーションを与えた女性だった。213行目の 'her' は妹ドロシーなのか妻メアリーなのか，学者によって意見が異なる。Selincourt や森松はドロシーだと述べ（森松186），Abrams や Gill が編集した『序曲』の脚注 (426) にはメアリーとある。その女性の性格を描写している209行目の 'her humility and lowliness' から推測して，私は詩人に献身的に仕えたメアリーではないかと思う。どちらにしても，詩人が生涯にわたって心から愛した女性であった。

詩人は子供のころ，コッカマスにあった生家の庭から公道を眺めるのが好きだった。その公道は，遥か彼方，見えなくなるまで続いていた。

(11)　　I love a public road: few sights there are
　　　　That please me more—such object hath had power
　　　　O'er my imagination since the dawn
　　　　Of my childhood, when its disappearing line

> Seen daily afar off, on one bare steep
> Beyond the limits which my feet had trod,
> Was like a guide into eternity,
> At least to things to unknown and without bound.（12. 145-152）

　森松は子供時代から「公道」を愛したワーズワスの感覚について，「その先が見えないもの，しかし遠くまで見えるものに《永遠》への先触れを見る感覚は極めてロマン派的である（185）」と述べている。森松が言うように，ロマン派的な感覚，すなわち，遠くにあるもの，永遠への憧れが強い子供だったので，少年時代はホークスヘッドの地を散策した。その憧れに駆り立てられ青年時代にはアルプスやソールズベリー平原を徒歩旅行した。その後，詩人の旅の範囲はさらに広がった。近いところでは湖水地方は言うまでもなく，スコットランドやウェールズ，海峡を渡った大陸のフランス，イタリア，オーストリア，スイス，ドイツに及んだ。詩人が生きたのは，現代と比べ物にならないほど交通機関や情報網が発達していない18世紀終わりから19世紀半ばである。一般庶民が手軽に大陸旅行できる時代ではなかった。だからこそ余計に未知の場所への思慕や，それを想像する余地が多く残っていたのだろう。詩人は彷徨や旅を題材とした作品，*An Evening Walk*（1793），*Salisbury Plain*（1893），*The Prelude*（1805），*The Excursion*（1814）などを書いた。ワーズワスの永遠や，遠くのものに憧れたロマン的気質の代表例として旅行があげられる。遠く，永遠のものに憧れる一方，少年時代，詩人は 'Beloved Vale' と言うほど湖水地方を愛していた，そして再び移り住んだダヴ・コッテッジの時代から死に至るまで，さらに湖水地方を愛した。

　詩人はコールリッジに『序曲』を読んでもらうために「コールリッジに贈る詩」（Poem to Coleridge）として執筆を始めた。

(12)　　　　　　　　　　　With such a theme
　　Coleridge—with this my argument—of thee
　　Shall I be silent? O most loving soul,

>   Placed on this earth to love and understand,
>   And from thy presence shed the light of love,
>   Shall I be mute ere thou be spoken of? (13. 246-51)

ワーズワスが最初にコールリッジに会ったのは1795年，コールリッジは革新的な町ブリストル（Bristol）で政治的な講演をしていた（Gill 93）。当時ワーズワス25歳，コールリッジ22歳だった。出会って間もなく文通が始まり，1797年には詩人と妹ドロシーが移り住んだイングランド南西部の田舎レースダウン（Racedown）にコールリッジが訪ねてきた。ワーズワスとコールリッジは，詩作や当時の政治や社会的問題の議論を発展させることで友情を深めていった。二人は1798年に『抒情民謡集』初版を共著で世に出した。『抒情民謡集』には口語体の無韻詩を用い，英詩における「実験」として試みた（Drabble 216）。この共著の詩集は，イギリス・ロマン主義と新たな時代の始まりの 'landmark' となった（Drabble 618）。上記の詩行で詩人は，29行目の動詞 'love' の他に 'love' の他の形，すなわち，248行では形容詞 'loving'，そして250行では名詞 'love' というように繰り返し3回も 'love' 及び 'love' の派生語を使用している。従って『序曲』の詩作中における詩人のコールリッジへの敬愛と感謝の情の深さがうかがえる。

5．おわりに

　本論では，自叙伝的長編詩『序曲』のテクストに現れた動詞 'love' の目的語に着目してきた。表2で示されたように，ワーズワスの愛したものは「自然」に関係する語彙項目が多かった。例えば，ダーウェント川（引用（1）と（2）），沈みゆく太陽（引用（3）），緑の大地のごくありふれた遊びのたまり場（引用（8）），「自然」それ自体（引用（9）），そして公道（引用（11））である。これらの詩人の愛した自然に関係するものは，すべて湖水地方に属しているようだ。美しいダーウェント川は，詩人が生まれたコッカマスを流れている。少年ワーズワスが夕日を愛でた場所は書かれていないが，副題が「少年時代」である第2巻に収められているので，ホークスヘッ

ドで見たものだろう。ホークスヘッド時代，ワーズワスは後に詩人となるために必要な多くのことをそこの自然や人々から学んだ。加えてワーズワス自身，少年時代を過ごしたホークスヘッドを，愛しさを込めて 'Beloved Hawkshead' と呼んでいる。

　ケンブリッジ大学入学により，生まれて初めて湖水地方を離れることになった詩人だが，当大学のスコラ的学問のやり方に適応できなかった。細かい事柄について無用で煩わしい議論をすることは彼の考え方に合わなかったのである。ケンブリッジ大学卒業後，見聞を広めるために出かけた多文化の大都会ロンドンで懐かしんだのは，生まれ故郷にある緑の大地のごくありふれた遊びのたまり場だった。そして，フランス滞在から絶望のうちに帰国した詩人を慰め，精神の均衡を保つ錘として詩人を回復させたのは，子供時代からワーズワスが師と仰いだ故国イギリスの「自然」だった。詩人のロマン派的な気質は幾度となく公道を越え，彷徨や旅行をも好んだが，湖水地方への愛情は一層深まっていった。

　表2の結果，「自然に関係するもの」に加えて「人物」の項目の分布が多かったことからも分かるように，自叙伝的長編詩『序曲』の中で，ワーズワスは彼が愛した「人物」についても度々言及している。例えば，友人フレミング（引用 (4)），タイソン夫人（引用 (6)），同胞，自分と同じ人間（引用 (7)），妻メアリー又は妹ドロシー（引用 (10)），そしてコールリッジ（引用 (12)）である。少年ワーズワスはフレミングと，声をそろえて好きな詩を繰り返し暗誦しながら始業前に8マイルも散歩した。散歩という行為は次第に創作活動の過程となってゆき，大人になっても詩人は多くの時間を散歩に費やしている。下宿先のタイソン夫人は幼くして母を亡くしたワーズワスに肉親にも劣らない愛情を注ぎ，詩人も彼女を母のように慕った。タイソン夫人が世話をしてくれた質朴な家は，ワーズワスにとっては 'real home' だった。さらに，Gill によれば 'Wordsworth regarded the whole region as home' (21) とあるように，湖水地方に属するすべてが 'home' だった。詩人の生涯で相互の絆に結ばれ，永く信頼関係にあったのは妹ドロシーと妻メアリーだった。ドロシーは自然に対して豊かな感受性を持ち，詩人に文学的霊感を与えてくれる貴重な存在であった。メアリーは夫ワー

ズワスを柔和な物腰で励まし支えた。「コールリッジに贈る詩」と題して最初にコールリッジに読んで聞かせ，詩人の死後『序曲』となったこの自叙伝的長編詩を，詩人はコールリッジに勧められて書き始めた。二人は互いに理解を深め，影響を与え合い，ワーズワスはコールリッジへの謝意を最終巻で表した。改めてもう一度『序曲』の中で詩人の愛の対象を振り返ると，湖水地方の「自然」，そして今まで述べてきた「人物」であった。ワーズワスはそれらを深甚かつ真摯に愛したのだった。

テクスト

The Prelude 1799, 1805, 1850 edited by J. Wordsworth, M. H. Abrams & S. Gill（A Norton Critical Edition）（New York: W. W. Norton & Company, Inc., 1979）の 1805 年版を使用。

引用・参考文献

大野　晋，浜西正人 著『類語国語辞典』角川学芸出版，2010 年。

岡　三郎 訳『ワーズワス・序曲』国文社，1991 年。

岡沢　武『自然と愛の詩人 ワーズワス』篠崎書林，1970 年。

岡本昌夫『ワーズワス，コールリッジとその周辺』研究社，1974 年。

末岡ツネ子『英詩評論　第 30 号』ニシキプリント，2014 年，83-100 頁。

中川　憲『ワーズワスの言語』安田女子大学言語文化研究所，1997 年。

森松健介『イギリス・ロマン派と，《緑》の詩歌』中央大学出版，2013 年。

Barker, Juliet. *Wordsworth: A Life*. New York: HarperCollins Publishers, 2000.

Drabble, Margaret. *The Oxford Companion to English Literature*. 6th ed. Oxford: Oxford UP, 2000.

Johnston, Kenneth R. *The Hidden Wordsworth*. New York: W. W. Norton, 1998.

Gill, Stephen. *William Wordsworth: A Life*. Oxford: Oxford UP, 1989.

Ricks, Christopher. *The Force of Poetry*. Oxford: Oxford UP, 1999.

表 1 Occurrences of 'love' (Verb) in *The Prelude*

No	Book	Line	Subject	Verb Affirmative	Verb Negative	Object
1	1	273	one, the fairest of all rivers	love		to blend his murmurs with my nurse's song
2	1	290	we (Wordsworth and his brothers)	loved		a playmate (The Derwent)
3	1	574	Nature	made me love		them (=beauteous forms of grand)
4	1	657	thou (Coleridge)	lovest		him (Wordsworth)
5	2	5	I	began to love		the woods and fields
6	2	184	I	began to love		the sun
7	2	184	a boy I	loved		the sun
8	2	185	I	have loved		him (=the sun)
9	2	353	I	loved		a friend (John Flemming)
10	2	396	I	have loved		the exercise and produce of a toil
11	3	70	I		did not love	things (Examinations…good or bad)
12	3	70	I		nor love	them (ditto)
13	3	236	my heart	loved		idleness and joy
14	3	506	I		did not love	the guise of our scholastic studies
15	4	121	Those walks	worthy to be prized and loved		
16	4	136	we	love		a face
17	4	183	I	loved		whose occupations
18	4	220	I	loved		the book when she had dropped asleep and made it a pillow*
19	4	228	I	had loved		which (=objects)
20	4	230	a blessèd spirit or angel	might love		
21	4	270	I	loved		(=all)
22	4	271	(I)	loved (repetition)		all
23	4	271	I	had loved		all
24	5	282	she (Poet's mother)	loved		The hours for what they are, than from regards Glanced on*
25	5	357	he	can love		nothing
26	5	565	we	begin to love		what we have seen

27	6	41	Who (Poet's uncles)	loved		me
28	6	77	I	loved		such aspects
29	6	117	I	loved		which (=books)
30	6	193	that (=a melancholy)	loved		a pensive sky, and sad days, and piping winds, The Twilight*
31	6	256	who (=those)	love		
32	7	152	I	love		that(=the lonely places)
33	7	224	that (=the bachelor)	loves		to sun himself
34	8	56	the morning light	loves		them (=their herds and flocks about them)
35	8	69	I	had been taught to love		my fellow-beings
36	8	171	we	love		the common haunts of the green earth
37	8	171	we	love		
38	8	676	I	should learn to love		The end of life and every thing we know
39	8	762	I	loved		which (=the human nature)
40	9	313	he (Michel Beaupuy)	loved		man
41	9	583	he (Vaudracour)	loved		the thing he saw
42	9	663	he (Vaudracour)	loved		the maid (Julia)
43	9	709	a murderer		cannot love	an innocent woman
44	9	740	who (=the family)	loved		him (Vaudracour)
45	9	857	who (=the mother)	loved		him (Vaudracour)
46	10	266	who (=he)	may love		the sight of a village steeple
47	10	510	he (William Taylor)	loved		the poets
48	10	511	(William Taylor)	would have loved		me
49	10	1007	I	loved		To dream of Sicily
50	10	1030	I	love		those
51	11	35	I	loved		Her (nature)
52	11	36	I	seemed to love		ditto
53	11	215	The birds and every flower	would have loved		her (Mary Hutchinson)
54	11	225	I	loved		whate'er I saw

55	11	225	I	nor lightly loved but fervently		ditto
56	12	130	we	love		the maid
57	12	139	I	love		which (=the knowledge)
58	12	145	I	love		a public road
59	12	276	God	loveth		us
60	13	249	most loving soul	placed on earth to love		
61	13	444	we	have loved		what
62	13	445	others	will love		what we have loved

表2 『類語国語辞典』による動詞 'love' の目的語の分類

		00 天文	01 暦日	02 気象	03 地勢	04 外観
自然		sun 2.184 sun 2.184 sun 2.185 sky 6.193 winds 6.193 twilight 6.193	days 6.193 autumn 6.193		woods 2.5 fields 2.5 haunts 8.171 road 12.145	aspect 6.77 sight 10.266
	性状	10 位置	11 形状	12 数量	13 実質	14 刺激
			forms 1.574	all 4.270 all 4.271 all 4.271		
	変動	20 動揺	21 移動	22 離合	23 出没	24 変形
				to blend 1.273		
人事	行動	30 動作	31 往来	32 表情	33 見聞	34 陳述
	心理	40 感覚	41 思考	42 学習	43 意向	44 要求
			to dream 10.1008	them 3.70 (examinatins)	exercise 2.396	
	人物	50 人称	51 老若	52 親族	53 仲間	54 地位
		those 10.1030 (people) her(=Mary 11.215 or Dorothy)	maid 12.130		playmate 1.290 friend 2.353 fellow- beings 8.69	
	性向	60 体格	61 容貌	62 姿態	63 身振り	64 態度
			face 4.136			idleness 3.236
文化	社会	70 地域	71 集団	72 施設	73 統治	74 取引
		places 7.152				
	学芸	80 学術	81 倫理	82 記号	83 言語	84 文書
			end 8.676			book 4.220 which 6.117 (=books)
	物品	90 物資	91 薬品	92 食品	93 衣類	94 建物

『序曲』における 'love' について　323

05 植物	06 動物	07 生理	08 物質	09 物象
	herds　　8.56 flocks　　8.56		(objects)　　4.228 (objects)　　4.230 what we have seen　　5.565 every thing　　8.676 Her(Nature)　11.35 Her(Nature)　11.36 whate'er I saw　11.225 what　　　　13.444	
15 時間	16 状態	17 価値	18 類型	19 程度
hours　　5.283				
25 変質	26 増減	27 情勢	28 経過	29 関連
				produce　　2.396
35 寝食	36 労役	37 授受	38 操作	39 生産
45 誘導	46 闘争	47 栄辱	48 愛憎	49 悲喜
				joy　　3.236
55 役割	56 生産的職業	57 サービス的職業	58 人物	59 神仏
65 対人態度	66 性格	67 才能	68 境遇	69 心境
	human nature　8.762	which　　12.139 (=knowledge)		
75 報道	76 習俗	77 処世	78 社交	79 人倫
	guise　　3.506			
85 文学	86 美術	87 音楽	88 芸能	89 娯楽
				walks　　4.121
95 家具	96 文具	97 標識	98 工具	99 機械

ブレイクの「幼い黒人の少年」の重層的言語構造を解明する
音素を手掛りとして

池下 幹彦

1. 詩のテクストを読むということ

　それぞれの詩作品が,「音韻論的レベル,音声学的レベル,統辞論的レベル,韻律法のレベル,意味論的レベルなど,重層的ないくつものレベルから成る以上,垂直のものとして思い描きうる一つの軸の上に秩序づけられた可変要素(ヴァリアント)を含む」[1] (ロマーン・ヤーコブソン＝ Roman Jakobson, 1896–1982) のは自明のことと思われる。しかし,たとえば本稿において考察するウィリアム・ブレイク (William Blake, 1757–1827) の「幼い黒人の少年」('The Little Black Boy'[2]) という詩に対して,「同時代の奴隷制度に真っ向から反対する精神で書かれた詩作品」('A poem in the spirit of contemporary radical anti-slavery writing'[3]) というように意味論的平面のみでコメントする場合,詩の属性,すなわち,意図性をはらんだ言語表現に対してあえて目を伏せるか,あるいは単に詩的言語を散文の延長線上に位置付けざるを得ないのである。しかし,詩とは,取りも直さず,言語表現の方法ないし行為そのものを〈前景化〉することを意味するのであり,〈等価性〉による可視ないし不可視の言語構造を有する〈織物〉(テクスチュアー)なのである。それは,他のテクストと同様,あるいはそれ以上に,「[作者の意図によって]構成されたものであって,自然に存在するものではない」[4] のであるから,詩評論のあり方としては,詩の不可視の言語構造を明確化する作業を怠ることはできないように思われる。

　しかしながら,われわれが探ろうとする詩のこのような不可視の構造に関して作者がどの程度まで意図していたかということは,きわめて正直で記憶力がよく,しかも,今生きている作者に問い合わせる以外には知る方

法がないわけであり，あくまでも推測の域を出るものではない。さらにまた，作者の意図した以上のものが表出されていないという保証はどこにもないのである。[5] というわけで，われわれ読者が接近し，読み取ろうとしているのは，〈作者の意図〉ではなく，〈詩のテクスト〉なのである。

　このような認識の上に立ち，Blake の 'The Little Black Boy' の識閾下(しきいき)の構造を浮き上がらせることを，本稿の第一の目的とする。その際，Jakobson の構造詩学のあり方をヒントにするのであるが，たとえば，Jakobson がシェイクスピア（William Shakespeare, 1564–1616）の『ソネット集』（The Sonnets）の 129 番を論じた場合に，〈奇数対偶数（連）〉，〈外側対内側（連）〉，〈前方対後方（連）〉，〈対連対4行詩節〉，あるいは〈中央対周縁（連）〉といった具合に，詩作品の縦横にはりめぐらされた等価性・対称性を探ろうとした方法[6] はとらないことにする。厳密には，後述するように，とれないのである。Jakobson がいくつかの詩の読解において示したような，緻密な等価体系の上に築かれた言語構造は，知性を魅了する美しさを有してはいるが，果たして，詩的言語の属性と言えるであろうか，という疑問が残るのである。たとえば，129 番以外の Shakespeare の sonnets についても Jakobson が記述してきた等価性は見出せるのであろうか。あるいは，見出せなかったとして，その詩は劣った詩と見なされるべきなのであろうか。筆者の見解は否定的ではあるが，Jakobson の方法が適用できる詩作品には，適用し，その詩に内在する等価体系を記述すべき理由は十分にあると思う。しかし，ここにおいては，Jakobson の言葉を借用するなら，「たがいに嵌まりあい，全体として閉じた体系の様相を呈する，いくつもの等価体系の一体系」[7] を解読するのではなく，詩の「冒頭から末尾へと動的に斬進する開かれた体系」[8] としての等価体系をのみ解読し，記述していくことにする。なぜなら，ここで論じる詩には，当の〈閉じた体系〉は見あたらず，〈開かれた体系〉の強固な枠組みのみが張り巡らされているからである。

2．'The Little Black Boy' の静的構造を読む

　すなわち，本稿においては，Blake の 'The Little Black Boy' の詩の中央の台詞（第3連〜5連）を狭む，第1, 2連と第6, 7連との間に見られる

様々な言語レベルでの〈等価〉の構造が，枠組みとして，動的な展開過程を強化している様子を記述していくことを，その前半の作業とする。

まず，当該の詩とその音韻分布表［表Ⅰ］を挙げておく。

     The Little Black Boy
  My mother bore me in the southern wild,
  And I am black, but O! my soul is white;
  White as an angel is the English child:
  But I am black as if bereav'd of light.

  My mother taught me underneath a tree
  And sitting down before the heat of day,
  She took me on her lap and kissed me,
  And pointing to the east began to say.

  Look on the rising sun: there God does live
  And gives his light, and gives his heat away.
  And flowers and trees and beasts and men receive
  Comfort in morning joy in the noon day.

  And we are put on earth a little space,
  That we may learn to bear the beams of love,
  And these black bodies and this sun-burnt face
  Is but a cloud, and like a shady grove.

  For when our souls have learn'd the heat to bear
  The cloud will vanish we shall hear his voice.
  Saying: come out from the grove my love & care,
  And round my golden tent like lambs rejoice.

Thus did my mother say and kissed me,
And thus I say to little English boy.
When I from black and he from white cloud free,
And round the tent of God like lambs we joy:

I'll shade him from the heat till he can bear,
To learn in joy upon our fathers knee.
And then I'll stand and stroke his silver hair,
And be like him and he will then love me.

[表 I]

連数	1				2				3				4				5				6				7				総計
行数	1	2	3	4	計	5	6	7	8	計	9	10	11	12	計	13	14	15	16	計	17	18	19	20	計	21	22	23	24	計	25	26	27	28	計	
i	2	1	3	2	8	1	3	3	2	9	2	4	1	3	10	1		2	2	5		2	1	1	4	3	3			1	7	2	1	2	2	7	50
e												1		1					1				1		2		1	1	2			1	1	2	7	
æ		1	1	1	3			1	1	2							1		1		1		1		2		1	1	2			1		1	11	
ɔ							1		1	2						2	1		1			2				1		1			1	1	1		2	9
u												1		1	1			1		1		1			1											3
ʌ	2				2	2				2			2		1			1	2		1	1	1		3		2	2	1			3			1	1	15
ɪː			1	1	2	1	2	1	6		1	3		4	1	2	1		4	1	1			2	1		2		3	2	2		3	7	27
ɑː																													1			1		1	
ɔː	1				1		1	1		1			2				1		1																	4
uː											1	1				1		1																		2
əː																1	1			3	1				1										4
ei			1		1				1	2			1		2	1	1	1	1	4		1				1	1	1		2	1			1		13
ai	2	3	2	2	9	1			1	1	1				2			1	1			1	2	3	1	1	2	1	5			1	1	3	24
ɔi								1	1		1	1					1		1	1		1		1	2		1	2	1		1					7
au(ə)				1			1			1			1		1			1	1	1	1	1	4		1	1	2		1				1		10
ou		2			2																1	1	1		3								1		1	7
iə																						1		1											1
ɛə									1		1				1			1	1		1	2						1		1		2	6
uə																																		0
j																																		0
w	1	1	1		3				1			1	1	1			2	1	2		3		2	1	3				1	1	13
r	3			1	4	3	1	1		5	2		3	2	7	2	2	1	1	6	4	1	3	2	10	1		3	1	5	2	2	3		7	44
p								1	1	2	1	2					2			2										1					1	5
b	1	2		3	6		1		1	2		1			1		2	3	1	6	1				1	1	1		2	1			1		2	20
t		2	1	2	5	3	2	1	4	10	2	1	1	4	2	1	1	1	6	2		1	2	5	1	2	1	2	6	2	1	2		5	41
d	1	1	1	1	4	1	3	2	1	7	2	2	4	1	9	1		3	3	7	1	1	1	3	6	3	1	2	3	9	1		3	2	6	48
k		1		1	2				2		2	1			1	2		1	2	3		2	1	2	4	1		2	1	4	1		1	1	3	20
g			1		1				1	1	1	2		3			1	1			1	1		2		1	1		2					10
f			1	1			1		1			1	1	2			1	1		1			2		3	3	1	1					2	12
v			1	1			1		1	2	1		4			2	1	3	1	2	2	5			1	1			1	1	2	17
θ						1			1					1																				2
ð	3		1		4	1	1		1	3	2		1	3		2	2		4	1	1		3	2	1		1	4	1	1	1	4	25
s	1	1			2		1	1	2	4	1		3		4	2		3		5	1	1	1	1	4	3	2		5			3		3	27
z		1	2	1	4					2	4	2		8		1	2	1	4	1	1		1	3			1	1		1	1		2	22

ʃ			1		1		1		1					1	1	2		2		1		1	1		1	7
ʒ																										0
h		1	1		2		1	1	2			3					3	2		5		3	3	3	2	2	7	22
tʃ		1	1																								1
dʒ		1	1						1	1					1	1				1	1					1	5
m	3	2		1	6	3			2			5				1	2	3		3	2	5	3		2	1	6	2				2	4	31
n	2	1	2			5	2	2	2	3	9	2	2	5	5	14	2	1	4	1	8	2	1	1	4	8	1	1	2	3	7	1	4	4	3	12	63
ŋ		1		1	1		1		1	2	1			1	2							1		1				1						7
l	1	2	3	2	8			1		1	2	1	1		4	2	2	1	2	7	2	3	1	3	9		3	2	2	7	2	1	2	3	8	44

ここに挙げた，無機的で非連続的に見える音韻分布表から，この詩の幾何学的構造を帰納的に導き出し，それを踏まえた上で，最後に動的な意味構造を明確にしたい。

　五歩格の4行連7つからなるこの詩は，abab と脚韻を踏んでいるばかりではなく，9) 内部韻も多く用いられているため，それぞれの詩節には，音韻の偏りをかなりの程度確認することができる——このように，それぞれに特有の音韻によって彩られているということは，それぞれの詩節が，意味的に全体と関わりながらも，固有の強烈な reality に支えられているということを暗示している。

　上の音韻分布表から，音韻の偏りを，次のようにきわめて明確に見てとることができる。つまり，/t/ が第2連に，/i/, /z/, /n/ が第3連に，/ə:/, /ei/ が第4連に，/au(ə)/, /r/ が第5連に，それぞれ集中していることである。ここから言えることは，第3連〜第5連（意味レベルで言えば母親の教えの部分）に，音韻の，ひとつの詩節への偏りが著しいということである。そしてさらに注目すべきは，これを補強するかのように，子音 /v/ が，この第3連〜5連に集中しているということである。これは，母親の言葉に意味が集まっていることを示すのかもしれない。しかし，第1連，第6連に集中している /ai/ と，第2連，第7連に集中している /i:/ とに着目するとき，われわれは，まだ薄明のうちにある構造を予見することができる。すなわち，第1連と第6連との，また一方，第2連と第7連との，さらには，この詩全体の対照性ないし対称性である。それ故，次には音韻レベル以外の言語レベルに目を向けなければならない。

　まず，第1連と第6連との等価関係を調べよう。これらの詩節における対称性は，まず，両詩節とも1行目が過去形で，2〜4行目が現在形であることに見出せる。さらに，対称性は，深層構造においても見出せよう。

つまり、それぞれの1行目はどちらも主人公の少年の、その母親との事実関係を示しているということである。どちらも〈動作主〉は母親で、〈目的語〉は主人公の少年である。第1連の1行目では、母親が子供の肉体を形作ったことが示され、また、第6連の1行目では、母親が子供の精神を形作った［＝教えを伝えた］ことが示されている。そして、次にそれぞれの2～4行目を見てみよう。これらの詩行は、第1連も、第6連も、どちらも主人公の少年の率直な〈Innocence〉の気持ちを表しているという意味で、対称的であると言えよう。さらに、第1連3行目と第6連3行目が、ともに〈前置詞＋名詞＋述語〉という統語配列になっていることも挙げておかねばならない。しかし、一方、対照的要素も見逃すわけにはいかない。深層構造における命題部分の対照性である。第1連の2～4行目では、命題の意味上の核である述部が〈状態〉を表している（表層構造では〈be動詞＋形容詞〉である）のに対し、主人公の少年が母親の教え（第3連～第5連）によって能動性・主体性を獲得した第6連の2～4行目では、〈動作〉を表している――つまり 'say'、'(become) free'、そして 'joy' という動作を行うのである。

次に、第2連と第7連との等価関係を調べよう。時制における対照性は、第2連が過去形であり、第7連が未来形であることに見出せる。しかし、一方、統語レベルにおける対称性についても確認しておくべきである。それぞれの1行目が〈S＋V＋O＋副詞句〉という構造であること、また、それぞれの3行目が〈S＋V_1＋V_2＋O〉という構造であること、の2つの点である。一方、深層構造について述べるなら、第2連では母親が〈動作主〉であり、〈目的語〉が主人公の男の子であったのに対し、第7連では、（第3連～第5連の）母親の教えにより知恵と主体性とを身につけたこの少年が、大方〈動作主〉となり、イギリスの少年が〈目的語〉となっているのである。

以上のようにわれわれは、第3連～第5連を中心とする第1連、第2連と、第6連、第7連との対称性と対照性とを確認してきた。しかし、「等価性は生命なき同一性ではなく、まさしくそれゆえに等価性は非類似性をも暗に意味する」[10] ものであるという認識に立ち返れば、われわれは、規則性・

整合性を見つけることに終始しているわけにはいかない。われわれは次に，同じように〈音素〉を出発点としながらも，上で見てきた均整の間隙から浮かび上がってくる動的・有意的な要素を記述する作業に取り掛からねばならない。

3．'The Little Black Boy'の動的構造を読む

 Vision and Verse in William Blake において Alicia Ostriker が例を挙げて指摘しているように，Blake にあっては，音素 /l/ は，普通，'sweetness or joy' を暗示し，一方，音素 /b/ は，しばしば，'sorrow or anger' を示す。[11] そしてこの評者は特にこの 'The Little Black Boy' に言及し次のように述べている。

> And *b*'s (*b*lack, *b*ereav'd, *b*odies, sun*b*urnt) contend with *l*'s (*l*ive, *l*ight, *l*ambs, *l*ove) in 'The Little Black Boy,' with the *l*'s winning in the end.[12]

われわれは，ここで，破裂音 /b/ をマイナス要素，流音で調和を表す /l/ をプラス要素とし，数値化することによって，上の命題を具体化・明確化しようと思う。それを表にしたのが次のものである。

[表II]

	第1連	第2連	第3連	第4連	第5連	第6連	第7連
/b/	−6	−2	−1	−6	−1	−1	−2
/l/	8	1	4	7	9	7	8
/b/ + /l/	2	−1	3	1	8	6	6

この表から，第3連〜第5連の母親の教えによって，主人公の少年が，'sorrow' から 'joy' の方へ傾いていったことが明確になったと思う——特に第5連の母親の台詞における高揚感に着目しておきたい。この表を念頭に置き，以下においては，この詩において頻出する音素 /b/ と /l/ とに着目しながら，この詩を，時間の流れに沿って意味レベルで解読していきたい。

そこにおいてわれわれは、/b/ と /l/ との戯れが、動的に発展する〈開かれた体系〉としての詩を支えていることを発見するであろう。

　まず、1行目に着目したい。表層構造では、普通、'I was born in the southern wild' という〈動作主〉の 'my mother' を省略する統語法を用いるところである。ところがここでは、〈動作主〉の 'my mother' を主語の位置へあえて持ってくることにより、この少年の〈受動性〉を〈前景化〉している。彼は母親の庇護のもとにあるのである。そして、この1行目にある音素 /b/ を持つ 'bore'(生んだ)という動詞は、後に(14, 17, 25行目と)3回出てくる 'bear'(耐える)という動詞と、意味と音を響かせあい、生みの苦しみを暗示している。では、2行目に移ろう。'And I am black, but O! my soul is white;' となっているが、これは、'The Song of Solomon'(1:5) の1行目 'I *am* black, but comely, O…' への allusion である。[13] この行のまん中にある 'O' という間投詞が、その両側にある 'I am black' と 'my soul is white' を象形文字的に表出しているところは興味深い。だが、この行の対句的単純さは、何か寂しさを誘う。そして、2行目最後の暗喩的な 'white' から3行目最初の 'White' への前辞反復は、一般に容認されている価値(=white)と結び付きたいという主人公の少年の願望を表していよう。'white' になりたいというこの少年の強い情念は、テクストの物理的平面上で、3行目の最初の形容詞 'White' が、2行目と4行目の2つの 'I' によって狭まれていることと、この2つの 'I' が音韻的に 'White' の中に完全に含まれていること(つまり、/ai/…/(h)wait/…/ai/)によって強く裏付けられている。3行目では、'is' を挟んで、外側に母音 /ai/ を置き、内側には視覚的にも類似した '-ng(-)l-' を配し、'is' の両側の意味を引き寄せる配置になっていて、'the English child' に対する称揚が高められている。それ故、余計に4行目の暗さを強めているのであるが、4行目において /b/ と /l/ とを抽出すれば、(幼い黒人の少年にとって)'*bl*ack' の /b/ と /l/ は、'*b*ereav'd of *l*ight' の /b/ と /l/ であることがわかる。語るべきことの多いこの詩節に関しては、最後に、/ai/ 音の集中を確認しておくべきであろう。この詩節の abab と韻を踏む脚韻部には全て /ai/ 音が含まれているし、それと対称をなすようにそれぞれの行の冒頭部には、'My…I…White…I' というよ

うに /ai/ 音の流れがある。さらに，中央の 'in…is…English…if' に見られる /i/ 音の内部韻にも注意を喚起しておきたい。このような音の集中的な繰り返しは，'a primitive esthetic pleasure' を与え，また 'the poem's rhythmic structure' を強調する機能を持っている，という指摘がある。[14] 一般に読者は，「登場人物に対して，人間的な興味と小説家の技法の一部としての興味を同時に覚える」[15] ものであるが，しかし，この詩節における，このような明らさまな音の繰り返しや他の音韻的効果は，詩人の技法をあまりに露骨に出すことによって，読むことに内在するこの分裂を読者に強要し，その結果，〈Innocence〉の世界の外に，〈Innocence〉にまなざしを向ける〈Experience〉の世界（＝詩人 Blake と読者のいる世界）があることを暗示しているのではないだろうか。

　第2連に移る前に，実際にこの詩の虚構世界の中で生じたことを確認しておきたい。それは全て過去形で書かれた部分で，第1連の1行目と，この第2連全体と，第6連の1行目のみである。その部分では全て，表層および深層構造において，母親が〈主語〉で〈動作主〉であり，全てこの黒人の少年に対する〈動作〉である。これら過去形で表されている〈動作〉を表す動詞を順に列挙すれば，'bore', 'taught', 'took', 'kissed', 'began to say', 'did…say', 'kissed' となるが，これらは，生理面を除き，母親が幼な子に対して行う基本的行為の全てではないだろうか。これは，まぎれもなく，〈Innocence〉の世界である。特に2連に限って述べるならば，1行目，3行目と，4行目の後半部分が，上で確認した母親の子供に対する関係であり，上では便宜上言及しなかったが，2行目と4行目の前半の分詞構文の部分が，母親の外界（すなわち，まわりの世界）に対する関係ということになる。この文法構造が示していることは，母親と子供の関係の〈直接性〉であり，母親と外界との関係の付随性・間接性である。この詩節3行目の＋音素 /l/ を用いた 'lap' という単語の意味内容に着目しておきたい。子供は母親の 'lap' の中に，'joy' の中に，つまりは〈Innocence〉の世界にいるのである。

　次の第3連〜第5連は母親の台詞であり，詩人 Blake の哲学ないし宗教観を代弁している部分である——'All Religions are One'[16] という，当時

においては過激な彼の信条の寓話化とでも言うべきであろう。第3連の1行目に, 'Look on the rising sun: there God does live' とある。'God' と 'the sun' は全く同一というわけではないので,自然太陽神ではないが,何か異教的な神である。次の第4連にも関連するが, D. G. Gillham は 'her words are reminiscent of the quasi-metaphorical descriptions by Swedenborg of God in terms of a sun, of love in terms of its heat, and of vision as its light.' と述べている。[17] この連に見られる対句的整合性は,神のもとでの秩序ある自然界の表出である。'flowers' の /l/ と 'beast' の /b/ に着目しておきたい。だが,気掛かりなのは,この詩節の1行目と3行目の脚韻が不完全脚韻となっていることである。次の詩節の2行目と4行目とが不完全脚韻('-ove' の視覚韻)であることと関連して,母親の説く哲学が,〈Innocence〉の世界になじめないことを暗示しているのかもしれない。それは,母親の台詞である第3連～第5連に,他の詩節より摩擦音の /v/ が多く見られることによっても支持されるのではないだろうか。

　第4連に目を移そう。この詩節の最初にある 'And' は,〈Innocence〉(第3連) と 〈Experience〉(第4連) を結ぶ逆接的な性質を持つものである。'The sense of transience the mother teaches is quite alien to the air of timeless participation we find elsewhere in Innocence' と言う評者がいるように,[18] この詩の核となっているこの詩節は,むしろ〈Experience〉の世界と見るべきである。Blake の根本的宗教観を表している母親の言葉のうち,第3連は地上に現出している〈Innocence〉の世界,第4連は〈Experience〉の世界,第5連は天上の〈Innocence〉へと行く過程と見なすべきで,それは,/b/ + /l/ が,それぞれ 3, 1, 8 となっていることにも象徴的に示されている。特にこの第4連の最初の2行に着目したい。

　　　And we are put on earth a little space,
　　　That we may learn to bear the beams of love,[19]

これが示すのは, 'this vale of tears' ということであろうが,これを 'pessimistic' [20] と言う人の世界観は狭隘である。あまりに物質的に過ぎな

いか。また，この詩行に関して，Stanley Gardner は，'Expressed elsewhere, this concept would turn Innocence into a sophisticated pretence' と言っているが，[21] 〈Experience〉の世界にいて，そして，それこそ「善悪の彼岸」に立つ Blake の表出する〈Innocence〉は，そもそも 'a sophisticated pretence' ではないか。詩人が〈言葉〉を発したとき，そこには，その言葉の真の意味において〈Innocence〉は，最早ありえないはずである。

ここで，'to bear the beams of love' という詩行は，ワッツ（Isaac Watts, 1674–1748）の詩から引いたものであることが報じられているが，[22] さらには，至高天へと上昇していくダンテ（Dante Alighieri, 1265–1321）が取り囲まれたという眩い光を思い起こす人もいるかもしれない。この行の 'learn' と 'love' との間には 'bear' と 'beams' とがあり，/l/…/b/…/b/…/l/ というように，問題にしている音素が対称性を示しているが，これは，'we' と神との間に bitter な両方からの働き掛けがあることを示唆している。[23] つまり，神の 'love' は，そのまま 'learn' できるのではなく，'beams' となって「われわれ」に向かってくるので，それを 'bear' しなくてはならないというわけである——第3連の〈Innocence〉の世界では，神の愛は 'receive' するものと表されていたことを想起すべきである。

この詩節の後半で，母親は，この少年が気にしている 'black bodies' は 'a cloud' にすぎないと言う。ここで音素 /b/ と /l/ を抽出すれば，（母親にとって）'black bodies' の /b/ と /l/ とは，'to bear the beams of love' の /b/ と /l/ であるという読み——すなわち 'black bodies' を持つものは，〈神の試練〉=〈神の愛〉をより受けているという読み——が吸引力を持つ。確かに，'black bodies' は，物質的・肉体的に 'the sun' に 'burn' されている（'sun-burnt'）という符合がある。しかし，その肉体は 'a cloud' にすぎないと母親は説くのである。次の連の最初の2行から読み取れるように，'cloud' には 'our souls' を 'protect' する働きがあるのかもしれないが，[24] 一応は，拭い去るべきものなのである。それは，やはり，永遠の実在をおおい隠すものであるからである。ここで，この 'cloud' のイメージをプラトン（PlatoPlato, 428/427BC–348/347BC）と Dante から引いていると言う評者もいれば，[25] パラケルスス（Paracelsus, 1493/1494–1541）から引いていると言う評者も

いるが，[26] 一方，同じ4行目の 'a shady grove' も，Dante の迷いこんだ〈暗やみの森〉を連想させる句である。

そして，第5連3行目の神の声であるが，これは 'The song of Solomon' (2: 10-13) への allusion である。[27] この第5連で歌われていることは，神の試練に耐えることによって肉体の束縛から解放され神の許に行けるということである。Blake 的文脈で言えば，〈Experience〉を乗り越えた先の〈Innocence〉への約束が表されているのである。ここで次の2つの点――すなわち，第4連において '*b*ear' の目的語は '*b*eams' であったが，この連では 'heat' に変わることによって /b/ が消失していること，また，この詩節の4行目の '*l*am*b*s'（神の子羊，Christ を表す語でもある）において 'b' が黙字になっていること――に着目しておきたい。

さて，この第3連から第5連にかけての母親の言葉に，「白人に対する黒人の優越を暗に示している」（'implied superiority of black over white'）と見る読みがあるが，それは，第6連2行目以後の主人公の少年の気持ちから feedback した読みであって，母親の言葉そのものに十分注意していない読みである。[28] 一方「ブレイクは太陽を不幸な宿命の原因と考える（参照，第十七行）。」という読みも，地の文と母親の台詞の断層を無視している読みである。[29] この母親は，'these *b*lack *b*odies' は，〈神の愛〉＝〈神の試練〉をより受けているから '*b*lack' であると示唆しているだけで，'superiority' とか「不幸」とかいった世俗的な（他者との比較による）価値は問うていないと筆者は考える。母親が言っているのは，この地上に生を受けた自分（達）と神との am*b*iva*l*ent な関係である。ところが，この少年は，他者（'little English boy'）との比較の上で，神との関係を考えるのである。その問題の第6連，第7連を読んでゆこう。

第6連1行目では，'my mother' が，第1連1行目や第2連1行目同様，〈主語〉であり〈動作主〉ではあるが，'Thus' という副詞が文頭にきて，倒置文となり，後ろに下がっている。これは，この少年が，気持ちの上で，自立に向かっていることを暗示しているのかもしれない。いや，むしろ，この少年は，今度は母親ではなく，（'Thus' が示す）母親の〈言葉〉にすがりついたのだ，と解するべきであろう。この黒人の少年は，自分の

肌が黒いことを正当化する理由と思えることが見つかった喜びから，'little English boy' に，この黒い肌の自分の方が神に近いことを伝える（と表明する）。しかし，そこには自信のなさが漂っている。それは，第 6 連 2 行目において，'little English boy' の前に冠詞がないこと，また，3 行目において，'free' の前に動詞が欠如しているという文法の不徹底さにも暗示されているかもしれないが，30) 意味内容的には，後述するように，最後の 2 行に端的に表されている。しかし，この点に関しては，まず，第 6 連 2 行目の 'say' に着目しなくてはなるまい。これまでの読みは，この 'say' の時制に十分注意を払っていないようである。この主人公の少年は，果たして，白人の少年に第 6 連 3 行目以後の言葉をしゃべったのか？ 否，彼は，そういう気持ちあるいは願望をここに表明しているだけである。ところが評者たちは，当のテクストの中の現在形をそのまま受けて，メタ・テクストの中でも現在形で表している——ひとつの例を挙げれば，「少年はイギリスの少年に対して，このような母の教えを繰り返す。」というように表している 31)——ために，「言う（つもりだ）」と解すべきところを，「言った」という意味内容に変容させてしまっているのである。その読みでは，この幼い黒人の少年の表面の positive な言葉の背後にある自信のなさを正しく読み取れないことになる。彼は，「実現されない願望」32) をいだいているのではないか。しかもその願望は，母親の教えを曲解した上に成り立っているのである。第 6 連の 3 行目から第 7 連の 2 行目までは，ほぼ母親の言葉を繰り返しているようであるが，神に対する関係が，白人の少年との関係にすり替えられているのである。「〜のように」の意味で，第 1 連では 'as' が用いられていたのに対して，第 6 連，第 7 連では，母親の用いた 'like' に変わっていることに着目しても，確かに母親の言葉に耳を傾けていることは判るが，子供としては，同じ子供との関係の方が大切なのである。

そして，問題となるのは，最後の 2 行の *Sonnets* 的な曖昧性である。まず，この 2 行の所属が問題である。すぐ上の 4 行と同じように，'I say' に導かれているとする読みで良しとするべきなのであろうか。この最後の 2 行と 'I say' とが並列関係であると読めないだろうか。もしここにこのような曖昧性があるとしたら，それはこの少年の気持ちの 〈ambivalence〉 を

表出しているわけである。そして次に，下から2行目にある 'his' の指示内容の曖昧性。抵抗の少ない読みは，'his silver hair' を 'little English boy's silver hair' と取る読みであるが，'God's silver hair' と取れなくもないのである。[33] これらはこの黒人の少年の自信のなさを表出していると筆者は考える。だが，この少年の自信のない〈am*bival*ence〉な気持ちを極端に表しているのは最後の行である。ここまで自分の superiority を表出していた主人公の少年は，いきなり弱気になり，'(I'll) be like him' という主体性の欠如を示し，そして，ついには，第6連の2行目以後自分が獲得していた〈主語〉＝〈動作主〉の位置を 'he' に明け渡すのである——'and he will then love me' というように。つまり，この黒人の少年は，母親の教えを誤解することによって，negative から positive へ向かったとはいえ，完全には劣等感を拭い去ることはできなかったのである。それが現実というものだ。しかし，われわれはここで疑問を持つ。このような結末の厳しさは，他の〈Innocence〉の世界とはあまりに異質ではないか。それに対する答えは肯定的である。だが，詩人 Blake が，このような詩作品を『無垢の歌』（*Songs of Innocence*）のひとつとして数えている以上は，その根拠があるわけであり，この曖昧な結末の部分にもそれを求めるならば，母親の認識あるいは教えを正しく把握できず，子供同士の世界しか見ることができない黒人の少年の無知で無垢な高揚感に求めるべきであろう。無知の喜びこそが，どんなにか細くとも，〈Innocence〉の属性であるからだ。そして，それを音の面から支えているのが，本稿において特に着目してきた，音素 /b/ に対する /l/ の台頭である。/b/ ＋ /l/ は，第1連，第2連においては，それぞれ2，－1であったのが，第5連の8に誘われて，第6連，第7連では，それぞれ6になっているのである。

4．最後に

こうして詩のテクストを解読してきたわけであるが，われわれには，最後に，この詩作品の〈contraries〉あるいは〈am*bival*ence〉を支えていた /b/ と /l/ との織りなしに，ある意味での必然性を与える作業が残っている。デリダ（Jacques Derrida, 1930–2004）の言うように，意図は〈テクス

ト〉の産物であるという認識に立つと，われわれは，/b/ と /l/ とのこの織りなし，あるいは戯れが，既にこの詩の題名 'The Li*tt*le *Bl*ack *B*oy' において，さらには作者名 Wi*ll*iam *Bl*ake において，あらかじめ予告されていることに気付くのである。そして，この題名にある '*bl*ack' とは，上で見たように，第 1 連における主人公の少年の認識では，'*b*ereav'd of *l*ight' であり，第 4 連における母親の教えでは，('*bl*ack *b*odies'=) 'to *b*ear the *b*eams of *l*ove' なのである，と読解（あるいは誤解）する権利を詩の読者は否定されていないだろうし，また，'*bl*ack *b*oy' は '*l*i*tt*le'（「幼い」）という形容詞によって 'sorrow' を打ち消され 'joy' に傾いていると解読してはいけない理由もないだろう。そしてさらに，Old English, Middle English において 'pale' を意味する obsolete の 'blake' という形容詞の variants と，いわゆる 'dark' を意味する 'black' という形容詞の variants とは似ていたり，あるいは同じであったため，'pale' と 'dark' とが両方とも 'deficiency or loss of colour' を表すということも相まって，この 2 つの語——すなわち '*bl*ake' と '*bl*ack' は——混同されることがよくあったという *Oxford English Dictionary* の記述からすれば，[34] /b/ と /l/ とを契機とする，作者名と題名との，底流における相互浸透を仮定できるわけである。つまり，/b/ と /l/ とは，いわば *bl*ood となって，この詩作品の成立にあずかっていると言えるのである。

　詩人コウルリッジ（Samuel Taylor Coleridge, 1772–1834）は，Blake の『無垢と経験の歌』（*Songs of Innocence and Experience*）に対して，4 つのレベルに等級付けをし，いちばん高いレベルのものに 'ϴ' という印を付け，特に 'The Little Black Boy' には 'ϴ : yea ϴ + ϴ !' というひときわ高い評価を与えている。[35] Coleridge はこの作品をどう読んだのであろうか。われわれは，この詩作品の独自な詩的特性を確認しはしたが，Coleridge の深さまで到達していると言えるであろうか。本稿も，単なる〈誤読〉の上塗りにすぎなかったのではあるまいか。〈誤読〉に挑んでくるこの詩作品を解読し終えた今も，「すべて深いものは仮面を愛する。」[36] というニーチェ（Friedrich Wilhelm Nietzsche, 1844–1900）の言葉が私を haunt する。この詩の単純を装う知的洗練を読み取ることに終始して，「表現の陰翳のなかにとらえられているパストを感知」[37] していないように感じるからである。

[本稿は、『姫路獨協大学外国語学部紀要・第1号』(1988)に発表した「William Blake の 'The Little Black Boy' を読む——音素を手掛かりとして」を後に英語に訳した 'A Phoneme-Conscious Reading of Blake's 'The Little Black Boy'', *Centre and Circumference: Essays in English Romanticism* (Kirihara-Shoten: 1995) が諸外国で反響を呼んだため、さらに訂正・改訂した日本語版をここに再び問うことにしたものである。]

註

1) クロード・レヴィ＝ストロースとロマーン・ヤーコブソン、「シャルル・ボードレールの『猫たち』」、『構造主義』(研究社出版、1978年)、p. 242.
2) 引用は全て、*The Complete Poetry and Prose of William Blake*, ed. David V. Erdman (New York: Anchor Press / Doubleday, 1982), p. 9.
3) *The Poems of William Blake*, ed. W. H. Stevenson (London: Longman, 1971), p. 58.
4) アンリ・メショニック、『詩学批判』(未来社、1982年)、p. 92.
5) ロマーン・ヤーコブソン、『詩学から言語学へ』(国文社、1983年)、pp. 115-129 を参照せよ。
6) ロマーン・ヤーコブソン、「Shakespeare の『生気の浪費』における言語芸術」、『ヤーコブソン選集3』(大修館、1985年)、pp. 189-210.
7) 『構造主義』、p. 263.
8) 同上、p. 263.
9) ただし、後述するように、2か所不完全脚韻がある。
10) Yu. M. ロトマン、『文学理論と構造主義』(勁草書房、1978年)、p. 173.
11) Alicia Ostriker, *Vision and Verse in William Blake* (Madison, Univ. of Wisconsin Press, 1965), p. 84.
12) 同上、p. 85.
13) この詩行と第5連の3行目は、『欽定訳聖書』(*King James Version* = the *Authorized Version*, 1611) の 'The Song of Solomon' 1: 5-6 と 2: 10-13 の echo が見られる。D. G. Gillham, *Blake's Contrary States* (Cambridge: Cambridge Univ.

Press, 1966), p. 229 を参照のこと。
14) 同上, p. 81.
15) J・カラー,『ディコンストラクション I』(岩波書店, 1985 年), p. 102.
16) *The Complete Poetry and Prose of William Blake*, p. 98.
17) D. G. Gillham, p. 229 を参照のこと。
18) Stanley Gardner, *Blake's Innocence and Experience Retraced* (London: The Athhon Press, 1986), p. 64.
19) *The Complete Poetry and Prose*, p. 125.
20) Zachary Leader, *Reading Blake's Songs* (London: Routledge and Kegan Paul, 1981), p. 108 を参照のこと。
21) Stanley Gardner, p. 62.
22) Mona Wilson, *The Life of William Blake* (London: Oxford Univ. Press, 1971), p. 31.
23) 梅津濟美『ブレイク研究』(八潮出版社, 1977 年), p. 144 を参照のこと。
24) Leader, p. 109 を参照のこと。
25) 同上, p. 109.
26) Kathleen Raine, *Blake and Tradition Vol. I* (Princeton: Princeton Univ. Press, 1968), p. 10.
27) Gillham, p. 229 を参照のこと。
28) Leader, p.108 を参照のこと。
29) 小川二郎『「無心と経験の歌」研究』(中央図書, 1975 年), p. 46.
30) これを, 'Blake may be using a touch of pidgin English.' とする見方もあるが, なぜここだけに使われているのかを示していない。*Blake: Songs of Innocence and of Experience*, ed. P. B. Kennedy (Cambridge: Cambridge Univ. Press, 1970), p. 148 を参照のこと。
31) 梅津濟美, p. 143. 他に, Kathleen Raine, p. 11. や Stanley Gardner, p. 64 等。
32) *The Complete Poetry and Prose*, p. 38. 原文では, 'unacted desires' となっている。
33) Mona Wilson, p. 33 を参照のこと。
34) *Oxford English Dictionary* の 'BLAKE' (p. 898) および 'BLACK' (p. 889) の項目を参照のこと。
35) *William Blake: Songs of Innocence and Experience*, ed. Margaret Bottrall. (London:

The Macmillan Press Ltd., 1970), pp. 38-39. に収められている S. T. Coleridge の 'a letter' を参照のこと。

36) ニーチェ,『善悪の彼岸』(新潮社, 1954 年), p. 63.
37) 平賀忠,「ブレイク」,『光のイメジャリー』(桐原書店, 1985 年), p. 588.

『てんとう虫』の唄
「燃えているお家(うち)」が象徴するもの

志鷹 道明

1．オーピー夫妻とてんとう虫の出会い

　オーピー夫妻（Iona & Peter Opie）がイギリス各地をまわり伝承童謡(ナーサリーライムズ)，いわゆる「マザーグースの唄」の採集・研究を始めるきっかけとなったのは偶然手にとまった一匹のてんとう虫であった。

　　長男ジェイムズが生まれる前の 1944 年，夫妻は野原を散歩していた。すると，一匹のてんとう虫が手にとまったので（あとで二人はそれが誰の手だったか思い出せなかった），こう唱えた——てんとう虫，てんとう虫，飛んでお家(うち)に帰れ／おまえのお家が火事だ，おまえの子供たちはみんないなくなった，と。てんとう虫が飛び去ったあと，二人は子供のころから無邪気にくり返し唱えてきたこの唄の起源について，あれこれ思いめぐらした。
　　　　　　　（G. エイヴリー『オーピー・コレクション物語』p.15) [1)]

　『てんとう虫』の唄は，子供たちがてんとう虫を見つけると指にとまらせて唱える唄で，唱え終わってもてんとう虫が飛び立っていかなければ，ふっと息を吹きかけて飛ばすのである。この子供たちの小さな遊び相手がオーピー夫妻の目にどのように映じているのか，いろいろ想像してみるのはよいことだ。たとえば——「てんとう虫，てんとう虫，飛んでお家(うち)に帰れ／おまえのお家が火事だ・・・」。すると，この呪文の言葉に応えるかのように，なんと，てんとう虫が飛んで帰るではないか！ 燃えているお家(うち)に？ でも，なぜ，てんとう虫のお家(うち)が燃えているのだろう？ それよりも，てんとう虫のお家(うち)って一体どこにあるのだろう？

7年後の1951年，伝承童謡の分野において画期的な著作となる『オクスフォード版伝承童謡辞典』(*The Oxford Dictionary of Nursery Rhymes*) [2] がオーピー夫妻によって編纂される。この『伝承童謡辞典』に標準テキストとして採録されている『てんとう虫』の唄は次のようになっている。

Ladybird, ladybird,	てんとう虫，てんとう虫
Fly away home,	飛んでお家に帰れ
Your house is on fire	おまえのお家が火事だ
And your children all gone;	おまえの子供たちはみんないなくなった
All except one	たったひとりをのぞいては
And that's little Ann	それは小さなアン
And she has crept under	アンは行火の下に
The warming pan.	もぐりこんだ

　オーピー夫妻は「イギリスや諸外国におけるこの虫の呼び名には，常に聖なる連想がともなっていた」と述べて，てんとう虫のいろいろな「呼び名」を列挙している――英語：'ladybird'（= Our Lady's bird「聖母マリアの鳥」），'Marygold'「聖母マリアの菊」，'God's Little Cow'「神様の小さな雌牛」，'Bishop that burneth'「燃える司教」，ドイツ語：'Marienkäfer'「聖母マリアのコガネムシ」，'Himmelsküchlichen'「天国のひよこ」，スウェーデン語：'Marias Nyckelpiga'「聖母マリアの鍵番」，ロシア語：'Bózhia koróvka'「神様の小さな雌牛」，フランス語：'Bête à bon Dieu'「神様の虫」，スペイン語：'Vaquilla de Dios'「神様の子牛」，ヒンドゥー語：'Indragôpa'「インドラ（雷神）に守られたる者」。(p.309)

　夫妻はこれらの「呼び名」を列挙し終わると，感に堪えない様子で「こ・の唄は紛れもなくかつては畏れ多い意味をもっていた何かの名残（'relic'）である」(p.309)と断ずる。しかし，「聖なる連想」をともなっていたのは「この唄」ではなく，この虫の「呼び名」である。そして，てんとう虫の「呼び名」は，てんとう虫の「唄」ではない。「木」は「森」ではない。夫妻は断ずる前に「森」をよく見る必要がある。

『てんとう虫』の唄には特別な思い入れがあるのであろう。オーピー夫妻は上記以外にも自分たちの考えをはっきりと述べていて旗幟鮮明である。

> テントウムシ科の各種の昆虫は世界中に分布し，どこでも親しまれている。てんとう虫を殺すのは縁起が悪い。それゆえ「てんとう虫は魔女か悪霊を表しており，この唄は悪魔祓いの一種である」という憶説には根拠がない。（ちなみに，魔女を退散させるのによく使われる方法は，「おまえたちの住みかが火事だ」と言ってやること。）(p. 309)

2．「ドイツの或る学説」

「おまえたちの住みかが火事だ」はもちろん魔女が恐れる夜明け，すなわち「朝焼け」を指している。この「朝焼け」説のアンチテーゼとしてオーピー夫妻が紹介するのが「ドイツの或る学説」である――「ドイツの或る学説に曰く，この唄の起源は，太陽を日没の危険ななか急ぎ帰らせる呪文にあり，燃えているお家は夕焼けを表わす，と」。(p.309)

この学説はよく吟味してみる価値がある。というのは，それは「唄」そのものを見て言っているから。この説に言及している学者がいることにも注目したい。たとえば L. エッケンシュタイン女史（Lina Eckenstein, 1906）がこの学説に一抹の不安を覚えていることは，「恐らく」という言葉から推察がつく――「『てんとう虫』の唄の多くが，恐らく日没，あるいは西の方角から迫り来る危険に言及している・・・」。(p. 97) [3)]

日本におけるマザーグースの啓蒙家の第一人者である平野敬一氏は，『マザー・グースの唄』(1972) の中でいつになく大胆に旗幟を鮮明にし，この学説に疑問を呈する――「ケルト民話における魔女退散の呪文（お前のすみかが火事だ）その他のことを考えると，この『火事』は，朝焼けあるいは黎明と解するほうが妥当のようである。亡霊（ハムレットの父の亡霊を想起せよ）や魔女はなにより夜明けを恐れるのだから」。(p. 93) [4)]

しかし，平野氏が「火事」を「朝焼け」と解する根拠は，オーピー夫妻によって一蹴された「憶説」――「てんとう虫は魔女か悪霊を表しており，この唄は悪魔祓いの一種である」――に置かれている。したがって，氏の

不安の種はこのときすでに胚胎(はいたい)していたと言える。というのも，氏の心は振り子のように左右に揺れ動いていて，2年後，『マザー・グースの世界』(1974)の中で，「あの『火事』は夕焼けでなくてはならない」と言い直すことになるからである——「ところが，実をいうと，わたくしの心の一隅に，この火事＝朝焼け説（？）に組したくない気持が強くひそんでいるのである。あの火事は『夕焼け』でなくてはならない」。その根拠として平野氏は日本的な「先祖の記憶」を挙げる。

　　日本のわらべ唄に

　　　　山火事　焼けろ　もしきは燃えろ
　　　　乞食はあたれ　烏(からす)　烏　勘三郎
　　　　　　　　　お前の家が焼けるぞ
　　　　早く行って水かけろ　（「もしき」は方言で薪(まき)のこと）
　　（町田嘉章・浅野健二編『わらべうた』岩波文庫，1962，p.130）

というのがあるが，これは，あきらかに「夕焼け」の唄なのである。イギリスの伝承童謡の 'Your house is on fire' と日本のわらべ唄の「お前の家が焼けるぞ」の類似は，もちろん偶然の一致にすぎないが，人間のイメージのある共通性，普遍性といったものを，わたくしたちに考えさせるように思う。(pp. 81-82) [5]

しかし，この言い直しも，締めくくりは歯切れがすこぶる悪く「ケルトの（中略）話と結びつけ（中略）同時に，どこかで，わが『からすの勘三郎』とも結びつけたい気持がするのである」(p.82)と，いつもの平野氏に逆戻り。
　ものを知る方法は大きく分けて二つある。一つはものの周りをまわること，もう一つはものの中に入ること，と言ったフランスの哲学者がいたが，その比喩を手前勝手に使わせてもらえば，平野氏は指をくわえて「詩」の周りをまわる方である。「燃えているお家(うち)」の象徴的な意味は，それがこの「詩」の中でどのように機能しているか——構造化されているか——を

解明しないかぎり明らかにはなるまい。

3. 初出文献に見る『てんとう虫』の唄

ではオーピー夫妻の『伝承童謡辞典』の中で，初出文献『親指トミーのかわいい唄の本』（*Tommy Thumb's Pretty Song Book*）（1744年頃）に採録されているバージョン（版）から見ていこう。

Lady Bird, Lady Bird,	てんとう虫，てんとう虫
Fly away home,	飛んでお家に帰れ
Your house is on fire,	おまえのお家が火事だ
Your children will burn.	おまえの子供たちが燃えるぞ

　すぐ気がつくことは，1行目行末の 'Lady Bird' ([-bə́:d]) と4行目行末の 'burn' ([bə́:n]) との響き合い。それからもう一つ，これは少し注意を要するが，2行目の 'Fly away' ([flái-əwèi]) と3行目の 'fire' ([fáiə]) も響き合っている。これらの響き合いは，響き合うそれぞれの単語を含む二つの行の意味的つながり——暗喩的結びつき——を教えてくれる。

　まず，1行目の 'Lady Bird' ([-bə́:d])（「てんとう虫」）と4行目の 'burn' ([bə́:n])（「（おまえの子供たちが）燃える」）の結びつきを考えてみよう。「てんとう虫」の「子供たち」は，親すなわち成虫とは似ても似つかない幼虫で，成虫になるためには脱皮しなければならない。すると「（おまえの子供たちが）燃える」（'burn'）とは，脱皮して——古い自分が死んで——「あの火のように真っ赤な（ナナホシテントウの）成虫に生まれ変わる」——再生する——という比喩的な意味に解釈できるのではあるまいか。では後者の 'Fly away'（「飛び去る」）と 'fire'（「火」）の響き合いは何を暗示しているのであろう？　2行目を次のように読んでみる。

Fly away home,
[f(l)ái-əwèi-hóum]
/ fáiə /

'Fly' ([flái]) の音声を，流音 /l/ はかっこでくくって——省略して——，隣接する単語 'away' の語頭音 /ə/ とつないでやると (/f(l)ái-ə/)，このセンテンスの裏側から——「飛んでお家に帰る」('Fly away home')「てんとう虫」の背後から—— 'fire' ([fáiə])（「火」）のイメージが現れる。映画的手法のディゾルブ（ひとつの場面が徐々に消えて別の場面に替わること）である。徐々に消えていく「てんとう虫」——フェード・アウトの場面——も見えるし，まただんだん現れてくる「火」——フェード・インの場面——も見える。「てんとう虫」の背後から現れた「火」は，西の大地へ「飛んで帰る」太陽である。「てんとう虫」はその半球形の身体と，深紅色とによって太陽を代理していたのである。

　すると次の 3 行目の「燃えているお家」('Your house is on fire') は，この文脈で考えると，夕日で真っ赤に焼けた西の空——「夕焼け」——ということになるのだろうか？ 事はそれほど単純ではない。というのは 4 行目で明らかになった「てんとう虫」の再生——幼虫から成虫への脱皮——は，太陽の再生，すなわち日の出を象徴していると考えられるから。日の出前の「燃えているお家」ということになれば，それは朝日で赤く染まった東の空——「朝焼け」——と見なすこともまた可能ではないか。くり返して言うと，3 行目の「燃えているお家」は，それに先行する日没の文脈（2 行目）の中に置けば「夕焼け」と考えられる。しかし，そのあとの，日の出の文脈（4 行目）の中に置くと「朝焼け」と見なせる。要するに，どちらにも取れる。平野先生が悩むはずだ。振り子になるのを避けようとすれば別の視点が必要である。

4．『てんとう虫』の唄のイメージ構成

　視点を変え，詩の中からキーワードを見つけ出し，それらがどのように方向づけられ組織化されているかを探ってみよう。まず緊密に結びついて目につく視覚的イメージがある。1 行目の 'Bird' と 2 行目の 'Fly away'。2 行目の 'home' と 3 行目の 'house'。それから 3 行目の 'fire' と 4 行目の 'burn'。さらにすでに見たように 1 行目行末の 'Bird' と 4 行目行末の 'burn'，そし

て 2 行目の 'Fly away' と 3 行目の 'fire' が，それぞれ響きによって強く結ばれている。その結果，二つの中心的なイメージ 'Bird'（「鳥」）と 'fire'（「火」）が入れ替わりながら，太陽の循環を象徴する円環のイメージをこしらえている様子が見えてくる。

この図から分かるように，太陽は，西側では「鳥」（'Bird'）のイメージで描かれ，東側では「火」（'fire'）のイメージで描かれている。太陽の「お家」（'home' / 'house'）は大地である。もっと細かく言えば，「鳥」である太陽は，「お家」（'home'）＝西の大地に「飛んで帰っていく」（'Fly away'）とき，真っ赤な「火」（'fire'）に変わり始める。それは 'Fly away'（[f(l)ái-əwèi]）の音声の中に 'fire'（[fáiə]）の音声を聴き取ることでイメージできる。この場面が「夕焼け」である。翌朝，太陽は「お家」（'house'）＝東の大地から出るとき，ふたたび真っ赤な「火」（'fire'）のイメージで現れる。この場面が「朝焼け」である。そして「お家」から出たその「火」が「燃焼する」（'burn'）とき，「火」は天空へ飛翔する「鳥」（'Bird'）へ姿を変え始める。それは 'burn'（[bə́:(n)]）の音声の中に 'Bird'（[bə:d]）の音声を聴き取ることでイメージできる。

　次にこれらの「鳥」と「火」が，詩の前半では「鳥」から「火」へ，詩の後半では「火」から「鳥」へと交互に入れ替わるのを，少し角度を変えて眺めてみよう。すると，この「鳥」に新たな意味——サプライズ——が加わる。具体的に説明すると，第 1・2 行，「鳥」が「飛んで」（'Fly away'）西の大地の「お家に帰る」とき，その「鳥」の背後に「火」（'fire'）のイメージがあることが音声面から読み取れた。これは「火」に包まれている「鳥」，「火」に焼かれている「鳥」というふうに眺められる。さらに第 3・4 行，翌朝，東の大地の「お家」から太陽が「火」のイメージで現れ，「燃焼する」（'burn'）とき，その「燃焼する火」の奥に「鳥」（'Bird'）

のイメージがあることが、これまた音声面から読み取れた。これは「燃焼する火」の中から「鳥」が現れる、「火」の中から「鳥」が誕生する、というふうに眺められる。すると、この不思議な「鳥」——夕方、いったんは太陽の「火」で焼死するが、翌朝には、その「火」の中からよみがえる「鳥」——は、あのエジプト神話に出てくる太陽神の化身のフェニックス（'phoenix'）、別名「太陽の鳥」——日本では「不死鳥」とか「火の鳥」と呼ばれている——にそっくりではないか。

>「その種類ではたった一羽しかいなくて、アラビア砂漠で 500 〜 600 年過ごし、死期が近づくと、香木の小枝を火葬用の薪として積み上げ、その上に乗って太陽の火で点火、自分の羽で扇いで焼死するが、その灰の中から新たな若鳥としてよみがえり、また 500 〜 600 年生き続けるという豪華な羽をもった伝説上の霊鳥」
>
> 　　　　　　　　　　　　　　　　　（『オクスフォード英語大辞典』）[6]

　それでは『てんとう虫』の唄は、オーピー夫妻の言葉を使えば、このフェニックス伝説の「名残」なのだろうか？　つまりフェニックスの話が時代を下って伝播していくうちに、劣化・断片化したものが『てんとう虫』の唄なのか？　あるいは、『てんとう虫』の唄から現れた「鳥」はフェニックスの末裔なのだろうか？

　しかし、この唄は、すでに見てきたように、どの細部も方向づけられ緻密に組織化されて——堅固に構造化されて——決してフェニックス伝説の「名残」というようなものではない。それどころか唄の中には、上記フェニックス伝説には見当たらない直接体験が描き込まれている。夕方、太陽の「火」で焼死した「鳥」（'Bird'）が、翌朝、その「火」（'burn'）の中からよみがえる、その感動の一瞬——永遠の生命をもつ「太陽神」という不思議の出どころ——がきっちりとらえられていた。

　一方『英語大辞典』に採録されている私たちにおなじみのフェニックス伝説では、直接体験そのものを語ることよりも、その語り方——文化的・宗教的な要素による物語風な潤色——に関心が向いている。「500 〜 600 年」

という歳月は個人が直接に体験できるような時間だろうか？　このような装飾をことごとく剥ぎ取れば、『てんとう虫』の唄に見た、本来のシンプルで感動的な体験――「太陽神」との出会い――が明らかになるはずである。フェニックス伝説をさかのぼってその源流を見てみよう。フェニックスの原型と見なされる「鳥」には、生の体験が刻印されているように思うからである。

5. フェニックスの原型

　フェニックスの原型は古代エジプトのヘリオポリス（「太陽の都」）の宇宙創世神話に登場する「ベヌウ鳥」（'bnw'）だと言われている。その名前の由来は「輝く」「昇る」という意味の動詞「ウエベン」（'wbn'）。「ベヌウ鳥」がしばしば「輝き昇る」鳥と見なされる所以である。しかし、この点に関しては「ベヌウ鳥」の象形文字(ヒエログリフ)を見るかぎり再考の余地があるように思われる。まず「ウエベン」の象形文字を見てみよう。

象形文字は基本的に表音文字で、文字化されている物の形一つひとつが音声（子音）を表わす。読み方は縦書きの場合は上から下へ。文字が横に並んでいれば文字の顔が向いている先から読む。最初のウズラの「ひな」は 'w'、「足」は 'b'、横一本線に簡略化された「さざ波」は 'n'。読むときは（発音しやすいように）子音間に 'e'「エ」の音をはさみ /weben/「ウエベン」と発音する。「さざ波」の下の「中ぽちのある丸」は「太陽」。「太陽」の文字は、「ウエベン」の同音異義語（「輝く」「昇る」以外に「大股で元気よく歩く」の意味がある）を区別するため表意文字として使用する限定詞で発音しない。この「太陽」の動詞 'wbn'（「ウエベン」）の文字を並べかえると 'bnw'（「ベヌウ」）になる。つまり「ベヌウ」は、アナグラム（文字交換）によって潜在化した――姿は見えないが、その存在は感じられる――「輝き昇る」（'wbn'）太陽である。これが「ベヌウ」の裏の顔。

　「ベヌウ」は、古王国時代（紀元前2686年頃～紀元前2181年頃）にはピラミッド内部の壁に書かれた葬祭文書『ピラミッド・テキスト』に「セ

キレイ」の姿で，また新王国時代（紀元前 1567 年頃～紀元前 1085 年頃）にはパピルスの巻物に書かれた「死後の世界」への案内書『死者の書』などに「灰白色のアオサギ」の姿で，それぞれ描かれている。『死者の書』に現れる「ベヌウ」の象形文字（私が敷き写したもの）を見てみよう。

7) 文頭の文字は「足」'b'。そのあとに横一本線の「さざ波」'n'，「壺」'nw'，「ひな」'w' と続き，同一音声のくり返しが見られる：'b-n-nw-w'。しかし，実際の発音はシンプルで，二つの 1 子音文字 'n-w' と 2 子音文字 'nw' の融合によって 'bnw'「ベヌウ」となる。書き言葉におけるこの 'nw' の反復は，割り当てられた文字空間を視覚的に美しく構成しようとする美意識に起因するのかもしれない。次の尖った嘴と二本の長い冠羽の鳥は「アオサギ」で，「ベヌウ」の限定詞。「ベヌウ」が同音異義語の「（鳥類の）かぎづめ」でも「おわん」でもなく，「アオサギ」であることを示す。これが「ベヌウ」の表の顔。この「灰白色のアオサギ」が代理する，姿は見えないが，その存在は感じられる「輝き昇る」太陽が何を意味するのかは，象形文字の後半を読むと分かる。

後半部分の最初の「香を焚く（？）器を前にした鳥」は 'ba'「バー」といって，「魂」を意味する。次の三段重ねの文字の一番上にある「さざ波」'n' は英語の前置詞 'of'（「～の」）に相当。真ん中の「口」をかたどった文字は 'r'，その下の「前腕」は 'a'，両方合わせて 'rā'「ラー」と読む。この「ラー」には「太陽」「太陽神」の意味があり，その意味を決定するのがすぐ下の限定詞。両ひざを立ててすわる身体に，コブラの守る太陽円盤をのせている。神格化されているのでこれは「太陽神」である。以上の内容をまとめると「太陽神ラーの魂」となる。

アナグラム（文字交換）によって潜在化した──姿は見えないが，その存在は感じられる──「輝き昇る」（'wbn'）太陽，すなわち「ベヌウ」（'bnw'）とは「太陽神ラーの魂」であった。しかし，なぜ「太陽神の魂」がナイル川に生息する「灰白色のアオサギ」の姿で描かれているのだろう？両者

の接点はどこにあるのだろうか？

　古代エジプトにおける太陽崇拝の中心地ヘリオポリスが，アフリカ北東部を南北に流れるナイル川の三角州に位置していたという点は重要である。というのは太陽がナイル川に没し，やがて西の空が青白くなり始めるころ，夕闇迫る川面に映るその「青白い薄明り」のうちに「灰白色のアオサギ」の姿が見られたであろうから。これはもちろん「アオサギ」が薄明りに照らし出されて見えたということではない。そのような日常に埋没した平凡な「アオサギ」では「太陽神の魂」の代理はつとまるまい。そうではなくて，古代エジプト人は，姿の見えなくなった，つまり死んだ（としか受けとれない）太陽の「青白い薄明り」そのもののうちに，それと浸透し合う神々しい「灰白色のアオサギ」の姿を目にして，この「鳥」を，太陽神の身体から抜け出て闇に浮かぶ「魂(こうごう)」の化身(けしん)だと確信したのである。

　ここで次のような疑問がわくかもしれない。客観的に眺めれば，太陽の姿が見えなくなったのは「太陽がナイル川に沈んだ」からなのだが，なぜ古代エジプト人はそれを「太陽が死んだ」と感じ，その上「魂」まで呼び出すのであろうか？と。もちろん彼らも「太陽がナイル川に沈んだ」ことくらい百も承知していよう。しかし，知っているのと感情が納得するのとはまったく別である。たとえば，いかに理知的で聡明な現代人でも，もし現在享受している人工の明かりの下での安楽な暮らしを不意に取り上げられ，迫り来る漆黒(しっこく)の「闇」を目のあたりにすれば，「太陽は東から昇り西に沈むもの」と承知していても，死の恐怖で一瞬にして「青菜に塩」同然，意気消沈し，自己防衛本能から「死後の生存」のイメージ――「来世」とか「魂」とか――を呼び出すことになるのではあるまいか。

　話を「ベヌウ鳥」に戻す。では「太陽神の魂」の化身(けしん)だというこの「ベヌウ鳥」('bnw')に，フェニックスの「死と再生」のイメージはあるのだろうか？　もちろん，ある。しかも，フェニックスよりはるかに純粋な形で。'bnw'の文字を並べかえてやれば，ちゃんと血色のよい，元気旺盛な「輝き昇る」('wbn')太陽（神）が「再生」するではないか。「ベヌウ鳥」('bnw')は「死」と「再生」の二つのイメージを併せもつ――永遠の生命をもつ――太陽神をとらえた単語だからである。

時代を下ると,「ベヌウ鳥」は「フォイニクス」に取って代わられる。古代ギリシアの歴史家ヘロドトス (Herodotus) は紀元前450年頃エジプトを訪れて,太陽神ラーの大神殿がある町ヘリオポリスで聞いた話を次のように書きとめている。(ちなみに英語 'phoenix' の語源は「赤紫色,フェニキア人,ナツメヤシ」という意味のギリシア語 'φοῖνιξ'。)

> エジプトにはまたフォイニクスという名前の聖鳥もいるが,私は絵でしか見たことがない。実際エジプトでも極めて珍しく,ヘリオポリスの市民の話によると500年に一度,父鳥が死ぬときにしか飛んで来ない。絵の通りだとすると,羽は金色と赤,姿かたちと大きさはワシにそっくり。彼らが語るこの鳥のふるまいは私には信じがたい。父鳥を没薬の中に塗りこめて,アラビアから太陽神ヘリオスの神殿まで運び,そこに埋葬するという。その運び方は,まず自力で運べる大きさの没薬の球を作る。次にそれを試しに運んでみる。この運ぶ練習を十分したあとで,その球をくり抜き,父鳥をその中に入れると,新しい没薬でふたをする。父鳥が入っても,球の重さは最初と変わらない。塗りこむ作業が終わると,それをそっくりエジプトのヘリオス神殿に運ぶ。私が聞いたその鳥の話はこのようなものであった。
>
> (『歴史』第2巻73節) [8]

500年に一度,死んだ父鳥をアラビアから運んで来るというこのワシそっくりの「フォイニクス」に「ベヌウ鳥」の面影はない。しかし,「輝き昇る」太陽をイメージさせる「金色と赤」の豪華な羽をもち,「死と再生」をくり返す「フォイニクス」が太陽神の化身であることは明らかである。死んだ父鳥を「没薬の中に塗りこめる」のは防腐処置をして肉体の保存を図るためであり,その父鳥を「ヘリオス神殿に運ぶ」のは,再生を太陽神に祈願するためである。これは古王国時代に始まったと言われるファラオ(エジプト王)のミイラ作りを想起させる。「フォイニクス」のこうした人間くさいふるまいはヘロドトスでなくても「信じがたい」。しかし,再生復活には魂の宿る肉体を必要とする,という宗教観に基づくミイラ作り

のひな型が「ベヌウ鳥」だとしたら，「フォイニクス」は「ベヌウ鳥」の血を屈折した形で受け継いでいることになる。思い出していただきたいが，灰白色の「ベヌウ鳥」（'bnw'），すなわち「太陽神の魂」が，血色のよい，元気旺盛な「輝き昇る」（'wbn'）太陽神となって再生するのは，'b-n-w'の文字が 'w-b-n' に並べかえられたとき，つまり「太陽神の魂」が「輝き昇る」太陽神（の肉体）にもぐり込んだときではなかったか？

　その後，ローマ時代（紀元前30年〜西暦337年）になると，現代の多くの辞書・事典に採録されておなじみの「われとわが身を焼き，その灰の中からよみがえる」タイプのフェニックス像が語られ始める。先の『オクスフォード英語大辞典』からの引用はその一例である。

　さて，出発点に戻って来たところで，『てんとう虫』の唄から現れた「鳥」とフェニックスの原型「ベヌウ鳥」の関係について結論すると，両者を直接結びつけるものはない。というのも両者の太陽神のとらえ方——直接体験——は根本的に異なるからである。具体的に言えば，『てんとう虫』の唄は，太陽神を「死と再生」の両面からバランスよくとらえていた。一方，「ベヌウ鳥」は，太陽神をもっぱら「死」の面から（「再生」のイメージは「死」のイメージの裏に潜ませて）とらえていて，古代エジプト人が死後の「魂」に心を奪われているのがよく分かる。また『てんとう虫』の唄の「鳥」（'Bird'）には普遍性があるが，「ベヌウ鳥」の「アオサギ」はエジプト土着の「鳥」である。以上のことから，『てんとう虫』の唄がとらえている「太陽の鳥」——フェニックス——は，はるかかなたの古代エジプトから飛んで来たのではなく，私たちの心の底の暗闇から現れたと考えられる。

6．『てんとう虫』の唄のリズム構成

　ここからまた『てんとう虫』の唄に戻ってリズム面からも見てみよう。詩の前半で描かれた，西の大地の「お家に帰る」「鳥」が「火」に包まれて焼け死ぬイメージは，詩の後半の，「燃焼する火」の中から新たな「鳥」が生まれ出て天空へ翔けのぼっていくイメージによって鋭く対照させられていた。この「死と再生」の対照的なイメージ構成は，音声的にそれと並

行する対照的なリズム構成によって支えられている。

```
  ́  ×  ×  ́  ×  ×
Lady Bird, Lady Bird,
  ́  ×  ×  ́  (×  ×)
Fly away  home,
  ×  ́  ×  ×  ́
Your house is on fire,
  ×  ́  ×  ×  ́
Your children will burn.
```

　詩の前半2行は強弱弱・強弱弱のリズム（2行目 'home' のあとの休みは弱弱と見なす），後半2行はそのリズムがひっくり返って弱強・弱弱強のリズム。弱拍の数が一つでも二つでも読むときにかける時間は同じ。したがって重要な点は，強拍から弱拍へ移るリズムか，それとも弱拍から強拍へ移るリズムかということ。

　では前半の強拍から弱拍へ移るリズムと，後半の弱拍から強拍へ移るリズムの違いはなんだろうか？　声に出して読めばおのずと了解できる，と言って言えないこともないが，読みなれていない者には，これが意外とむずかしい。

　手軽なやり方として，次のように言ってみよう。dúmda のダムを強く一息に読みながら，**ダムダ，ダムダ，ダムダ**。これが強弱のリズム。didúm のダムを強く一息に読みながら，ディ**ダム**，ディ**ダム**，ディ**ダム**。これが弱強のリズム。9) さて二つのリズムの違いが感じ取れたであろうか？

　強弱のリズム，**ダムダ，ダムダ**は，踏み込んだ車のアクセルから足を離したときの減速する（＝エンジンブレーキがかかる）感じ，重く・遅く・暗い。一方，弱強のリズム，ディ**ダム**，ディ**ダム**は，それとは対照的に，アクセルを踏み込み加速する感じ，軽やかで・スピーディで・明るい。すると，詩の前半の強拍から弱拍へ移るリズム――重く・遅く・暗いリズム――は，天空の旅路を終えて，死にゆく，年老いた「鳥」の足取りと一致する。また，詩の後半の弱拍から強拍へ移るリズム――軽やかで・スピーディで・明るいリズム――は，「燃焼する火」の中からよみがえり，天空へ翔けのぼっていくうら若き「鳥」の足取りと一致する。

　これまで述べてきたことを整理すると

① 「てんとう虫」の「(幼虫の)子供たちが真っ赤に燃える」というのは「真っ赤な成虫に脱皮する」——再生する——という比喩的な意味。しかし，成虫の「てんとう虫」の背後から太陽を暗示する「火」が現れており，その結果，「てんとう虫」の再生とは，太陽の再生，すなわち日の出であることが判明する。

② キーワードの分析によって，さらに太陽を象徴する「鳥」が加わり，この「鳥」と「火」が互いに入れ替わりながら，蒼穹(そうきゅう)と大地をめぐる太陽の軌道を描く。大空を飛翔(ひしょう)する太陽は「鳥」，西に沈み(2行目)東から昇る太陽(3行目)は「火」。「火」が西に沈む光景は「夕焼け」，「火」が東から昇る光景は「朝焼け」である。したがって，問題の3行目の「燃えているお家(うち)」('Your house is on fire')は，「ドイツの或る学説」が主張する「夕焼け」ではなく，「朝焼け」ということになる。

③ 太陽は，「鳥」から「火」へ，「火」から「鳥」へと姿を変えるが，この変身は，「火」に焼かれた「鳥」が，「火」の中から再生する，というふうにも眺められ，エジプト神話に登場する太陽神の化身(けしん)のフェニックス，別名「太陽の鳥」を想起させる。

④ 二羽のフェニックスを比較してみると，フェニックスを純粋な形でとらえていたのは『てんとう虫』の唄であって，フェニックス伝説ではない。構造的にも『てんとう虫』の唄は堅固である。したがって『てんとう虫』の唄がフェニックス伝説の「名残(なごり)」——劣化・断片化したもの——ということはありえない。

⑤ フェニックスの原型「ベヌウ鳥」と比較しても，太陽神のとらえ方——直接体験——が異なり，両者のつながりは見出されない。したがって『てんとう虫』の唄がとらえている「太陽の鳥」——フェニックス——は私たちの心の底の暗闇から現れたと考えられる。

⑥ このフェニックスの対照的な二面性——詩の前半に描かれたフェニックスの「死」と，後半に描かれたフェニックスの「再生」——は，音声的にそれと並行する「暗と明」の対照的なリズム構成——詩の前半の強拍から弱拍へ移る重いリズムと，後半の弱拍から強拍へ移る軽やかなリズム——によってしっかり裏打ちされている。

7．太陽神の「死と再生」のモチーフの変遷

さて，『てんとう虫』の唄に見られた太陽神の「死と再生」のモチーフはその後どのように変遷していくのであろうか？ここで唄の様々なバージョンを整理し年代順に配列しているオーピー夫妻の『伝承童謡辞典』を見てみよう。そこにはその後の二つの大きな転換点となる2種類のバージョンがある。最初の転換点となるバージョンは『すべてのお坊ちゃんとお嬢ちゃんのために書かれたナンシー・コックのかわいい唄の本』(Nancy Cock's Pretty Song Book for all Little Misses and Masters)（1780年頃）に採録されたテキスト。第4行が，私たちが検討した初出文献（1744年頃）の詩的な表現 'Your children will burn'（「おまえの子供たちが真っ赤に燃える」）から散文的な表現 'Your children are gone'（「おまえの子供たちはいなくなった」）に変わっている。これは唄の比喩的な意味が理解できなくなっていることを示す。同種のものに最終行が 'Your children at home'（「おまえの子供たちはお家にいる」）（1858）[10] とか 'your children all roam'（「おまえの子供たちはうろうろしている」）（1892）[11] などで終わるバージョンがある。

次に大きく転換するのは，オーピー夫妻の『伝承童謡辞典』（1951年）に標準テキストとして採録されている8行のバージョンにおいてである。

Ladybird, ladybird,	てんとう虫，てんとう虫
Fly away home,	飛んでお家に帰れ
Your house is on fire	おまえのお家が火事だ
And your children all gone;	おまえの子供たちはみんないなくなった
All except one	たった一人をのぞいては
And that's little Ann	それは小さなアン
And she has crept under	アンは行火の下に
The warming pan.	もぐりこんだ

前半4行は旧バージョン，言わば台木。そこに新たな4行が接ぎ木され

ているが,旧バージョンから姿を消した「真っ赤に燃えるおまえの子供たち」——太陽再生のイメージ——の復活は成るのであろうか?

　最終行の 'warming pan'（「行火あんか」）は文字通りにはベッドを「暖めるウォーミング - お鍋パン」。昔,長い柄えのついたふた付きのお鍋なべに燃えている石炭を入れてベッドを暖めた。さて「てんとう虫」が「太陽」を代理していることはすでに述べた。すると,「てんとう虫の子供」である「小さなアン」（'little Ann'）は「太陽の子供」の代理ということになるが,「てんとう虫の子供」は「はいはい」する幼虫である。詩にも「彼女は行火あんかの下に／（はいはいして）もぐりこんだ」（'she has *crept* under / The warming pan.'）とある。したがって,「はいはい」する「てんとう虫の子供」の「アン」は,「はいはい」する「太陽の子供」,すなわち「太陽の赤ん坊」を代理していると言える。

　では「太陽の赤ん坊」とはなんだろう? また「太陽の赤ん坊」がもぐりこむ「行火あんか」——「暖める - お鍋」——とは? それらはそれぞれ「夕日」と「母なる大地の胎はら」である。太陽は西に沈むとき,「はいはい」（'creep'）して「大地の胎はら」に「もぐりこむ」ではないか。

　'warming pan' /p-ǽn/ の中から聞こえる 'Ann'アン /ǽn/ の木霊こだまは,'warming pan'（「大地の胎はら」）の中に 'Ann'（「太陽の赤ん坊」＝「夕日」）が入っていることを教えてくれる。しかし「大地の胎はら」に入った「アン」は,「夕日」であってもはや「夕日」ではない。というのは,「アン」はすでにそこで「準備運動ウォーミング」——自分の体を暖めること——を開始しているから: 'warming (p)an' /wɔ́:miŋ-(p)ǽn/。つまり,ここでは類似した大小2つの聴覚的イメージが,ロシア人形マトリョーシュカのように入れ子になっている。大のイメージが 'warming pan'ウォーミング パン（「暖かい大地の胎はら」）,その中にピッタリおさまっている小のイメージが 'warming Ann'ウォーミング アン（「準備運動をしているアン」）。「暖かい大地の胎はら」の中で「準備運動をしているアン」,これは母胎内の胎児の運動——胎動たいどう——をイメージさせないだろうか? そう,「夕日」は「母なる大地の胎はら」に「もぐりこむ」や否や,やがて生まれ出る「朝日」に変わり,本格的な「燃焼」（'burn'）活動に備えて「体を暖めているウォーミング」というわけである。

　ここで,「太陽再生」のイメージが上の例よりも分かりやすく,また煌きら

びやかに復元されているバージョンを紹介しておこう。

> Ladybird, ladybird, eigh (hie) thy way home,
> Thy house is on fire, thy children all roam,
> Except little Nan, who sits in her pan,
> Weaving gold laces as fast as she can.
> 　　　　　　　　（Northall, *English Folk-Rhymes*, 1892) p.326

> てんとう虫，てんとう虫，飛んでお家に帰れ
> おまえのお家が火事だ，おまえの子供たちはうろうろしている
> ちいさなナンを除いては，ナンはお鍋の中にすわり
> 大急ぎで金モールを織っている

「金モール」（'gold laces'）は，経糸に絹糸，緯糸に金糸を用いて織った織物。この「金モール」が「朝日」の発する輝かしい金色の光の比喩的表現だとすると，4行目は次のように読める：「小さなナンは，外に着ていく金モールを夜明けまでに織り上げなければならない。夜明けは近い。急がなければ」。

　ここまで太陽神の「死と再生」のモチーフを『てんとう虫』の初出文献（1744年頃）の中に見つけ，その後の変遷を二つの大きな転換点となる典型的なバージョンによって跡づけた。一つ目の転換点となるバージョン（1780年頃）では，このモチーフは見失われている。しかし，二つ目の転換点となる8行のバージョン（1951年）では，前半4行が旧バージョンをそのまま引き継ぐが，それに続く後半4行で「太陽再生」のイメージの回復がはかられる。一度は失われた「太陽再生」のイメージが時を隔てて現れる現象，いわゆる先祖返りが見られる。「太陽再生」，すなわち「日の出」が，この唄に本来そなわったイメージであることを強く印象づける。

　オーピー夫妻は，『伝承童謡辞典』に採録した標準テキストは「今日，誰もが知っていて，なおかつ，もっとも充実したもの（'the fullest'）」（序

文 p.8）と言っている。しかし，この称賛の言葉は『てんとう虫』の初出文献のテキストに対してこそふさわしく，標準テキストには当てはまらない。というのは，この 8 行のバージョンは，本来「朝焼け」を意味する前半 3 行目の「燃えているお家」を「夕焼け」と誤認し，その誤認した文脈に沿って後半の内容——西に没した夕日が，大地の胎の中で，やがて生まれ出る朝日に変わる——を組み立てているからである。唄の前半 4 行だけを見れば「燃えているお家」はすでに指摘したように「朝焼け」を，しかし，後半 4 行の内容からさかのぼれば「夕焼け」を，それぞれ意味する。つまり「燃えているお家」は異なる二つの文脈が接する言わば潮目である。唄の内部で異なった文脈がこのように折り合っている様子を形容するとしたら，「充実」ではなく，「たくましさ」とか「生命力」といった言葉になるのではないだろうか。

8．「燃えているお家」が象徴するもの

　はじめにも引用したが，オーピー夫妻は「ドイツの或る学説」を紹介して「この唄の起源は，太陽を日没の危険ななか急ぎ帰らせる呪文にあり，燃えているお家は夕焼けを表す」と述べていた。しかし，すでに明らかなように，初出文献のテキストにおける「燃えているお家」はこの学説の主張する「夕焼け」ではなく，「太陽の再生」を予告する「朝焼け」を象徴している。したがって，詩の前半の「飛んでお家に帰れ」と唱えて「（重く・遅く・暗い足取りの）太陽を急ぎ帰らせる呪文」の目的は，詩の後半に描かれている「太陽の再生」——「日の出」——を早めることにある。この唄を唱えたあとで，子供たちがよくやる，指にとまらせた太陽の代理のてんとう虫をふっと吹き飛ばし「急ぎ帰らせる」呪術的行為の意図するところももちろん同じである。

　しかし，なぜ西に没する太陽の足取りは「重く・遅く・暗い」のだろう？死にゆく，年老いた太陽だから？　その通りなのだが，もっと深く考えてみると，擬人化には感情の投影がありはしないか。漆黒の闇と混沌をもたらす「日没」に本能的な不安や怖れを抱いた人々は，「重く・遅く・暗い」と感じられる足取りの太陽を「急ぎ帰らせ」，それに代わって，燦然と光

輝^きを放ち生命感溢れる「日の出」を一刻も早く迎え入れたいと願う，これは人間心理の一般法則ではあるまいか。人工の光の中にどっぷりつかって暮している現代人がすっかり忘れているあの普遍的な感情が，『てんとう虫』の唄の底を流れているように思われる。

［本稿は，『英語英文学研究』第 39 巻（広島大学英文学会，1994）に発表した 'Symbolic Meaning of the 'house on fire' in Ladybird Rhyme: Mannhardt's Theory Re-examined' の改訂版である。］

引用・参考文献

1) Gillian Avery, 'The Story of the Opie Collection,' *The World of Mother Goose*, supervised by Bodleian Library and Keiichi Hirano, comp. Holp Shuppan（Tokyo: Holp Shuppan, 1992）

2) Iona and Peter Opie, eds. *The Oxford Dictionary of Nursery Rhymes*（1951. Oxford: Oxford UP, 1997）

3) Lina Eckenstein, *Comparative Studies in Nursery Rhymes*（London: Duckworth & Co., 1906; Detroit, Mich.: Singing Tree P, 1968）

4) 平野敬一『マザー・グースの唄』中公新書，1972 年。

5) 平野敬一『マザー・グースの世界』ELEC 出版部（英語教育協議会），1974 年。

6) *The Oxford English Dictionary*（1933. Oxford: Clarendon Press, 1971）

7) Ogden Goelet and Raymond O. Faulkner, trans., Eva von Dassow, ed. *The Egyptian Book of the Dead, The Book of Going forth by Day. The Complete Papyrus of Ani Featuring Integrated Text and Full-Color Images.*（1994. Chronicle Books, San Francisco, 2015）Plate 32-B

8) Herodotus, *The History of Herodotus*（pub. Macmillan, London and NY, 1890）Internet Sacred Text Archive, parallel English / Greek, English translation: G. C. Macaulay.

9) Otto Jespersen, 'Notes on Metre,' *Linguistica*（1933）rpt. In *Selected Writings of Otto Jespersen*（London: George Allen & Unwin Ltd; Tokyo: Senjo Publishing Co.

    Ltd, [c. 1960]) pp. 623-25.
10) Charles H. Bennett, ed. *Old Nurse's Book of Rhymes, Jingles and Ditties* (London: Griffith and Farran, 1858; Tokyo: Holp Shuppan, 1981) p.23.
11) G. F. Northall, ed. *English Folk-Rhymes* (London: K. Paul, French Trubner & Co. Ltd, 1892; Detroit, Mich.: Singing Tree P, 1968) p.326.

ルイス・キャロルのノンセンス詩と
マザーグース的なもの

吉本 和弘

1. はじめに

　ルイス・キャロル（Lewis Carroll, 1832–1898）の『不思議の国のアリス』（*Alice's Adventures in Wonderland,* 1865）（以後『不思議』）と，その続編の『鏡の国のアリス』（*Through the Looking-Glass and What Alice Found There,* 1871）（以後『鏡』）の作中では多くの詩が詠まれていて，それらがキャロル的ノンセンスの創造にとって重要な意味を持っている。その多くは当時よく知られた教訓的な詩のパロディであるか，誰もが知っている伝承童謡，マザーグースの唄であり，これにキャロル自身の創作による詩が二編ほど（冒頭の献詩を除けば）加わっている。そして二つの『アリス』作品の印象の違い，つまり，奇想天外で滑稽な『不思議』に比べて『鏡』は理屈っぽくて暗い印象であり，子供には人気がなくむしろ大人に好まれるという傾向があることに，登場する詩の質的な違いが深く関わっているという議論はこれまでもされてきた。

　そのような議論の代表として平野敬一は，「マザー・グース的なものの濃淡」こそが「『鏡の国』と『不思議の国』の根本的差異の一つ」であると主張して，両作品におけるマザーグースの使用法を三つのカテゴリーに分けて解説している。第一は全面的に引用してその詩句の展開に即しながら豊かに色づけをするというやり方。これは 'Humpty Dumpty' を代表に『鏡』に多く出現する。第二はパロディ化すること。これも『鏡』の Hush-a-bye Baby のパロディなどが代表例である。第三は「間接的な形をとる」もので「キャロル的（あるいはアリス的）な発想が，そのままマザーグース的発想になっている場合」であり，白の騎士による「自明の陳述」の発想などに代表されるという。そしてこれもやはり『鏡』に多いことを

指摘している。そして『不思議』と『鏡』の差異を特徴づける要素としての「不気味さ」が「マザー・グース的世界の影」に他ならないと述べている。[1]

　本論は、『アリス』二作品と、その後書かれた長編叙事詩『スナーク狩り』（'The Hunting of the Snark,' 1876，以後『スナーク』）を加えたキャロルのノンセンス三部作におけるキャロル流のノンセンスの創造において、マザーグース的なものが如何なる役割を果たしているのかを検証することを目的としている。そのために、まず二つの点を指摘することで議論を始めたい。

　第一は『アリス』二作品で詠まれる詩およびマザーグースの唄の出現形態とそれらの詩の朗読者の相関関係を検証することにより、『不思議』と『鏡』におけるノンセンスの質的違いの一側面として、アリスという子供の意識が果たしている役割を確認することである。

　第二はパロディとその元詩を比較検証することによって、キャロルが書いた詩における押韻（ライム）の重要性について確認し、押韻（ライム）へのこだわりがキャロル的なノンセンスにおけるマザーグース的な要素と深く関わっている様を明らかにすることである。

　この二点を踏まえて、マザーグース的な要素によって『鏡』に与えられた理屈っぽさと不気味さはどこから来るのかという問題と、さらにその後キャロルが長編詩『スナーク』で描いた究極のノンセンスに二つの要素がどのように引き継がれていったのかという問題を検証することにより、キャロルのノンセンスとマザーグースとの親密なる影響関係について考察する。

2. 二つの『アリス』における詩の引用と朗読

　改めて『アリス』に登場する韻文全般について整理しておこう。『不思議』では巻頭詩を除くと8編の長編詩と2編のマザーグースの唄が登場する。また『鏡』では7編のマザーグースの歌、2編のオリジナル詩（うち1編は二度登場する）、2編のパロディと思われる詩が登場する。これらについて、詩の朗読者、内容等をまとめると以下の表のようになる。

『不思議の国のアリス』に現れる詩の一覧 2)

	章	朗読者	タイトル（冒頭部分）	情報
(1)	1	アリス	How Doth the Little Crocodile	アイザック・ワッツ（Isaac Watts）の詩 Against Idleness And Mischief のパロディ
(2)	3	ネズミ	The Mouse's Tale	裁判を描いたキャロルのオリジナル詩，手書き原稿の段階では内容が猫と犬に関する詩だった
(3)	5	アリス	You Are Old, Father William	ロバート・サウジー（Robert Southey）の The Old Man's Comforts and How He Gained Them のパロディ
(4)	6	公爵夫人	Speak roughly to your little boy	デヴィッド・ベイツ（David Bates）の Speak Gently のパロディ
(5)	7	帽子屋	Twinkle, Twinkle, Little Bat	マザーグースの唄と見なされることもあるが，流行歌とも取れる Jane Taylor 作の唄 Twinkle, Twinkle Little Star のパロディ
(6)	10	ニセ海亀	The Lobster Quadrille	メアリ・ボサム・ハウイット（Mary Botham Howitt）の The Spider and the Fly のパロディ
(7)	10	アリス	'Tis the Voice of the Lobster	アイザック・ワッツの The Sluggard のパロディ
(8)	10	ニセ海亀	Beautiful Soup	ジェイムズ・サイレス（James M. Sayles）の Star of the Evening, Beautiful Star のパロディ
(9)	11	白ウサギ	The Queen of Hearts	マザーグースの唄，The Queen of Heart の2スタンザのうちの1スタンザ
(10)	12	白ウサギ	They told me you had been to her	キャロルが雑誌に投稿した詩の修正版，オリジナル詩だが，一行目が当時の流行していたウィリアム・ミー（William Mee）が歌うセンチメンタルな歌のパロディになっている

『鏡の国のアリス』に現れる詩の一覧

	章	朗読者	タイトル(冒頭部分)	情報
(1)	1	アリス	Jabberwocky	鏡の向こう側でアリスが発見するノンセンス詩で鞄語を駆使した英雄譚叙事詩
(2)	4	アリス	Tweedledum and Tweedledee	マザーグースの唄，登場人物および詩句の内容が現実化する
(3)	4	アリス	Here go round the mulberry bush	マザーグースの唄，トゥィードルダムとトゥィードルディーとアリスの三人が手をつないだ瞬間輪になって踊りだす場面でアリスが思わず歌っていた，詩句はテクスト上に表記されていない
(4)	4	トゥィードルディー	The Walrus and Carpenter	トマス・フッド (Thomas Hood) の Eugene Aram のパロディと指摘されたがキャロルは否定した
(5)	6	アリス	Humpty Dumpty	マザーグースの唄，登場人物および詩句の内容が現実化する
(6)	6	アリス	Jabberwocky	キャロルのオリジナル詩で，鞄語をハンプティ・ダンプティが解説する
(7)	6	ハンプティ・ダンプティ	In spring, when woods are getting green	ワセム・マーク・ウィルクス・コール (Wathen Mark Wilks Call) の Summer Days のパロディという説があるが定かでない
(8)	7	アリス	I love my love with an H	マザーグースの唄として知られる I love him with an A because を連想させるフレーズ
(9)	7	アリス	The Lion and the Unicorn	マザーグースの唄，登場人物および詩句の内容が現実化する
(10)	8	アリス	Punch and Judy	マザーグースの唄，白の騎士と赤の騎士が戦う様子を見てアリスが連想するが，詩句はテクスト化されていない

(11)	8	白の騎士	In Winter when the fields are white	キャロルのオリジナル詩，プロットをウィリアム・ワーズワース（William Wordsworth）の Resolution and Independence から拝借したとされる
(12)	9	赤の女王	Hush-a-bye Lady	マザーグースの唄，Hush-a-bye Baby のパロディ
(13)	9	不特定多数	To the Looking-Glass world it was Alice that said	サー・ウォルター・スコット（Sir Walter Scott）の Bonnie Dundee のパロディ

　この一覧から，詩を朗読する人物と詩の内容に関して『不思議』と『鏡』にそれぞれ特色があることが見えてくる。まずアリスが『不思議』で朗読しようと試みた詩は，その多くが当時人々に広く知られていた，そして子供たちが学校で暗唱させられていた教訓的な詩や流行歌であるということ。それらは換骨奪胎され，パロディ化され，絶妙なおかしさと本歌に対する強烈な皮肉を生み出すわけだが，それらのパロディ詩を朗読するのはアリスだけではなく，ネズミ，公爵夫人，帽子屋，白ウサギなど様々だということである。また，アリスが朗読する詩以外のパロディ詩は，ネズミが読む尻尾の形をした 'Mouse's tale' 以外は，公爵夫人の 'Speak roughly to your little boy,' 帽子屋の 'Twinkle, twinkle, little star,' ニセ海亀の 'The Lobster Quadrille' と 'Beautiful Soup' の四つとも実際に声に出して歌われた（とテクストに記されている）ことが注目される。
　一方『鏡』では本歌がはっきりとしたパロディ詩はあまりなく（後に本歌を指摘されても本人が否定したものもある），キャロルのオリジナルかマザーグースの唄である。朗読者はアリスであることが多いが，アリスは教訓詩を暗唱しようとすることは一度もない。3編ほど登場する長めの詩はすべてアリスではなく鏡の国の住人たちによって朗読されている。教訓詩を朗読しない代わりにアリスは『鏡』においてマザーグースの唄を少なくとも五つ正確に思い出して暗唱するか，あるいは歌っている。そのうちの三つ，'Tweedledum and Tweedledee,' 'Humpty Dumpty,' 'The Lion and the Unicorn' ではその登場人物たちが実際に物語に登場し，それらの詩

句は物語の進行の下敷きとなっている。それ以外に 'Here We Go round the Mulberry Bush,' 'Punch and Judy,' などがアリスによって「正確に」歌われたり，連想されたことが語られている。唯一の例外は 'Hush-a-bye Baby' のパロディ 'Hush-a-bye Lady' だが，これは赤の女王によって歌われている。

　つまりマザーグースの唄に関して重要なことは，『不思議』よりも『鏡』における使用頻度が増えているという事実だけではなく，それを朗読する，あるいは歌うのがほとんどの場合アリスであるという点である。アリスは『鏡』においてノンセンスの正典(キャノン)としてのマザーグースの導入者，あるいはそれを象徴する存在になっている感がある。『不思議』では，アリスは学校で暗唱させられた教訓詩を間違えてばかりいたし，他の登場人物も流行りの詩を勝手に改変した。そしてまさにそれらの「言い間違え」や「書き換え」と，それによる固定化されたテクストの解体によってノンセンスが作られていた。ところが『鏡』においてアリスはマザーグースの唄を「正確に」思い出しており，その詩行はパロディ化されることもない。むしろノンセンスの正典(キャノン)であるマザーグースの唄の内容が鏡の国のノンセンスの中核をなしており，それを生み出しているのはまさにアリス本人なのである。

　『不思議』においてアリスが詩を朗読すると，覚えていたはずの詩行は聞いたこともない内容に改変されてしまい，その意図せぬ変更はアリスの自己同一性(アイデンティティ)を危機に陥れた。一方『鏡』でチェスの駒の歩として女王になるという目標を持つアリスは，既に自己同一性(アイデンティティ)の問題から抜け出しているらしく，教訓詩を思い出せるかどうかという確認作業をすることもない。そのアリスの自己同一性(アイデンティティ)の安定を保障するかのように，アリスは常にマザーグースの唄を正確に思い出すのである。つまり『鏡』においてマザーグースの唄はある意味でアリスの確固たる自己同一性(アイデンティティ)を裏付け保障する文化的伝統とその知識として提示されている。このことは，アリスの自己同一性(アイデンティティ)の本質はまさにマザーグース的な言葉遊びの伝統と分かち難く結びついているというキャロルからのメッセージとも考えられる。

　平野が指摘しているように，『不思議』に登場するパロディ詩には，教訓たっぷりの本歌に対する痛烈な批判というだけではなく，マザーグース

に特有なイメージが数多く織り込まれている。例えばパロディ詩である 'You Are Old, Father William' に登場する逆立ちをするおやじさんは, マザーグースの 'Taffy was born' (Taffy was born / On a Moon Shiny Night, / His head in the Pipkin, / His Heels upright.) を連想させるし, 親父が息子を階段から蹴落とすぞとどやす場面には, 祈りを拒否した老人を階段から投げ下ろす様を歌う 'Goosey, Goosey, Gander' のイメージが織り込まれている。[3] また Twinkle, twinkle, little bat, / How I wonder what you're at? という詩句の内容を想像したときに 'Hey, diddle, diddle' の「月を飛び越える牛」のイメージを連想することも可能だろう。このようなマザーグースのイメージや発想の利用という技巧の目的を考えたとき, キャロルは世間に流通していた教訓詩をイメージ的にもマザーグース的なノンセンスに改変しようとしていたのであり, それが彼独特のノンセンスを生み出す結果となったという解釈ができるだろう。

またマザーグース化された詩としての 'You Are Old, Father William' を朗読したのはアリスであることを考慮すると, 子供としてのアリスには教訓詩をマザーグース的発想から読み直す能力があるのだと言い替えられるかもしれない。キャロルは『不思議』において, 大人が作った教訓詩と子供の本性との相性の悪さを表現し, 対照的に『鏡』では, 子供としてのアリスとマザーグースの親和性を表現しているということも言える。『不思議』で教訓詩の「マザーグース化」を試みたキャロルは,『鏡』では手法を変えて, ノンセンスの正典(キャノン)としてのマザーグースそのものを, アリスを媒体としてそのままの形で最大限に利用したのである。

3. 原詩とパロディ詩における脚韻(ライム)

次に『アリス』に登場する原詩とパロディ詩を比較したとき, 何が言えるのかを検証してみる。ここで指摘したいことは, 詩の脚韻(ライム)のパターンにおいてキャロルのパロディ詩の方が本歌よりも脚韻(ライム)の規則性, 言い換えればルール重視の度合いにおいてより洗練されているという事実である。

例えばアイザック・ワッツ (1674–1748) の 'Against Idleness and mischief' とそのパロディの場合, 第一スタンザだけを見てもその差が窺える。本歌

では2行目 'hour' と4行目 'flower' は韻を踏んでいるが，1行目 'bee' と3行目 'day' では破綻している。それに対してキャロルのパロディ詩は，ABAB の規則的な脚韻(ライム) 'crocodile' / 'tail' / 'Nile' / 'scale' を形成している。

<本歌>

How does the little busy bee	A
Improve each shining hour,	B
And gather honey all the day	C
From every opening flower!	B

<パロディ>

"How doth the little crocodile	A
Improve his shining tail,	B
And pour the waters of the Nile	A
On every golden scale!	B

このようにキャロルはミツバチの勤勉を称揚する本歌を，狡猾で残忍なナイル川のワニの唄に書き換えながらも，脚韻(ライム)の規則性という面ではより完成度を高めている。もう一つ例を挙げよう。ロバート・サウジー（1774–1843）の 'The Old Man's Comforts and How He Gained Them' とそのパロディ 'You Are Old, Father William' では：

<本歌>

You are old, Father William, the young man cried,	A
The few locks which are left you are grey;	B
You are hale, Father William, a hearty old man,	C
Now tell me the reason I pray.	B
In the days of my youth, Father William replied,	A
I remember'd that youth would fly fast,	D

And abused not my health and my vigour at first	D'
That I never might need them at last.	D

<パロディ>

'You are old, Father William,' the young man said,	A
'And your hair has become very white;	B
And yet you incessantly stand on your head—	A
Do you think, at your age, it is right?'	B
'In my youth,' Father William replied to his son,	C
'I feared it might injure the brain;	D
But, now that I'm perfectly sure I have none,	C
Why, I do it again and again.'	D

　このパロディ詩でも，キャロルは，まず本歌の持つ脚韻(ライム)とリズム的な構造を，本歌よりもさらに突き詰めて完成度を高めた形で提示している。本歌では第1スタンザは2行目 'grey' と4行目 'pray' は韻を踏むが1行目 'cried' と3行目 'man' は韻を踏んでいない。第2スタンザも2行目 'fast' と4行目 'last' は韻を踏むが，1行目 'replied' と3行目 'first' は韻を踏んでいない。一方のキャロルによるパロディでは第1,2スタンザの両方とも1行目と3行目，2行目と4行目が規則的に韻を踏んでいる。紹介したスタンザ以後でも同様に，パロディ詩の方により厳密な脚韻(ライム)の規則性が見られる。全体としてキャロルはより脚韻(ライム)の完成度を高める形で本歌を書き換えている。紙面の関係ですべての詩についてここで検証することはしないが，この点についてはかなりの精度で論証可能である。

　キャロルが一つの例（'Hush-a-bye Baby' の場合 'baby' を 'lady' に代えている）を除いてマザーグースの唄をパロディ化していない理由は明らかだろう。それらの唄がもともとノンセンスな内容だということは当然として，マザーグースの唄自体が非常に規則性の高い脚韻(ライム)の一致を特徴としており，まさにそのノンセンスと脚韻(ライム)の共犯性こそが彼の求めるものだからである。

マザーグースの詩行が伝えようとする意味内容（多くは戦争や災害や犯罪の記憶だったりする）は長い年月を経て簡略化されてしまっている。不可解だったり残虐だったりする内容であっても本当の意味などさほど重要ではなくなってしまっている。脚韻(ライム)とリズムが心地よくなるように意味内容の方が削られ，同じフレーズを何度となく繰り返し，それが愛唱されてきた結果，現在まで消え去らずに残ったのがマザーグースの唄である。もちろんその内容の面白さがあるからこそ愛好され，記憶されるわけだが，人々が口承によって伝えることに耐えるシンプルさと歌いやすさ，脚韻(ライム)とリズムの規則正しさ，そして歌詞内容の面白さと楽しさがなければ，これらの唄は長い年月を生き残らなかったはずなのである。

4．マザーグースの唄における音の反復

次に，『鏡』に採用されたマザーグースの唄の特徴をリズムや脚韻(ライム)の面から確認してみよう。'Tweedledum and Tweedledee' 'Humpty Dumpty,' そして 'The Lion and the Unicorn' に共通する唄の特徴は何だろうか。それは対になって繰り返され，かつ韻を踏んでいる言葉の頻出である。これはマザーグース全体の特徴であることは言うまでもない。それらは擬態語(オノマトペ)に限りなく近いものである。リズミカルな音の反復で，その指し示すものの特徴を表現する 'Humpty Dumpty'「ずんぐり，むっくり」（'hump'こぶ，'dump'どさっとおろす）はその代表であり，その音はその存在の有り様を直接的に表現しているのである。'Tweedledum and Tweedledee' の 'Tweedle' は「きーきー言う音」の意であり，理屈をこねてよくしゃべる人物を表現しているが，その語尾だけが微妙に異なることで双子の兄弟の名前として使用されている。さらに 'Hey, diddle, diddle,' とか 'Ding Dong Bell,' 'Hickory Dickory dock,' とか 'Ipsey Wipsey,' 'Pussey cat, Pussey cat,' 'Pat-a-cake, Pat-a-cake,' 'Goosey goosey, gander' など，頭韻(アリタレーション)や脚韻(ライム)を踏みながら2回または3回繰り返されるリズム感に富んだ言葉のセットの例は枚挙にいとまがない。これらは音そのものが意味を表すような，あるいは意味とは無関係に音を楽しめるような，また発達心理学的に口唇期にある子供にとっては発声することで口が楽しくなりそれが快楽の源となるような音の集合体である。

特にマザーグースの登場人物たちの名前には共通した特徴がある。一つは頭韻(アリタレーション)を踏む類似した2語の連結である。'Peter Piper,' 'Tommy Tucker,' 'Jack and Jill,' 'Robin and Richard,' 'Simple Simon' などたくさんの例がある。脚韻(ライム)を踏む類似した2語の連結もある。'Georgie Poegie,' 'Hector Protector' などである。また2語の名前が，続く詩行と脚韻(ライム)を踏むものとしては 'Solomon Grundy, Born on a Monday,' や 'Little Jack Horner, Sat in a Corner,' などがある。'Ipsey Wipsey Spider' や 'Goosey goosey, gander' のように二つの脚韻(ライム)を踏む '-ey' と語尾が '-er' で伸ばす語の3語のセット '-ey, -ey, er' というパターンも数多くある。

　The Lion and the Unicorn の場合，名前こそ韻を踏んでいないが，詩全体は4行のうち最初の2行と後半の2行がそれぞれほとんど同じフレーズの繰り返しで始まっており，かつ4行の最後の音 ('crown', 'town', 'brown', 'town') はすべて同じ音になっている。さらに3, 4行目では文の出だしがすべて 'some gave them' となっており，この上ないほどの規則性を持った歌なのである。

> *The Lion and the Unicorn were fighting for the crown:*　　A
> *The Lion beat the Unicorn all round the town.*　　A
> *Some gave them white bread, some gave them brown;*　　A
> *Some gave them plum-cake and drummed them out of town.*　　A

Humpty Dumpty の唄でも同様なことが言える。この歌でも 'Humpty Dumpty' が二回繰り返されるし，'All the king's' のフレーズも二回繰り返されて，曲にリズム感を与えている。そして脚韻(ライム)は AABB' のほぼ規則的なパターンとなっている。

> *Humpty Dumpty sat on a wall:*　　A
> *Humpty Dumpty had a great fall.*　　A
> *All the King's horses and all the King's men*　　B
> *Couldn't put Humpty Dumpty in his place again.*　　B'

アリスは自分で読み上げたこの最後の行について「最後の1行はこの詩には長過ぎるようね」と思わず大声で言ってしまう。キャロルはここでまさにアリスの口を借りて詩におけるリズムの重要性を語らせているのである。オーピー (Iona and Peter Opie) の *The Oxford Dictionary of Nursery Rhymes* でも4行目は 'Couldn't put Humpty together again.' となっていて、それが音節の数的には最もリズム感のよい形と言える。アリスの発言はこの形が正しい詩句であることを示唆しているのかもしれない。[4]

結局『アリス』二作品を通じてキャロルの発したメッセージとは、詩を形成する音やリズムや反復のルールに対して厳格なのはむしろ子供としてのアリスであり、意味を重視するがゆえにそれらのルールを破ってしまうような大人の作った詩を、子供は受け入れられない、ということなのである。『不思議』において、より厳密に脚韻(ライム)のルールに従った形で教訓詩をパロディ化したのはアリスだったことも再確認しておく必要があるだろう。

5.「ジャバーウォッキー」の鞄語における音と意味

マザーグースの頻出を特徴とする『鏡』において、アリスが間違えずに暗唱する詩がもう一つある。それは「ジャバーウォッキー」('Jabberwocky') である。この謎の詩はマザーグースの唄ではなく、もともとはキャロルが若い頃 (1855年、23歳) に、兄弟たちを楽しませるために自分で発行していた家庭内雑誌『ミッシュマッシュ』(*Mischmasch*) に書いたオリジナル詩であり、もとは「アングロ・サクソン詩のスタンザ」と題していた。昔自由な発想で書いたノンセンス詩を引っ張り出してきて『鏡』に再利用したのだ。この詩にはキャロルが創造した造語、いわゆる鞄語が数多く使われている。それらは英語の音のルールには則していて一応英語のように聞こえるが、そこには意味不明な(と一見思われる)言葉が並んでいるのである。

ハンプティ・ダンプティ (Humpty Dumpty、以下 HD) が、かつて書かれたすべての詩と、未だに書かれていない詩の多くの意味を説明できると豪語したのを受けて、アリスは鏡の国に入った直後に見つけたこの謎の詩が何を意味するのかと HD に質問する。そしてアリスは冒頭のスタンザを、

マザーグースを暗唱したときと同じように完璧に暗唱してみせるのである。以下，検証のために全7スタンザ中，第3スタンザまでを引用する。

'Twas brillig, and the slithy toves	A
Did gyre and gimble in the wabe:	B
All mimsy were the borogoves,	A
And the mome raths outgrabe.	B
"Beware the Jabberwock, my son!	C
The jaws that bite, the claws that catch!	D
Beware the Jubjub bird, and shun	C
The frumious Bandersnatch!"	D
He took his vopal sword in hand:	E
Long time the manxome foe he sought—	F
So rested he by the Tumtum tree,	G
And stood awhile in thought.	F

　アリスは最初にこの詩を読んだとき，その意味を全く理解できなかったが「なぜか，心が考えでいっぱいになる気がする，それがどんな考えなのかよくわからないけど」と考え，理解可能な語群から推測し「意味はよくわからないけれども，誰かが誰かを殺したのね，それだけは確かね」と思う。それが一応正しい英語の詩のように聞こえたからだ。聞いたこともない造語を多数含んでいる難解な詩を，アリスが後に簡単に暗唱できたのは（第1スタンザだけだが），ひとえにその音が，意味は不明であってもアリスにとって覚えやすい音で構成され，正しい英語と同じ音のパターンとリズムを持っているからにほかならない。

　多くの鞄語が使われたこの詩の脚韻(ライム)はかなり規則的だ。第1と第2スタンザでは，'toves' と 'borogoves'，'wabe' と 'outgrabe'，'son' と 'shun'，'catch' と 'Bandersnatch' といった鞄語が規則正しく韻を踏んでいる。第

3スタンザでは2行目末と4行目末の 'he sought' と 'in thought' が韻を踏む。第1スタンザでは 'gyre' と 'gimble', 'mimsy' と 'mome raths' の頭韻(アリタレーション)の反復, 第2スタンザでは1行目と3行目の冒頭の 'Beware' の反復があり, 最後に登場する怪物の名前 'Bandersnatch' とBの頭韻(アリタレーション)で響き合い恐怖感を掻き立てる。第2スタンザと第3スタンザのそれぞれにある 'Jubjub bird' には 'jub' の2回繰り返しと 'b' 音の3回繰り返し, 'Tumtum tree' では 'tum' の2回繰り返しと 't' 音の3回繰り返しが見られ, 軽快なリズムを刻む。このような音の反復とリズムの響きの良さは, マザーグースの唄の持つライムの響きとリズム感に近いものだと考えてよいだろう。

　アリスの要望に応えてHDはこの詩に登場する奇妙な単語の解説を始める。それによれば, 'brillig' は「午後4時」を意味するがそれは夕食のために材料を 'broiling' を始める時間だからというのだ。'slithy' は 'lithe and slimy'（「しなやか」で「ぬるぬるした」）の意であり 'lithe' は 'active' と同義であると主張する。そしてこれらの言葉が旅行鞄のように幾つかの言葉と意味を一つに詰め込んだ結果としてできたのだと解説する。'toves' はアナグマ（'badger'）に似ていて, トカゲにも似ていて, コルク抜きにも似ていると解説する。アリスが「とても奇妙な生き物に違いないわね」というと,「その通りだ」と答え, さらにそれが「日時計の下に巣を作り, チーズを食べて生きている」と述べる。HDがさらに 'gyre' と 'gimble' の解説を終えたとき, アリスはそこまでのHDの説明で要領を掴み, 'wabe' の意味は,「日時計の周りの草地のことだと思うけど」と言い当て, 自分の発想の良さに自分で驚き, 同時にHDにも褒められる。これはアリスにも鞄語を理解する能力, あるいは創造する能力さえもあるということを示唆している。

　この場面においてアリスは, 言葉に思い通りの意味を持たせることができるというHDの荒唐無稽な主張に一旦は唖然とするが, HDの言語感覚に次第に順応し, 不思議の国の言葉の混乱の時ほど困惑させられてはいない。アリスの言語感覚は, マザーグースを暗唱したり謎の詩「ジャバーウォッキー」にも理解を示すことで, 音を主に楽しむノンセンスの世界との同質性を主張し始めている。HDの鞄語の説明に対して自説を開陳して

対抗するなど、むしろ自信さえ持ち始めるのである。『不思議』では教訓詩への不適応を見せ、知らず知らずにそれらの詩をマザーグース的に改変してしまったアリスは、『鏡』ではむしろマザーグース的な音の感覚を自ら体現し、子供としての柔軟な想像力で HD のお株を奪うような言語の主人ぶりを見せ始めるというわけである。その意味では、『不思議』でキャロル的なノンセンス世界に翻弄されたアリスは、『鏡』ではむしろ自らマザーグースの力を借りながらノンセンス世界を生み出してさえいる。

「ジャバーウォッキー」の最大の特徴である鞄語とは、二つかそれ以上の既存の単語を一つに合体させた合成語である。世に流通している言葉を一度は破壊して、複数の語の残滓を部分として組み合わせてある。聞いたことのない言葉であるにもかかわらず、英単語としての音のパターンを全体としては保持し、二つ以上の言葉の意味の残響を同時に響かせている。流通していないがゆえに意味不明なのだが、よく見れば意味の断片が詰め込まれているような音の集合体である。

この鞄語の手法を究極まで突き詰めて、それまでの言葉の概念を打ち砕き、一連の音と綴りの集合体に多重構造の意味を詰め込んで書かれたのがジェイムズ・ジョイス（James Joyce, 1882–1941）の『フィネガンズ・ウエイク』（Finnegan's Wake, 1939）であり、ジョイスはキャロルの末裔なのだという指摘がある。[5] またモダニズム文学の中心的手法とされる「意識の流れ」の描写という手法は、ヴァージニア・ウルフ（Virginia Woolf, 1882–1941）らの世代が子供時代に読んだ『アリス』をその見本としているという指摘もある。[6] その意味でキャロルはモダニズム文学の実験的手法の先駆者として認定されるべきなのだ。もしそうならばキャロルが媒体としたアリスという子供の意識や、そこに染み込んだマザーグースのノンセンスと、モダニズム文学が用いた言語実験の根源にあるものとの繋がりを示すものとして、この詩を位置づけることが可能であろう。

キャロルの作品を概観したとき、「ジャバーウォッキー」は『不思議』から『鏡』を経て、その後に書かれるノンセンス長編詩『スナーク』へと至る過程で重要な意味を持っている。『鏡』の中で謎の詩として登場し、アリスを悩ませたこの詩は、鞄語という『不思議』にはなかった手法をキャ

ロルのノンセンス世界に導入した。そして使われた鞄語の幾つかは『スナーク』に再利用され重要な役割を果たしている。『スナーク』は明らかに「ジャバーウォッキー」を変奏し拡大したものとしての性格を持っている。

6. 究極のノンセンスの探求——『スナーク狩り』

　1874年のある日，一行の詩句 *'for the Snark was a Boojum, you see'* が思い浮かび，キャロルはこれを最後の一行とする長編叙事詩を書くことを構想する。それから2年間，彼はいわば後ろから前に詩を書き進め，この最終行に何も深遠な意味を持たせることなく，すべての示唆を打ち消し，究極のノンセンス詩を完成させるために葛藤したのだった。「スナーク」という未知の怪物を探し求める登場人物たちの航海は結局何も発見し得ず，どこにも行き着かないことを運命づけられている。'Snark' とは何かという読者の質問に答えてキャロルは，'snail'「カタツムリ」と 'shark'「サメ」の鞄語であると説明したことがあるが，グリーンエイカーは別の語源 'snake'「ヘビ」を主張している。さらにこの語は 'snarl'「唸る」と 'bark'「吠える」に分割できると指摘する向きもある。「スナーク」あるいはそれを狩ることとは一体何を表しているのか，「ブージャム」とは何か，について実に様々な解釈が提案されているが，『不思議』に出てくる「なぜカラスは書物机に似ているか」という答えのないなぞなぞ同様に，「スナーク」の正体はついに最後まで判明しない。結局「不明のもの＝不明のもの」という式で終わるこの長編詩は読解不能の詩として知られ，「スナーク狩り」が何を求める旅なのか，様々な議論がされてきたが，未だに正解は見つかっていない。[7] キャロルが意図した意味の不在の表現という企ては成功しているようなのだ。

　二つの『アリス』においては，アリスという子供の意識が作品の質的変化において重要な役割を果たしていることは既に述べた。また「ジャバーウォッキー」の解釈では，アリスがHDとの親近性をみせて，未知の言葉に対する理解力を発揮する様子を確認した。では『スナーク』ではこの点はどうなのだろうか。

　『スナーク』にはそもそも子供が一切登場しない。この長編詩はキャ

ロルがワイト島で出会った少女ガートルード・チャタウェイ（Gertrude Chataway）に捧げた詩であり，『アリス』二作品と同様，冒頭に少女の名を織り込んだアクロスティックの献詩が付されている。[8] 実際は予定より少し遅れてイースターに出版されたのだが，キャロルは子供たちへのクリスマス・プレゼントとしてこの詩を書いたのであった。しかしながら，この難解な詩は明らかに子供向けとは言い難い。その内容はBで始まる職業を持つ気難しい大人の男たち（女性と認定できるのは雌であるらしいビーバーのみで，これだけは職業名ではない）が得体の知れない怪物探しの航海に出発するが，結局何も見つからず，主人公はついには深淵に墜落して消滅するという暗鬱な叙事詩なのだ。

　子供時代について一カ所だけ言及されているのは，怪物探しの一行が夕暮れ時に暗い谷間を分入っているまさにそのとき，スナークと思われる存在がたてた金切り声を聞いてブッチャーが連想する場面である。

> He [Butcher] thought of his childhood, left far far behind –
> 　　That blissful and innocent state –
> The sound so exactly recalled to his mind
> 　　A pencil that squeaks on a slate　　　　　　（Fit the Fifth, st. 7）

ここでブッチャーは子供時代の思い出として，算数の授業中に石板に鉛筆で計算練習したときの「キーキー」いう音を思い出す。これはキャロル自身の学校での苦い思い出なのかもしれない。とにかく彼にとって子供時代は，恐怖感だけが連想される事柄としてほとんどその存在意義を持っていない。このことは『不思議』や『鏡』で発揮されたアリスの言語に対する遊び心と，発達途上であるがゆえの不安定さや柔軟性といった子供の意識の要素が，『スナーク』の世界ではもはや不必要か，あるいは邪魔になっているということを示している。その証拠に『スナーク』では，『アリス』には豊富に登場したような洒落（地口）はタブーとなっているのである。

> The third is its slowness in taking a jest.

> Should you happen to venture on one,
> It will sigh like a thing that is deeply distressed:
> And it always looks grave at a pun.　　　　（Fit the Second, st. 18）

　『アリス』において洒落，または言葉遊びは不意の場面転換や文脈のずれ，不思議な生き物を生み出す重要な技法だった。しかし洒落という技法は，意味の不在なのではなく，むしろ二重の意味が同時に存在する現象であり，無意味とは逆に意味の過剰なのである。その意味で究極のノンセンスを実体とするスナークが洒落を好まないのは当然であろう。洒落には意味がありすぎる。ゆえにスナークは洒落に対していつも「しかめっ面」をせざるをえないのだ。

　『スナーク』には幾つかの鞄語が「ジャバーウォッキー」から採用されているが，それは 'snark', 'boojum', 'jubjub' そして 'bandersnatch' という得体の知れない存在の名称として使われている。それ以外のところでは新たな鞄語は用いられていない。これは恐らく鞄語が，上述のような意味の過剰性や多重性を目指すものだということが理由なのだろうが，探求する対象としての未知の存在の名称に鞄語を使ったのは，未知であるがゆえに既存の言葉で表現できないということもあろうし，その対象に何かの意味がありそうだという印象を皆に持たせるため，そしてその期待を裏切るためではないだろうか。キャロルはジョイスのように，多重の意味を包含した究極の鞄語を創作しようとはしなかった。なぜならキャロルが目指したのは究極のノンセンスであり，ジョイスのように，一語，または一文に重層的な意味をこれでもかと詰め込むような意味の豊穣を目指す方向性ではなかったからだ。

　この長編詩『スナーク』においても，音の構造の点でマザーグース的な要素があるのかどうか検証しておくことにする。

　『スナーク』における脚韻（ライム）の規則性は非常に高いといえる。4行で1スタンザの形式が最後まで続くこの詩では，各スタンザは1行目と3行目，2行目と4行目が脚韻（ライム）を踏む ABAB の形式で推移してゆく。まず冒頭の3スタンザを読んでみる。

'Just the place for a Snark!' the Bellman cried,
　　As he landed his crew with care;
Supporting each man on the top of the tide
　　By a finger entwined in his hair.

'Just the place for a Snark! I have said it twice:
　　That alone should encourage the crew.
Just the place for a Snark! I have said it thrice:
　　What I tell you three times is true.'

The crew was complete: it included a Boots–
　　A maker of Bonnets and Hoods–
A Barrister, brought to arrange their disputes–
　　And a Broker, to value their goods.　　　　(Fit the First, st. 1-3)

　3つのスタンザの脚韻(ライム)は完璧に ABAB のパターンに沿っているが，このパターンはこの詩の最後まで継続されてゆく．全8 Fits（章）の141スタンザ，合わせて564行あるこの詩は基本的に（弱弱強）のリズムを持っている．この ABAB の隔行の脚韻が完全には成立していないスタンザは，全体でもわずか30スタンザのみであり，それらは1行目と3行目の脚韻(ライム)が微妙に成立していないものばかりで，2行目と4行目はすべてのスタンザで脚韻(ライム)を踏み続けている．特に最初と最後の Fit は全スタンザが完璧に脚韻(ライム)のパターンを守っている．
　また，1行目と3行目の脚韻(ライム)が不完全な場合には，そのそれぞれの行で行間韻を踏んでいることが多い．例えば第4 Fits の第14スタンザでは，

　　Though the Barrister tried to appeal to its pride,
　　　　And vainly proceeded to **cite**
　　A number of cases, in which making laces

Had been proved an infringement of **right**.

　1 行目と 3 行目の脚韻(ライム)は不成立だが, 1 行目で 'tried' と 'pride', 3 行目で 'cases' と 'laces' が行間韻を踏んでいる。そして 2 行目の 'cite' と 4 行目の 'right' はちゃんと脚韻(ライム)を踏んでいる。

　このような韻の規則性とリズム感への執着は, 別の形でも明白に宣言されている。冒頭の引用符中のフレーズ 'Just the place for Snark' が, まず最初の登場人物ベルマンによって三度連呼されるが, これについてベルマンは, 'What I tell you three times is true.'「俺が三度言ったことは本当なのだ」と主張する。「言葉に自分の思い通りの意味を持たせることができる」と主張した HD の傲慢さを連想させるこの主張は, 反復によって言葉がその力を発揮するものだという理屈（あるいは真理）の言い換えであると同時に, 一回あるいは二回言っただけではその言葉に効力はないという逆の含みもあり,「言葉」と「意味」の繋がりにおける「反復」の必要性を印象づけている。

　『アリス』においては言葉の現実に対する支配力はもう少し強かった。三回言わなくてもアリスは言葉の力で赤ん坊を子豚に変身させるし, アリスが読み上げたマザーグースの詩行に書かれた内容はすべて現実になってゆく。また二つの意味を持つ言葉は, しゃれによる笑いの誘発にとどまらず瞬時に文脈と現実を転換, あるいは激変させる力を発揮し, 言葉でしか表現できないと思われた存在も現実化した（例えばニセ海亀 'Mock Turtle' やバター付きパン蝶 'Bread-and-butter-fly' の出現）のだから。言葉は現実を描写するためのものというよりも, 言葉によって現実が作られるというある種の逆転が起こるのが『不思議』と『鏡』の世界だったのだ。これと比べると『スナーク』においては, 言葉はそれが意味しようとする現実と乖離しているようであり, 少なくとも三回言うまでは繋がりは生まれないらしい。

　反復の重要性はさらに別の形でも強調されている。以下の第 5 の Fit の冒頭のスタンザは, 第 6, 7, 8 Fit において全く同じ形で反復される。少し形を変えて既に第 3, 4 Fit にも登場し, この詩の全体において鍵となるよ

うなノンセンス性を提供している。

> They sought it with thimbles, they sought it with care;
> 　They pursued it with forks and hope;
> They threatened its life with a railway-share;
> 　They charmed it with smiles and soap.

　男たちは謎の存在スナークを「指ぬき」と「心配」で探し，「フォークと希望」を使って追跡する。彼らはその命を「鉄道株」で脅し，「微笑み」と「石鹸」でおびき寄せる。この意味不明なのか意味深長なのかよくわからないスタンザの反復は，この詩全体の不可解さと無意味さを増幅させている。脚韻の点では 'care' と 'share', 'hope' と 'soap' でこの詩全体の脚韻(ライム)のパターンに沿っており，文法的な問題もないが，言葉の選択の点で脚韻(ライム)を優先させることで文脈からの微妙な逸脱を演出している。もちろんそのような手法でノンセンスを生み出すことがキャロルの最大の目的なのだが。
　頭韻(アリタレーション)の点でも大きな特徴がある。『スナーク』に登場するすべての人物たちは名前ではなくすべて B で始まる職業名で呼ばれているのである。彼らは 'Bellman,' 'Boots,' 'Bonnet-Maker,' 'Barrister,' 'Broker,' 'Billiard-maker,' 'Banker,' 'Beaver,' 'Baker' そして 'Butcher' の 10 人である。なぜ頭文字が B なのかという質問にキャロルは後日 'Why not?' と返答したとされるが，最後の一行で明かされるスナークの正体としての 'Boojum' あるいはその逆転形とおぼしき 'Jubjub' との頭韻(アリタレーション)として B で始まっているのだろうという推定は当然できる。しかしそのブージャムの正体については一切わかっていないので，その正体不明の怪物と同じ文字 B で始まる職業名で呼ばれている彼らの本性も謎めいている。また，職業名で呼ばれるということは，彼らが通常の固有名詞としての名前を持っていないことを示唆する。[9]
　マザーグースの唄に登場する名前の多くが類似音の反復によるある種の擬態音(オノマトペ)であることは前述したが，これは『鏡』で HD が主張するような名前とその示す実態の一致，つまりある人物の名前はその人の形態や性質を忠実に表していなければならないという観念の一つの変種と言えるかもし

れない。Bで始まる職業名は擬態音(オノマトペ)による本質の表現とは異なるが、生産活動がそのまま名前となっているという意味や、言葉とその意味するものとが完全に一致しているという意味ではHDの主張に通じるところがある。

　このような脚韻(ライム)の規則性や反復へのこだわりによって『スナーク』のノンセンスは構築されているのだが、その音へのこだわりは最後のところで突然の終わりを迎える。というのもスナークを追い求めていたBakerは、「スナーク」を見つけたと思われたその瞬間、深淵へと墜落して姿を消し、それから沈黙が襲うからである。その沈黙の中で最後の一行 'For the Snark *was* a Boojym, you see.' が綴られたときに詩は終わる。究極のノンセンスの追求が最後に沈黙に行き着くのは必然だろう。キャロルが目指した究極のノンセンスは、この沈黙との同質性を抱えながらそこから逃走するための手段だったのではないだろうか。究極の無意味を言葉で表現することには元々無理がある。しかし言葉を用いてしか思考することさえできない我々人間は、最初から何も言葉を発しなければ生きている実感さえ感じることはできない。

　自らこの詩をドイツ語訳したミヒャエル・エンデ（Michael Ende, 1929–1995）は、この詩をジョイスの弟子サミュエル・ベケット（Samuel Beckett, 1906–1989）の不条理劇『ゴドーを待ちながら』（*En attendant Godot*, 1952, *Waiting for Godot*, 1955）の「まるで鏡像のようなもの」と断定し、スナークとゴドーは「双生児」だと言う。ベケットの道化師たちは自分たちの存在の意味を教えてもらうために、ひたすらゴドーを待っているのであり、キャロルの登場人物たちにとってスナークとは、「何かしたいという抑えようのない衝動」が暴れるための目標にすぎず、「それはどんなものでもかまわない」のであり、ベイカーは「自分で自分を消す」しかないのだと結論づけている。[10]

　この『スナーク』もマザーグースとの同質性を持っていると主張するのがこの論の目的のひとつなのだが、上述したような脚韻(ライム)や頭韻(アリタレーション)、反復へのこだわりということだけでそれを主張するのは少々無理があるだろう。そこで指摘したいのは、『スナーク』における不気味さの雰囲気と幾つかのマザーグースの唄の不気味さの類似性である。例えば 'London

Bridge is Falling Down' の 'My Fair Lady' の反復の陰に潜む生贄の記憶とか 'Who Killed Cock Robin?' の唄における死の描写に見られる不気味さや滑稽さ，そして暗さ，陰鬱さをはらんだノンセンスと，『スナーク』を覆っている不気味な雰囲気はかなり似ていると言えないだろうか。あるいはキャロルが『スナーク』において目指したのは，まさにこのような恐怖と滑稽さ，悲劇的雰囲気と喜劇的雰囲気が混在するノンセンスではないのだろうか。

　高橋康也は『スナーク』で描かれる「《無》，《非存在》という概念」を「言葉の操作によって統御してみせる点」，「そこに喜びを見出す点」を共有しているマザーグースの唄として「一切空」'Nothing-at-all' という名のお婆さんの唄を引用する。[11]

　　　There was an old woman called Nothing-at-all,
　　　Who lived in a dwelling exceedingly small;
　　　A man stretched his mouth to its utmost extent,
　　　And down at one gulp house and old woman went.

　高橋は《非存在》('Nothing-at-all') の象徴としてのお婆さんを飲み込んでしまう《誰だか》('a man') こそがノンセンスの精神だと指摘して，キャロルのノンセンスに溢れている《存在の消滅》とその逆の《非存在の存在》のモチーフとの戯れこそが，『アリス』作品の本質だと指摘している。そして『アリス』における夢落ち構造による「死」のテーマの回避とは異なる，《存在の消滅》つまり実際的な「死」を示唆するベイカーの墜落について，「ブージャムの恐るべきユーモアに同化し，おのれの矮小な知性の崩壊に嬉戯していたのではないか」と述べ，キャロルのノンセンスが「死をも笑いと歓声をもって受け入れようという生き方にほかならない」と述べている。

　死の隠喩さえ見て取れるベイカーの墜落および消失と同質な恐怖をさりげなく謳うマザーグースの唄がもうひとつある。それはキャロルが『鏡』でもパロディ化して使用していた Hush-a-bye Baby という英語圏で最も親しまれた子守唄である。

>   Hush-a-bye baby on the tree top,
>   When the wind blows, the cradle will rock.
>   When the bough breaks the cradle will fall
>   Down will come baby, cradle and all.

　'hush-a-bye' 'baby' 'blow' 'bough' 'breaks' といった語の 'b' の音の繰り返しと規則正しい AABB の脚韻(ライム)を持つこの唄は，英語圏では最もよく知られた子守唄である。この唄と『スナーク』の共通点は，まず第一に 'baby' の 'b' の音の頻出である。'b' は上下の唇で発声する音であり，発達段階でいう口唇期にある幼児の声と深い関係があるが，この音は『スナーク』の登場人物たちの B で始まる呼び名と共鳴するように思われる。そして詩の意味内容は，不可解にも木の枝の上に乗っている揺りかごと赤ん坊が，風によって折れた枝もろとも墜落する（そして赤ん坊は恐らく死ぬ）という空恐ろしいものだ。揺りかごを乗せた枝というあまりにも不安定な支えの突然の崩壊によって生じた 'baby' の墜落と，遂にスナークを発見したと思った瞬間に「痙攣とともに奈落の底へ飛び込んだ」ベイカーの墜落の間に，二つの詩が持つ簡潔さと複雑さという形式上の違いを超えたアナロジーを読み込むことはそれほど難しいことではないだろう。この不気味な子守唄をかわいい我が子を寝かしつけるために優しく歌って聞かせる感覚は，この失墜と《存在の消失》の恐怖で終わる長編詩を子供たちへのクリスマス・プレゼントとして企画したキャロルの感覚と同様なものに違いないのだ。

7．終わりに

　『不思議』という作品は，現実の少女アリス・プレザンス・リデル（Alice Pleasance Liddell, 1852–1934）を目の前にして即興で作ったお話が元になっている。それゆえ，アリスとの実際のやりとりを踏まえながら，彼女が実際に知っていたり考えたりすることを利用し，彼女が学校で習ったり本で読んだりして知っている詩をパロディ化したり，成長途上の子供に特有の

言語との自由な戯れを利用して，キャロルはノンセンスを生み出したのだった。インスピレーションの源泉であった現実の少女アリスとの接点を失った後に書かれた『鏡』において，キャロルは再びアリスという意識の媒体を使ってノンセンスを創造したが，アリスをチェスの駒に見立てて，その動きをあらかじめ決めて筋書きを組み立てるなど，非常に計画的な創作作業を行った。その中でノンセンスの伝統の集積としてのマザーグースを大量に導入し，物語中のアリスにそれを歌わせた。巨大なチェス盤としての鏡の国では，アリスの動きは創造主キャロルによって運命づけられている。この運命論的世界観が支配する空間において，マザーグースはノンセンスの導入のために利用され，マザーグースの詩句に書かれた荒唐無稽な出来事は必ず期待通りに実現してゆくことで，一つのノンセンスな予言書として機能する。さらにキャロルは鞄語を駆使した自作の詩を導入することで，新たなノンセンスの手法を開発した。

『スナーク』では，作品が子供たちに捧げられているという事実とは裏腹に，既に詩行から子供の姿は消え去り，言葉遊びによる不思議も嫌悪され否定されて，マザーグースに特有の音とリズムのパターンだけが過度なまでに強調されている。意味の不在の追求という目的は，登場人物の消失，つまり存在の否定，《非存在》へと収斂し，「死」をも意識させる不気味な雰囲気を漂わせるまでになっている。そしてそこにはマザーグースの唄が内包するのと同質な不気味さが認められる。

このように見てゆくと，改めてマザーグースの唄という英語文化の無意識に浸透したノンセンスの遺産が，キャロルというノンセンスの巨匠にとっても非常に大きな意味を持っていたのだということがわかる。キャロルが『スナーク』で追求した完全なるノンセンスの最後に「沈黙」がおとずれ，その背後に恐ろしい《非存在》や《無》があるとしても，それが最後に「歓喜の笑い声」と結びついたことを思うとき，同様な「恐怖」や「死」や「不条理」を謳うマザーグースの唄も，笑い声と共に人々の間に受け継がれてきたのであり，これからも受け継がれてゆくにちがいないと思わずにはいられない。

[本稿は,『英詩評論』第 27 号（平成 23 年）掲載の拙論「マザーグースと『アリス』―ノンセンスを生み出す音の構造―」に,『英詩評論』第 6 号（平成 1 年）掲載の拙論 'A Fall into Silence: Lewis Carroll's *The Hunting of the Snark: An Agony in Eight Fits*' の内容の一部を翻訳し加筆修正して追加し, 全体をまとめ直したものである。]

註

1) 平野敬一「アリスの世界とマザー・グースの世界」,『ルイス・キャロル : アリスの不思議な国あるいはノンセンスの迷宮』, 別冊現代詩手帖第一巻第二号, 思潮社, 1972 年, 78-84 頁。

2) 以下の本文中の『アリス』からの引用, またパロディの本歌の引用は *The Annotated Alice: the Definitive Edition*, edited by Martin Gardner, Penguin Books, 2000. に依る。また本歌に関する情報もガードナーによるそれぞれの詩についての注に基づいている。

3) 平野, 同書, 84 頁。

4) 'again' の発音を [əgen] とするか [əgein] とするかによって, 脚韻(ライム)の規則性の完成度は変わると言わざるを得ない。アリスがこのよりリズム的に言いやすい詩句の方を知っていたのかどうかはここでは論証できないが, 少なくともこの台詞はアリスの不満を示唆している。James Orchard Halliwell の 1849 年出版の *Nursery Rhymes of England* では 3, 4 行目が 'Three score men and three score more / Cannot place Humpty as he was before' in his place again' のバージョンが出ている。また *The Annotated Mother Goose.* で Baring-Gould も同じ詩句を 1810 年の *Gammer Gurton's Garland* において最初に活字となったバージョンとして紹介しているが, 自分たちが最もよく知っている詩句は 'All the king's horses, / and all the king's men, / Couldn't put Humpty together again.' であるとしている。(William S. Baring-Gould and Cecil Baring-Gould, *The Annotated Mother Goose*. Bramhall House Book, New York, 1958. p.268 の注) さらに Baring-Gould は, 1803 年版の *Mother Goose's Melody* には最終行について 'Could not set Humpty Dumpty up again.' という付記があることも紹介し

ている。アリスにとってどのバージョンが正統だったのか論証は難しい。

5) 大澤正佳「キャロルとジョイス　遅れて来た男の話」『別冊現代詩手帖第二号ルイス・キャロル　アリスの不思議な国あるいはノンセンスの迷宮』思潮社，1972 年．Roger B. Henkle. 'Carroll's Narratives Underground: "Modernism" and Form.' Edward Guiliano ed. *Lewis Carroll: A Celebration: Essays on the Occasion of the 150th Anniversary of the Birth of Charles Lutwidge Dodgson*. New York: Clarkson N. Potter. 1982. などを参照。

6) 子供の意識と「意識の流れ」の手法の関係については，拙論 'The Child's Vision in *Alices* and *To the Lighthouse*'『英詩評論』第 10 号，1994 年，および Juliet Dusinberre. *Alice to the Lighthouse: Children's Books and Radical Experiments in Art*. New York: St. Martin's Press. 1987. を参照。

7) 以下の本文中の『スナーク』からの引用は *The Annotated Snark*, edited by Martin Gardner. New York: Penguin Books. 1984. に依る。注釈者のガードナーは，「スナーク」が何を表すかについての諸説を幾つか挙げている。当時到達競争が繰り広げられていた北極点の隠喩だとか，「スナーク」はビジネス活動全般のことで「ブージャム」は大不況のことだとか，ヘーゲル哲学における絶対の探求を指すという説もある。極め付けはガードナー自身の提案で，「スナーク」とは世界を完全に破壊する原子爆弾のことだというのだ。

8) キャロルはこの本が出版された際に，八十冊近い献呈本に，それぞれの送り先の少女の名前の文字を各行の先頭に読み込んだアクロスティック詩を自ら書き込んでいる。この本を子供たちが楽しめるのかどうかという当然の疑問にもかかわらず，キャロル本人がそう主張しているように，この本を子供たちの為に出版したことは間違いない。

9) 岩成達也「スナーク狩りの母音的構造について」『ユリイカ　特集＝ルイス・キャロル』青土社，1978 年．126-139 頁。岩成は B で始まる名前を次に来る母音によって性格分けし，その行動のあり方を詳細に分析している。

10) 『ミヒャエル・エンデのスナーク狩り　L. キャロルの原詩による変奏』丘沢静也訳，岩波書店，1989 年，78-81 頁。

11) 高橋康成『ノンセンス大全』晶文社，1977 年，240-241 頁。

あとがきにかえて

1. 詩的言語とはどのような言葉であるのか

　詩は言葉より成り立っている，という認識から出発する。そしてその言葉を，ここでは詩的言語と呼ぶ。それは一体どのような言葉であるのか。詩的言語は，科学的言語と対比させることによって，より明確に規定できるだろう。科学的言語は，ひとつの表現がひとつの意味しかもちえないように，曖昧さを排除し，できるだけ明晰に表現される。ある専門分野において，もし一般の言語表現では科学的記述の用を足せない場合，その分野において限定的な共通言語を用いることになる。その最もよい例が，数学とそこで用いられる記号である。

　一方，詩的言語というものは，科学的言語とは根本的に異なる表現形式をもつ。詩的言語は単にひとつの意味を伝えるだけでなく，人間経験の多種多様な意味を表すものであり，意味を単純化するのではなく，それを強化し，深化し，かつ広めるものなのである。詩的言語は，人間経験の統一的把握をわれわれに経験させ，さらに生活経験の全体に依拠しながら，その中の意義深い，価値のある中核的経験を，読者に再経験させる媒体となる。

　では，詩人とは何者か。詩人は，彼の生活の中で，彼の高揚した詩的経験あるいは感情を維持し，明確にしようとする。そのとき詩人はそれを詩に投擲するのである。すなわち，ひとつの詩的経験なるものは，詩人の内部において白熱化し，詩的言語に昇華されるのだ。

　サルトルは，詩においての「感動は，感動をとじこめる言葉の曖昧な性質によって曇らされている」（『文学とは何か』）と言ったが，彼の想像力は言葉の曖昧さの背後にある豊かな内容と意味とに気づくことができないほどに散文的であった。詩こそが人間の実在に関する真理の扉を開く最後の鍵ではないのか。この真理の領域は，一様なものでも静的なものでもなく，哲学的すなわち分析的・論理的用語では記述しえないところがある。このような領域に詩は存在を主張する。詩はその読者に，現実の，より豊富ではつらつとした多彩なイメージを与え，現実の形式的構造の，さ

らに深い洞察を与えるのである。このように詩が重要なのは，詩の言語表現，すなわち詩的言語が，独特の凝縮性を有することによって，他の言語では表現できない豊かな意味内容をもちうるからである。

2．中国四国イギリス・ロマン派学会の閉会とこの本の出版について

　すべてのものには終わりがある，というのは自明の真理である。この「あとがきにかえて」も必ず終わるはずであるし，筆者の人生もいずれは終わるであろう。歴史の教科書は，すべての帝国の終わりを記している。どこかで戦争が終われば，どこかで平和が終わる，というのが人類の歴史である。生物学上の種も，歴史的にはいつかは絶滅する運命にある。新しい物理学によれば，われわれが経験的には絶対だと思っている時間や空間でさえも，どうやら絶対のものではないらしく，いつかは終わりが来るのだそうだ。いや，前置きはこれぐらいにしておこう。われわれの中国四国イギリス・ロマン派学会は，この書物をここに生み出し，この世から消える。

　この学会は，広島大学で教鞭をとっていた上杉文世が中心となって1979年（昭和54年）に発足し，同年6月に最初の年次大会を盛大に開催し，以後37年にわたり，周りの学問領域も吸収しつつ地道に地歩を固めていった。また，この学会の機関紙『英詩評論』は，学会の発足から5年経った1984年に創刊され，2014年（平成26年）に発行した最終号（第30号）まで何とかその存在感をアピールしてきた。

　確かにわれわれの学会は生産性の高い学会ではあったが，今世紀への変わり目のころから，人文科学系の退潮と流れを共にする時が近づいてきていたのは否めない。われわれが学会を閉じた理由はこの一点のみではなかったが，ここでは，われわれに学会の閉会を決意させたこのような，世の大きな流れについて概観するに止める。

　アカデミズムにおいて文学・哲学などの相当に長い歴史をもつ人文科学の分野の退潮が世界中で目撃されて久しい。同じ文系であっても，社会科学や行動科学の分野と比した場合，オーソドックスな，教養主義的な人文科学の分野は，実用的ではないため，つまりは，お金にならないため，アダム・スミスの「（神の）見えざる手」に導かれたこの高度に発展を遂げ

た市場経済においては，もはや交換価値をもたない，主観的な使用価値に止まるものであるのだろう。そういう状況のもとで，われわれは，静寂・孤高の「象牙の塔」に閉じこもり，孤軍奮闘してゆくしかないのであろうか。いや，ついにわれわれは，デッドエンドに到達したのであろうか。

　文学とか哲学といった人文系の学問領域は，今や薄暗い屋根裏部屋かジメジメした地下室に追いやられているかのようであるが，そうであるからこそ，そこに光明を灯すべく，われわれはここに，詩という文学ジャンルについての多面的・広角的な方法論をもつこの研究書を世に問うことにした。『詩的言語のアスペクツ――ロマン派を超えて』というのは熱い議論の末に決定した題名であるが，本書のあり方を端的に示しているように思う。これがわれわれの学会の総決算である。

　中国四国イギリス・ロマン派学会を，中心になって立ち上げ，またその機関紙『英詩評論』の創刊にその情念と学者魂と美意識を結集された上杉文世博士は，2009年のある夏の日に天に召された。先生は，彼の『英詩評論』の灯を引き継ぐこの本の出版を，滅ぶ運命にある肉体の目を通してではなく，どこか遥か上の方からご覧になっている。そう信じたい。出版に際して骨を折ってくださった松柏社の方々に感謝しつつ。

2016年5月
池下 幹彦

索引

◆あ

アーノルド, M. 93, 121
アーノルド, トマス 257-258
アイエーテース 85
アイギストス 100
アイスキュロス 49-50, 52, 96-97
『アイネーイス』 74
『愛 喜び 安らぎ』 162
アイルランド文芸復興運動 7, 24
アイロニー 245-246, 248-254
青木啓治 250-251
アオサギ 352-353, 355
アガメムノーン 52, 100, 107
「秋に寄せて」 29, 31-33, 37, 39, 43-45, 208-210, 217, 219
アキレウス 77, 90, 101
悪魔祓い 345
朝焼け 345-346, 348-349, 357, 361
アシュリング 144, 168
アスクレーピオス 75
アスタルテー 52, 99-100, 108
アダム 99, 182, 224, 230
新しい世界 131, 182
アッティカ 61, 73, 80
アッティス 75, 92
アテーナー／アテーナイ／アテナイ 51, 61, 68, 76-78, 80-82, 84, 88, 90, 94, 99, 107, 111, 116, 121
アドーニス 75, 87, 90, 93, 105, 110, 113
アナグラム 351-352
アプレイウス 95
アプロディーテー／アフロディテー 72, 75, 90, 92-94, 100, 102, 104-105
アペニン 74, 106
アベル 130-131
アポローン 50, 53, 75, 77, 79, 81, 87, 107, 109-110, 114
アリアドネー 78
アリストテレス 225-227, 232-233

アルカイック・スマイル 94
アルカディア 65, 74, 81, 95, 116
『ある青年の告白』 15
アルテミス 79, 107, 109
アルバニア 79
アルビオン 81, 94, 224, 228, 231
アルプ 183
アルプス 52, 74, 84, 90-91, 93, 95, 99-101, 211-212, 311, 314
アレース 78, 105
アンキーセース 77, 92, 105
アングル, J. A. D. 85
アングロ・サクソン 209, 213, 376

◆い

イアーソン 85
『イーヴリン・イネス』 16
イーカロス 90
イーデー 92-93, 95
『イーリアス』 76
イェイツ, W. B. 7-10, 12-18, 21-26, 178-179, 181, 184-185, 188, 194, 196-198
イェホヴァ 99
イオカステ 91
『異教徒の詩』 14
『イグザミナー』 43-44, 47
意識の流れ 379, 391
イスラエル 87, 230
イデア 248
イベリア半島 77, 89

◆う

ヴィーナス 104
ヴィクトリア時代 257-262, 264-267, 273, 275
ウィジャリー, ジョン 145, 147
ウィジャリー報告書 143, 145-148, 160-162, 164
ウィンチェスター 33, 35, 209, 219
ウーラノス 93
ウエベン 351
ウェリントン, A. W. 64, 184, 187

ヴェルギリウス　76
ヴォルテール　94
『牛捕り』　144
宇波彰　241, 244
ウルフ，ヴァージニア　379

◆え
エイヴリー　343
英国らしさ　201, 210, 214-218
エイダ　91
エヴァ　99
エーオース　90
エーゲリア　94, 108
エーリュシオン　50, 68, 73, 95-96, 121
エジプト神話　350, 357
『エゼキエル書』　225-226, 230
エッケンシュタイン女史　345
『エディンバラ・レヴュー』　75
エペソス　81, 109
エリーニュス　82
エリオット，T. S.　243
エリザベス1世　169
エルギン，T. B.　80-81
エルサレム　87, 110, 118, 228
エルバ島　51, 85
エレクテイオン　80
エロース　95
エンクロージャー　39-43
エンデ，ミヒャエル　386, 391
『エンディミオン』　45-46, 206, 212, 214, 216

◆お
オイディプース　77, 91
押韻　53, 59, 289, 366
『黄金の驢馬』　95
オーガスタ　52, 91
オーピー・コレクション　343
オーピー夫妻　343-345, 347, 350, 358, 360-361
小川二郎　284, 297, 341
「幼い黒人の少年」　325
オシアン詩　50, 68, 73-74, 86, 89, 94, 124

「オシアンの夢」　85
『オセロ』　251
落ち葉拾い　38-42
オックスフォード大学　269
『オデュッセイア』　76
オデュッセウス　77
親指トミーのかわいい唄の本　347
オリエント　86, 102, 105, 182
オリエント物語詩　82
オリュムポス　74, 93, 95
オルペウス　76, 87, 95
「おれの心は暗い」　87
オンパロス　72

◆か
ガーネット，エドワード　235, 240-241
ガイア　93
改宗　18-24, 270-271
『海賊』　82
外面描写　292
『カイン』　183
カイン　86, 90-91
『鏡の国のアリス』　365-366, 368-371, 374, 376, 379, 381, 384-385, 387, 389
カスタリア　79, 109
カトリック　16, 18-22, 24, 51, 56, 82, 107, 109, 143, 151, 160-161, 166, 171, 174-176, 179-180, 184, 192, 194-195, 259, 262, 268, 270-271
カルボナリ　62-63, 65-66, 112, 178
カレドニア　74, 93-94
『川を下る』　145
カンネー　90

◆き
キーツ，ジョージ　34, 203, 214-215, 217
キーツ，ジョン　29-37, 39, 43-47, 76, 95, 201-210, 212-220, 245, 253-254
ギガントマキアー　78
「黄水仙」　281, 286-287, 299
北アイルランド　143, 160-162, 167-168, 191-192, 194-197

擬態語 374
キニュラース 87, 113
ギフォード，W. 75
ギボン，E 94
キマエラ 93
脚韻 287, 289-290, 292, 329, 332, 334, 340, 371-377, 382-386, 388, 390
キャメロン，デイヴィッド 162
キャロル，ルイス 365-373, 376, 379-382, 385-391
旧約 82, 92, 103, 196, 225
キュテレイア 92
キュベレー 73, 75, 92, 100, 102
境界侵犯 242, 244
凝縮 282-283, 287, 394
鏡像の関係 295
ギリシア語 87, 115, 215, 354
キリスト 13, 16, 19-20, 73-74, 102, 109, 131, 175, 178, 223, 230, 245, 250, 252, 257-258, 261-262, 265, 269-270, 274-275
ギルピン，ウィリアム 36, 39, 47
キング，S. 244
キンセラ，トマス 143-146, 148-149, 160-162, 164, 167, 169

◆く
『クアルンゲの牛捕り』 144
グイチョリ，テレーザ 112
クック，エドワード 266
グラス，クロード 36
グラニア 7-12, 16-18, 21-22, 24-26
クララン 94-95
クリスチャン 127-131, 133-137
クリュタイムネーストラー 52, 101
クレータ 73, 79, 108
グレゴリー夫人 18, 23-24, 26
クロノス 91, 93
クロムウェル，オリヴァー 54, 169
群化 289-290

◆け
形而上学的奇想 31

ケインズ 273-274
ゲーテ 78, 121
『激怒のメーデイア』 85
「結婚指輪」 235
『ケリス河』 19-20
ケルト 85-86, 93, 224, 345-346
「ケルトの反逆」 93
言語レベル 327, 329
『幻想録』 13, 23
『現代の恋人』 15
ケンブリッジ 101, 309
ケンブリッジ大学 302, 305-308, 316
ケンブリッジ版『ロレンス書簡集』 238

◆こ
『恋する女たち』 235
行為者 301
『後期詩集』 162
交渉 149, 243
構造分析 287, 297
功利主義 259, 261-263, 265-266, 273-275
コールリッジ／コウルリッジ 54, 57, 175, 207, 246, 310, 314-317, 339
ゴシック 35, 92, 208
コスモポリタン 131, 133, 135, 137, 139
古代エジプト 351, 353, 355
こだま式押韻 289
国教会 19, 180, 259-261, 268-270
コックニー詩派 37
『古典アメリカ文学研究』 242
『ゴドーを待ちながら』 386
「この日われ36才を全うす」 68
コベット，ウィリアム 42
『コリントの包囲』 83, 85, 183
ゴルゴーン 84
ゴルゴタ 89, 228
コレー 94
コロセウム 53, 108

◆さ
サウジー 53-57, 69, 367, 372
サウル 86-88

ザグレウス　76
佐々木達　297
サラゴーザ　78
『サルダナパロス』　113, 183
サルペードーン　90
サンスクリット　99
三位一体　223

◆し
シェイクスピア　49-50, 76, 90, 110, 201, 206-207, 210, 213, 245-249, 251-254, 326
シェリー, P. B.　52-53, 62, 69, 91-92, 94, 97, 103, 115-116, 124, 179-180
シェリー, メアリー　91
シェリダン, R. B.　172, 174-179
『ジェルーサレム』　223-224, 230-231
「時間の勝利」　14
ジグラット　92
死者の書　352
「自然暦」　43-44
『失楽園』　203-204
死と再生　105, 353-355, 358, 360
詩と散文　281-282, 286
『縛られたプロメーテウス』　96
『島』　127, 129, 133, 135-136, 139, 141
弱強4詩脚／弱強四歩格　143, 291
『邪宗徒』　83
「ジャバーウォッキー」　376, 378-380, 382
シャンクリン　35
ジュアン, ドン　53-60, 63-67, 71, 111, 127, 137-139, 141
自由の女神像　78
収斂　283, 285, 292, 389
循環史観　12-13, 23
ジョイス, ジェイムズ　379, 382, 386, 391
象形文字　332, 351-352
『情熱の花』　14-15
『序曲』　299-302, 310-311, 313-317
植民地主義　130, 133, 136
『抒情民謡集』　310, 312, 315
『ション城の囚人』　95
シリア　73, 100, 105

詩論　29, 32-34, 37, 39, 45, 282
『新エロイーズ』　94
人格化　284
『神曲』　78, 112
深層構造　329-330, 333
新約　198, 230

◆す
随身の騎士　112
スティーヴンソン　20
ストレイチー　257-258, 263, 267-275
『スナーク狩り』　366, 380-382, 384, 386-389, 391
スナーク　366, 379-382, 384-389, 391
スパルタ　60, 73, 81, 101, 111, 116, 134
スペンサー, エドマンド　44, 47, 49, 201
スマイルズ　266

◆せ
「聖アグネス祭の前夜」　35
政治的アシュリング　144
聖書　18-20, 49, 82, 86, 196, 198, 225, 230, 232-233, 260, 262, 268, 271, 308, 340
精神の自由　25
『青鞜』　99
成分分析　293
聖母マリア　102
聖母マリアの鳥　344
『聖マルコ祭の前夜』　208
ゼウス　72, 78-80, 82, 91-93, 96-97, 100, 107-109, 114, 118, 121
世界市民　137
『責任』　23-24
セム族　87
セメレー　76, 84, 115
セリム　83
セレーネー　72
前景化　292, 325, 332

◆そ
ゾア　225, 228-232
相互浸透　241-242, 244, 339

ソクラテス 226, 232
ソネット 195, 205, 210, 212, 220, 326
『ソネット集』 326
ゾラ 15

◆た
ターナー 84
太陽神 73, 334, 350-355, 357-358, 360
太陽崇拝 353
太陽の鳥 350, 355, 357
ダヴィデ 196
高橋康也 387
ダビデ 87, 110, 114
ダポイネー 76
タルムード 99
タロース 77, 101
ダンテ 49, 61, 76, 78, 112, 122, 335
『ダンテの予言』 61, 112

◆ち
血の日曜日 143, 160-162, 165-166, 170
『チャイルド・ハロルドの巡礼』 51, 76, 124
チャタトン，トマス 33-34, 201-209, 214-220
「チャップマンのホメロスを初めて読んで」 37
直喩 285-286, 293

◆つ
「つれなき美女」 30

◆て
『出会いと別れ』 18
ディアミッド 7, 9-11, 16, 18, 21, 24-26
『ディアミッドとグラニア』 7, 16, 18, 21, 24
『D. H. ロレンス書簡集』 243
ディオニューソス 76, 84, 93, 110, 115
「ティンタン寺院」 312
テーセウス 77
デーメーテール 73, 93, 102
『デザインのエートス』 241, 244

『哲学問題としてのテクノロジー』 236, 243
テティス 77
テムペー 95
デュルケム 274
デリダ 338
テルニの滝 106
デルポイ 72, 74, 77, 79, 81, 88, 109
テルモピュライ 51, 60, 64-66, 78, 81, 90, 111, 116
『天国と地獄の結婚』 223, 226
伝承童謡 343, 346, 365
伝承童謡辞典 344, 347, 358, 360
転調 17, 292
「伝道者曰くすべて空なり」 87
『てんとう虫』の唄 343-345, 347-348, 350-351, 355, 357-358, 362

◆と
頭韻 286, 374-375, 378, 385-386
同格 291, 301
等価性 325-326, 330
同義並列体 291
動作 301, 303, 313, 330, 332-333, 336, 338
ドドーナ 79
ドラクロワ 78, 83-85, 110, 113, 116, 121-123
トラジック・アイロニー 245, 250, 254
ドラマティック・アイロニー 248, 250-251, 253
『鳥，けもの，花』 242
ドルイド 223-224, 226
トルコ 51, 67, 71, 81, 86, 118, 127, 183, 309
ドルセイ伯 138
トレヴェリアン 259
トロイア 78, 81, 92, 100, 104-105, 188
ドロシー 312-313, 315-316
ドン・キホーテ 116
『ドン・ジュアン』 54-60, 63-67, 71, 127, 137-139, 141

◆な
ナイティンゲール 253, 257-258, 263-268, 275
内部韻 289, 329, 333
内包 181, 224, 246, 287, 295, 389
内面描写 292
ナイル川 352-353, 372
ナショナル・アイデンティティ 159
ナポレオン 51, 64, 77-78, 82, 85-86, 89, 91, 96-97, 103-104, 107, 115, 182-183, 187, 210, 213
『ナポレオン・ボナパルトに寄せるオード』 85

◆に
ニーケー 80, 114
ニーチェ 339, 342
ニオベー 107
「肉屋の1ダース――ウィジャリーの八日目の一つの教訓」 143
「虹」 51, 58, 63, 94, 299
『虹』 235
ニューマン 19, 259, 268-272
ニンフ 72, 76, 89, 101, 105, 110

◆ね
ネイト 80
『猫と月』 22, 24
ネメシス 101, 108

◆の
ノッティンガム 82, 103
ノルマン人 138-139, 213
ノンセンス 365-366, 368, 370-371, 373, 376, 378-380, 382, 385-387, 389-391

◆は
バーク, エドマンド 36, 174, 181
ハーディ, トーマス 246
バーバ, ホミ 243
ハーバート, シドニー 263-265
ハイディー 94, 111

『ハイピリアン』／『ハイペリオン』 35, 201, 203-204, 207-209, 214, 217
『ハイピリアンの没落』／『ハイペリオンの没落』 33, 201
ハイランド 74, 100
バイロン, キャスリーン ゴードン 74-75
バイロン, ジョージ ゴードン 49-54, 56, 58-59, 61-94, 96-98, 100-111, 113-119, 121-125, 127, 129-141, 171-182, 184-187
パウラ 245-246
パエトーン 90
ハッチンソン, メアリー 312
パトロクロス 90
バベル 54, 92
パポス 87, 110
ハムレット 245-254, 345
パラケルスス 335
パラス 51, 80, 84, 88
『パリジーナ』 83
パリス 77, 104-105
「バルコニー」 14
バルザック 15
パルテノン神殿 80
パルナッソス 75-76, 78-79
ハルピュイア 75-76, 80
ハルモディオス 90
ハロウ 63, 69, 75, 97
パロディ 53, 56-58, 167-168, 365-373, 376, 387-388, 390
ハント, リー 37, 43-44, 141, 202, 247
パンドーラー 99
パンの木 128, 132
万物流転説 12, 14, 19-20
ハンプティ・ダンプティ 368, 376

◆ひ
ピータールー虐殺事件 32, 43
ヒーニー, シェイマス 165, 167, 191, 194-199
比較思考 294
ピクチャレスク 32, 35-37, 39-40, 45
悲劇的アイロニー 252, 254

ピサ　65
ピタゴラス　225-227, 229, 231
火の鳥　350
比喩　12, 20, 59, 66, 76, 80, 84, 103, 105, 114, 116, 286, 346-347, 357-358, 360
ヒュアキントス　90
ピュートーン　79
ピューリタン　259-260, 262
ピュトニッサ　83
ヒュドラー　50, 75
表示　287-288
表層構造　330, 332
平野敬一　345, 365, 390
ピラミッド・テキスト　351

◆ふ
『ファウスト』　78, 121
『フィガロ』　236
『フィネガンズ・ウエイク』　379
フィロロジー　281
フェニックス　350-351, 353, 355, 357
フォイニクス　354-355
福音主義　257-263, 267-268, 273
『不思議の国のアリス』　365-367, 369-371, 376, 379-381, 384, 388
不死鳥　350
プシューケー　95
『武人イーラ』　208-209
不変不動説　19-20
フライ　230, 251-252
ブライ，ウィリアム　127-129, 139
『ブラックウッズ・エディンバラ・マガジン』　37, 216
ブラッドレー　247
ブラディ・サンデー　165-166
プラトン　225-227, 229, 233, 335
プラマンタ　99
フランス革命　183, 213, 311
フランス自然主義　7
プリュギア　73, 92, 102
古い世界　131
ブレア，トニー　161-162

ブレイク，ウィリアム　223-228, 230-233, 325, 336, 341-342
プレ・ヘレーネス　72, 78, 82
フレミング，ジョン　305, 316
ブローン，ファニー　35
プロテスタント　18, 20-24, 158, 160-161, 166, 179-180, 195, 259, 269
「プロメーテウス」　52
プロメーテウス　50, 52-53, 56, 61-63, 69, 72, 85, 89, 91, 96-100, 103, 111, 113, 115
分散　282

◆へ
ベアトリーチェ　78
ベイト　209, 219
ベイリー，ベンジャミン　204-205
並列体　291, 296
ヘーゲル　223-224, 391
ヘーシオドス　96-98
ヘーパイストス　77, 105
ヘーラー　66-67, 84, 91, 93, 109, 116-118
ヘーラクレース／ヘラクレイトス　7, 12-14, 19-20, 25, 50, 56, 61, 67, 73, 96, 116-117, 223
ヘカテー　72, 90
ベケット，サミュエル　386
ヘスペリデス　95-96
ベヌウ鳥　351, 353-355, 357
ヘブライ　86, 88, 92, 98, 230
『ヘブライの調べ』　82, 86
ヘラス　68, 76-77, 81, 121
ヘリオポリス　351, 353-354
『ベルヴェデーレのアポローン』　109
ペルセウス　93
ペルソナ　223, 232-233
ヘレニズム　51, 85, 87-89
ヘレネー　73, 121
ヘロドトス　354
変化の法則　12, 14-15, 17-18, 21
ベンサム　262, 274
弁証法　13-14, 23, 182, 223-225
『変身譜』　95

弁別特徴　293, 295

◆ほ
ホィッグ　51, 56, 83, 173-174, 180
ホイットワース，M. H.　238
ポセイドーン　61, 80-81, 93, 102, 111
ボッグ　191-193, 195
『ボッグ・ピープル』　191
『没落』　201, 203, 207-209, 217, 219
ボナパルト，ナポレオン　82, 85, 171-172
ホブハウス，J. C.　101
ホメーロス　49, 57-58, 66, 72, 76-77, 80, 94, 117
ホルロイド，マイケル　257-258

◆ま
マイナス　76
マヴロコルダトス，A.　118
マカートニー，ポール　165
『マクベス』　251
マクベス　90, 251
マクラウド，アーサー　238-240
マザーグース　343, 345, 365-371, 373-379, 382, 384-387, 389-390
マシュー，ジョージ・フェルトン　205-206
『マゼッパ』　115
マニング，ウィリアム　257-258, 268-272, 275
『真夜中の法廷』　144, 168
マラトーン　60, 81, 90, 111, 116
マリー，ジョン　140
マリネッティ，E. F. T.　236-238
『マンフレッド』　72
マンフレッド　50, 52, 90, 99-100

◆み
ミイラ作り　354
ミカエル　99
ミケルッチ，S.　242
『湖』　18
ミソロンギ　49, 51, 56, 63, 67-68, 71, 73-74, 78, 80-83, 89-90, 98, 101-102, 116-119, 121, 123
『ミッシュマッシュ』　376
『南太平洋への航海』　127
ミネルヴァ　81
『ミネルヴァの呪い』　81
ミューズ　57, 206, 212-213
ミュケーナイ　52, 100-101
ミュラー　90, 113
未来派　235-242, 244
「未来派宣言」　236
ミル，J. S.　266
『ミルトン』　230-231
ミルトン　33-34, 37, 45, 49, 54, 57, 76, 201-204, 208, 213-215, 217, 219
ミルトン的倒置　33
ミルンズ，リチャード・M　204
『民衆を導く自由の女神』　78

◆む
ムア，ジョージ　7-10, 12, 14-26
『無垢と経験の歌』　339
『無垢の歌』　338
室井尚　236, 243

◆め
メーデイア　50, 57-58, 72-73, 78, 85, 115
メソディスト　259-260
メタファー　105, 195-196
『メディチのヴィーナス』　104
メドゥーサ　78
メリマン，ブライアン　144, 168

◆も
燃えているお家　343, 345-346, 348, 357, 361
モーセ　56, 92
モーリス，ムア　18-19
『モサダ』　12
『モダニズム』　238
『物語作家の休日』　20
モラ　90
モンロー，ハロルド　238

◆や
ヤーコブソン　287, 296-297, 325, 340
『夜間俳徊者ほか』　144
『役者の妻』　15

◆ゆ
夕焼け　345-346, 348-349, 357, 361
ユダヤ　224, 230, 309
ユラ　92-93
ユングフラウ　99

◆よ
『妖精の女王』　44, 47
『ヨーロッパにおけるロレンス受容』　241-242
吉村宏一　243
『四つのゾア』　225, 228-231

◆ら
ラー　352, 354
『ラーラ』　83
ライランス, R.　242
ライン川　91
ラヴェンナ　61-63, 112
ラテン語語法　204, 206, 215, 217
ラム, チャールズ　247, 254
『懶惰の時』　72

◆り
リアリズム　139, 166, 246, 248
リーヴィス, F. R.　243
『リーシーの物語』　244
リズム　143, 240, 292, 355-357, 373-378, 383-384, 389-390
リビア　80
リベラリズム　103, 133, 135-136
リングウィスティックス　281
隣接関係　294

◆る
ルシファー　52, 85, 89, 96
ルソー, J. J.　91, 94-95

ルネサンス／ルネッサンス　24-25, 53, 104, 245-247, 249, 252

◆れ
レアー　91, 99
霊鳥　111, 350
『レイミア』　33
レートー　79, 107, 109
レトリック　197
レノルズ, J.　32, 34, 203, 208, 214-215, 219
レマン湖　52, 91, 94, 97, 115

◆ろ
ロウリー, トマス　204
「ロクナガール」　74
ロクナガール　74
ロシクルシアニズム　16-17
ロジャーズ, S.　57, 75, 172-173
ロビン・フッド　213
ロマン主義　25, 30-31, 245-246, 257-258, 272-275, 285, 310, 315
ロマンス劇　245
ロマンティック・コメディ　245
ロレンス, D. H.　235-244
『ロレンスとイタリア未来派』　237

◆わ
ワーズワス　281-282, 284-287, 293, 297, 299-317
ワーテルロー　78, 89-90, 116, 183
ワイト島　35, 312, 381
ワシントン, G.　116
ワッツ, アイザック　335, 367, 371

●執筆者紹介 （掲載順）

山崎 弘行	大阪市立大学名誉教授
江口 誠	佐賀大学准教授
上杉 文世	広島大学名誉教授
上杉 恵子	元広島電機大学特任助教授
田原 光広	広島大学准教授
河野 賢司	九州産業大学教授
マルコム・ケルソル	カーディフ大学名誉教授
藤本 黎時	広島大学・広島市立大学名誉教授
児玉 富美惠	広島大学非常勤講師
中山 文	近畿大学講師
安尾 正秋	近畿大学教授
加島 康彦	安田女子大学名誉教授
山中 英理子	広島国際大学准教授
中谷 喜一郎	広島大学名誉教授
中川 憲	安田女子大学教授
末岡 ツネ子	安田女子大学大学院博士後期課程
池下 幹彦	姫路獨協大学名誉教授
志鷹 道明	福山市立女子短期大学名誉教授
吉本 和弘	県立広島大学教授

詩的言語のアスペクツ　ロマン派を超えて

2016年6月10日　初版第一刷発行

編　者　中国四国イギリス・ロマン派学会
発行者　森 信久
発行所　株式会社 松柏社
〒102-0072　東京都千代田区飯田橋1-6-1
電話　03（3230）4813（代表）
ファックス　03（3230）4857
Eメール　info@shohakusha.com
http://www.shohakusha.com

装幀　常松靖史［TUNE］
組版・校正　戸田浩平
印刷・製本　倉敷印刷株式会社
ISBN978-4-7754-0232-0
Copyright ©2016 The Chugoku-Shikoku Society of English Romanticism

定価はカバーに表示してあります。
本書を無断で複写・複製することを禁じます。

JPCA 本書は日本出版著作権協会（JPCA）が委託管理する著作物です。
複写（コピー）・複製、その他著作物の利用については、事前にJPCA（電
日本出版著作権協会 話03-3812-9424、e-mail:info@e-jpca.com）の許諾を得て下さい。なお、
http://www.e-jpca.com/ 無断でコピー・スキャン・デジタル化等の複製をすることは著作権法上
の例外を除き、著作権法違反となります。